FSC
www.fsc.org
MIX
Papier aus verantwortungsvollen Quellen
Paper from responsible sources
FSC® C105338

Bibliografische Information der Deutschen Nationalbibliothek: Die Deutsche Nationalbibliothek verzeichnet diese Publikation in der Deutschen Nationalbibliografie; detaillierte bibliografische Daten sind im Internet über dnb.dnb.de abrufbar.

Bilder Umschlag: AdobeStocks

Weitere Infos: www.inspyred.net

Verlag: BoD · Books on Demand GmbH, In de Tarpen 42, 22848 Norderstedt

Druck: Libri Plureos GmbH, Friedensallee 273, 22763 Hamburg

ISBN: 978-3-7597-5175-1

INHALT BAND I

Prolog ... 7
Bibliotheca Alexandrina ... 20
Hassans Herz hofft ... 34
As-Salafiyya ... 51
Reise in Dantes Hölle ... 71
Blut und Lippenstift ... 86
Izbat El Bakahla ... 98
Geheime Dienste in Kairo ... 110
Amir unterwegs nach Alexandria ... 125
Amirs erste Ermittlungen ... 137
Möven ... 150
Islamistische Verschwörungspläne ... 164
Smouha Sporting Club ... 178
Etikette ... 195
Jerusalem, Stadt des Friedens ... 204
Datteln und Bomben ... 221
Bar und Balkon ... 233
Barsche ... 251
...und Krokodile ... 268
Mokattam ... 285
Anhang ... 300
Schauplätze, Orte ... 300
Personen ... 303
Glossar ... 309
Danke ... 312

PROLOG

LUXOR, 1997

Der erste Schuss fiel kurz vor neun Uhr. Felswände jagten das Signal durch die warm flimmernde Luft in der bergigen Landschaft zwischen Luxor und dem Tal der Könige. Irgendwann verlor sich das Echo in den Klüften. Saber stellte das Teeglas auf den kleinen Tisch vor dem Wachlokal, strich mit zwei Fingern und Daumen über sein sauber rasiertes Kinn, nickte zu Mahmoud. Kaum erkennbar nickte dieser zurück. Die beiden standen auf, griffen nach den Waffen, die hinter ihnen an der hüfthohen Mauer lehnten, Kalaschnikows, die unter dem Namen Maadi Misr in Ägypten produziert wurden. Mit ihnen war die Tourismuspolizei hier am Eingang der Terrassentempel von Deir El-Bahari ausgerüstet.

Die Finger am Abzug schnellten die beiden zurück, richteten den Lauf auf die anderen zwei Beamten, mit denen sie eben noch Tee getrunken hatten und die wie angewurzelt auf ihren Hockern kleben blieben – links im Schatten Mina, ein Kopte, rechts Ali sein muslimischer Kollege, der ungläubig und konsterniert zu den beiden Uniformierten blinzelte. Saber drückte zuerst ab, dann Mahmoud. Die beiden Diensthabenden sackten in sich zusammen, kippten langsam zur Seite und landeten mit einem kratzenden Geräusch auf dem sandigen Boden vor dem Wachlokal.

“Allāhu akbar”, feierte der Mittzwanziger sein erstes Todesopfer ab und reckte die Faust.

“Allāhu akbar”, machte Mahmoud es ihm nach, etwas leiser noch, den Schock über die eigene Brutalität hinter einem grimmigen Blick versteckend.

“Gut so, nur keine Angst, Junge, Gott ist mit dir.”

Saber blickte umher, gefasst, dass die Schüsse den dritten Polizisten auf den Plan rufen würden, den sie beide durch die Scheibe im Wachlokal gesehen hatten.

Aber Tamer hatte sich drinnen bereits auf den Boden geworfen. Das gleiche tat der kleine Ventilator, spätestens ab Mittag chancenlos gegen die Wüstensonne, mit dem Papier, an dem der gutmütige 30-jährige eben noch gearbeitet hatte, dem Protokoll unbedeutender Ereignisse vom Vortag. Der Polizeioffizier war hart mit der Hüfte auf dem Betonboden gelandet, kroch nun zu seinem Waffengurt und mit ihm zur angelehnten Tür, die im besten Fall Mücken aufhalten konnte, jedoch nicht Hitze, geschweige denn Hölle.

Immer noch auf den Knien beobachtete Tamer durch den Spalt den Bauch seines koptischen Arbeitskollegen und besten Freundes. Er hob und senkte sich. Mina lag drei Meter von ihm entfernt auf dem Rücken, lebte noch. Tamers Blick scannte die Umgebung nach Angreifern, keine Spur. Nur die zwei Polizisten bewegten sich, welche am Morgen mit den ersten Touristen zu ihnen gestossen waren. Er hatte sie noch nie hier arbeiten sehen.

Er stiess die Tür mit der linken Hand leicht auf und winkte sie herbei: “Yati huna! Hierher! Mina hat’s erwischt!”

Anstelle der Hilfe für den röchelnden Mina folgte ein Knall und ein stechender und feurig heisser Schmerz in Tamers linker Schulter. Sein Arm gab nach, Nase voraus fiel er in den hart getretenen Staub, Blut.

“Ya wisikh”, schrie Tamer in Mahmouds Richtung.

Der als Dreckiger bezeichnete zögerte, blickte kurz zu Saber, als ob er Erlaubnis oder Ermutigung für einen zweiten letalen Schuss brauchte. Tamer riss seine Glock 17 aus dem Halfter, drückte sie gegen die vermeintlichen Arbeitskollegen ab. Das

Projektil flog über Minas Körper hinweg, traf nicht, zwang Mahmoud aber, hinter die kleine Mauer zu springen. Eine Sekunde, in welcher Minas Knöchel gepackt wurden. Mit schmerzentstelltem Gesicht zerrte ihn Tamer in den simplen Wellblechbau zurück, zog hinter sich die dünne Türe zu und sprach auf seinen Freund und Untergebenen ein:

“Mina, du überlebst das! Bete! Du überlebst das!...”

Minas rechte Hand zuckte, seine Augen blieben zu. Seinem Mund entfuhr ein Wimmern. Draussen weitere Schüsse. Die Plastikscheibe des Schalters zersprang.

Tamer hechtete ans andere Ende des Raums, ergriff den verbeulten, türlosen Blechkasten – früher, als man hier noch Eintrittskarten verkaufte, eine Art Tresor – schob ihn keuchend über den Boden und platzierte ihn zusammen mit zwei Stühlen vor der einzigen Türe.

Draussen wurde eine weitere Salve abgefeuert. Ein Projektil durchschlug die Türe, traf den Nagel, der das Fotoportrait Mubaraks an die Rückwand des Polizeipostens heftete. Scheppern, Glas zersprang; das Präsidentengesicht landete auf dem Boden; es hatte auch vor dem Sturz nicht gelacht.

Zurück bei Mina fasste Tamer in dessen Hosentasche, zog ein blutiges kleines Kreuz aus Holz hervor, schlicht verziert, drückte es dem sterbenden Polizisten in die Hand.

“Halte durch, ...ich hole Hilfe!”, und dann noch leiser: “Auch ich überlebe, in schāʾa llāh.”

Tamer japste nach Luft, Schweissperlen; er warf eine Decke über den blutenden Körper Minas, ein Stück farbigen Stoffs, welches über Nacht den Schreibtisch vor Sand und Staub schützen sollte, der bei Wind allzu leicht durch die vielen Ritzen der Hütte drang; mit ein Grund, weshalb man weiter talabwärts ein neues, etwas komfortableres Besucherzentrum mit

Parkplätzen für Reisecars gebaut hatte. Für die Tourismus-Polizei hingegen war die alte Hütte gut genug.

Stimmen drangen rein: “Saber, da ist noch einer drin.”

“Egal, Mahmoud, es wird sowieso bald wimmeln von denen, alle Kafirs! Lass uns unsere Aufgabe erfüllen, bevor sie kommen, verlieren wir keine Zeit.”

‘Aufgabe erfüllen?’, Tamer reagierte mit einem lähmenden Ohnmachtsgefühl, als er zu ahnen begann, was mit ‘Aufgabe’ gemeint sein könnte; dann drehte sich ihm der Magen um. Er presste seine Augen zusammen, griff in seine Brusttasche, zog ein schwarz-weisses Foto hervor, küsste das Bild seiner Frau, schnallte den Gurt um, ergriff seine eigene Maadi Misr, sprang auf den Schreibtisch. Auch der Ventilator fiel nun und surrte am Boden weiter. Tamers braunen Halbschuhe traten letzte Stücke von Plexiglas aus dem Holzrahmen des Schalters. Er kletterte aus dem Fenster, erkannte rasch, dass auch Ali nicht mehr zu helfen war, rannte in Richtung der nördlichen Umfassungsmauer des Tempelareals – und in deren Schutz in Richtung der ersten Säulenhalle.

Die antike Anlage wurde in einem Talkessel gebaut, vielleicht vom Architekten Senenmut, vielleicht irgendwann im 15. Jahrhundert vor Christus, vielleicht als Grabmal. Sie bestand im Wesentlichen aus zwei grosszügigen Terrassen, die durch Säulenhallen getrennt und mit Rampen verbunden waren. Um zu den Touristen zu gelangen, hätte Tamer die erste Rampe nehmen müssen, dabei aber zur Zielscheibe werden können. Er kletterte also über ein Gemäuer aus pharaonischer Zeit, bezwang Geröll und Steine und erreichte keuchend die Terrasse oberhalb der Kolonnade des ersten Portikus. Der 80 mal 70 Meter grosse Platz war sauber, topfeben mit Kalksteinquadern belegt. Von hier führte die zweite Rampe nach oben, zur zweiten Terrasse, zu noch mehr Säulenhallen und dem Festhof.

Die Kulisse des imposanten Bauwerkes bildeten senkrechte Felswände. Ihr Ocker leuchtete warm, wie das Sanktuarium auch. Im Normalfall wie schützende Hände um den Tempel wirkend, zeigten sich die Felsen nun von ihrer erbarmungslosen Seite: Unüberwindbar steil boten sie den Ägypten-Reisenden keine Rückzugsmöglichkeit vor den lauter werdenden Schüssen. Und wie meistens an Montagen waren besonders viele angereist gekommen, Besucherinnen und Besucher aus aller Welt, die das zweitberühmteste Gebäude Ägyptens noch vor der Mittagshitze erleben wollten: den Totentempel der drittberühmtesten Frau der ägyptischen Geschichte: Hatschepsut.

“Hide! Hide! Quick! We are under attack!”

Nach einer Verschnaufpause keuchend weiter: “Terrorists! There are Terrorists!”

Tamer hätte sonst noch ein paar Worte drauf gehabt in der Weltsprache, aber im Moment war nicht mehr nötig.

‚Der Platz ist bewusst gewählt’, durchfuhr es den rennenden Polizisten, und er versuchte, seinen Schrecken über den teuflischen Plan in Adrenalin umzusetzen. ‘Sie machen den Totentempel zur Todesfalle’. Er zwang sich, im Tempo nicht nachzulassen, immer näher zu den Reisegruppen, deren Bewegungen ebenfalls hektischer wurden; erste hysterische Schreie, weitere Schüsse. Tamers stechender Schmerz war nun weniger in der Schulter zu spüren, vielmehr in der Lunge – kein Durchschuss, aber Überanstrengung, Keuchen.

Seine Augenwinkel meldeten einen regungslos am Boden liegenden Körper. Seine Beine lenkten ihn zum Opfer. Er packte den asiatischen Mann an der Schulter. Sich selbst rückwärts bewegend, begann er, ihn wegzuziehen, um seinen Hals baumelte seine zertrümmerte Minolta. Tamer suchte hinter sich nach einem Versteck, fand keines, liess den Mann wieder liegen, um sich in allerletzter Sekunde Haken schlagend aus dem Staub zu machen, denn fünf bis sechs Angreifer – so schätze er

– befanden sich bereits auf der ersten Terrasse – knappe 100 Meter von ihm entfernt.

Erst als er zusammen mit einer Touristengruppe zwischen den Säulen der Geburtshalle des zweiten Portikus Schutz und Verschnaufpause fand, spürte er den Stich im Unterschenkel und tastete ihn mit der rechten Hand ab. Der Schuss hatte genau zwischen Waden- und Schienbein hindurch getroffen, mit zersplitterten Knochen wäre er auf der Terrasse zusammengebrochen, für immer.

Tamers Augen überflogen die kleine Gruppe Touristen in seiner Nähe, knapp zwanzig Leute, dem Anschein nach Westeuropäer, vorwiegend ältere, Sonnenbrillen, helle Sonnenmützen, die auch den Nacken bedeckten, Wasserflaschen, Fotoapparate, kleine Rucksäcke.

"Come here! Quick! Hide here!", Tamer raunte mehr als er schrie.

Während die Schreckensgestalten rund um Saber und Mahmoud die Leistungsfähigkeit ihrer halbautomatischen Waffen ausreizend, via zweite Rampe die obere Terrasse ansteuerten, lotste Tamer seine Gruppe zur Säulenhalle des unteren Anubis-Sanktuars, bat sie, sich still zu verhalten, postierte sich mit Glock 17 und Kalaschnikov zwischen den mittleren beiden Säulen des Portikus. Er hätte geweint, hätte er gewusst, was in dieser Zeit im Hof der oberen Terrasse passierte. Weitgehend schutzlos fielen Dutzende dem Wahn der jungen Aktivisten zum Opfer. Was die Kugeln aus den Maadi Misr begannen, führten Metzgermesser in den Händen der Fanatiker zu Ende.

Tamers Schützlinge hockten sich an die Rückwand der kleinen Säulenhalle, zwölf Pfeiler, zehn mal acht Meter. Über ihren Köpfen die farbige Darstellung von Anubis, dem ägyptischen Gott der Totenbestattung, wie er auf einem Thron sitzt, vor einem Tisch mit Opfergaben. Einige der Darbringungen würde er mit seiner Schakalsnase beschnuppern, sie annehmen und ins Reich der Toten begleiten, andere für später aufsparen.

Genau so mussten sich die Touristen gefühlt haben. Dem Tod völlig ausgeliefert, stellte sich die quälende Frage, für wen es jetzt schon Zeit war, für wen noch nicht. Einige schluchzten leise, andere wagten zu flüstern, beteten, Paare sassen Arm in Arm, zitternd. Nach endlosen zehn Minuten, Allāhu-akbar Ru fen und grausigen Schreien, stand einer auf, einer der Älteren, näherte sich Tamer von hinten, sprach ihn sorgfältig an:

“What’s happening..., can you see something?”

Tamer drehte sich nicht um: “They are killing. Stay back!”

“I’m a doctor. Just in case. I hope I... can save some lives ... as soon as this horror is over.”

“You can’t resurrect people, can you!”

Kurze Stille, dann: “Where you from?”

“Switzerland... I’m Swiss... It’s the seventh time I’m here...”, und nach weiteren Schüssen und Hilferufen von der oberen Terrasse her, “I’ve always loved this country and it’s ....”

Er brachte das Wort ‘people’ nicht über die Lippen. Tränen.

Dann: “Thank you for protecting us!”

“It’s my duty”, Tamer pausierte, checkte ein weiteres Mal die ganze Umgebung, seine Waffen, positionierte sich erneut im Schutz dieser einen Säule, “not only as an officer, also as an Egyptian, as a human. You are guests”, er atmete schwerer als vorher, “not intruders.”

Der Arzt zuckte zusammen, ein Schrei entfuhr ihm. Ein Mensch fiel vor ihren Augen herunter; er musste über die Brüstung der oberen Terrasse gesprungen sein, sechs Meter tief; drei vor Tamers gebrochener Nase prallte er auf, stöhnte, blickte mit aufgerissenen Augen Hilfe suchend umher.

"I must get her", presste der Arzt sein lebensmüdes Vorhaben heraus.

"Wait, I give you cover!" Tamer trat zwei Schritte unter dem Laubengang hervor und richtete seine AK-47 nach oben für den Fall, dass ein Terrorist der fliehenden Person hinterher gelaufen wäre.

"Now! Get her! Quick!"

Sein regelmässiges Training erlaubte es dem 50-jährigen Arzt, die Frau innert Sekunden mit dem Rautek-Griff in die Säulenhalle zu ziehen. Während in allernächster Nähe Schüsse ausgetauscht wurden, brachte er das Opfer in Schocklage. Eine Krankenpflegerin in der Reisegruppe half. Noch ein Schuss in allernächster Nähe. Der Arzt blickte zurück.

Zum ersten Mal seit Jahren entfuhr ihm ein 'Scheisse'. Wo vorhin die Frau lag, lag nun der Polizist, der Länge nach hingestreckt. Das Abwägen und Entscheiden musste in Hundertstelsekunden stattfinden, 'I've always loved it's people', also: Sprung aus dem Versteck, nochmals Rautek-Griff anwenden, den Polizisten in die Säulenhalle ziehen, keuchen.

Der Beamte atmete. Es ist schwer, auf einer schwarzen Uniform Blutflecken zu finden. Dank Abtasten gelang es dem Schweizer Arzt. Erstversorgung mit abgerissenen Hemdsärmeln.

Ein weiterer Tourist wagte sich zur vordersten Säulenreihe: "Kurt, khann i hälfe?"

"Hol e biz Wasser, Daniel, dangge."

Dann blinzelte Tamer, hob seinen Arm so gut es ging, zeigte auf die Glock, die noch im Sonnenlicht draussen lag: "Two ... bullets left".

Daniel kam mit zwei angebrauchten Flaschen Hayat Mineralwasser und nach einem kurzen Sprint mit der Pistole zurück.

"Give it to me. And now go back. Hide. I stay here in the front."

"No, you are wounded. You have wounds in both shoulders and in your leg; Daniel, khasch du mit däre Waffe umgoh?"

Daniel antwortete nicht auf die Frage. Dafür fixierte er eine Gestalt. In einiger Entfernung rannte sie die Rampe zur unteren Terrasse runter. Daniels Gesicht hellte sich auf.

"Halleluajah, it's the police, they've sent reinforcement", und nach einem kurzen Blick zum Arzt, "you know, I've been praying for help."

"Help? ... You better stay ... back!", warnte Tamer, "Camouflage. This bastard is ... one of....", er brachte die Wörter nicht alle verständlich über die zitternden Lippen.

Bald machte das Geballer des verkleideten Mannes klar, dass er tatsächlich nicht hier war, um Terroristen zu jagen, sondern Touristen, Menschen, unbewaffnete, Väter, Mütter, Liebespaare, Besucher aus dem Ausland, vorwiegend Nicht-Muslime, die ihm von irgendeinem Imam, Scheich oder seiner eigenen verdrehten Innenwelt als Feinde des Islams verteufelt worden waren.

Besorgt blickten die beiden Schweizer auf den schwer verletzten Tamer.

"We need to carry you away from the pillars. Daniel nimmne du unter dr rächte Schultäre."

"No, please, no, ... is ok. In shadow of pillars they can't see...", Tamer suchte nach Kräften, um Luft durch seine Stimmbänder zu drücken, "because their... eyes accustomed to sun..."

"We will stay with you", beharrte Daniel, "what is your name, by the way?"

"Tamer, I'm ... Tamer." Und nach ein paar Sekunden lauter: "Step back! Baaaack!"

Bevor die beiden Schweizer einen Schritt zurück machen konnten, feuerte Tamer seine Glock ab. Der Schuss liess ihnen die Ohren pfeifen. Nur der Polizist hatte bemerkt, dass der eine Terrorist immer näher an ihr Versteck herankam. Es war mehr ein Warnschuss. Aber er erreichte seine Wirkung. Mahmoud zog sich in Richtung Rampe zurück, vorbei am asiatischen Opfer, das noch immer dort im Staub lag. Der Körper konnte den Tritt in die Seite längst nicht mehr spüren.

Zwischendurch gabs kurze Momente ohne Schusslärm, besorgte Blicke wurden ausgetauscht, Daniels Lippen flüsterten weitere Gebete, noch immer keine Verstärkung. Der Arzt fasste Tamer am Handgelenk, Puls fühlen. Verletzung an der Schulter nochmals ansehen, Durchschuss, wohl Hochenergieverletzung, Gustilo Anderson Kategorie II vielleicht III. Sinnvoll wäre eine Stabilisierung; die Blutung hielt sich in Grenzen, trotzdem Verbandwechsel durch weiteres Kürzen seines eigenen Hemdsärmels, dann Zuwarten.

"I'm so sorry for mess", Tamers Augen suchten die von Kurt, "I apologize for what these men done; is against our religion, is crazyness."

"Yes, it is crazy. Thank you, Tamer. I'm never going to forgive these Terrorists, but with all of my heart, I forgive your people and your country."

"Thank you", nickte Tamer, und nach weiteren stillen Sekunden, "you know, I never speaked with tourists, but now I have question", Tamer wartete, bis Kurt nickte, dann, "I not understand, why you visit here so many of you. This is graveyard, is for the dead and is old, is broken. Why you so interested?"

"Hmm, ..." Kurt wartete mehrere Sekunden, hatte nicht wirklich Lust, über die Frage nachzudenken, aber es ging darum, den Polizisten wach zu halten, bis Hilfe kam, daher: "When I watch at these old pillars and the fainting colours of the pictures of Anubis and other Gods and at the temple as a whole, I imagine how this place really looked in the old times, it's stirring my imagination. It shows a greatness of a culture that died, but resurrects in my fantasy, in my heart."

Tamer nickte leicht.

"You know, in the presence of these monuments... my own life is ... somehow expanding over the expected 80 or 90 years." Kurt schaute zur Rampe, zu Daniel, dann zur Reisegruppe hinter ihnen, wie sie immer noch zusammengekauert an der Wand lehnten. "As soon as these ruins get alive ... in front of my inner eye, it's like... it's like I get remembered that we as humans are more than just individuals. We are part of something bigger, of a project, of a form of life called humanity with challenges, joys, achievements and failures. It's crazy, but it's a bit like my soul is at home in Basel, in Switzerland, but my spirit is at home everywhere where humans or nature formed wonders. And the wonders are witnesses that we are all creators, more or less responsibly shaping that planet we are called to live on."

Kurts Lippen waren während des Redens ausgetrocknet. Tamer entgegnete nichts, aber sein müder Blick wanderte zu Daniel, was dieser als Aufforderung verstand, seine Sicht auf Ägyptenreisen zu äussern.

"You know, Tamer, I'm not even sure, whether we really sit here in a graveyard or a temple. I came here to study other possible uses of ancient buildings, mainly the one of store-houses. I believe it's possible that this here", Daniel blickte um sich, "is not a temple, but was a granary."

"Daniel, sorry, dasch absurd, loh das jetzt sy, bitte, mir hän gnuäg über das gredet" und der Arzt machte sich daran, dem schwer atmenden Tamer nochmals den Puls zu messen.

"No, ... is ok, ...let he explain," offensichtlich war Tamer der gereizte Klang in Kurt's Stimme nicht entgangen, "you know", und jetzt musst sich Tamer wirklich alle Mühe geben, verständliche

Worte auszusprechen, "some of Copts here also not believe these is temple... they say, was to store grain. I have one good friend, is Copt, ..." Dann verbesserte er sich, leiser, trauriger: "I had one good friend, was Copt", und weil die beiden Basler nichts entgegnen konnten, ausser dem schmerzerfüllten Blick so gut als möglich standzuhalten, "even when we people are big project and achieve lot of great things, we all die, all, Copts, you Christians or not believing and we Muslims. Is one memory in earth, this dies, but is also one memory in heaven, this not dies."

Und weil den beiden Gästen immer noch keine Worte einfielen, um der ungeheuren Spannung die Spitze zu brechen, fuhr Tamer fort:

"If I not make it, would you..." Tamer's Lippen vibrierten, "my wife is ... pregnant", Tamer hielt inne, schaute in die Ferne, über die Terrasse Richtung Niltal.

"They come, finally, ... cloud of dust, where street is..", er hob den rechten Arm, zeigte nach Osten.

Der Arzt richtete sich auf, bildete mit der Hand ein Schattendach über seinen Augen, winkte Daniel herbei.

"Si khömme tatsächlig. S'isch au högschti Zyt..."

Daniel verzichtete auf einen erneuten Hinweis darauf, gebetet zu haben. Er schluchzte auf, umarmte Kurt, wurde von diesem aber daran gehindert, den hockend wartenden Reisekollegen Hoffnung zu machen.

"Bliib do, saag no nüt. Wär weiss, nid dass si no ufstöhnd und ummespringe."

Dann platzierte Tamer sein Anliegen: "Please, ... tell my wife, tell authority, I have fight, I have not run away."

“I promise, I promise, but you will make it...”, nochmals richtete sich der Arzt auf, “the Terrorist are leaving, they saw the police coming.”

Tatsächlich kam die Horde Besessener die Rampe runter. Einer mit einer Art Machete blieb beim Asiaten mit der kaputten Minolata um den Hals stehen, holte beidhändig aus.

“La samaha Allahu”, schrie Tamer mit letzter Kraft, "tu das nicht! Er ist schon tot.”

Tamer schaffte es, sich aufzurichten, stemmte sich auf seine Beine, fasste seine Kalaschnikov und dann taumelte er aus dem Schatten des Sanktuars ins gleissende Sonnenlicht.

“Verreist, ihr Dreckigen, Leichenschänder!”

Eine Salve, noch eine, noch eine, dann brach er zusammen.

Bibliotheca Alexandrina

Alexandria — Amir – **Ghada** – Hassan – Nagib

Vom Meer her wehte eine kühlende Brise. Sie trug den Duft des Salzwassers und das Gekreisch einiger Möwen in die aufgeheizten Strassen von Downtown Alexandria. Mit zunehmender Stadttiefe nahm der Einfluss des Meeres ab, übernahmen ganz andere Gerüche die Luftherrschaft zwischen den sechs- und siebengeschossigen Häusern, welche den früheren Glanz Alexandrias nur matt wiederzugeben vermochten. Neben Abgasen kämpften Grillfleisch, brennender Plastik, Sisha-Lounges, Eselkot und Grünabfälle um olfaktorische Wahrnehmung.

Ghada jedoch hatte alles andere im Kopf als den Aromen nachzusinnen, die sie auf ihrem täglichen Weg vom Hauptbahnhof zur Bibliotheca Alexandrina begleiteten. Knapp eine Stunde für eineinhalb Kilometer Luftlinie brauchte die junge Studentin, die ihr volles, dunkelbraunes Haar unter einem weissen, mit schlichten Ornamenten verzierten Kopftuch trug.

Sie war rasch unterwegs. Es war schon morgens heiss, also ging sie im Schatten noch höherer und neuerer Blocks, Büros, Administration, oben Wohnungen, Betonbauten ohne Stil, deren Farbe mit Ghadas hellgrauer Abaya verschmolz. Vorbei am Stadium Alexandrias, der Wiege des ägyptischen Fussballs. Von dort eilte sie nordwärts, blickte wenig auf, wich dennoch gekonnt aus, wo Werbeplakate, Abfälle oder Plastikstühle mit rauchenden Herren ihren Weg verengten. Ab und an hielt sie kurz inne und schaute sich ängstlich um.

Wie so oft, entschied sie sich auch heute für den Umweg durch die beiden Schallalat-Gärten. Sie teilte die Liebe zur grünen Oase direkt neben der vielbefahrenen Suez-Kanal-Strasse mit unzähligen anderen Alexandrinern. Hübsch gepflegte Bäume und Büsche, ein Teich, Eisdielen, Cafés, Spielplatz, sogar grüner Rasen und viel uraltes Gemäuer, das von der langen und kaum zu überschätzenden historischen Bedeutung der Stadt zeugte. Erst hier konzentrierte sie sich auf ihren Geruchssinn und versuchte Hinweise zu erhaschen, ob der Hibiskus bereits blühte.

Ja, da war er, der Duft, den sie liebte, der sie für ein paar Minuten an eine andere Welt glauben liess, von der sie wusste, dass es sie gibt – eine Welt der Ruhe, des Glücks – und auch der Freiheit, sich so auszudrücken, wie sie es immer wollte und nie konnte. Sie erlaubte sich nur kurz, die Sehnsucht nach dem Schönen aufkommen zu lassen, und blickte sich dann erneut um. Während sie den Weg, den sie eben gekommen war, sorgfältig mit ihren dunklen Augen absuchte, putzte sie sich die Nase, als wolle sie den wahren Grund für ihre unvermittelten Stopps ja nicht zu erkennen geben.

Sie schien etwas beruhigt, lockerte im Weitergehen ihre Schultern, kramte ohne hinzusehen etwas aus ihrer braunen Kunstledertasche und verschwand hinter einem alten Steinturm. Ein zweisprachiges Schild bezeichnete die Ruine auf Arabisch und Englisch als Überbleibsel der hellenistischen und islamischen Stadtbefestigung. Während sich die Griechen gegen den römischen Einfluss unter Cäsar zur Wehr setzten, ging es den Kalifen darum, sich die Kreuzritter des Mittelalters vom Leibe zu halten.

Als Ghada nach wenigen Sekunden von der anderen Turmseite auf den Parkweg zurückkehrte, hielt sie ein Mobiltelefon am Ohr. Das Hellrot ihrer sich leicht bewegenden Lippen war deutlich intensiver als eben noch und ihre Augen versteckten sich nun hinter dunklen, grossen Brillengläsern. Sie trug den Kopf etwas höher, und vielleicht hätte man ihren Gang jetzt als eleganter bezeichnen können.

“Salam Fatima. Bist du heute an der Universität?”

“Ja, aber später als normal.” Fatimas Stimme war ziemlich aufgeregt. “Ich kann mich heute über Mittag an einer amerikanischen Schule vorstellen.”

“Fatima, ... Amerika... willst du etwa...”

“Nein, nein, meine Liebe, die Schule ist hier in Alexandria, nicht weit vom Zentrum. Ich könnte als Klassenassistentin arbeiten. Stell dir vor, ich würde 400 Pfund pro Halbtag erhalten.”

“400 Pfund, das ist Wahnsinn, du scherzt, oder?”

“Nein, voll ehrlich, 400, Ghada. Ich werde mir mit dem ersten Lohn die Nägel machen.”

“Fatima, die Nägel? Das ist unnötig, du ziehst zu viel Aufmerksamkeit auf dich. Leg was auf die Seite, keine Ahnung, vielleicht für eine Reise?”

“Hmm... Auch eine gute Idee. Aber zuerst muss ich die Stelle erhalten. Hey, wenn’s klappt, fliegen wir nächstes Jahr eine Woche nach Dubai ok?” Fatima begann zu kichern. “Wir könnten ein paar junge Prinzen kennen lernen, schöne Männer mit Geld.”

“Wir werden sehen, was auf uns zukommt, Fatima! Vielleicht können wir auch Rom und Venedig besuchen”, entgegnete Ghada. “Ich wünschte einfach, meine Eltern liessen mich auch einer Arbeit nachgehen.”

“Ach, Ghada, ich weiss, wie schwer du’s hast...”

“Es kommt schon gut, irgendwie, irgendwann. Meine Träume sind jedenfalls noch nicht gestorben. Sehen wir uns an der Uni, ok?”

“Ok, ich bin gegen vierzehn Uhr im Lesesaal. Gleicher Tisch wie immer?”

"Wenn er frei ist?”

An der nächsten Weggabelung blieb Ghada stehen, verabschiedete sich mit einem fröhlichen 'Ala alliqa', bis bald.

Fünfzehn weitere Minuten zu Fuss benötigte sie noch zum modernen Neubau der legendären ptolemäischen Bibliothek, die bis heute als Mutter und Urform aller Universalbibliotheken gilt. In zehntausenden Buchrollen war dort das gesamte Wissen der Menschheit um die Zeitenwende gespeichert gewesen, hatte Scharen von Wissenschaftlern angezogen, jüdische, griechische, römische, bis die Papyri samt Gebäuden von einem verzehrenden Feuer restlos zerstört wurden. War das Feuer gelegt? Ein Kollateralschaden des Angriffs Cäsars auf die Metropole? Niemand weiss, wann genau die Bibliothek verschwand und wer daran schuld war. Die historischen Quellen schweigen.

Lage und architektonische Aussagekraft des Neubaus fielen in die Kategorie des Opernhaus von Sydney. Daher wollte die moderne Bibliotheca Alexandrina in ihrer überwältigenden und zeitlosen Wirkung gar nicht in die hybride, etwas heruntergekommene Stadt passen, deren Namen sie trug. Direkt an der mediterranen Küste gelegen, wirkte das zum Meer hin geneigte runde Dach mit dem Pyramidenmuster zumindest vom Wasser aus gesehen wie eine aufgehende Sonne, vor allem dann natürlich, wenn diese sich darin spiegelte.

Genauso wie die Bibliothek eine städtebauliche Oase inmitten einer Wüste schlecht gewarteter, sandfarbener Häuserblocks darstellte, war sie für Ghada eine Oase des freien Denkens inmitten einer Landschaft lebloser und strikter Verhaltenskultur. Diese hatte die salafistische Gemeinschaft in den letzten zwanzig Jahren in vielen Stadtteilen Alexandrias aufgebaut, und ganz besonders in Al Mandara. Ghada war ihr täglich ausgesetzt. Als Frau dürfte sie eigentlich gar nicht alleine unterwegs sein, geschweige denn studieren, es war verboten, haram. Schminke? Offene Haare? Haram. Einen Mann mit Handschlag begrüssen? Selber Autofahren? Haram. Karriere machen? Politische Ämter anstreben? Haram. In Geschäften mit westlicher Mode einkaufen oder ins Kino gehen? Haram.

In Abduls Bäckerei ein feines Frühstück kaufen? Erlaubt, aber kostspielig. Der Duft aus der Backstube lud sie zwar ein, das Anliegen ihres knurrenden Magens ernst zu nehmen, ein Aish Baladi zu kaufen, ein Fladenbrot, dazu vielleicht etwas Zatar, die allgegenwärtige Gewürzmischung auf Thymianbasis, aber sie liess es bleiben, obwohl sie zuhause nichts gegessen hatte; je früher sie zur Wohnung rauskam, desto besser, weder mit Papa Muhammad noch Bruder Hassan wollte sie unnötig Zeit verbringen. Aber das Geld, um das ausgelassene Frühstück nun nachzuholen, stand schlicht nicht zur Verfügung.

Was sie dem Geruch des frischen Brotes aber erlaubte, war, sie in ihre Kindheit zu entführen, in die unbeschwerten Erinnerungen ans gemeinsame Teigkneten und Backen mit ihrer Mutter und ihrer Tante. Es war eine wunderbare Zeit, als sie noch in Izbat Bahnasi lebte, einem kleinen Vorort von Rosette, ebenfalls Nildelta, einfach ein wenig östlich von Alexandria. Sie wünschte, sie hätte mehr von der damaligen Sorglosigkeit hinüberretten können. Damals war die Welt noch eine andere.

Zusammen mit ihren Geschwistern, Cousins und Cousinen hatte sie ihre Zeit mehrheitlich draussen auf den Strassen und Feldern verbracht, und so waren die engen Wohnverhältnisse kaum ein Problem gewesen – zumindest nicht in ihrer Wahrnehmung. Die sechsköpfige Familie hatte sich das Zweizimmer-Haus mit Vater Muhammads Bruder und dessen Familie geteilt. Irgendwie ging das, sie hatte das Leben in der Grossfamilie geliebt, das Spielen, Plaudern und vor allem das Lesen.

Und dann war da die jährliche Getreideernte ihres Grossvaters, das Helfen der ganzen Familie, das Sammeln der Ähren, das Befüllen der Handdreschmaschine, das Mahlen für den Eigenbedarf. Sie hatte es geliebt, vor der Ernte über die feinen Grannen der reifen Gerste zu streichen oder nach dem Mahlen mit weissen Fingern in die Hände zu klatschen, so dass der Mehlstaub aufflog und kleine Wolken formte, die sie wegblasen konnte.

Sie erinnerte sich an Hosni, damals ihr Lieblingscousin. Wie oft hatte sie mit ihm und ihrem Bruder Hassan Verstecken gespielt, Fussball, oder sie waren mit einem der beiden Väter fischen gegangen; bis dieser Morgen kam, an dem Grossvater nicht mehr aufwachte. Obwohl eher arm, reichte die Aufteilung des Erbes aus, um einen Streit zu entfachen, den die beiden Brüder nicht klären konnten.

Hosni, damals bereits vierzehn, war bei einer dieser Auseinandersetzungen dabei, sah zu, wie Muhammad seinen Vater mit lauten Worten anging. Ghada erinnerte sich an seinen Schrei: ‘Khalas, es reicht! Fertig!» Und Hosni ergriff ein Küchenmesser, verletzte Muhammad von hinten an der Schulter, erhielt von diesem einen Schlag ins Gesicht, dass er bewusstlos zusammensackte. Und das war’s gewesen. Die Familien trennten sich im Streit.

Mit dem dramatisch erlebten Umzug nach Alexandria verband Ghada auch die plötzliche Aufforderung ihrer Mutter Eslem, nun ein Kopftuch tragen zu müssen. Mehrfach war Ghada krank gewesen während ihres ersten Jahres in Alexandria; mit dreizehn lag sie wegen einer Lungenentzündung zwei Wochen auf der Intensivstation. In ihren Fieberträumen durchlief sie in atemberaubendem Tempo ihre Erinnerungen an Izbat Bahnasi, dachte ans Sterben, sah keine Zukunft, wunderte sich, ob es ein Leben nach dem Tod gäbe, vermisste ihre Familie, hatte dennoch Angst vor den Zornesausbrüchen ihres Vaters, hasste ihr Leben und schätzte sich trotzdem glücklich, als es langsam bergauf ging.

Noch Jahre nach ihrer Genesung zehrte sie von den freundlichen Blicken eines der Ärzte und den mutmachenden Worte einer der Pflegerinnen, Raja, die für sie zu einer älteren Schwester wurde. Hätte sie zu ihrem eigenen Vater eine bessere Beziehung gehabt, sie hätte ihn gefragt, warum er diese Pflegerin bei seinem einzigen Besuch im Spital derart unwirsch aus dem Zimmer gewiesen hatte. Aber seit dem Streit mit seinem Bruder war Papa Muhammed nicht mehr der Gleiche.

Und schon tauchten die Gebäude vor ihr auf, El-Shatby, die Uniklinik für Kinder, wo sie zu lange gelegen hatte. Auch dieses Mal schaffte es der imaginäre Duft von Desinfektionsmittel, sich gegen den sonstigen Wirrwarr an Gerüchen durchzusetzen – und mit ihm auch das Geschrei der anderen Kinder, die damals neben ihr lagen und deren Schicksale Ghada entsetzt hatten. Gleich zwei Mädchen starben während ihrer Krankheitszeit in ihrem Zimmer und bewiesen Ghada die Endlichkeit des Lebens.

Umso wohltuender dann, als hinter den Spitalmauern die hellgraue Steinrundung der Bibliotheca Alexandrina zum Vorschein kam. Aufatmen. Tiefe Züge Meeresluft, ein paar Schritte noch der Corniche entlang und dann: 'Daheim', was für ein Gefühl. Es war paradox: Beim Eintreten in den Gebäudekomplex mit seinen 2500 Leseplätzen verspürte Ghada so etwas wie Privatsphäre. Es war, als ob die strikte Eingangskontrolle der weltbekannten Bibliothek die Geister nicht hineinliess, die sie zuhause plagten, Geister, welche sie kontrollierten, ihr Leben austrockneten und jede Türe, die sich ihr auftat, gleich wieder verschlossen. Aber hier, im hohen, modernen, knapp zur Hälfte gefüllten Lesesaal mit seinem gleichmässigen Lichteinfall hatten diese nichts zu suchen. Kein schlechtes Gewissen, wenn sie die Abaya und das Kopftuch ablegte, ihren eher kurzen, aber attraktiv geformten Körper in schwarzer Hose und dunkelgrüner Bluse zeigte.

Obwohl sie höchstens eine Handvoll Anwesende von der Uni her kannte, fühlten sich alle wie Freunde und Freundinnen an. Hier war sie unbeobachtet, frei zu denken und zu fühlen, was sie wollte. Hier hatte ihr Innenleben Raum – konnte sich unbedroht bewegen und entwickeln. Öffnete sie ein Buch, tat sich ein Fenster auf. Lesen war Hinausblicken in die Welt, war Träumen, war Wahrnehmen, war das Aufsaugen von Atmosphären, war Nahrung für ihr Inneres.

“Ghada, ich habe die Stelle erhalten!”, Fatima kreischte beinahe, als sie auf ihre beste Freundin zuhüpfte.

“Hamdallah, so schön, mabrook Habibi, erzähl mal!”

“Nichts Spezielles. Es waren halt drei Leute dort. Ein dicker, fetter Amerikaner. Der hat nichts gesagt, aber dauernd auf meine Brüste geschaut. Dann eine Frau, die war echt freundlich und schliesslich der Schulpräsident, der das Interview geführt hat, auch ganz anständig.” Fatima lachte Ghada an, spielte mit ihren Augenbrauen, neigte den Kopf, wartete gespannt auf die Reaktion.

“Hast du denn zugesagt?”

“Sicher, mein Schatz, klar doch, warum nicht?”

“Ja, wenn die so doofes Personal haben?”

“Doofes Personal?”

“Ja, wegen diesem Fetten, ich hätte mir das nochmals überlegt.”

“Ich glaube nicht, dass der an der Schule arbeitet. Der ist vom Vorstand oder so.”

“Fatima, wenn dich dort einer anmacht, dann schmeisst du den Job hin, bitte, bitte, bitte. Lass dich ja nicht auf dumme Spiele ein.”

“Ghada, keine Sorge, das sind anständige Leute dort, ganz bestimmt, also die, welche unterrichten. Und es hat überall Kinder.”

Fatima putzte den Tropfen einer Träne von der Tischplatte. “Ghada, machst du dir echt solche Sorgen um mich?”

“Nein, nein; es ist... ich verstehe einfach nicht, warum ich nicht auch arbeiten kann.” Ghada fasste mit zwei Fingern an den Unterarm ihrer Bluse, drückte die Ränder eines kleinen Lochs im Stoff zusammen. Fatima stand auf, ging um den Tisch, setzte sich neben Ghada, nahm sie in den Arm.

“Ich komme heute Abend mit dir nach Hause und erzähle deinen Eltern von meinen guten Arbeitsbedingungen. Mit Kopftuch natürlich. Ich kämpfe mit dir und für dich, Ghada.”

“Ich weiss nicht. Das Kämpfen, um an die Uni zu gehen, war schlimm genug. Ich möchte das nicht nochmals durchmachen.”

Erinnerungen wurden getriggert, Fatima erschauerte. Über zwei Jahre hatte sie kaum mehr mit ihrem Vater geredet, seit sie schreiend durchgesetzt hatte, dass sie studieren durfte. Sie musste drohen, sich etwas anzutun, hörte auf zu essen, stoppte alle Gespräche – für Wochen. Dazu die Angst vor dem Coronavirus, die Masken. Geschlossene Läden. Eine Zeit voller Horror. Mutter Eslem überfordert. Den Konflikt um ihr Studium trug Vater Muhammad im Wesentlichen mit Ghadas Bruder aus.

—

“Meine Tochter wird einen gottesfürchtigen Mann heiraten, einen Muslim, der Allah von Herzen liebt. Und ich weiss genau, dass das nicht passiert, wenn wir sie an diese gottlose Universität ziehen lassen. Sie wird sich schminken, auf Exkursionen gehen, schlimmer noch, ins Ausland reisen wollen, und, Gott bewahre, dort Männern begegnen, die den Koran nicht kennen. Nein! Das kommt nicht in Frage!”

Hassan hatte die Mundwinkel und den Kopf nach hinten gezogen. “Papa, die Hälfte der Mädchen meiner Grundschule besucht unterdessen weiterführende Schulen. Meinst du wirklich, dass Allah etwas dagegen hat?”

“Mein Sohn. Du hast zu wenig Lebenserfahrung. Die Tochter meines Bruders lebt in den USA und ist mit einem”, verächtliche Pause, “Christen zusammen. Die beiden haben nicht mal geheiratet. Das ist kein Unterschied zu einer Prostituierten. Entschuldige das Wort, Hassan. Wer sich einmal mit Ungläubigen einlässt, wird angesteckt, unweigerlich.”

Hassan hörte sich Vaters Gedanken erstaunt an. Erst als er seine Kumpels drauf ansprach, entdeckte er, dass viele von ihnen ebenfalls kritisch dachten wie Papa. Und er wollte so denken, wie seine Peers, er wollte dazugehören, wollte, dass man ihn für seine Haltung zur Geschlechterrolle ehrte und vor allem wollte er auf gar keinen Fall Vorwürfe von seinen Freunden hören, dass seine Schwester etwas Falsches machte und er, Hassan, seine Pflicht als Mann im Haus nicht ernst genug genommen hätte, also verinnerlichte er die strenge muslimische Sicht auf Frau und Studium, war sich mit Papa für eine Zeit lang einig.

Aber dann Papa Muhammad eines Abends hinkend von der Baustelle nach Hause gekommen, hatte sich nach dem Waschen und einem Gebet über den grauen Bart gestrichen, Hassan angeschaut: “Mein Sohn, ich bin bald fünfzig. Meine Leistungen haben nachgelassen, ich werde keinen besseren Lohn mehr erhalten, unser Vermieter hat aufs nächste Jahr eine Mietpreiserhöhung angekündigt. Die Lebensmittelpreise steigen jeden Tag.”

Hassan hatte eine Aufforderung erwartet, selbst mehr arbeiten zu müssen. Aber Papa hatte eine andere Idee: “Wenn Ghada in drei oder vier Jahren eine Stelle als Grundschullehrerin erhält, können wir in Alexandria bleiben. Wenn nicht, müssen wir die Wohnung hier aufgeben und zurück nach Izbat Bahnasi ziehen.”

“Papa, verstehe ich dich recht? Wegen unserer finanziellen Situation möchtest du Ghada an die Uni gehen lassen? Seit wann ist Geld wichtiger als der Glaube? Ist es nicht so, dass wir gesegnet sind, wenn wir uns an die Wege Allahs halten und uns in Allem dem Propheten anschliessen? Gesegnet sei er."

"Natürlich, aber er hat uns auch die Kraft gegeben, zu arbeiten."

"Uns Männern ja, wir haben mehr Kraft. Die der Frauen ist gemacht, um Kinder grosszuziehen und den Haushalt zu führen."

"Mein Sohn, das stimmt, aber es gibt Ausnahmen. Erinnere dich: Kranke, Schwangere, Reisende müssen im Ramadan nicht fasten, damit sie sich nicht überfordern. Wir haben gnädige Regeln. Genau gleich, bevor unser Haushaltbudget überfordert ist, oder wir vor lauter Arbeit das Gebet unterlassen, ist es besser, wenn eine Frau mitarbeitet."

"Nur einverstanden, wenn einmal überhaupt kein Mann in der Familie ist. Wir sind aber zwei Männer, das sollte reichen, oder?"

Hassan war wütend geworden, sein Vater ging vor finanzieller Angst, und noch schlimmer, vor einem Mädchen in die Knie. Was für eine Enttäuschung. Vater nahm keinen Stand ein, sondern beugte sich den Umständen. "Ja, vielleicht sieht Lebenserfahrung anders aus, aber Standhaftigkeit sieht auch anders aus. Und wenn du's nicht schaffst, dir zeige ich's, ich werde Allah treu bleiben und seinen Geboten."

Die beiden Männer des Hauses hatten ihre Rollen getauscht und Ghada hatte das zu spüren bekommen: "Schwester, du wirst nicht ohne Kopfbedeckung zu dieser Wohnung rausgehen! Und wehe, du sitzt im Zug oder in dieser Schule neben einem Mann. Ich sag es dir, wenn ich das mitbekomme, habe ich keine Schwester mehr."

Er hatte sie mit zusammengekniffenen Augen angesehen. "Vielleicht habe ich dann wirklich keine Schwester mehr. Ich hoffe, du verstehst, wie ich das meine!", Hassan hatte die Türe zu Ghadas Zimmer zugeschmettert, zu fest, um im Schloss zu halten, nochmals, sie hatte immer noch nicht gehalten, ein drittes Mal, Farbe war abgesplittert, ein Riss im Türblatt.

—

Nun öffnete Ghada diese kaputte Türe, um Fatima ihr Zimmer zu zeigen. Wie immer seit dann quietschte sich leicht. Mama Eslem bereitete währenddessen das Nachtessen zu. Die drei Frauen verbanden ängstliche Vermutungen darüber, wie Hassan auf den Besuch Fatimas reagieren würde. Ghada hatte den Gast per Textnachricht angekündigt.

Papa Muhammad kam zuerst nach Hause. Er schaute Fatima mit festem Blick an. “As-salāmu ʿalaikum! Kayfa halak?”

“Bekheir, alhamdulillah.” Fatima schlug die Augen nieder.

Muhammad fragte nach dem Ergehen ihrer Eltern und deren Gesundheit, lud dann an den Tisch, überliess es Eslem und Ghada, zu servieren; Sayadeya, Barsch, Reis, Tomaten und Zwiebeln.

“Shukran. Der Reis und der Fisch sind viel besser als ich das schaffen könnte”, Fatimas dankbares Kompliment für das Gericht war zusammen mit einem freundlichen Blick an Eslem gerichtet. Mama übernahm das Gespräch, fragte nach Geschwistern, nach der Herkunft von Fatimas Familie, erfuhr, dass diese vor Jahrzehnten aus Fayum nach Alexandria übergesiedelt war.

Wie gross denn diese Stadt sei? Eine halbe Million Einwohner. Warum sie dort weggezogen waren? Arbeit! Ob sie selber noch dort gewohnt hätte? Nein, aber sie würde sehr gerne mal die Stadt und das berühmte Fayum-Becken besuchen. Was denn daran so berühmt sei, wollte Muhammad wissen. Der Qarunsee, welcher früher viel grösser war und Moeris-See hiess und die fossilen Funde! Was fossile Funde seien, fragte Ghada. Funde von Knochen ganz alter Tiere. Dort gäbe es sogar Walfisch-Knochen. In einem Süsswassersee? Ja, wirklich!

Eslem hörte Hassans Husten zuerst. Er war richtiggehend hineingeschlichen in die Wohnung. Nun stand er da, unterm Türrahmen, schwarze Haare, wenig Bart unterm Mund. Dunkle Augen, glänzend, irgendwie warm. Nicht mehr ganz saubere Jeans. ein T-Shirt mit einem Harvard University Aufdruck und dem entsprechenden Logo, dem roten Wappen mit den drei Büchern 'VE'-'RI'-'TAS' – Wahrheit. Eine Schachtel unterm Arm.

Er begrüsste Fatima nicht, die Schachtel aber stellte er genauso auf den Tisch, dass sie dem Besuch am nächsten zu liegen kam.

"Ich habe uns einen Dessert mitgebracht." Ägyptische Zalabyas auch 'Logmet al Kady' genannt – Bisse des Richters. Im Öl gebratene Teigbällchen, aussen knusprig, innen weich. Süss, mit einer Schicht geschroteter Pistazien, die bestens auf dem klebrigen Zuckerguss hielten.

"Shukran; ich bin Fatima; as-salāmu ʿalaikum." Nun grüsste auch Hassan und überforderte seine Familie seinem unerwartet freundlichen Auftreten. Sobald er sich gesetzt hatte, flüchtete sich Ghada in die Walfisch-Geschichte zurück. Ob man diese Knochen heute noch sehen könne. Ja, das sei ihres Wissens möglich, lenkte Fatima von Hassans Anwesenheit ab. Und woher denn dieses Fayumbecken sein Wasser hätte, da es ja in Ägypten ausser dem Nil und kleinen Oasen kaum Frischwasserquellen gäbe. Das Wasser für das Fayumbecken stamme vom Yussuf-Kanal, einem Seitenarm des Nils, der vor vielen Tausend Jahren künstlich angelegt worden wäre.

Hassan hatte Fatima lange gemustert. Sie wusste dies zu ignorieren. Sein Interesse aber war geweckt, er wollte wissen, wer diesen Kanal angelegt hätte.

"Ich denke, dass war Pharaonen, vielleicht im mittleren Reich."

"Warum sollten Pharaonen einen Kanal mit Namen Yussuf anlegen?", Hassans Frage galt dem Josephskanal, seine Hingabe dem Islam, aber seine Augen Fatima, daher: "Könnte es nicht sein, dass Yussuf aus dem Koran diesen Kanal gebaut hat, um die Leute in diesem Fayum-Becken mit Wasser zu versorgen?”

“Keine Ahnung, Hassan, vielleicht schon, ich werde meinen Professor einmal danach fragen.”

“Was studierst du denn?”, Hassan suchte nochmals Augenkontakt.

“Ägyptologie und Altertumswissenschaften.” Fatima gefiel Hassans weiche, etwas kindliche Stimme.

Irgendwann waren die letzten Zalabyas zerkaut, Fatimas Wissen über das alte Ägypten in Grundzügen erzählt, Muhammad und Eslem müde.

“Fatima, wie kommst du nach Hause? Sollen wir dich begleiten, Ghada und ich?”

Mama Eslem war schon oft erstaunt über ihren Sohn; weil er nie ohne Licht einschlafen wollte, zu allen Tageszeiten essen konnte, sie ihm die gewaschenen Kleider nicht selbst im Schrank versorgen durfte. Aber nun war ihre Vorstellungskraft überfordert. Ihr Hassan bot einer fremden Frau an, sie nach Hause zu begleiten!

Auch Ghada war erstaunt, natürlich hoch erfreut. Vielleicht würde eine Freundschaft mit Fatima die strenge Sicht ihres Bruders auf Frauen etwas lockern. Sie wollte hoffnungsvoll sein. Gemeinsam brachten sie Fatima nach Hause, verabschiedeten sich, fuhren mit einem Microbus zurück, sprachen lange nichts.

Kurz vor dem Aussteigen: “Bruderherz, würdest du mitkommen, wenn ich mit Fatima nächste Woche Eis essen gehe?”

Hassans Herz hofft

Alexandria AMIR – GHADA – **HASSAN** – NAGIB

Die staubige Musikbox war mit Kabelbindern an der Sonnenblende des Mikrobusses festgemacht. Am Mobiltelefon des Chauffeurs angeschlossen, beschallte sie die Fahrgäste mit Botschaften Yassir Al-Burhamis. Jeweils um fünf Uhr stellte sie Achmad Habibi an, noch bevor er den Motor seines weissen Mazda Bongo aus dem kurzen Nachtschlaf zu rütteln versuchte. Der 45-jährige Fahrer war sicher, dass die Worte seines Lieblingspredigers einen positiven Einfluss auf die Funktionstüchtigkeit des halb so alten Transportmittels hatten: fast keine Reparaturen, noch nie einen Unfall und immer Kunden. Er konnte zufrieden sein.

Und so stellte er die Playlist mit salafistischen Koranauslegungen erst ab, wenn er das Fahrzeug gegen 23 Uhr halb aufgetankt am Strassenrand vor seinem Wohnblock parkiert hatte. Verschont vor den eindringlichen Aufrufen zu einem gottgefälligen Leben wurden nur die wenigen Fahrgäste zwischen zwölf und fünfzehn Uhr, wenn Latif Habibi das Steuer übernahm und Papa Achmad ein Nickerchen machte, damit er am nächsten Morgen um fünf rechtzeitig aufmochte, um Kunden an den Fischmarkt zu fahren.

Gegen halb acht war eine erste Tasse Sahleb fällig und der Fischgeruch hatte dank offenen Fenstern und Schiebetüren fünfzehn Minuten Zeit, den Kleinbus zu verlassen. Meist nahm Achmed sein Sahleb bei der Tankstelle, bestellte zum heissen Milchgetränk mit dem Pulver von Orchideenwurzeln gerne einen zusätzlichen Schuss Zimt.

Dann checkte er die Treibstoffpreise. War der Diesel günstiger als am Vortag, füllte er so viel ein wie möglich. War der Preis teurer, zahlte er nur soviel, dass die Füllstandsanzeige abends gehofft auf 50 Prozent zu stehen kommen würde; das ging oft gut auf, sicher auch dank Yassir al-Burhamis Worten, mit denen er Hunderten von Fahrgästen die Worte des Propheten und seiner Nachkommen regelmässig in Erinnerung rief.

Kurz nach acht war Achmad zurück im Al-Mandara Quartier, hielt, sobald er Leute am Strassenrand warten sah, mitten auf der Fahrbahn an, rief die Namen einiger Strassen und Quartiere, die er anfahren würde, und demonstrierte täglich, dass die Sicherheitsmarge auf dem zugelassenen Ladegewicht seines 7-Plätzers mindestens 100 Prozent betrug.

Nur im Zentrum Al-Mandaras war die Schlucht zwischen den Häusern breit genug, dass ein paar Bäume Platz und Licht fanden; hier konnten Autos abgestellt werden, ohne den Verkehr zu blockieren. Die Strasse verbreiterte sich zu einem länglichen Platz und war nach der Al-Huda-Moschee benannt. Hier stiegen die meisten Menschen zu, auch Hassan.

“As-salāmu ʿalaikum, Hassan, kayfa halak? Gut geschlafen?”

Hassan liess oft ein paar Mikrobusse passieren, um auf den von Achmad zu warten, dem Vater seines Kumpels Latif. Mit ihm fuhr er am liebsten zur Arbeit, fast wie Familie, manchmal sogar gratis.

“Yaid, wa aanta, Achmad?”

“Danke, ja, ich auch, hamdullah.”

Wie so oft war der Mazda im 15-Platz-Modus, Hassan kauerte am Boden, hielt sich am Griff der Schiebetüre fest und liess sich von den feurigen Worten Al-Burhamis berieseln, gerade so wie jeden zweiten Tag von der lauwarmen Dusche zuhause im dritten Stock des gelbbraun verputzten Betonbaus an der Al-

Wafaa-Strasse, einer Nebenstrasse der Al-Huda-Moschee-Strasse.

Zehn Minuten später aussteigen an der Kreuzung Mahmoud El-Isawy Sidi Besir. Vor neun musste er nicht an der Arbeit sein. Zuerst kamen die Bestellungen der Garagen rein. Die Al-Waled Spare Parts belieferte diese dann mit den gewünschten Ersatzteilen: Zahnriemen, Leuchtmittel, Glühkerzen, Bremssättel und natürlich Kupplungen, was man halt so braucht und verbraucht beim motorisierten Canyoning durch die Häuserschluchten Alexandrias.

“Hassan, gut kommst du. Alles klar bei dir?”, sein Chef liebte seinen Job, liebte Allah, seine Familie, seine zwei Töchter und Fussball.

Im Büro hing die grüne Fahne von Al-Ittihad, dem ältesten der drei grossen Alexandriner Clubs. Hassan und die anderen zwei Mitarbeitenden behandelte Waled auch bei grosser Arbeitslast freundlich und ruhig, und meist war er gut gelaunt. Aber Hassan merkte, dass die Zeit heute mehr drängte als sonst.

“Ich habe dir bereits eine Lieferung für Smouha vorbereitet. Ich hoffe, du kannst alles aufs mal mitnehmen. Du musst vor Mittag dort sein, am besten noch vor elf Uhr.”

“So früh? Warum eilt das so?”

In Gedanken stellte er sich die Strecke durch die Stadt vor. Er würde in der Nähe der amerikanischen Schule vorbeikommen.

“Zwei Wagen der Regierung, Carep Smouha, du weisst schon, die koptische Garage.”

“Waled, echt jetzt? Lässt die Regierung ihre Fahrzeuge bei einem Kopten reparieren?” Er würde einen kleinen Umweg fahren und Fatima einen Gruss seiner Schwester überbringen.

“Erst seit Kurzem. Die vorherige Garage hat mehrere Rechnungen doppelt ausgestellt und sie haben’s bemerkt.”

“Eine Schande, Waled.” Hoffentlich war sie überhaupt dort.

“Ja, aber lass uns unseren Job gut machen; schaffst du’s vor elf dort zu sein?”

“Sicher doch; ich gebe mein Bestes”. Meistens arbeitete sie am Vormittag an der Schule und war am Nachmittag an der Uni; es war einen Versuch wert.

Hassan lud die zwei Kartonschachteln und die Säckchen mit den Bremsbelägen im Hinterhof in den Anhänger des Mopeds, zog sich den Helm über, liess die Kinnbänder offen. Die Sechsmillionenstadt war nicht gerade für flüssigen Verkehr bekannt, daher Gas geben, hupen, ausweichen, scharf abbremsen, sich nicht um den Blinker kümmern, Rotlicht ignorieren, stehende Autos überholen, mal links, mal rechts und notfalls den Gehsteig benutzen – Hassan kam gut voran. Es würde reichen, bei der ‘Shelter’ vorbeizufahren, der ältesten amerikanischen Schule auf dem afrikanischen Kontinent, ein wenig mehr als 300 Lernende, vom Kindergarten bis zum Ende der formalen Schulzeit.

Er parkte den Piaggio an der Shelter-Strasse, legte sich ein paar freundliche Worte zurecht, schritt auf den bewachten Eingang zu. Der Wachmann kannte ihn, früherer Besuch, bestätigte, dass Fatima anwesend war und liess ihn nach einem kurzen Wortwechsel hinein.

Am Empfang sass wie auch schon Lucia. Den Telefonhörer zwischen Ohr und Schulter eingeklemmt, war sie am Reden und gleichzeitig am Tippen, dennoch nickte sie Hassan zu. Er nickte scheu zurück, schaute sich um, entdeckte Fatima durch die offene Türe in dem gepflegten Innenhof, ohne Kopftuch, lachend, eine ihrer langen dunkelbraunen Haarsträhnen aus dem Gesicht werfend. Er wollte auf sie zugehen, stoppte aber abrupt, als er merkte, wen sie gerade angelacht hatte. Der Typ war vielleicht 30, sportlich, gut aussehend, sicher ein Lehrer an der Shelter; Hassan blieb hinter der halb offenen Türe stehen, fing

Wortfetzen auf; der Mann schien Amerikaner zu sein, schien einen Scherz zu machen, Fatima lachte und versetzte Hassan einen tiefen Schmerz, als sie dem Typen mit ihrer Hand einen Klaps auf den Oberarm setzte.

'Lass mich der sein, mit dem du lachst und den du, mit Verlangen nach mehr, berührst'. Diese Worte formten sich nicht explizit in Hassans Gemüt, aber das entsprechende Gefühl machte sich breit und frustrierte ihn. Neben einem sportlichen, weltgewandten und gebildeten Amerikaner musste er mit seinem dünnen Bartwuchs, abgebrochener Ausbildung und einem Kopf voller Koranverse den Kürzeren ziehen, wenn es um eine junge Lady ging, die etwas von ihrem Leben und der Welt erwartete.

Hassan war bereit zum Abgang, als Fatimas Stimme seinen Namen rief.

"Fatima, As-salāmu ʿalaikum, ... schön dich zu sehen. Ich, ähm, komme mit einem Gruss meiner Schwester."

"Shukran Hassan. Geht es ihr gut?"

"Alles geht gut, Hamdallah. Hör, Fatima, ich bin unterwegs Richtung Smouha. Wenn ich zurückkomme in ein oder zwei Stunden, – ähm – hättest du was dagegen, wenn ich dich zu einer Portion Schwarma einlade?"

"Danke, Hassan. Du weisst Bescheid, oder? Ich habe dir schon mal gesagt, dass ich nur dabei bin, wenn Ghada mitkommt."

"Ich kann sie auch einladen, wenn du willst."

"Hassan! Sie einladen? Du sprichst in letzter Zeit kaum mehr mit ihr. Aber wenn du dir das vorstellen kannst, dann mach das, sprich mit ihr, lade sie ein, dann bin ich dabei. Heute habe ich aber mit jemandem von der Schule zum Mittagessen abgemacht."

Hassan war klar, wer dieser Jemand sein musste. Er verabschiedete sich und brauste davon, als ob er dank des Tempos seine aufgewühlten Gefühle nicht mitnehmen müsste; Verachtungsgefühle, Fatima gegenüber, dass sie einen dahergelaufenen Kafir so freundlich behandelte, dem Amerikaner gegenüber, dass dieser ihr den Kopf verdrehte, schliesslich sich selbst gegenüber, weil er sich unfähig fühlte, Liebe auszudrücken, locker zu sein oder wenigstens mit Enttäuschung umgehen zu können, aber das alles war ihm nicht mal so richtig bewusst, als er Smouha erreichte.

Ebenso wenig war ihm bewusst, welcher Landsmann sich hinter dem Namen Smouha versteckte. Es war tatsächlich ein Jude, der diesen Landstrich derart lebenswert gestaltet hatte, nachdem er zuerst lange nur Sumpfgebiet war. Diverse Regierungsstellen hatten mittlerweile Büros hier, es gab Clubs, Sportanlagen, universitäre Einrichtungen, upperclass-Wohnungen und einige der besten Restaurants, die Alexandria überhaupt anzubieten hatte.

“Sabahu al kahir, bist du Hassan?”

“Sabahu an-Nour! Ja, bin ich.”

Hassan bemühte sich gar nicht erst, freundlich dreinzuschauen, als er vom Werkstattchef der Carep begrüsst wurde. Dieser steckte den argwöhnischen Ausdruck auf dem Gesicht des Lieferanten gewohnt weg – eingespielter Modus Vivendi zwischen Kopten und Muslimen.

Der Garagist stellte sich als Samu vor. Die beiden trugen die gelieferten Ersatzteile in die Garage.

“Sind das die Regierungsautos?”, Hassans Blick blieb lange an den beiden schwarzen Limousinen hängen.

“Ja, ein Mercedes GL und hier einer der E-Klasse, Baureihe 210. Ein bisschen älter, aber unverwüstlich und immer noch hübsch anzusehen. Ausserdem hat die Regierung im Moment eh kein Geld für neue Wagen.”

Samu versuchte ein Schmunzeln, und als Hassan nicht reagierte: “Du weisst schon, dieses Digitalisierungsprojekt, welches sie 2019 in Gang setzten.”

“Digi... was? Ich habe keine Ahnung, was du meinst?”

“Du hast nicht davon gehört? Die haben in Kairo entschieden, alle Ämter einer digitalen Transformation zu unterziehen, haben international ausgeschrieben und SAP und Microsoft haben das Rennen gemacht.”

Hassan blieb stumm.

“Weisst du, was das kostet, SAP einzuführen, alle Mitarbeiter zu schulen, jeden Arbeitsplatz mit PCs auszurüsten, ausserdem die ganze Internet-Sicherheit zu gewährleisten?”

Hassan überlegte kurz, ob SAP ein Mercedes-Modell sein könnte, so à la AMG – wohl doch nicht, aber was sonst? Er rümpfte kaum merklich die Nase, schaute weiter in der Garage umher, alles da, zwei Hebebühnen, zwei Re-Gas-Geräte für die Reparatur von Klimaanlagen... nicht schlecht.

Samu war anscheinend nach Plaudern zumute: “Wie wickelt ihr eure Arbeiten ab? Hat Waled ein ERP im Geschäft? Oder wie organisiert ihr euch?”

“Du hast das ja gesehen, ich komme mit dem Moped. Wenn Waled weg muss, nimmt er meistens seinen Corolla.”

“Verstehe”, Samu blickte verdutzt zu Hassan, dann auf die Uhr und wieder zu Hassan.

“Hast du Zeit für einen Kaffee?”

Ohne die Antwort abzuwarten, ging er voraus in sein Büro, winkte Hassan mitzukommen.

“Setz dich, mein Freund!”, öffnete einen Blechschrank, nahm zwei Tassen raus, liess die Schranktür offen, machte sich an der Kaffeekanne zu schaffen, “halbsüss, ok?” und merkte lange nicht, was Hassan plötzlich für ein Problem hatte. Dieser brachte seinen Blick nicht weg von der Innenseite des Kastens und der leicht bekleideten Frau, die sich lasziv übers Heck eines Lamborghinis beugte, mit dem Rücken nach hinten.

Der Pirelli-Kalender war zwar alt, aber seine Wirkung verfehlte er nicht, sie traf Hassan unvorbereitet, dafür umso heftiger. Er begann, leicht auf dem Stuhl herumzurutschen. Seine engen Jeans gaben wenig Platz für das, was sich aufrichten wollte, nicht konnte und eigentlich auch nicht durfte. Es war ihm peinlich, aber tatsächlich stellte er sich für ein paar Sekunden Fatima in den engen silbernen Höschen vor.

Der Kaffee war bereit, Samu drehte sich um, kapierte, lachte kurz auf, schritt zum Foto, riss es vom Kalender, nur um dahinter ein weiteres freizulegen, auf dem das Model mit je einer Hand runde Carl Zeiss Scheinwerfer mit den gut sichtbaren Glühlämpchen in der Mitte vor ihre sonst unbedeckten Brüste hielt, faltete es zweimal und überreichte es Hassan.

“Behalt es, wenn es dir gefällt. Kennst du den Cal?”

Hassan reagierte nicht wirklich.

“Ich kann mir nicht vorstellen, dass dein Chef einen haben möchte, aber falls doch, lass es mich wissen. Einen alten kann ich dir gratis geben.”

Nach einigem Hin und Her steckte Hassan das gefaltete Kalenderblatt ein, verabschiedete sich nonchalant, nahm die sieben Kilometer nach El Mandara, im Osten Kairos, aufgewühlt, entsprechend unkonzentriert in Angriff; zuerst die Strasse entlang der Eisenbahnlinie. Ob Allah Augen gehabt hatte für das, was in der Garage eines Kafirs passierte? Ob er in seine Tasche guckte? Was der Heilige, der Ewige über die Bilder im Cal dachte? Jede Moschee, die er passierte, triggerte sein schlechtes Gewissen: Bin Abbas, El Helal und dann die grosse Noor

Mohammadi. In Gedanken bäumten sich die Imame vor ihm auf, redeten ihm ins Gewissen. Zornige Blicke.

Andersrum: Wenn der Himmel für ihn 72 Jungfrauen bereit hielt, wie konnte man das Geschenk der Sexualität auf der Erde verachten? Im Koran, so viel wusste er, werden ja die Brüste der Jungfrauen beschrieben, irgendwo in der Sure 78, An-Naba. Wenn sogar der Prophet die Formen der Jungfrauen als prächtig beschreibt, musste er sich kein schlechtes Gewissen machen, wenn sie ihm ebenfalls gefielen, oder?

Er näherte sich der El Malek Faisal Moschee, ohne zu wissen, dass sie nach dem saudischen König benannt war.

In seinen Gedanken begann sich eine Lösung für die akuten Gewissensbisse zu formen. Ja, so könnte er seine Gefühle einordnen, sie mit seinem Glauben vereinbaren. Er würde dieses Bild, welches ihn so tief beeindruckt hatte, zuhause anschauen, es sich einprägen, es dann aber verbrennen und die Erfüllung der damit verbundenen Freuden aufs Jenseits verschieben. Das musste Allah gefallen. Und es würde für ihn ein gangbarer Weg sein.

Aber Allah sah das anders, oder zumindest die ägyptische Polizei. Unsanft wurde er von seinem Mofa gezerrt. Um die Gabrielle Bahnstation war viel los gewesen. Hassan war im Slalom zwischen Passanten durchgekurvt, wollte Zeit sparen, hatte eine Abkürzung zur offiziellen Streckenführung gesucht.

“Fahrverbotszone! Pass auf, was du machst!”, fauchte der Polizist, der ebenfalls mit einem Motorrad unterwegs war, zumindest trug er einen Helm. “Du gefährdest Menschen. Schau dich mal um, wie viele Betagte hier sind. Meinst du, die können dir aus dem Weg springen?”

Der Schande nicht genug, verlangte der Polizist einen Blick in Hassans Umhängetasche und hatte bald das Pirelli-Bild zwischen seinen dicklichen Fingern.

“Sieh mal einer an. Was haben wir denn hier!”, er blickte auf, musterte Hassan, “du bist Muslim, oder? Hast du keine Gottesfurcht? Schäm dich!”

Der Beamte konfiszierte das Foto, verlangte 40 Pfund Busse für Fahren auf dem Gehsteig und liess Hassan wie einen begossenen Pudel am Strassenrand stehen. Dutzende von Augenpaaren sahen zu, wie er sich hinter seinem Helm vor ihren Blicken versteckte und abtöffte.

—

Hassans unruhigem Schlaf wurde durch den Ruf zum Fadschr, dem Morgengebet, ein Ende gesetzt. Er hatte das Signal seiner Gebetsapp nicht gehört. Aus was für einem Grund auch immer hatte ihn sein Vater nicht geweckt, als dieser zur Moschee aufbrach. Hassan schritt zum Balkon, wischte den Staub vom Boden, legte den Gebetsteppich seines Vaters auf die weissen Fliesen, kniete nieder.

“Allah ist grösser. Preis sei dir, o Allah, und Lob sei dir und geheiligt ist dein Name und hoch erhaben ist deine Herrschaft und es gibt keinen Gott ausser dir.”

Kurz darauf griff er in die Schublade des Wohnzimmermöbels, schnappte sich ein paar Pfund, mit diesen ein paar Bissen Frühstück an der Strassenecke unten am Wohnblock und wartete dann bei rasch zunehmender Hitze auf Latif, um ihm die Geschichte des Vortages zu erzählen.

“Hassan, Bruderherz, beruhig dich mal! Das kommt vor. Ich habe schon dreimal eine Busse erhalten, einmal mit dem Mazda von meinem Papa. Und wegen dem Foto von der Schnitte: Mache dir keinen Kopf, ja? Ich wurde schon mal von der Polizei gefilzt, als ich aus dem Club von Korab spazierte.” Latif kicherte jedes Mal, wenn er auf den peinlichsten Moment seiner 23 Lebensjahre zu sprechen kam.

“Latif, weiss ich. Wenn du noch einmal in die Hütte dieses albanischen Zuhälters gehst, geb ich deinem Vater Achmed Bescheid, wallah!”

“Hassan, ich hab dir versprochen, dass ich nicht mehr hingehe, ok? Und wenn doch: Du wirst meinem Vater gar nichts über mich erzählen, hiermit bist du gewarnt.”

“Schon gut, Bruder, aber ich bin entschieden, nach Allahs Geboten zu leben. Es ist nicht ok, dass ich das Foto eingesteckt habe. Der Scheisskopte ist schuld, dass ich mich versündigt habe. Den hat mir die Hölle über den Weg geschickt.”

“So ein Quatsch, Hassan, jeder Mann findet eine halbnackte Frau aufreizend, und du bist nun mal ein Mann; das hat nichts mit Religion zu tun und auch nichts mit eurem koptischen Geschäftspartner. Der hat dir das Foto nicht absichtlich unter die Nase gehalten. Ausserdem steht sogar im Koran beschrieben, wie eine schöne Frau im Paradies aussehen wird.” Latif liess einen kurzen Lacher raus. “Sie hat nämlich keine Hängebrüste, zum Glück nicht.”

“Halt deinen Mund sauber, Bruder. Wir sollten uns darüber nicht belustigen. Ich hab mich in was reinziehen lassen und weiss nun, warum ich nie mehr einem Kafir unter die Augen treten werde. Es ist einfach gefährlich. In denen steckt ein Satan.”

“Hassan, es sind nicht die Ungläubigen schuld, dass wir Männer auf Frauen stehen. Das ist so, seit Allah die Welt gemacht hat. Du weisst schon, Adam und ähmm, wie heisst seine Frau nochmals?”

“Hawwa, Latif, Hawwa.”

“Mashalla, Hawwa. Und übrigens, du bist auch schon mit Fatima alleine Schwarma essen gewesen, oder? Also tu nicht frömmer als du bist.”

“Du beleidigst mich, Bruder! Ich war mit ihr essen, ja, aber das war ernst gemeint. Ich ging mit keinem einzigen Mädchen aus, ausser mit Fatima. Ich glaube, dass sich das auszahlt, irgendwann, in schāʾa llāh. Gott sieht mein Herz.”

“Und wenn nicht? Bleibst du ohne Sex? Ich glaube nicht, dass das gesund ist. Sex gehört zum Leben. Wir richten uns zwar am Vorbild des Propheten aus, gesegnet sei er, aber im Alltag klappt das einfach nicht immer perfekt.”

Die Kante der direkten Sonneneinstrahlung hatte unterdessen die Tischplatte erreicht, reflektierte auf Hassans Handy, blendete ihn für einen Moment. Er könnte sich zurücklehnen oder das Handy umdrehen oder einfach die Augen schliessen. Manchmal gibt es mehrere Lösungen. Latifs sah folgendermassen aus:

“Hör zu Bruder, wir gehen zu Abu Daoud und fragen ihn, was er dazu sagt, wenn ein Mann heisse Fantasien hat. Ich glaube nämlich, dass das ziemlich normal ist. Hassan, du bist ein Mann, verachte dich nicht, nur weil du einen Schwanz hast.”

Hassan verdrehte die Augen und Latif bereute seinen Vorschlag ziemlich rasch. Die beiden gingen regelmässig in der El-Tabwa Moschee ein und aus, hatten sich aber noch nie in ihr Sexualleben reinschwatzen lassen, zumindest Latif nicht. Das kleine Gebäude stand an einer Strassenkreuzung mitten in Al-Mandara. Rundherum überragt von viel höheren Wohnblocks, wurde der kleine Innenhof nur für wenige Stunden von Sonnenstrahlen gestreichelt, wie jetzt gerade, als sie auf den Holzbänken Platz nahmen und dem Imam ihre Frage vortrugen. Der ältere Leiter der Moschee antwortete nicht sofort, stand dann auf, liess die Falten seiner hellgrauen Dschallabija verschwinden und auch sein freundliches Lächeln machte sich aus dem Staub. Ernst und besorgt sah er die beiden jungen Männer an.

Er antwortete ruhig und bestimmt: “Wir halten unsere religiösen Regeln strikte ein. Die Liebe zu Allah macht es möglich, aller weltlichen Sünde zu entsagen. Nackte Haut und körperbetonende Kleidung wecken Eifer und Eifersucht. Das sind Tricks des Teufels, meine Jungs. Sexuelle Erfüllung gehört ins Paradies. Und einen Vorgeschmack gibt uns unser gnädiger Gott in der Ehe. Es ist ein Zeichen seiner Güte, dass er euch mehrere Frauen erlaubt. Aber wir sind auch verantwortlich für sie, daher heiraten wir."

Den himmlischen Lohn der uneingeschränkten Liebe vorzuziehen, sei Missachtung von Gottes Güte, sei ein Raub an Allahs Gütern, die er für die Gläubigen im Jenseits bereithalte.

"Versteht ihr das? Im Himmel ist die Liebe vollkommen, dort steht eurem Genuss nichts mehr im Weg. Eine grosse Erfüllung erwartet euch. Ihr verspielt das Paradies, wenn ihr diese Freuden hier auf der Erde sucht, wo die Arroganz und Sünde uns dauernd verführen."

Nach einer Viertelstunde Monolog vom Leiter der Moschee verabschiedeten sich die beiden; Latif entsetzt und als Erster, Hassan bestätigt und hinterher.

"Hassan, warte!" Abu Daoud legte ihm die Hand auf die Schulter. "Ich fahre nächste Woche an ein Treffen nach Kairo. Salafistische Führer treffen sich. Wir besprechen, wie der Islam in Ägypten gestärkt werden kann. Du könntest dort viel lernen und deine Fragen zu einem Gott wohlgefälligen Leben stellen. Ich nehme dich gerne mit."

"Nächste Woche, sagst du? Ich überlege es mir, Abu Daoud. Ich frage Waled. Er liebt Allah, er wird mir schon freigeben."

Latif war bereits weg. Hassan spazierte alleine nach Hause. Treppen rauf. Im zweiten Stock traf er seine Mama. Diese Woche war sie dran, das Treppenhaus zu reinigen.

"Hassan, mein Herz, wo warst du?"

"Hat es etwas zu essen?"

Mutter Eslem seufzte, als sie sich aufrichtete. "Ja, nimm dir etwas, mein Lieber. Auf dem Balkon findest du Mashi mit Auberginen."

"Ist sonst wer zuhause?"

Hassan nahm die Antwort nicht bewusst wahr, schlurfte das letzte Stockwerk hoch, ass etwas, schnappte sich einen Fetzen Papier, formte ihn zu einem spitzen Dreieck, setzte sich dann auf sein Bett, schob den improvisierten Zahnstocher gedankenverloren durch die Zahnzwischenräume. 'Eine Konferenz in Kairo, eigentlich vielversprechend.' Die Option, daran teilzunehmen, gab ihm das Gefühl, bald eine Art Eingeweihter zu sein. Er würde wohl zusagen.

Sein Mobiltelefon in der Hand, ging er ein paar alte Nachrichten durch, löschte einzelne, übersprang andere, die er vielleicht noch mal brauchen konnte, Adressen von Garagen zum Beispiel. Dann landete er bei denen von Fatima.

Vor drei Monaten: *'Es war toll mit dir und Ghada in den Schallalat-Gärten. Danke für das Eis. Lieb von dir.'* Ein Eis, eine Palme und ein Smiley.

Und dann vor zwei Monaten: *'Hey, Hassan, ich fand es mühsam, wie du gestern mit deiner Schwester umgegangen bist. Sie ist kein Kind mehr. Dein Verständnis von Glauben ist nicht das einzig wahre. Trotzdem guter Tag und danke für den Kaffee.'* Besorgtes Emoji.

Hassans Daumen schwebte ein paar Sekunden über dem Lösch-Button. Dann scrollte er zum letzten Eintrag.

'As-salāmu ʿalaikum, danke für Einladung. Nur wenn Ghada dabei ist.'

Nächste Woche also Kairo. Was, wenn die Redner dort klarstellen sollten, dass Allah keine Treffen zwischen Mann und Frau ausserhalb der Ehe will? Würde er sich am Ende zwischen

Religion und Fatima entscheiden müssen? Hassan schoss vom Bett hoch. Nein, Fatima aufgeben, das würde er nicht. Zurück auf dem Balkon steckte er sich nochmals eine Mashi-Rolle zwischen die Zähne und schrieb seiner Schwester, die grad an der Uni sein musste: *'Morgen-Abend Eis in den Schallalats. Magst du? Fragen wir Fatima auch?'*

Er wartete gar nicht auf Ghadas Antwort, schrieb direkt seinem Boss. Waled bejahte die Frage, ob das Mofa frei sei. Eine Stunde später einbieten in die Shelter-Strasse. Ja, Fatima sei hier, liess in Lucia am Empfang wissen, aber grad mit den Kindern im Hof am Spielen.

"Kann ich rein? Kann ich sie im Hof treffen?"

"Nein, warte hier Hassan. Ich geh sie fragen."

Lucia liess Hassan am Empfang stehen, ging zur Gefragten, kam zurück. "Hassan, sie kann die Kinder nicht alleine lassen, schreibe ihr doch kurz eine Textnachricht."

Hassan tippte sofort: *'Marhaba Fatima, geht es dir gut? Friede mit dir. Möchtest du mit Ghada und mir einen Ausflug in die Schallalat-Gärten machen? Morgen Abend? Du bist für Eis und Kaffee eingeladen.'*

Hassan wartete zehn Minuten auf eine Antwort. War sie wirklich derart beschäftigt oder hatte sie einen anderen Grund, nicht zu antworten? Langer Blick aufs Whatsapp-Bild, schräg gehaltener Kopf, unter dem Hidschab blickten dunkle, interessierte Augen hervor, der geschlossene Mund formte ein Lächeln. Er dachte sich das Kopftuch weg, stellte sich vor, sie würde *ihn* anschauen, genau so, mit den grossen, warmen Augen, mit dieser Mischung aus Weisheit und Begehren.

'Wie ist das nur möglich, dass diese Frau ihr Herz, ihre Zeit und Aufmerksamkeit in Kinder ungläubiger Eltern investiert? Und', drehten sich Hassans Gedanken weiter, 'wie können Ägypter ihren Kindern eine ausländische Bildung verabreichen? Es gibt allein in Alexandria über fünfzig muslimische Bekenntnisschulen, aber nein, die amerikanische Bildung sollte es sein.' Hassan rümpfte die Nase. 'Komm schon, Fatima, schreib mir zurück!'

Seine Gedanken, besser: Gefühle mochten vibrieren, aber nicht das Telefon. Er würde bald das Mofa zurückbringen müssen. Hilfesuchend wandte er sich an Lucia. Sie schaute nach.

“Hassan, die Kinder sind immer noch mitten in einem Spiel und werden anschliessend gleich Mittagessen gehen."

Hassans Hoffnung verflog; die Zeit kam, zurückzufahren, unverrichteter Dinge, frustriert, wütend. Zeit, noch rasch das Klo aufzusuchen. Stehtoilette. Kopfhoch gelegenes Fenster, mit Folie beklebt, aber gekippt. Die Hose bereits offen, gelang Hassan ein Blick zum Fensterspalt raus in den Hof: Leute, Kinder, die auf dem Rasen einem Ball nachrannten. Und dann sie. Enge hellblaue Jeans. Das Gesicht in der Sonne.

Mit offenem Mund lachte sie einem Schüler zu, hob ihre Hand, um auf etwas zu zeigen, Nagellack. Als sie darauf ihre beiden Arme hob, um die Haare mit beiden Händen zu fassen, sie nach hinten zu streichen, kamen die rasierten Achselhöhlen zum Vorschein. Hassan war geliefert, seinen Wünschen, seiner Lust, seiner Einsamkeit, seiner Sehnsucht, er musste es tun, zugreifen, mit seiner Hand regelmässig rauf- und runterfahren, mit zunehmendem Tempo auf ein Paradies-Erlebnis zusteuern. Für einen Moment gehörte Fatima ihm.

Hassan fühlte sich sowas von elend, als der Wachmann die Tür zum Klo aufstiess, sich zwar entschuldigte, aber garantiert etwas von der Szene mitbekam. Hassan hatte den Riegel nicht geschoben gehabt. Hals über rotheissem Kopf rauschte er am Wachmann vorbei. Das war's, er würde die Shelter nie mehr aufsuchen können. Was für ein peinlicher Abgang.

Er raste zurück, Al Waled Spare Parts, verlangte nach Arbeit, reinigte ein paar Occasionsstossdämpfer, brachte kaputte Stücke zum Alteisenhändler, belieferte zwei Kunden in Höchstgeschwindigkeit, riskierte sein Leben, als er zweimal bei Rot über die Ampel fuhr, kam lebend zurück, nach Schweiss riechend, wischte das ganze Magazin, wusch Waleds Corolla, deckt sich mit Arbeit zu. Ein verzweifelter Versuch, Gedanken und Gefühle zu betäuben.

Aber es ging nicht. Die Szene im Klo ging ihm nicht zum Kopf raus. Er hatte seine Lust nicht besiegt. Vielmehr hatte er sich von ihr besiegen lassen. Er war schwach. Das alles wäre nicht passiert, wenn sich Fatima halal gekleidet hätte, wenn sie ihn respektiert hätte, wenn nicht dieser verdammte Amerikaner, wenn nicht die Ungläubigen.... An der anstehenden Konferenz würden Männer sprechen, die erfahren waren, die wussten, wie mit inneren Stürmen umzugehen war, die Allahs Wege kannten.

Bald würde er das Handwerkszeug erhalten, um diesen Versuchungen standzuhalten. Mehr noch, er würde lernen, Versuchungen zu bekämpfen – und auch die Menschen, welche sie im Land verbreiteten. Und wenn er es richtig machen würde, wer weiss, würde Allah ihm seinen tiefsten Herzenswunsch doch noch erfüllen.

As-Salafiyya

Alexandria, Gizeh — Amir – Ghada – **Hassan** – Nagib

"Hassan, Hilfe, Hassan!" Ghadas Arme zitterten immer stärker. Sie schwitzte, sie würde es nicht schaffen. Ein Tropfen Blut zeichnete eine dünne, krakelige Linie ihren Zeigefinger entlang Richtung Handwurzel hinunter und erreichte durch die Vibration ihrer enormen Muskelanspannung den Unterarm. "Hassan, bitte!"

Ghadas Gesicht war hinter dunklen, wirren Haarsträhnen versteckt. Sie hatte die billige Imitation von Adiletten zur Seite geschleudert, vergebens, auch barfuss fand sie keinen Halt auf dem beige-grünen Teppich, der den weissen Fliesenboden in ihrem Zimmer zur Hälfte bedeckte. Sie würde bald ganz ausrutschen oder zusammenbrechen. Und dann würde er auf ihr landen, schwer und kantig wie er war, samt Kleidern und Büchern drin.

Noch einmal schrie sie nach ihrem Bruder, wartete verzweifelte Sekunden, hechtete dann zur Seite und begann zu schluchzen, noch bevor sie zusehen konnte, wie der obere Kastenaufsatz mit lautem Krachen auf dem Boden aufschlug und zerschepperte. Ein Seitenbrett kippte ihr auf den Rist des linken Fusses, den sie mit zusammengebissenen Zähnen so schnell wegzog, dass die Ferse laut an der Bettkante aufschlug, auf der sie nun sass.

"Hassan, warum kommst du erst jetzt?"

In Jeans und hellblau kariertem Hemd stand ihr Bruder ungerührt im Türrahmen, zuerst wortlos, dann: "Fatima, ich habe dir gesagt, dass du nicht so viele Kleider brauchst. Das hast du nun davon. Das gleiche gilt für all die Bücher. Ich weiss immer noch nicht, was du an der Uni verloren hast. Das gehört sich einfach nicht, dass Muslima studieren."

"Es sind nicht die Bücher schuld, Hassan, bitte, sei nicht so gemein." Sie streckte ihm den blutenden Finger entgegen. "Ich habe ihn eingeklemmt und beim Rauszerren kam der ganze Schrank mit. Hast du mich nicht schreien hören, Bruderherz?"

"Ich war am Beten. Ich werde Vater sagen, dass es ein Fehler war, diesen zweiten Schrankteil da obendrauf zu stellen, du brauchst alle diese Bücher und Blusen nicht."

Hassan sah eine Tüte Papiertaschentücher auf Ghadas Fenstersims liegen, schnappte sie, drückte sie seiner Schwester in die Hand.

"Ich frage bei Waled für ein Auto, dann kann ich die kaputten Schrankbretter morgen abtransportieren. Räum bis dann mal etwas auf, ja? Im Moment habe ich einen Termin."

Hassan drehte seiner immer noch schluchzenden Schwester den Rücken zu, schlüpfte in die grauen Adidas Daily, verliess die Wohnung in Richtung Al-Tabwa Moschee, wo er mit Abu Daoud verabredet war.

—

"Mein Junge, übermorgen fahren wir. Nimm etwas zum Schlafen mit, aber lass dein Mobiltelefon zuhause."

"Kein Mobiltelefon?" Hassan wunderte sich über die ungewohnte Anweisung des Imams.

"Wir werden nicht nur beten in Kairo. Wir werden über Aktionen sprechen, die den Glauben in unser Land zurückbringen. Wir werden gegen den Einfluss der Ungläubigen kämpfen müssen."

Abu Daoud steckte in Ledersandalen und einem grauen Qamis. Im Hintergrund wässerte der Hauswart drei dürre Büsche entlang der Mauer rund um das Gebetshaus.

“Und jetzt?”, verstand Hassan den Zusammenhang noch nicht.

“Der wahre Glaube hat Feinde in Ägypten. Unsere Treffen werden beobachtet, Hassan. Im Staat hat es Kräfte, die eine gottlose Gesellschaft wollen. Wir werden drauf achten, dass sie uns nicht bespitzeln. Weisst du, viele Telefonnummern von Glaubensbrüdern sind der Polizei bekannt. Eine plötzliche Ansammlung mobiler Geräte an einem neuen Ort bleibt nicht verborgen.”

Die letzten Männer verliessen die Moschee durchs rostige Gittertor.

“Walaw, alles klar, Abu Daoud”, nickte Hassan. “Wer wird denn fahren?”

Auf dem Geäst des einzigen Baums zwitscherte ein Vogel.

“Ein Bekannter; Faruk. Er war früher bei der Harakat HASM.”

Das Federvieh liess einen Krächzer los und flatterte weg. Hassan hob die Augenbrauen.

“Kennst du die Bewegung nicht? Sie kämpft gegen die Polizei. Wir unterstützten den HASM zuerst, bis klar wurde, dass es ihnen nicht in erster Linie um den Glauben ging, der HASM wurde zu politisch. Allah sei dank, ist er dort ausgetreten. Er hat am Schluss sogar den obersten HASM-Führer an die Polizei verraten. Im Gegenzug erhielt er Straffreiheit und einen Chauffeur-Posten bei der Polizei. Die Nähe zur Polizei sollte ihn vor einer Racheaktion der HASM schützen. Nebenbei, aber im Geheimen, leitet er eine kleine Gruppe, die Ansar Misr.”

Die beiden spazierten nun ebenfalls zum Tor. Abu Daoud griff schon mal nach dem Riegel, wartete mit dem Öffnen.

"Faruks Gruppe hat sich der Aufgabe verschrieben, die Scharia in Ägypten einzuführen. Möge ihm Allah Gelingen schenken. Mögen sich ihm weitere Gläubige anschliessen."

"Wie viele sind sie denn?"

"Ich weiss es nicht genau, sie sind am Wachsen. Vielleicht acht? Neben Faruk wird noch einer von ihnen in unserem Fahrzeug mitkommen nach Gizeh. Du wirst dich gut mit ihm verstehen. Er kommt ursprünglich aus Deutschland."

"Aus Deutschland?"

"Ein Konvertit. Soweit ich weiss, war er in der Bundeswehr, hat dann Geschichte und Islamwissenschaften studiert. Ein gescheiter Junge. Wir können dankbar sein, dass sich Allah ihm gegenüber gnädig gezeigt hat."

Abu Daoud hatte die Türe mittlerweile geöffnet, Hassan trat raus. "Wir treffen uns auf dem Parkplatz der El-Asraf Bahnstation, grad vor dem Costa café."

—

Zwei Tage später sassen sie zu sechst in einem alten olivgrünen Mercedes. Autobahn 75. Ziel Gizeh, der berühmte Vorort von Kairo. 230 Kilometer, vier Stunden, dazu ein Gebetsstopp. Geplauder über Gott und die Welt, die Probleme der Regierung, dass sie schwach sei, dem Westen hörig, dass man bestrafen müsste, wer Muslime in Versuchungen führte. Kurz vor dem Ziel, auf der Höhe von Kafr Nassar, wurde es ruhig im Wagen. Ausser dem Fahrer schauten alle rechts zum Fenster raus.

Natürlich hatte Hassan von ihnen gehört, aber er hatte sie noch nie gesehen, nie live. Schon unglaublich imposant. Irgendwie bedrohlich in ihrer Majestät, aber still; mächtig zwar, dennoch harmlos.

“Ich finde sie langweilig, ich verstehe nicht, warum die ganze Welt hierhin kommt”, meinte Adam mit deutlichem ausländischen Akzent.

“Sie kennen Allah nicht, darum haben sie Interesse an toten Steinen”, versuchte Faruk, der nun auch rüberblinzelte, eine Erklärung.

“Stimmt es, dass sie früher glänzend weiss waren mit einer goldenen Spitze?” Hassan hatte das von Fatima gehört.

“Sie stammen aus der Zeit des Königs Al Dschinn, der gegen Allah rebellierte, seinen eigenen Erschaffer.”

“Al Dschinn?”, offenbarte Hassan sein lückenhaftes Verständnis islamischer Überlieferungen.

“Der Stammvater aller Dschinni. Er lebte vor der Erschaffung des Menschen und baute die Pyramiden mit Hilfe seiner Dämonen. Sie sind Zeichen seiner Rebellion gegen Allah, den einzig wahren Gott.”

Fahrer Faruk schaltete sich ein: “Dass man sie später als Grabmäler brauchte, macht die Sache noch tragischer. Totentempel haben in Ägypten nichts zu suchen. Es ist eine Schande, dass die Regierung sie vermarktet, um Kafirs ins Land zu locken.” Und er wich gekonnt einem Hund aus, der über die von Hitze flimmernde Fahrbahn humpelte, bevor er weitersprach: “Wer Totentempel bewundert, hat den Tod verdient und wer nach Ägypten kommt, um diese Gräber zu fotografieren, hat sein eigenes schon geschaufelt!”

Seine Worte klangen nicht zynisch, vielmehr ruhig und fest. Die Augen weit nach vorne gerichtet, lenkte er den Wagen die schnurgerade Strasse durch Al-Talibiyyah Richtung Gizeh.

“Wer das Leben sucht, soll das Gebet suchen. Wer einen Friedhof besucht, sucht den Tod. Also haben sie nichts anderes verdient...” Dann waren sie da. Faruk quetschte den Wagen zwischen zwei bereits parkierte und meinte: “Entweder muss der Tourismus sterben oder es stirbt unser Glaube. Es wird keinen Mittelweg geben.”

Die Konferenz in der Aula der islamischen Faisal-Schule begann, wo das Gespräch im Auto aufgehört hatte: bei den heidnischen Kulturgütern Ägyptens, welche die Heiden in Scharen anzogen. Zuvor war sich Hassan wenig bewusst gewesen, welche Rolle die Touristen in der Verwestlichung des Landes spielten. Aber sie waren es, welche Geld ins Land brachten, das in Grossprojekte für Reiche floss, und Lebensformen und Verhaltensweisen vorlebten, die er zu hassen begonnen hatte.

Nachdem ein paar Redner vor allem geklagt hatten und die Touristen verwünschten, betrat Abdel Moneim El Shahat das Rednerpult. El Shahat war Sprecher der al-Da'wa al-Salafiya, einer grossen salafistischen Bewegung in Ägypten, die nicht mal davor zurückschreckte, Fussball als unislamisch zu verbieten.

Die knapp 300 Anwesenden wurden so still, dass man die sechs Deckenventilatoren rauschen hörte. Offensichtlich erwartete man von dieser Stimme mehr als nur Lamento. El Shahat verteufelte die Promiskuität, die Prostitution und den Atheismus als die grössten Probleme und nannte ägyptische Kulturschaffende wie den Nobelpreisträger Naguib Mahfouz oder den Sänger Ehab Tawfik Opfer westlicher Einflüsse; diese wären es, welche in Romanen, TV-Serien oder Songs ein gottloses Leben promoten würden. Dann wetterte er gegen Bestsellerautor Alaa Al Aswany und sein Buch, in es fast nur um Sex ausserhalb der Ehe ginge.

“Kein Wunder, raucht Al-Aswani. Die Zigaretten helfen ihm, sein schlechtes Gewissen vor Allah zu beruhigen. Und kein Wunder, kommt er auf unislamische Gedanken, wenn er in New York lebt. Soll er doch einen Roman über New York schreiben. Warum schreibt er über Kairo, wenn er nicht mal hier lebt? Allah strafe ihn.”

Dann holte El Shahat aus zu seiner Vision, trug sie mit Leidenschaft und Ernsthaftigkeit vor: "Liebe Brüder! Wir kämpfen nicht gegen die Ungläubigen, solange sie in ihren Ländern bleiben. Wir möchten Frieden haben mit ihnen. Aber sie gehören nicht zu uns, sie haben hier nichts verloren. Trotzdem kommen sie in Scharen. Warum? Um unsere Lebensweise zu studieren? Nein! Um sich unserem Glauben anzuschliessen? Möge es Allah schenken!"

Obwohl der offensichtliche Grund schon mehrfach betont wurde, schaute der Salafist fragend in den Saal.

"Ich sage es euch nochmals: Es sind die Überreste unserer heidnischen Vorfahren. Es sind die Tempel, die Statuen, die Inschriften. Aber das sind alles Überreste, tote Überreste. Der Islam hat gesiegt. Unsere Religion hat über Dschinnen und Pharaonen triumphiert. Aber wir haben das Schlachtfeld nicht aufgeräumt. Wir umarmen den Koran, wir lieben Allah, wir ehren den Propheten, gesegnet sei er, aber wir säubern unsere Vergangenheit nicht.

Warum lassen wir alles stehen, was früher passierte? Warum behüten wir, was in der Zeit vor der Offenbarung gebaut wurde? Unsere Regierung verfügt sogar über eine eigens dafür eingerichtete Altertumsbehörde. Das ist falsch, das ist nicht konsequent. Wir sind auf halbem Weg stehen geblieben. Wir gleichen einem Staat, der seine Verbrecher zwar verurteilt, dann aber nicht einsperrt."

Ein Taschentuch gegen die Schweisstropfen auf der Stirn.

"Nun denn. Was ist zu tun, liebe Brüder? Es gibt *einen* logischen Schritt, den wir zu lange hinausgezögert haben!", El Shahat hatte das 'Einen' langsam und laut im Äther platziert, hielt nun inne, hielt sich mit beiden Händen am Rednerpult fest, an der grauen Stelle, wo sich schon viele andere Männer, Lehrer und Schulpräsidenten aufgestützt hatten, bewegte den massigen Oberkörper erst hin und her, schob dann sein Gesicht nach vorne und rief laut: “Khalas! Es reicht nun! Weg mit unserem heidnischen Erbe. Weg mit den Tempeln. Weg mit den Altären der alten Götter.”

"Recht hast du, Gott ist gross”, begann der Saal nun nach jedem ‘Weg’ reinzurufen.

“Weg mit den Gräbern. Weg mit den Inschriften. Weg mit den... Pyramiden. Ohne antike Sehenswürdigkeiten: keine Touristen; ohne Touristen: keine Versuchung; ohne Versuchung: keine Sünde; so einfach ist das!”

Adam sass neben Hassan, stupfte diesen in die Seite: “Wie gefällt dir das?”

“Allah ist gross, der Redner hat recht.”

Hassan war hin und weg. Wenn das kein konkreter Ansatz war! El Shahat zitierte den Aufruf von Abd al-Latif al-Mahmoud, dem Scheich aus Bahrein. Schon im Jahr 2012 bei der Wahl Mohammed Mursis zum ägyptischen Präsidenten hatte dieser seine ägyptischen Brüder ermuntert, die Pyramiden zu sprengen und damit zu vervollständigen, was Sahabi Amr bin al-As im 7. Jahrhundert nicht geschafft hatte. Damals, 17 Jahre nach Mohammeds Hidschra, hatte dieser arabische Kommandant des Propheten entschieden, Ägypten für den Islam zu erobern und begann, die pharaonischen Bauten abzubrechen, wenn auch mit bescheidenem Erfolg.

Wie sich El Shahat als ausgebildeter Ingenieur die Zerstörung der Pyramiden konkret vorstellte, blieb er dem Saal schuldig. Technisch musste das ein Ding der Unmöglichkeit sein. Auf Nachfragen aus dem Publikum schlug er vor, die Denkmäler vorläufig mit einer Wachsschicht zu überziehen.

“Brüder!”, beendete El Shahat das Fanal und beugte sich über dem Rednertisch weit nach vorne, “ohne den Salafismus wäre der Islam heute tot,... tot, tot, tot. Wir sind das Licht unserer Religion, die Energie, die Wächter. Ohne unsere Stimme stirbt der

Glaube. Wir sind berufen, ihn wachzuhalten. Wir waren schon immer dazu berufen. Unsere heilige Aufgabe ist es, die gesamte Ummah immer wieder an die Worte des Propheten zu erinnern und den heiligen Koran über alles zu stellen. Wir haben eine Verantwortung vor Allah und eine Belohnung im Himmel."

Wie tief diese Worte drangen. Hassan tat sich eine neue Welt auf. Seine Selbstverachtung über die sexuelle Unreinheit verwandelte sich in Stolz auf seinen Glauben. Sein Schmerz über Fatimas Unerreichbarkeit in Trotz; ihre Ablehnung seiner Avancen in Wut. Seine Trauer in Feuer. Er fühlte sich als Teil einer Armee mit einer Mission, deren Outcome garantiert war: Sieg!

Während des Mittagessens, ein Caterer lieferte Bessara, ein Bäcker Aisch Baladi, hörte Hassan den Gesprächen nur halb zu; gedankenversunken kneteten seine Finger an einem eingeweichten Stück Fladenbrot herum.

"Hassan, was soll das!", Adams Blick wanderte von Hassans Augen zum Produkt zwischen seinen Händen: ein Fünfeck aus Teig, quadratische Grundfläche und vier ziemlich gerade Kanten, die nach oben zu einer fünften Ecke zusammenliefen, dort eine Spitze bildeten. Das ganze Geknete war vielleicht halb so gross wie Hassans Faust. Kaum hatte er begriffen, was er gerade hergestellt hatte, ballte er diese und liess sie auf die brotige Pyramide donnern. Zwei Plastikbecher mit Wasser kippten um, fragende Blicke mehrerer Männer.

"Bravo!", frotzelte Adam. "Du hast gerade El Shahats Plan umgesetzt und eine Pyramide zerstört. So leicht geht das also." Hassan war sich unsicher, ob er das folgende Gelächter am Tisch eher als peinlich oder als lobend interpretieren sollte; er liess die Frage ungeklärt.

Später am Nachmittag wurden Männer geehrt, die bereit waren, für den Dschihad zu sterben, ihr Leben als Opfer zu geben, um etwas Grösseres zu erreichen, als sie auf der Erde hätten erreichen können. Was für eine Aussicht, so geehrt zu werden, einen

Namen zu kriegen und einen Platz im Paradies, in der Ewigkeit, vor einem lächelnden, willkommen heissenden Gott zu stehen.

Neben dieser Ewigkeitsperspektive war auch Profanes neu für Hassan: Das eng geknüpfte Netzwerk salafistischer Gruppen über die Landesgrenzen hinaus. Klar hatte er von Al-Kaida gehört, aber es erstaunte ihn, dass die Kommunikationswege und Bekanntschaften so kurz waren, wenn auch nicht immer einvernehmlich.

El Shahats abschliessender Aufruf zu einem Schulterschluss aller ernsthafter und opferbereiter Muslime unter salafistischer Leitung und zu einer radikalen islamischen Reformation in Ägypten beendete den ersten Konferenztag fulminant.

—

“Hassan, Adam, kommt ihr? Wir essen etwas gleich um die Ecke und kriegen dann einen Schlafplatz, nur einen kurzen Fussmarsch von hier entfernt.” Abu Daoud versammelte die sechs Reisegefährten und führte sie in die kleine Imbissbude El-Shiek. Zwei Blechstühle an einem Tisch auf dem Gehsteig und ein paar orange Kunststoffstühle im überhitzten Innenraum waren bereits besetzt. Der Patron, älterer Mann, grauer Bart, graue Dschallabija, fasste Abu Daoud am Oberarm und bat die Gruppe in den engen Hinterhof.

Eine Reihe Glühbirnen, an einem Kabel zwischen Türrahmen und Akazie baumelnd, trotzten der einbrechenden Dunkelheit. Eine Steinmauer umfasste den Wurzelbereich des knapp überlebenden Baums und vervollständigte zusammen mit drei alten Stühlen die Sitzgelegenheit der Männergruppe. Keine Musik, weit und breit keine Frauen, nicht mal in der Küche.

Faruk war auf dem Weg zum Imbiss wortlos geblieben, nun legte er los: “Abu Daoud, wenn das morgen so weitergeht, machen wir noch vor dem Mittagsgebet einen Abgang. Die reden nur.

Reines Geplapper. Das wird eine von hundert Konferenzen sein, die wieder nichts gebracht haben wird."

Er drehte sich zu Hassan, um diesen zu involvieren: "Oder hast du heute irgendeinen konkreten Ansatz gehört, wie wir einen Schritt weiterkommen?"

An Hassans Stelle antwortete Adam: "Natürlich haben wir! El Shahat hat völlig recht mit dem Zerstören der heidnischen Tempel. Was willst du Konkreteres?"

"Klar klingt das gut, aber ich sage euch etwas. Sobald es zur Sache geht, werden sich die Herren wegen unterschiedlicher Meinungen streiten, und die Pläne verschwinden in den Schubladen. Solange wir vier Rechtsschulen haben, verbraten wir unsere Kraft damit, zu belegen, welche die Beste sei. Wir werden nicht vom Fleck kommen. Es ist eine Schande, dass wir keine einheitliche Auslegung haben. Jeder meint, er wüsste besser und genauer, was richtig sei. Diese Differenzen haben uns jedes Mal blockiert."

"Du hast recht, Faruk, aber was willst du machen? Du weisst, wie schwer es uns fällt, am gleichen Strick zu ziehen, yaani, nicht wahr." Und zu Hassan gewandt fuhr der Imam fort: "Weisst du, im Grundsatz sind wir uns alle einig, dass eine Versöhnung zwischen islamischen Ansichten nötig ist, um gegen die Christen und gegen den Westen zu gewinnen. Wir müssen die vier Rechtsschulen aufheben zugunsten einer allgemeingültigen Auslegung unserer Schriften, des Korans und der Hadithen."

Auf einem improvisierten Tisch mit Plastiktuch wurde Reis mit Huhn und Messara serviert. Die ersten Bissen verschwanden zwischen den Zähnen, und Abu Daoud nutzte die Ruhe, um von einem Mann zu erzählen, der sein ganzes Leben in die Überwindung der innerislamischen Grenzen gesetzt hatte: Muhammad Nāsir ad-Dīn al-Albānī. Albaner, wie der Name sagt; geboren in Shkodra, tätig in Damaskus und Medina, getrieben von der

Hoffnung, eine neue, verbindliche Deutung der Hadithe, der zweitwichtigsten Schrift im Islam vorlegen zu können.

Ende des 19. Jahrhunderts war die Idee greifbar und die Erwartung gross, dass der Islam sich durch eine Rückbesinnung auf ursprüngliche Werte selbst erneuern könne. Alle hofften, den Rückstand auf die westliche Welt wettzumachen, ohne die eigene Identität zu verraten. Schon damals galt die Überzeugung, dass ein islamischer Fortschritt erst dann möglich wäre, wenn Elemente der Verwestlichung und Vermischung mit fremder Religion überwunden wären.

“Warum sind wir denn heute nicht weiter?”, Hassan war aufgewühlt, Faruk schob die Reis-Schale von sich, warf ein restliches Stück Fladenbrot in Richtung Akazienstamm. Die Gruppe blickte zu Abu Daoud, dieser fasste zusammen:

“Die Versöhnung geschah nicht, weil sich ein neuer Graben auftat. Kaum rückte die Überwindung der Rechtsschulen in Reichweite geriet Al-Albānī in heftigen Streit mit den saudischen Wahhabiten.”

Adam ergänzte: “Sie verfolgen die gleichen Ziele wie wir Salafisten, berufen sich aber auf einen eigenen Scheich, Muhammad ibn ʿAbd al-Wahhāb.”

Es war das erste Mal, dass Hassan jemanden über die aktuelle Geschichte seiner Religion erzählen hörte, entsprechend neugierig hörte er zu.

“An den Streitpunkten zwischen dem Wahhabismus und dem Salafismus war die unterschiedliche Rolle westlicher Mächte schuld. Nach dem Zerfall des osmanischen Reiches im Ersten Weltkrieg gerieten folgende arabische Staaten unter englische Kontrolle: Irak, Ägypten, Jordanien; Syrien unter französische Herrschaft. In kolonial verwalteten Ländern setzte sich der Salafismus durch. Teil der salafistischen Identität ist daher der Widerstand gegen die Kolonialherren.”

Eine hungrige Katze miaute. Um sie zu vertreiben, warf Adam ein Stückchen Hühnerknochen in eine dunkle Ecke des Hinterhofes; dann vervollständigte er die Geschichte mit dem, was er an der Ludwig-Maximilians-Universität in München gelernt hatte:

“Saudi-Arabien behielt seine Eigenständigkeit. Weder der Hohen Pforte noch den englischen Kolonialherren gelang die Unterwerfung der Wüste und ihrer Beduinenstämme.”

"Hohe Pforte?” Hassan fühlte sich für einen Moment in Samus Garage versetzt.

“Ein anderer Name für das Osmanische Reich”, auch Faruk hatte ein paar Semester Hochschulerfahrung.

Adam fuhr fort: “Die Beduinen liessen sich nur von der wahhabitischen Saud-Dynastie zähmen. In Saudi-Arabien entwickelte sich der Wahhabismus daher von Anfang an als staatstragende Kraft. Elemente des Widerstandes gegen die Regierung fehlten weitgehend, und das macht auch den Unterschied in der theologischen Doktrin aus.”

“Gut zusammengefasst, Adam, ich lobe Allah für deine Weisheit.” Abu Daouds freundlicher Blick war im Halbdunkel, das die Gruppe umgab, nicht wirklich sichtbar, aber seine Stimme drückte Anerkennung aus.

Adam nickte. “Nur dass die Symbiose von Glauben und Staatsmacht auf die Länge nicht gut kommt. Macht korrumpiert immer. Es ist schade, dass sich Al-Albānī nicht eindeutig von der wahhabitischen Ausprägung des Islams distanziert hatte. Ich kenne Salafisten, die ihn deswegen als Kafir bezeichnen.”

Energische Unterbrechung durch Faruk: “Natürlich ist er ein Kafir geworden. Er hatte sich nie mit der Regierung anfreunden dürfen, nicht mit einer Regierung, die sich Königshaus nennt. Ein islamischer Staat braucht keinen König. Die Autorität jedes islamischen Staates ist die Scharia und nie ein König.”

Der Besitzer des El-Shiek kam einkassieren. Abu Daoud bezahlte, fragte ihn nach dem Geschäftsverlauf.

“Allah schaut uns gut, ich will nicht klagen. Aber es könnte besser laufen.”

“Wie lange hast du das Lokal bereits?”

“Acht Jahre, mashalla, vorher war ich Schreiner mit meinem Sohn Ayman zusammen.” Der Mann zeigte zu einem grossen Tor am anderen Ende des Hofes. “Wir hatten gute Aufträge, sogar von der Regierung.”

“Warum habt ihr aufgehört?”

“Mein Freund, Ayman wurde Märtyrer auf dem Tahir-Platz. Er starb, weil er für Mursi kämpfte. Ich konnte die Schreinerei nicht alleine weiterführen. Ayman machte alles, er kannte sich aus; auch mit dem Computer.”

“Was machst du mit der Schreinerei?”

“Sie steht immer noch leer, ich weiss nicht, was ich mit der Halle machen soll.”

“Frieden und Segen dir für die Opferbereitschaft deines Sohnes. Allah habe Erbarmen mit deinem Haus.”

“Shukran, beehrt mich wieder einmal. Friede Allahs mit euch.”

Die Gruppe verliess das Lokal, spazierte durchs spärlich beleuchtete Quartier Richtung Schlaflager. Faruk blieb bei einem kleinen dunkelroten Auto stehen. Das Fenster war einen Spalt breit offen. Er griff hinein.

“Verdammte Kopten”. Er zog seine Hand zurück und hielt seinen Gefährten ein Holzkreuz hin, das an einer dünnen Metallkette baumelte.

“Schaut mal diese sinnlose Geschichte. Ihr Gott soll einen Sohn gehabt haben. Und er soll ihn auf die Welt geschickt haben, damit er gekreuzigt wird. Was für einen Müll sich die verblendeten

Christen erzählen. Kein Vater schickt seinen Sohn zum Sterben. Was für ein schwacher Gott, der sein eigenes Kind nicht retten kann. Und weil dieser Jesus die Sünden getragen haben soll, können sie jetzt machen, was sie wollen, sie haben keine Scham und keine Gottesfurcht."

Er schleuderte das kleine Kreuzchen in hohem Bogen durch die Luft. Die illegal abgezwackten Stromleitungen waren vor dem dunklen Nachthimmel völlig unsichtbar, aber als die kleine Kette sich darin verfing, gab es diesen kurzen hellen Funken, der Hassan nie mehr aus dem Kopf ging.

—

Nach einer kurzen Nacht zu sechst in zwei Zimmern tischte der Gastgeber Foul Medammas auf, über Nacht eingeweichte, dann gekochte und zerdrückte Favabohnen, auch Ackerbohnen genannt. Zusammen mit Fladenbrot fast sowas wie das ägyptische Nationalgericht. Die Vorfahren dieser eher dicken Bohnenart sind im gesamten Mittelmeerraum heimisch. Der früheste archäologische Nachweis der Favabohnen stammt aus dem sechsten Jahrtausend vor Jesus und zwar aus dessen Wohnort: Nazareth in Israel.

Hassan steckte noch in seinen Träumen, als er die Bohnen zwischen den Zähnen zerdrückte. Adam zog ihn am Ärmel zu sich rüber, flüsterte: "Hey, Bruder, du hast in der Nacht einen Namen gerufen..."

Er wartete auf Hassans Reaktion. Als sie ausblieb: "Du hast nach Fatima gerufen."

Hassan reagierte immer noch nicht. "Mein Junge, wenn dich ein Mädchen in deinen Träumen heimsucht, dann lass sie fallen, das ist kein gutes Zeichen, das heisst, dass sie dich beherrschen möchte, dabei sind wir Männer aufgerufen, über unsere Frauen zu herrschen, in Liebe und Verantwortung, aber in Autorität. Hörst du? Lass diese Frau los."

—

Der zweite Konferenztag begann mit einem gemeinsamen Duha-Gebet, einem freiwilligen Lobpreis Allahs, der die fünf rituellen Pflichtgebete im Islam ergänzt. Nach zwei weiteren Beiträgen von salafistischen Wortführern aus Oberägypten verlangte Faruk Sprechzeit und erhielt sie.

“Brüder des wahren Glaubens. Nachfolger Mohammeds, gesegnet sei er. Viele von euch haben ihren Wunsch geäussert, dass unsere Religion gestärkt wird. Lasst uns nicht bei Wünschen und Ideen stehen bleiben. Unsere Wünsche mögen die Motivation sein, aber es sind noch keine Schritte. Unsere besten Absichten bringen uns keinen Erfolg, wenn wir nicht den Mut haben, tätig zu werden.”

Faruk trat hinter dem Rednerpult hervor, machte einen Schritt in Richtung vorderste Reihe. Er hatte jetzt kein Mikrophon mehr, aber seine Stimme war klar und deutlich: “Abdel Moneim El Shahat, ich würdige deinen Vorschlag, die Pyramiden zu verhüllen. Es ist eine Absicht, die Allah gefällt. Aber ihr lieben Anwesenden, urteilt selber: Wie rasch ist dieses Anliegen umgesetzt? Wann sind diese verruchten Todestempel eines heidnischen Gottes, ja eines Teufels wirklich verhüllt? Es braucht Jahrzehnte, denn zuerst müssen wir die Mehrheit in der Regierung besitzen – vorher lässt sich dieses Vorhaben nicht verwirklichen. Ihr stimmt mir zu, oder?

Und was sind die nötigen Schritte, damit wir Parlamentswahlen gewinnen? Bruder Abdel Moneim: Wann ist Al-Nour die stärkste Macht im Land? Es gibt keinen Fahrplan, habe ich recht? Lasst uns also nicht warten und träumen, hoffen und uns täuschen. Lasst uns handeln. Wir müssen die jetzige Regierung konfrontieren. Noch dieses Jahr. Machen wir ihnen klar, wie entschieden wir sind. Denn nicht der Mächtigste gewinnt, sondern der, dessen Herz entschieden ist. Wir sind entschiedener als die Regierung, also können wir mit Allahs Hilfe gewinnen.”

Was für eine Ansage an die Adresse El Shahats! Dieser sass mitten in der vordersten Reihe, erhob sich langsam, drehte sich zuerst Richtung Saalmitte, suchte dann Augenkontakt zum Herausforderer.

“Du hast keine Geduld, lieber Faruk.” Abdel Moneim schien den Sprecher zu kennen. “Ich weiss um deine Gruppe und deine ehrlichen Bemühungen. Aber lass mich etwas klarstellen. Ihr möchtet reife Früchte sehen vor der Erntezeit. Denke dran: Zuerst wird der Boden vorbereitet, dann gesät, dann bewässert, dann zugewartet, erst dann geerntet. Beeile dich nicht. Unsere Aufgabe ist die Bereitschaft und die Geduld. Wenn die Jahreszeit da ist, kommt auch unsere Chance, dann schlagen wir zu.”

Damit liess sich Faruk nicht abspeisen.

“Mein lieber Bruder und Vorbild. Du hast mit deiner Al-Nur Partei schon zu viele Erntezeiten verpasst. Denkt nur an die Chance, die wir mit Mursi hatten – wir haben sie verpasst. Warten auf ein Zeitfenster macht schläfrig. Schlafen wir nicht. Stehen wir auf. Stoppen wir die Säkularisierung Ägyptens, bevor es zu spät ist.”

“Bruder, ich kenne dich nicht mit Namen, aber du hast recht”, ein Teilnehmer in der Nähe Faruks war spontan aufgestanden, auch andere nickten. Und während der kommenden Stunde hatten die Leiter der Konferenz alle Mühe, den losgelösten Schlagabtausch im Zaum zu halten.

Hardliner propagierten Gewalt gegen die Regierung. Etablierte Parteien wie Al-Nur, die Bruderschaft oder auch Vertreter der Gamaa Islamija hatten der Gewalt schon früher abgeschworen und gaben friedlichen Schritten den Vorrang. Eine islamische Reformation dürfe Zeit brauchen. Gewalt sei Zeichen der Ungeduld und der Unreife. Anschläge würden den ägyptischen Sicherheitsapparat nur noch stärker machen und dazu die Bevölkerung spalten.

Die radikaleren Stimmen indes rechtfertigten das Blutvergiessen mit seiner Symbolkraft. Worte und Wahlen hätten noch nie die gewünschte Veränderung gebracht. Schöne Reden und das Formulieren von Wünschen würden sich nicht eignen, um die junge Generation ins Boot zu holen; die Leute der Strasse bräuchten Resultate, Taten, Zeichen und keine Absichtserklärungen.

Noch einmal stand El Shahat auf, verlangte Ruhe, verlangte einen Gebetsteppich, legte ihn auf die Bühne, blickte in den Saal, kniete sich gen Mekka, drückte seine Stirn auf den Boden, stand auf, blickte in den Saal und sprach fest und sicher:

"Einverstanden, um die junge Generation zu gewinnen, braucht es Aktionen. Aber heute hört ihr von mir eine andere Botschaft. Wir lassen keine Bomben platzen, um Aufmerksamkeit zu erregen. Wir spielen kein Katz-und-Maus-Spiel mit der Polizei. Lasst uns unsere jungen Brüder anders gewinnen. Laden wir sie ein, sich einzubringen, indem ihre Ideen gefragt sind.

Lasst uns eine Schūrā organisieren, kleine Gruppen, moderiert von örtlichen Integrationsfiguren. Wir zeigen den Jungen, dass wir auf sie hören, dass ihre Stimme zählt, vielleicht mehr als ihr Blut. Wir rufen nicht zum Martyrium auf, nicht zur Demonstration, sondern zum Mitdenken, zu einer strategischen Veränderung. Lasst uns hören, was Allah seinen Gläubigen ins Herz gibt. Das alles mit dem Ziel, das heidnische Erbe Ägyptens auszurotten."

El Shahats Stimme wurde nun lauter. "So wie die heidnischen Tempel übers ganze Land verstreut sind, werden wir in jeder ägyptischen Stadt eine kleine Gruppe gründen, die mitdenkt und Aktionen mitträgt. Lasst uns eine Schūrā-Bewegung starten, Brüder, aber nicht aus dem Bauch, nicht aus Frust, sondern durchdacht, sorgfältig vorbereitet, eine Bewegung, die Weisheit gleichermassen begrüsst wie Gottesfurcht, Besinnung gleichermassen wie die Aktion, Geduld gleichermassen wie das

Zuschlagen. Wir brauchen die Strasse, wir brauchen die Umma, wir brauchen die Jugend. Was wir nicht brauchen, sind Einzelkämpfer, die sich unabgesprochen in die Luft sprengen.

Lasst uns gemeinsam etwas bewegen, dazu müssen wir aufeinander hören, einander respektieren, das braucht Zeit, vielleicht ein Jahr, aber dann handeln wir – und ich verspreche euch, es wird auch dann die Notwendigkeit geben, dass Leben geopfert werden. Wer sein Leben Allah als Märtyrer weihen möchte, wird zu seiner Chance kommen, aber er wird nicht alleine entscheiden, sondern er wird getragen und geehrt werden von Gläubigen aus dem ganzen Land."

Faruk war noch immer auf der Bühne. Auf sein Zeichen standen sieben Männer auf. Abu Daoud beugte sich zu Hassan: "Alle vom Ansar Misr."

"Brüder, es ist eine schöne Hoffnung, dass ergebene Muslime durch Gespräche zu einer Einheit finden und vielleicht einmal eine politische Mehrheit im Staat stellen werden, aber es ist nur Hoffnung. Ich glaube nicht, dass die grossen Ideen aus vielen Gesprächen geboren werden. Und nun hört mir gut zu!"

Damit wirklich alle seine Herausforderung kapierten, trat er nochmals ans Rednerpult und rief: "Wir treffen uns in einem Jahr wieder und sehen, was bis dann passiert ist. Abdel Moneim verfolgt unser gemeinsames Ziel auf *seinem* Weg mit Geduld und Gesprächsgruppen und wir von Ansar Misr verfolgen unser gemeinsames Ziel auf unserem Weg, der in Taten besteht. Und dann sehen wir, welcher Weg der effektivere ist."

Einen Moment lang blickte er grimmig um sich, dann: "Brüder, ihr werdet von uns hören. Das verspreche ich euch. Und auch die Regierung wird von uns hören. Wir werden euch zeigen, wie man diese Lästerer in den Kairoer Ministerien in die Knie zwingt, sicher nicht mit Zuwarten, sicher nicht mit Plappern."

Er setzte sich nicht, gab seinen Mitstreitern ein Zeichen und zusammen verliessen sie den Raum. Hassan und Abu Daoud blieb nichts anderes übrig, als ihrem Chauffeur nachzueilen.

Auf der Höhe von Kafr Nassar holte der Chauffeur des grünen Mercedes nochmals aus: "Die Pyramiden mit Wachs überziehen! Ein Jahr lang nur reden! Allah hat unserem guten Freund allen Verstand entzogen. Im verblendeten Westen wird sogar die Verhüllung von Baudenkmälern als Kunst gesehen. Sowas würde keinen Gottlosen daran hindern, nach Ägypten zu kommen, im Gegenteil."

Und als die Weltwunder hinter ihnen lagen: "Tragisch, dass einer der al-Da'wa al-Salafiya vorsteht, der weniger von Politik versteht als von Operationen am Gehirn eines Skarabäus. Wie ich dieses Reden satt habe. Während wir warten und Strategien besprechen, wird der Unglaube immer mächtiger. Aber ich sage euch, die wirkliche Macht ist bei uns. Wir werden der Regierung zeigen, dass wir entschieden sind. Unsere Macht liegt in unserer Hingabe. Wartet nur noch kurz, wir zeigen's ihnen, so wahr uns Allah hilft. Nicht nur El Shahat wird von uns hören, nein, die ganze Welt."

Reise in Dantes Hölle

Alexandria   Amir – **Ghada** – Hassan – Nagib

Die ganze Welt hörte von ihm und rieb sich die Augen. Was will der? Mit Geld, Lügen und Strategien mit der Komplexität von Hamburgerrezepten will er das ehemals grossartigste Land der Welt wieder grossartig machen? Mit der Frisur eines betrunkenen Kakadus und völlig undifferenzierten Ansichten zu politischen Herausforderungen die Nummer 45 werden?

Nicht nur in den USA, auch an der amerikanischen Schule in Alexandria lief die Liveübertragung der Präsidentschafts-Wahl. Die Anlage bestand aus einem mehrstöckigen, gelb gestrichenen Hauptgebäude, umgeben von Schwimmbecken, Fussballrasen und blauem Basketballplatz. Die Bilder aus dem Mutterland wurden in der Kantine auf eine Leinwand projiziert. Auf den Tischen Schalen mit amerikanischen Oreo- und ägyptischen Konafa-Rollen, Erdnüssen und Andy Capps's Fries.

Gut 60 der rund 100 Mitarbeitenden der Schule folgten der Einladung, am späten Mittwoch-Abend das Kopf-an-Kopf-Rennen zwischen Trump und Clinton mitzuverfolgen. Die Handvoll praktizierenden Muslime im Lehrkörper fehlten weitgehend, wer kam, kam schick angezogen.

Schulpräsident Duncan schwor auf Hillary, pries sie bereits als erste Frau auf dem mächtigsten Posten der Weltpolitik, schaute in den Raum, lachte den mehrheitlich weiblichen Lehrkörper an, machte den Leuten Mut, Verantwortung zu übernehmen, zuerst hier an der Schule, dann in der Stadt, im Land und wer weiss, vielleicht eines Tages in der UNO. Er schloss mit dem Mission Statement der Schule, dem Ziel, selbstbewusste Weltbürger zu motivieren, ihre Stärken und Ambitionen auszuleben.

Fatima nippte an einer Cola und staunte mit grossen Augen einen amerikanischen Kollegen an, der allen Ernstes behauptete, die Simpsons-Serie hätte einen Wahlsieg Trumps schon vor über zwanzig Jahren vorausgesagt. Zum Beweis hielt er ihr sein Mobiltelefon unter die Nase. Über einer roten Krawatte kein Kinn, dafür gelbes Gesicht, wüst vorstehende Oberlippe, buschige Augenbrauen und tolle gelbe Tolle. Sie kannte die Serie der glotzenden Gelbgesichter nicht, hatte sich bis jetzt nicht mit Politik befasst, schon gar nicht mit ausländischer, geschweige denn mit prophetischen Vorhersagen. Sie war wegen ihrer neuen Arbeitsstelle hier, wegen der Menschen, der weltoffenen Atmosphäre.

Und so störte sie es im ersten Moment auch nicht, dass der gleiche Amerikaner ihr später, als der erste Schock übers Wahlresultat überwunden war, an der Bar des Schulkiosks den Arm locker um die Schulter legte und sie für Weihnachten in die Staaten einlud. Ihre Grenze war erst erreicht, als seine Hand von der Schulter vorne runterzurutschen begann. Gereizt schob sie sie weg, blickte ihn wortlos und kalt an und entschuldigte sich bald darauf.

—

"Ghada, die Amis können sich echt nicht beherrschen. So lieb und lustig die auch sind, hey, die haben keinen Anstand."

“Bist du sicher, dass er versucht hat, dich an der Brust zu berühren?”

“Ich glaube er wollte das, aber ich habe seine Hand weggeschoben.”

Fatima sass im Nike-Trainer und dem Telefon am Ohr auf einem grauen Plastikstuhl. Vom Balkon aus sah sie, wie die Autos auf der Tout-Ankh-Amoun Strasse Richtung Sidi Gaber krochen. Hätte ein einzelnes Auto aus dem Strom ausbrechen wollen?

Kaum möglich, so eine träge Masse, wer da mal im Fluss ist, wird mitgerissen.

“Siehst du, ich habe dir gesagt, du sollst aufpassen.”

Ghada stand am Bahnhof von El-Asraf, wartete auf den Zug aus dem benachbarten Abukir, der sie zum dreizehn Kilometer weiter westlich liegenden Hauptbahnhof von Alexandria bringen sollte.

“Hab ich ja. Hey, ich habe alles unter Kontrolle.”

“Und er hat dich beim ersten Kontakt nach Arizona eingeladen? Da kann man sich gleich denken, was er vorhat, so ein Schwein."

“Ach, du hast recht, es ist schwierig geworden mit den Männern. Die eine Hälfte grabscht dich beim ersten Treffen an, die andere hat sich der Religion verschrieben. Die schauen dich höchstens an, wenn du ein Kopftuch trägst, stellen sich aber gleich vor, wie du in der Küche stehst und sie bedienst.”

“Ich weiss auch nicht, Liebe. An der Uni gibt's schon ein paar coole Jungs; kennst du Arif, den Medizinstudenten, der in der Mensa oft am Tisch neben uns sitzt?”

“Arif? Du fragst mich echt nach Arif? Ghada, ich war mal mit ihm zusammen.”

“Das ist nicht wahr, oder?”

Fatima stützte ihre nackten Füsse an die Balkonbrüstung, stiess sich etwas zurück, so dass der Stuhl leicht nach hinten kippte; verspieltes schaukeln.

“Dochdoch, für vielleicht drei Wochen. Ok, er ist freundlich. Aber auch er denkt nur an Berührungen.”

“Ach, daher grüsst er uns immer. Kamt ihr euch denn nahe?”

“Er war im Beach Club der Montaza-Gärten angestellt. Also konnte ich gratis rein. Einmal sind wir so lange am Semiramis-

Strand gesessen, bis die letzten Gäste weg waren, keine Ahnung, ein Uhr nachts oder so. Ich war halt müde, habe mich rückwärts in den Sand gelegt. Und schwupps, war er auf mir."

"Du hast dich nicht gewehrt?"

"Hey, es hat irgendwie gepasst, es war wirklich schön."

Ghada blieb eine Weile ruhig.

"Hey, Schatz, was ist los? Habe ich dich mit der Arif-Geschichte schockiert?"

"Nein, nein. Fatima, es ist nur, ich leide. Hassan hat sich verändert. Er ist noch radikaler geworden. Ich könnte niemals einen Freund nach Hause bringen, solange ich in der gleichen Wohnung mit meinem Bruder lebe."

"Ich hab's gespürt, er hat letzthin richtig komisch reagiert."

Fatima schob ihren Stuhl etwas näher an die Balkonbrüstung. Ihr Blick haftete immer noch an der zähen Wagenkolonne, beziehungsweise an deren Rand, wo eine Mutter mit Kinderwagen versuchte, die Fahrbahn zwischen den Häuserzeilen zu überqueren.

"Und es ging so schnell. Noch vor ein paar Wochen waren wir zusammen am Strand. Und jetzt habe ich statt eines Bruders einen Aufpasser, und was für einen wütenden. Er ist so unerbittlich geworden. Weisst du, was mir Hassan an den Kopf warf? 'Ghada, ich bin kein Kind mehr; ich habe eine Verantwortung vor Allah, ihm will ich gefallen. Am Schluss geht es nicht um mich, sondern um seinen Willen. Es ist nicht richtig, so zu leben, als ob es ihn nicht gibt.'

In diese Richtung gehen alle unsere Gespräche der letzten Wochen, wenn wir überhaupt noch sprechen."

"Und dann hat er gesagt: 'Gott weiss, was für uns gut ist. Ein Leben in Frieden und Ehrfurcht vor ihm. Um dieses möglich zu machen, müssen wir Ablenkungen beiseite legen. Und vor allem müssen wir diejenigen bekämpfen, die uns ein Leben in Gottesfurcht verunmöglichen.' Weisst du, was das für ihn heisst? Das könnte bedeuten, die eigene Familie zu bekämpfen."

Die Schienenstränge vor ihr bildeten die nördliche Grenze des Al-Mandara-Quartiers. Sie verliefen gerade, so dass Ghada fast bis zum nächsten Bahnhof blicken konnte: der Montaza Station. Sie war die letzte Station, die noch zu Alexandria gehörte, und bediente die Montaza-Parkanlage mit ihren Hotels, Spielplätzen und Uferpromenaden. Aber noch war kein Zug in Sicht. Ghada drehte sich weg von den Geleisen, guckte wieder nach unten, hob dafür die freie Hand leicht nach oben, ihre Fläche zum Himmel und schluchzte fast:

"Wenn ein Leben, das Gott gefällt, ein Leben in Frieden ist, wie kann er dann den einzigen Frieden, den es in der zerstrittenen Welt gibt, zerstören und unsere Familie entzweien?"

Die Frau am Kinderwagen stand nun schon fünf Minuten zwischen zwei Fahrspuren, und noch immer hat keiner im Blechstrom gestoppt, um der Mutter zu erlauben, die andere Strassenseite zu erreichen.

"Ghada, ich glaube, er ist in einer Denkspur drin, aus der er einfach nicht rauskommt. Wer mal im Salafismus mitmacht, gerät immer tiefer rein. Wer anders denkt oder andere Zielsetzungen im Leben hat, wird einfach ignoriert."

Ghada nahm einen tiefen Atemzug. Als ihre Schultern wieder gesenkt waren: "Ich liebe meine Mama, ohne dafür täglich Koranverse zitieren zu müssen. Ich liebe Mama von Herzen. Dafür brauch ich nicht besonders gläubig zu sein. Ich massiere ihre geschwollenen Beine, rede und weine mit ihr, gehe für sie einkaufen. Sie ist mein Herz und meine Seele. Und ich liebe dich, Fatima, wir haben eine wunderbare Freundschaft, viele unserer Kommilitonen leben ein Leben in Frieden und Würde. Wie kann

Hassan ignorieren, dass es auch ausserhalb des Salafismus Frieden und Liebe gibt?"

"Ich versteh's auch nicht, Ghada. Vielleicht können die Salafisten nicht lieben, weil sie verletzt sind vom Leben, keine Ahnung. Um doch noch lieben zu können, brauchen sie diese Krücke der Religion."

"Schon möglich, Hassan hat damals extrem gelitten, als sich Papa mit seinem Bruder stritt und wir nach Alexandria zogen. Und ich denke, dass er sich gegenüber seines Cousins irgendwie minderwertig gefühlt hat. Ich hab dir von meinem Cousin Hosni erzählt, oder?"

"Hast du, und hey, ich glaube, ich habe da eine Erleuchtung." Fatima erhob sich auf dem Balkon, den Blick immer noch auf die Tout-Ankh-Amoun Strasse. "Das macht so viel Sinn für mich. Da erlebst du als Kind was Schlimmes, das deine Seele verletzt, irgendein Trauma. Später lernst du liebe Leute kennen, möchtest zurücklieben, aber weil die Seele kaputt ist, geht das nicht. Da beginnt doch jeder irgendwie nach Lösungen zu suchen. Und einige finden die halt in der Religion. Dumm nur, dass sie ihre Art der Religion denen aufdrücken möchten, die jetzt nicht unbedingt so eine traumatisierte Seele haben, die auch ohne Koranverse Frieden und Liebe erleben, ..."

"Ja, das macht er wirklich. Er behauptet, dass Friede ohne völlige Hingabe an Allah nicht echt ist, sondern gottlos, unrein, emotional. Ich glaube, dass er uns alle als Sünder sieht, die keine Chance vor Allah haben."

Als ein bärtiger Mann mitten auf die Fahrbahn trat, die hupenden Autos anhielt und der Mutter die Chance gab, die Strasse endlich ganz zu überqueren, huschte Fatima ein Lächeln übers Gesicht: "Vielleicht sollten wir ins Psychologiestudium wechseln."

“Vielleicht…, Fatima. Hey, hör mal. Ich weiss, dass du dir niemals eine Beziehung mit Hassan vorstellen kannst. Aber ich wünsche mir von ganzem Herzen, dass du ihm eine Freundin bleibst und wir beide es zusammen schaffen, ihn von den extremsten Schritten abzuhalten. Ich glaube, er hält immer noch viel von dir.”

“Ghada, das hängt fest von ihm ab. Ich habe ihm gesagt, dass ich gerne mit euch beiden unterwegs bin, aber wenn er sich zurückzieht, kann ich nichts machen.”

“Klar, verstehe ich. Schwester, ich muss dir noch was anderes erzählen, aber nicht am Telefon, ich will dich sehen. Ich bin jetzt im Zug und in einer Stunde in der Bibliothek, kommst du auch noch?”

“Gerne, Liebe, ich muss eh ein paar Scans von Totenbüchern machen. Vierzehn Uhr?”

“Totenbücher?”

“Sakrale Texte, welche die alten Ägypter den Toten mit ins Grab gelegt haben, Segen für die Himmelsreise, Flüche für Grabräuber, sowas in die Richtung.”

“Ah, ok, also, vierzehn Uhr.”

—

Der Hauptbahnhof wurde wie viele andere ältere Gebäude der verlorenen Metropole anfangs des 20. Jahrhunderts vom Italiener Antonio Lasciac entworfen. Er ersetzte damit den früheren Hautbahnhof von Sidi Gaber, verlängerte die Strecke westwärts um vier Kilometer. Ghada verliess das imposante Gebäude wie üblich zu Fuss. Obwohl sie sich absolut sicher war, dass Hassan nicht hinter ihr her war, drehte sie sich mehrmals um, entschied sich dann erneut für den Umweg in die Schallalat-Gärten, wollte dort ihrem Geliebten einen kurzen Besuch abstatten.

Auch wenn die Zeit jeweils nur kurz war, kam sie jedes Mal erfrischt und ermutigt von der Begegnung mit ihrem Schwarm zurück. Er war eher breit gebaut und mehr als doppelt so gross wie sie. Er zog auch viele andere Menschen an mit seiner ausgeglichenen, verspielten und dennoch konstanten Art, wie er über die Klippen aus Kunststein sprang, um sich etwas unterhalb mit sanftem Geplätscher in einen Naturpool zu ergiessen. Während Minuten betrachtete sie ihn einfach.

An anderen Tagen hatte sie auch schon die Augen hinter der Sonnenbrille geschlossen und ihm zugehört, lange, einfach so, obwohl er immer wieder das Gleiche sagte. Sie liebte sein Rauschen, seine Geduld, seine Unbeschwertheit. Sie liebte das Wasser. Nirgends war es so lebendig wie bei diesem Wasserfall. Ausgenommen vielleicht bei den Wellen, die sich an der Corniche brachen, der langgezogenen Uferpromenade Alexandrias zwischen der Qāitbāy-Zitadelle und dem Montaza Park – aber dort fehlte ihr die Ruhe, fehlte ihr die Einsamkeit, um ihrer Hoffnung, ihrer Trauer, ihrer Fantasie und ihrem Glauben an ein anderes Leben nachzuhängen.

Der Wasserfall im Park war für Ghada die eine Oase des Glücks. Die andere, die Bibliothek von Alexandria, steuerte sie nun ebenfalls an.

“Ihren Ausweis bitte!”

“Gerne, hier!”

“Shukran, alles klar! Und vergessen Sie nicht, Ihre Tasche in einen Locker zu schliessen.”

Ghada schaute die Dame am Empfang der Bibliothek mit erhobenen Augenbrauen an.

“Letzte Woche konnte ich die Tasche in den Lesesaal mitnehmen.”

“Tut mir leid, erhöhte Sicherheitslage seit vorgestern.”

“Gibt es denn einen Grund?”

“Zwei Anschläge auf zwei koptische Kirchen. Nichts davon gehört? 44 Tote, elf davon hier in Alexandria... Es hat sich einer vor der St. Markus-Kathedrale in die Luft gesprengt.”

Ghada legte ihre Hand vor den Mund, schaute die Dame mit aufgerissenen Augen an.

“Allah, erbarm dich. Hier in Alexandria? Und er hat sich selber...”

Das Satzende steckte ihr noch im Hals, als sie knappe zehn Minuten später zur Toilette rauskam. Erst unterwegs zu ihrem Stammtisch konnte sie sich etwas entspannen. Es ging heute länger, bis sich die Ruhe einstellte, die sie sonst in ihrem Refugium empfand.

Schliesslich erinnerte sie sich an das Buch, das sie letzte Woche zu lesen angefangen hatte, und zwar im Anschluss an ein Seminar zur Kleopatra-Rezeption in Europa. Der alte italienische Dichter platzierte die berühmte ägyptische Pharaonin der Ptolemäer in der Hölle, weil sie Julius Cäsar verführt hatte. Der in der Vorlesung zusammengefasste Inhalt war vielversprechend gewesen: Eine Jenseitsreise durch das Inferno, von dort zu einem Berg, wo man von Sünden rein werden konnte, und dann in den Himmel.

Als sunnitische Muslima kannte sie ähnliche Konzepte und auch die zugehörigen Verhaltensweisen. Ihre streng religiöse Familie fühlte sich der hanafitischen Rechtsschule verpflichtet, und Ghada war mit klaren Vorstellungen von Gottesfurcht, Sünde und Hölle gross geworden.

Erst an der Uni hatte sie mit einigem Erstaunen festgestellt, dass es drei weitere sunnitische Rechtsschulen gab, die Mālikiya, Schāfiʿīya und Hanbalīya. Das konkurrierende Nebeneinander unterschiedlicher Auslegungen des Korans und der Hadithe hatte sie zuerst ordentlich verwirrt und sie dann zur

Überzeugung gebracht, dass es keine absolute Wahrheit geben konnte, damit auch keine absoluten Gesetze, daher keine über alle Zweifel erhabenen Verhaltensweisen. Vielmehr würden sich die Menschen Gott und seiner Wahrheit annähern, aber immer auf unterschiedliche Weise.

Einmal hatte Ghada das Thema der Rechtsschulen zuhause im Scherz angesprochen und es sofort bereut. Sie hatte ihren Bruder schmunzelnd davor gewarnt, sich in eine Schāfitin zu verlieben, weil diese ihr erstes Gebet bereits im Morgengrauen sprechen und nicht erst beim Morgenrot wie die Hanafiten; er könne so eine halbe Stunde länger schlafen. Hassan hatte die Augen zusammengekniffen, sie wütend angeblitzt, gleich alle vier Rechtsschulen in die Pfanne gehauen und darauf beharrt, dass es nur eine einzige, wirklich korrekte Lebensweise als Muslim gebe: die ausnahmslose Orientierung an den ersten Generationen nach Mohammed – die typische Haltung der Salafisten. Die Rechtsschulen würden den wahren, ursprünglichen Islam verwässern und seien eine Erfindung der Hölle.

Nun, dahin begleitete Ghada also Dante Alighieri und den antiken römischen Dichter Vergil. Kaskadenhaft las sie sich durch zunehmend schlimmere Kreise des Infernos. Kleopatra büsste ihre Liebeslust im zweiten Kreis der Hölle, zusammen mit Semiramis, Helena von Troja und anderen weiblichen Wesen, welche dort pausenlos von einem abartigen Wind durchgeschüttelt wurden.

Verräter wie Judas Iskariot wurden hingegen ans andere Ende verbannt, ins Innerste der Hölle, wo sie aber nicht in einem Feuersee brieten, sondern mit verrenkten Gliedern bis zum Hals in Eisklötzen steckten und nicht mal weinen konnten, weil jede Träne noch am Augenrand einfror.

Ghada wischte sich selbst eine aus den Augen, als sie sich den Schlammsee des fünften Höllenkreises vorstellte, plötzlich diese blubbernden Blasen sah, die mühsam Richtung

Oberfläche stiegen und dort ankommend die schreckliche Vorstellung bedienten, dass unten im sumpfigen Dunkel die Seelen derer kauerten, die den Weltschmerz so stark in sich hineingefressen, dass sie alle Freude an der Schöpfung, dem Licht, der Sonne verloren hatten.

Im siebten Kreis der Hölle begegnete sie den Gewalttätigen und Mördern. Dante unterschied drei Richtungen der Gewalt. Im ersten Ring las Ghada von Gewalt an Mitmenschen, welche in einem kochenden Fluss aus Blut gebüsst werden musste. Im zweiten litten die Selbstmörder als stumme, knorrige Büsche und Bäume. Der dritte Ring glich einer feurigen Sandwüste. Hier lagen und kauerten Menschen, die gegenüber Gott, Kunst oder Natur gewalttätig wurden.

In einer Mischung aus Entsetzen und Verwunderung bewegte Ghada die Frage, die sich ihr wie von selbst stellte: Wo hätte Dante wohl den islamistischen Selbstmordattentäter der St. Markus Kathedrale platziert? ... Hatte der nicht die Kriterien für alle drei Ringe gleichzeitig erfüllt? So differenziert Dantes höllenkreise auch waren, seine Vision sah keinen Platz für entsprechende Menschen vor und konnte daher höchstens eine Annäherung an die unsichtbaren religiösen Realitäten sein, wenn es denn überhaupt sowas wie spirituelle Wahrheiten gibt. Vielleicht ein Thema für ihre nächste Seminararbeit?

"War er wieder hinter dir her?", Fatima war unbemerkt an den Tisch getreten. Ghada sah sie mit besorgten Augen an.

"Merhaba, Liebe, nein, diesmal nicht."

"Er ist manchmal wirklich ein Spinner, Ghada. Du tust mir so leid." Fatima zog einen Stuhl herbei, setzte sich ihr gegenüber.

"Fatima, es ist das fünfte Mal in Folge, dass er mich unterwegs nicht mehr kontrolliert, und er ist auch weniger zuhause als sonst."

Fatima kippte ihren Kopf zur Seite, liess ihr offenes Haar über die Schulter fallen und schaute ihre beste Freundin fragend an. "Vielleicht hat er begriffen, dass er dich nicht kontrollieren kann? Ghada, das wäre ein Grund, dich zu entspannen."

"Fatima, wenn Salafisten vermehrt unterwegs sind, hängen sie nicht mit ihren Freunden in Clubs oder in den Parks herum. Zweimal blieb er über Nacht weg. Ich habe Angst, dass er in Kairo war. Fahamit alyee shlon? Weiss du, wie ich mich fühle?"

Fatima begriff Ghadas Bedenken nicht sofort. Erst nach einem langen, tiefen Blick in ihre Augen, wie es nur Seelenverwandte können, begann sie zu verstehen. Und in ihren warmen, freundschaftlichen Ausdruck mischte sich eine Art Verzweiflung. Fatima brauchte eine Weile, um alle Wörter aneinander zu reihen: "Denkst du, ... er war in der Hauptstadt, um ... etwas zu planen?"

Ghadas Blick war starr, als sie ganz leicht nickte. Lange und erschüttert hielt Fatima dem Blick stand. Sie schluchzte leise, nur kurz, aber tief.

"Das darf nicht sein. Er wird euch das nicht antun. Er soll nicht. Er darf nicht. Das bringt nichts. Wem soll das etwas bringen? Niemandem bringt das was. Allah verbiete es ihm!", Fatima konnte kaum stoppen.

"Ahnt dein Vater etwas?"

"Ich habe keine Ahnung, ich spreche nicht mehr wirklich viel mit Papa. Er tut nichts gegen Hassans Radikalisierung, einfach nichts. Ich glaube, er hat Angst."

“Das kann gut sein.”

“Wenn das so weitergeht, werde ich mit Mama fliehen. Sie hat eine Cousine in Kairo.”

Das Gespräch stockte. Wortlos fixierte Ghada eine der unzähligen Säulen, die gemeinsam und ebenfalls wortlos das runde Dach des riesigen Lesesaals trugen.

"Was liest du eigentlich?", versuchte Fatima abzulenken und erhielt mit einem Seufzer die Göttliche Komödie über den dunkelgrauen Tisch zugeschoben. Fatima blätterte eine Weile drin, schaute fragend zur jungen Frau gegenüber, die sie gut zu kennen meinte:

"Ghada, da geht es um den Christen-Gott!"

"Ich weiss." Dann: "Weisst du, vielleicht haben wir alle den gleichen Gott, die gleiche Hölle und das gleiche Paradies."

"Ghada, was für ein Paradies? Das, in welches die Selbstmordattentäter vom Bombenanschlag vorgestern kommen? Hast du überhaupt davon gehört?"

"Ja", ein weiterer Seufzer. Er verriet, wie unsicher Ghada war, über sich, ihre Familie, ihre Religion und ihre Zukunft.

"Wie kamst du denn auf das Buch?"

Irgendwann, Ghada erschauderte bei dem Gedanken, würden ihre Eltern, und schlimmer, ihr Bruder, herausfinden, dass sie sich gar nicht zur Grundschullehrerin ausbilden liess, sondern an der Faculty of Arts Literatur studierte.

"Kleopatra kommt drin vor. Es ist weltberühmt, es ist Dante Alighieris Hauptwerk, die berühmteste italienischsprachige Dichtung. Und da ich schon immer mal nach Italien wollte..."

"Hmm, ich weiss nicht", Fatima blätterte oberflächlich durch die fast siebenhundert Seiten. "Ich lese lieber Biografien oder Romane. Weisst du, wer so richtig cool ist? Chimamanda Ngozi Adichie. Hey, diese Frau hat's sowas von drauf. Sie ist von Nigeria."

Fatima machte lockere Fäuste, winkelte die Ellenbogen an und bewegte ihre Arme und Schultern rhythmisch zu ein paar leise gesungenen 'It's time for Africa'. Dann: "Ich glaube 'Blauer Hibiskus' würde dir gefallen."

"Hibiskus klingt schon mal sehr schön; gerne Fatima, hast du das Buch?"

"Meine Schwester hat es gelesen, ich hab erst drin geschnuppert. Es geht um eine Familie, die auseinanderfällt wegen dem Terror im Land."

"Oh, das ist mein Thema, Fatima, danke für den Hinweis."

"Ghada, weisst du was, lass uns rausgehen an die Sonne. Trinken wir etwas, bevor dein Zug fährt."

Die beiden Freundinnen verliessen ihren Treffpunkt, hakten sich ein, überquerten die insgesamt zehn-spurige Corniche, provozierten dabei einzelne quietschende Reifen, quietschen selber vor Lachen und spazierten dann am späten Nachmittag meerseitig der Promenade entlang, die Sonne im Rücken, in Richtung des Panorama-Restaurants. Die Luft roch nach Leben und der frühe Abend versprach den beiden Frauen eine Stunde Geplauder und Gespräch über alles, was sie faszinierte, interessierte und beschäftigte.

Drei, vier kleine Fischerboote schaukelten gemütlich an der Mittelmeerküste. Überhaupt nichts deutete darauf hin, dass das gleichmässige, beruhigende Rauschen der Wellen demnächst und urplötzlich durch eine gewaltige Explosion für Stunden unhörbar werden würde. Der Knall entstand mitten auf der Strasse, begleitet von einem grellen Blitz und einer sofortigen Druckwelle, welche sämtliche Fussgänger im Umkreis von vielleicht 250 Metern flachlegte.

Der Schock und das sofortige Pfeifen in den Ohren verhinderten, dass Ghada überhaupt irgendetwas wahrnehmen konnte, weder Schmerz noch sonstige Geräusche noch ihre Lage auf den warmen Pflastersteinen: mit blutig aufgeschlagenen Lippen auf ihrem Bauch liegend, Fatima neben sich auf dem Rücken – mit starrem Blick und sich langsam rot verfärbendem Kleid. Dann setzte das Gekreisch frisch traumatisierter Passanten ein, gefolgt von Sirenen, Ghada konnte sie noch nicht hören, Fatima nicht mehr.

Blut und Lippenstift

Alexandria Amir – **Ghada** – Hassan – Nagib

Eslem kreischte auf, als ihr der 40-jährige Polizeileutnant das blutende Gesicht auf seinem Mobiltelefon zeigte. Sie schlug die Hände vor ihrem faltigen Gesicht zusammen, versteckte es hinter nach Zwiebeln riechenden Fingern, die Nägel vom Knabbern gekürzt. Sie erstarrte kurz, sackte in sich zusammen – viel zu schnell, als dass der Uniformierte hätte eingreifen können – und schlug hart auf dem gefliesten Boden auf. Auf dem kleinen Balkon, der sogar im dritten Stock täglich vom Staub und Lärm der Strasse heimgesucht wurde, liess Muhammad Shamoun seine Gebetskette auf den kleinen Beistelltisch fallen und eilte ins Wohnzimmer.

"Eslem, Eslem – Bismillahir, ijjaka nasta'in – Im Namen Allahs, dich flehe ich um Hilfe an!"

Zusammen mit dem Polizisten hob er seine Frau auf, schleppte sie von der Türschwelle zum kurzen Sofa, dessen blumiger Überwurf einen ebenfalls blumigen Stoff verdeckte, damit vor Staub und Abnutzung schützte, und hievte sie drauf.

Dann musste auch Papa den Anblick seiner schwer verletzten Tochter ertragen. Ja, sie sei es, bestätigte er dem Überbringer der Nachricht. Ihre Tochter, Ghada, Studentin, 23 Jahre alt, unverheiratet, hier zuhause. Er erfuhr, in welchem Krankenhaus sie lag, hielt die ewige halbe Stunde aus, die Eslem in Bewusstlosigkeit verbrachte, und bat den Leutnant dann, ihn und seine Frau zum Al Miri Universitätsspital zu fahren. Unterwegs berichtete der Beamte etwas von einem Anschlag auf einen Konvoi der Regierung und dass ihre Tochter von Mitarbeitern der Bibliothek identifiziert worden sei, erwähnte eine islamistische

Gruppierung als wahrscheinlichste Urheber, schwieg aber für den Rest der Fahrt durch den morgendlichen Stossverkehr.

Die Eltern verbrachten vier Stunden in einem Warteraum des Uni-Spitals, die Mutter schluchzend, der Vater seine Gebetskette vermissend und tief in Gedanken versunken. Ghada durfte nicht sterben. Sie war ihr Lebensinhalt, die einzige gute Freundin ihrer Mutter, für den Vater die einzige, welche seine Emotionen in eine gute Richtung bewegen konnte; und noch hofften sie beide auf den Einfluss, den ihre Tochter auf Hassan ausüben könnte. Stürbe sie, würde ihnen auch ihr Sohn entgleiten.

Wie denn sollten gesundheitlich angeschlagene Eltern, die im Leben so gut wie nichts erreicht hatten, einen frustrierten Sohn vor dem Abgleiten in einen radikal-islamistischen Salafismus zurückhalten? Mit welchen alternativen Lebensentwürfen? Mit welchem Lebensmut? Mit welcher familiären Fröhlichkeit und Zuversicht? Dies trauten sie nur Ghada zu, auch wenn sie mit ihren herzlichen, jedoch verzweifelten derartigen Versuchen bis jetzt kaum Erfolg gehabt hatte.

In seinem Gedankenkreisen stellte sich Vater Muhammed dan Anschlagsplatz vor, das Loch in der Strasse, dann seine Tochter, wie sie mit Verbänden und Infusion von Ärzten beobachtete wurde und er landete bei der Hoffnung, dass der verdammte Bombenanschlag seinem Sohn wenigstens die Augen öffnen sollte für die Sinnlosigkeit des militanten Islams – sollten die Verletzungen, die der Anschlag seiner Schwester zugefügt hatte, ihn doch warnen. Von ihm, dem eigenen Vater, hatte sich Hassan jedenfalls nicht warnen lassen.

Muhammad vertrat die Ansicht, wer den Islam verstanden und akzeptiert habe, sei zwar bereit, für Allah zu sterben, würde aber niemals Gewalt an anderen Menschen ausüben. Selbstmordattentäter und islamistische Terroristen hatten aus seiner Sicht keine wirkliche Erkenntnis von Gottes Willen erreicht, sondern wollten die Religion aus eigener Kraft durchsetzen, wo doch alle

Kraft beim einzigen Gott im Himmel sei. Aber jedes Mal, wenn er versuchte, mit Hassan darüber zu reden, kam ihm in den Sinn, wie er den Streit mit seinem Bruder über das Erbe ebenfalls mit Gewalt geführt hatte.

"Eslem, meine Liebe, lass uns beten." Muhammad ging in die Knie, lobte Gott, befahl ihm seine Tochter an.

Am frühen Abend schickte sie der leitende Arzt der Notfallabteilung nach Hause, ohne dass Ghada aus dem künstlichen Koma aufgewacht wäre und sie sie zu Gesicht bekommen hätten.

Immerhin: "Ihre Tochter wird überleben. Sie wird keine tiefgreifenden Schäden mitnehmen, das dürfen sie hoffen. Gönnen wir ihr eine ruhige, ungestörte Nacht. Ich bin sicher, dass sie morgen die Augen öffnen wird. Am besten, sie kommen gegen fünf Uhr. Vielleicht werden sie sogar mit ihr sprechen können, inshallah."

Bald darauf sassen sie schweigend in einem Drittklassabteil und fuhren die Strecke, die sonst Nachhauseweg ihrer Tochter war, in Richtung Al Mandara. Der Zug, halb voll und eher still, erlaubte dem Paar ihren Gedanken nachzuhängen. Was Eltern nicht alles mitmachen. Mehr als genug, dass sie diese Spannungen mit Hassan hatten und auch jene, die er mit Ghada ausfocht, mitbekamen, dazu die täglichen finanziellen Herausforderungen, das Älterwerden, die Gesundheit, die Suche nach einem weniger anstrengenden Job... und jetzt lag Ghada schwer verletzt... Allah, hab Erbarmen. Das Leben war nicht leicht, ... vielmehr schwer, mehr als schwer.

Schweigende Blicke zum Fenster raus an bald graue, bald farbige Hauswände, dazwischen Unterführungen, der übliche Verkehr und in regelmässigen Abständen Fussgänger-Überführungen. Muhammad schrieb seinem Bruder eine Textnachricht. Nach ihrem Erbschafts-Streit vor über zehn Jahren hatten sie erst in den letzten Monaten hie und da eine SMS ausgetauscht, sich einander langsam wieder genähert; Mama Eslem schob das Telefonat mit ihren beiden Geschwistern auf, wollte zuerst mit Hassan sprechen. Nur dass sie keine Ahnung hatte, wann sie ihren Sohn das nächste Mal sehen würde. Manchmal blieb er mehrere Nächte weg.

Während der Vater weiterhin auf eine aufrüttelnde Wirkung der Hiobsbotschaft auf den jungen Mann hoffte, bildeten sich in Eslems Gesicht neue Sorgenfalten. Zu gut spürte sie, dass genau das Gegenteil passieren könnte, Hassan sich aus Schmerz und Angst um Ghada noch mehr in die Fänge der Salafisten begeben könnte. Und erneut bereute sie den Entscheid, in diese Gegend Alexandrias gezogen zu sein. Aber hier waren sie nun mal – Al Mandara, die Hochburg der Salafisten Alexandrias.

El-Asraf, ihre Bahnstation: Sie verliessen den Zug, schritten in der Dämmerung durch die für Alexandria untypischen Strassen: Enger und schlechter beleuchtet, einzelne Hunde und nur Männer draussen, viel Bart, lange Dschallabijas, kaum Haut also. Das Paar brauchte fünfzehn Minuten. Muhammad voraus, nur mit Mühe hielt Eslem Schritt. Unten am Block stand Hassan. Zwei junge Männer des Quartiers neben ihm. Er schaute seine Eltern fragend an, erstaunt, dass sie so lange weggewesen waren. Angerufen hätte er aber nicht. Er grüsste auch nicht, wartete vielmehr drauf, dass sie ihm erklärten, was los war.

Der Vater ging auf ihn zu, umarmte ihn.

“Deine Schwester ist im Spital. Sie hat einen Unfall gehabt.”

Auch Papa entfuhr nun ein leichter Schluchzer.

“Sie lebt aber, oder?”, Hassan schaute zuerst den Vater, dann die Mutter an, versuchte die Antwort aus ihren Blicken abzulesen.

Dann: “Unfall?” Hassans Stimme verriet, dass er dieser Version keinen Glauben schenkte. Ob er vom Attentat wusste?

Vater zögerte, rückte es aber schliesslich raus: “Es war eine Bombe. Allah hab Gnade. Ich hoffe von ganzem Herzen, dass niemand von unserem Quartier Schuld trägt. Bewahre uns Allah davor, dass wir, ohne es zu wissen, den Gewalttäter auf der Strasse grüssen.”

Enttäuschung und Schmerz, als Mohammed seinem Sohn in die Augen blickte. Denn der Gesichtsausdruck des 23-jährigen veränderte sich kaum. Keine emotionale Regung, keine Träne, dafür diese unerwartete Frage:

“War sie alleine unterwegs? War jemand mit ihr?”

“Sie liegt auf der Intensivstation. Morgen wacht sie auf. So Allah will, werden wir mit ihr sprechen können... “.

Hassan verstand dies als das, was es war: eine Aufforderung, am Folgetag mitzukommen. Das würde er machen. Und er würde Ghada als erstes fragen, wer mit ihr unterwegs gewesen war.

—

Ghadas Familie verstand nicht viel von Medizin. Aber Schläuche, Verbände, ihre geschlossenen Augen und die besorgten Blicke einer Krankenschwester machten ihnen klar, dass ihre Tochter noch nicht über den Berg war. Der Reihe nach fassten sie ihre rechte Hand. Im Rücken der Linken steckte die Infusionsnadel. Die Händedrücke erwiderte sie mit einem kaum erkennbaren Zucken der Augenlider. Breiter, dicker Kleber über der Nase, offene Schürfwunden an der Schläfe.

Muhammad flüsterte nochmals ein Gebet. Eslems Lippen zitterten ein ‘Amin’. Hassan bewegte sich in die Raummitte des Spitalzimmers, schielte auf die anderen fünf Betten, zwei leer, zwei von älteren Frauen warm gehalten. Ins Letzte hatte man ebenfalls eine junge Frau gelegt. Er näherte sich, suchte und fand ein Schild, auf das von Hand ein Name geschrieben war, zuckte die Schultern, drehte sich ab, schritt zu Ghada, flüsterte ihren Namen:

“Ghada, ... wo warst du unterwegs, ... mit wem? Warst du alleine?”.

Er stellte eine ähnliche Frage, als kurz darauf jemand vom Pflegepersonal in den Raum trat:

“Die junge Frau wurde alleine angeliefert.” Die Frau in Kopftuch und Krankenhaus-Gewand fuhr weiter: “Zwei Stunden später wurde uns nochmals eine verletzte Person aus einem anderen Spital zugewiesen. Aber ich glaube, es gab viele Verletzte. Man spricht von fünf toten Zivilpersonen und einem Dutzend Staats-Beamten.”

Hassan zuckte zusammen, sagte kein Wort mehr, bis sie das Zimmer eine Stunde später zu dritt verliessen; wiederum ohne mit Ghada gesprochen zu haben. Zurück zuhause versuchte Hassan, weitere Infos über den Anschlag zu erfahren. Mit etwas Verspätung waren die Toten an der Corniche nun auch an den salafistischen Strassenecken das Hauptthema. Der Anschlag wurde von einigen Hardcore-Gläubigen gepriesen als einzigen Weg, um die säkulare Regierung in die Knie vor Allah zu zwingen. Andere junge Muslime blieben vorsichtiger, hörten einfach nur zu. Aber über konkrete Namen von Opfern wusste auch hier keiner Bescheid.

Hassans Mutter indes suchte oben in der Wohnung nach frischen Kleidern, die sie Ghada ins Spital bringen wollte, kramte im behelfsmässig zusammengeflickten, weiss laminierten Sperrholzkasten ihrer erwachsenen Tochter rum. Er macht kaum Lärm beim Runterfallen, war mehr ein Schatten in ihren Augenwinkeln. Noch bevor sie sich bückte, spürte sie, dass sie nicht hätte finden sollen, was ihre leicht zitternden Finger nun sorgfältig aufhoben. Konsterniert stellte Eslem den Lippenstift auf den marmornen Sims vor dem Fenster, trat drei Schritte zurück und betrachtete den goldenen Zylinder fast so, als ob er ebenfalls gleich in die Luft gehen könnte.

Lange Sekunden – dann setzte sich Eslem auf Ghadas Bett, löste den Blick vom Fremdkörper auf dem Sims und strich mit der Hand langsam übers Leintuch, das Gewebe kühl, abweisend; auch beim dritten Mal lag kein kleines Mädchen drunter. Was für ein Schmerz. Eslem stand auf. Noch eine Hoffnung: Vielleicht war der Lippenstift ja nicht gebraucht worden?

Sie wagte es, ihn zu öffnen – helles Rot und ... angebraucht. Sie drehte den Stift einen Zentimeter raus, rein, ... wieder raus, wagte es nicht, ihn an den eigenen Mund zu führen, drehte ihn stattdessen kopfüber, fuhr über den Marmorsims – und sah dann lange die rote Linie an, die zwischen ihr und ihrer Tochter stand. Sie erschrak, als ihr klar wurde, dass sie diese Linie selbst gezogen hatte. Sie eilte in die kleine Küche und kam mit einem feuchten Lappen zurück, wusch den Strich weg, ergriff vom Wandgestell herab das gerahmte Foto von Ghadas Abiturfeier und drückte diese fest an ihre Brust.

—

Unterwegs mit der grünen Plastiktasche voll frischer Kleider wurde Eslem an der El-Asraf-Station von Soldaten angehalten. Dem unfreundlichen 'Tawaquf', dem Befehl anzuhalten, folgten mehrere 'Jallas'. Ein junger Unteroffizier schritt stracks auf sie zu, schubste sie hinüber zu einer Reihe wartender Passagiere. Was war denn hier los? Seit dem Umsturz von 2013, als das Militär Präsident Mursi absetzte, hatte sie nie mehr so viele Soldaten auf einem Haufen gesehen. Zwei in sandfarbenen Tarnanzügen durchsuchten Taschen und Kleider. Die AK-104 auf ihren Rücken wackelten, als sie die freigegebenen Taschen den Reisenden vor die Füsse warfen. In den anderen drei Schlangen verlief es nicht freundlicher. Offensichtlich waren die jungen Soldaten ziemlich angespannt.

Herangekarrt hatten sie drei gepanzerte Fahrzeuge vom Typ Fahd. Deutsch designt und in Ägypten gebaut, fanden jeweils 10 Soldaten Platz in den flach gehaltenen fahrenden Bunkern. Zwei parkten im Schatten einer Häuserfront, der dritte mitten auf dem Platz vor der Station; auf ihren Dächern je ein bedientes Maschinengewehr. Als Kommandowagen diente der Humvee neben dem einstöckigen Stationsgebäude.

Die Menschen in der Schlange wirkten verunsichert. Nur einzelne Stimmen trauten sich zu fragen, was los war.

“Alles gut, wir kontrollieren nur ihre Taschen. Bleiben sie unbesorgt!”

Andere flüsterten, zückten ihre Mobiltelefone, schrieben Nachrichten.

Nach wenigen Minuten meldete sich Eslems Blase, Zeichen ihrer Nervosität. Aber sie traute sich nicht, aus der Reihe auszuscheren. Ausserdem wurden die Klos der Station gefühlt alle Jahre einmal gereinigt. Was also mit dem Druck machen? Laufen lassen? Sie biss die Zähne zusammen, versuchte an Ghada zu denken, was ihr aber schwer fiel, zu aufregend und beängstigend die Situation hier an der prallen Sonne.

Eine Stimme in der Nähe bestätigte ihren Verdacht. Ein älterer Herr sprach mit einem der Soldaten. Der Aufmarsch der Infanterie hatte tatsächlich mit dem Anschlag vor der Bibliothek zu tun. Aus Angst vor Nachahmern wurden nun Züge und Reisende ins Stadtzentrum kontrolliert. Verständlich, dass dies die Stationen rund ums Salafisten-Quartier Al Mandara erst recht betraf.

Dann scherte doch einer aus der Reihe aus, vielleicht knapp 50, mit einer weissen Stofftasche, die er eher schleppte als trug. Er schimpfte etwas und rief den Namen des früheren Regierungschefs Al Mursi, was aus den Reihen der Passagiere von einzelnen Allāhu-akbar-Rufen quittiert wurde. Mehrere Soldaten nahmen die Kalaschnikow von ihren Schultern, hielten sie mit gestrecktem Zeigefinger demonstrativ vor ihre Brust, den Lauf in den Himmel gerichtet. Der 50-jährige spuckte auf den Boden, dann bückte er sich, um in die Tasche zu greifen. Niemand konnte sagen, was er rauszog, aber es schien schwer zu sein, ein Blitzen im Sonnenlicht deutete auf Metall hin.

“Tawaquf”, schrie einer der Soldaten. Der Schuss folgte innert einer Sekunde. Geschrei, Gekreisch. Einige warfen sich auf den Boden, andere liessen ihre Taschen stehen, rannten weg. Wer über die Strasse lief, wurde zusätzlich von hupenden Autos und kreischenden Bremsen erschreckt. Nach wenigen Sekunden kehrte Ruhe ein, gespenstische Ruhe. Autos fuhren leise weiter oder blieben am Strassenrand stehen, da und dort ein Schluchzen. Dann der Lärm einer Autotüre, einzelne leise gerufene Namen.

“Aufstehen, es ist alles gut!”

Der eine Offizier hatte ein Megaphon aus dem Humvee geholt und wiederholte die Aufforderung.

“Niemand ist verletzt. Le tukalik. Es ist alles gut!”

Der Mann mit dem weissen Sack kauerte am Boden, zwei Soldaten zerrten ihn auf die Beine und führten ihn zu einem der Fahds, er war kreidebleich und humpelte. Der Warnschuss hatte auch ihn zu Tode erschreckt.

Eslem kam immer noch zitternd in Spital an. Ihre Tochter sei unterdessen im Zimmer 21 untergebracht. Als Eslem eintrat versteckte die immer noch feuchte Stelle an ihrer immer noch staubigen Dschallabija hinter der Kleidertasche, welche sie auf dem ganzen Weg an ihren Unterleib gedrückt hatte. Von den Kontrollen am Bahnhof wollte sie ihrer Tochter nichts berichten. Lange schaute sie ihre Tochter an, massierte ihre rechte Hand.

“Ghada, liebe. Ich bin so froh, dass du lebst, mashalla.”

Ghada schaffte es, zu lächeln und den Arm etwas zu heben.

“Dein Papa wäre gerne mitgekommen. Aber er kann eine Arbeitsstelle an der Abu Bakr-Moschee ansehen. Irgendetwas im Garten.”

“Ist gut, er war gestern da...”, flüsterte Ghada. “Mama, ich war ... mit Fatima unterwegs...”

Für mehr reichte ihre Kraft nicht, aber Eslem verstand die Frage. Offensichtlich hatte Ghada vom Pflegepersonal erfahren, dass sie wegen eines Anschlags im Spital lag, wusste aber nicht, was aus Fatima geworden war.

Eslem erinnerte sich gerne an die Freundin ihrer Tochter. Zweimal waren sie zu dritt einkaufen, spazierten durch die Schallalat-Gärten, tranken Tee und erzählten sich Geschichten. Fatima berichtete damals aus ihrer Familie, von der palästinensischen Herkunft ihres Vaters, wie er 1991 als Zehnjähriger aus Kuwait fliehen musste. Eslem hatte erstaunt zugehört, es fast nicht glauben können, was Araber sich gegenseitig antaten: Die Regierung Kuwaits vertrieb damals Hunderttausende von Palästinensern, nur weil Jassir Arafat mit Saddam Hussein kooperierte.

Und ja, an den Grund dahinter konnte sich Eslem auch noch sehr gut erinnern: Saddam Hussein hatte vorher Kuwait angegriffen und versucht, den Golfstaat als sogenannte neunzehnte Provinz dem Irak einzuverleiben. Als die Amerikaner die Irakis aus Kuwait zurückgetrieben hatten, musste die palästinensische Bevölkerung innert einer Woche das Land verlassen, dermassen wütend waren die eben befreiten Kuwaitis auf Arafats Liaison mit Saddam. Die meisten verfügten über einen jordanischen Pass, fanden dort eine neue Heimat. Aber Fatimas Grosseltern reisten nach Ägypten weiter.

Lange galten sie als Flüchtlinge. Erst 2012 änderte Ägypten das Gesetz so, dass die rund 50’000 Palästinenser im Land am Nil auch die ägyptische Staatsbürgerschaft erhalten konnten. Mit zwölf wurde Fatima stolze Ägypterin, mit siebzehn lernte sie

Ghada kennen. Mit ihr war sie 2022 an der Corniche unterwegs – zum falschen Zeitpunkt.

Eslem unterbrach ihre Erinnerung: "Ich werde mich nach Fatima erkundigen. Lass mich sehen ... ich glaube, ich habe ein Foto von ihr von unserem Ausflug in die Schallalat-Gärten."

Sie griff nach ihrem Mobiltelefon, strich etwas unbehelf über den Screen, hielt kurz beim Bild ihrer Schwester und deren Enkelin inne, suchte dann weiter, fand die lachende Fatima unter einem locker platzierten Kopftuch. Auch daran erinnerte sich Eslem: Gleich nach der Aufnahme hatte sie es wieder abgenommen und eine kleine Diskussion über Glauben und Sitten unter muslimischen Frauen ausgelöst.

Diese war zuhause weitergegangen, unter der Beteiligung von Hassan.

"Wer seine Haare offen trägt, ist eine...", Eslem wollte sich bis heute nicht an das Wort erinnern, welches Hassan damals verwendet hatte.

Zudem war sich die Mutter auch nicht sicher, wie ernst ihr Sohn es damit gemeint hatte, denn bereits ein paar Tage später war er selbst mit Ghada und Fatima unterwegs gewesen – hatte fasziniert von der Qāitbāy-Zitadelle erzählt und ihrer Geschichte, die er von Fatima erfahren hatte. Ach, und dann wieder die Besuche in der Moschee mit dem saudischen Imam, der sogar unter Salafisten einen zweifelhaften Ruf als Khawaridsch hatte, also als einer der mit zu viel Gewalt Unehre über die Umma, die Gemeinschaft der Muslime, brachte. Was für ein Hin-und-Her, was für eine schwierige Zeit. Wenn nur Muhammad mehr Einfluss auf ihren Sohn ausüben würde. Allah, hilf.

"Ich gehe nun fragen unten am Eingang, vielleicht wissen sie etwas über Fatima", Eslem küsste Ghada auf die Stirn, ging mit dem Handy zum Zimmer raus und blieb für gute 20 Minuten weg.

In dieser Zeit durchforschte Ghada ihr Gedächtnis. Sie erinnerte sich ans zuletzt gelesene Kapitel in der göttlichen Komödie und an die Frage nach dem höllischen Platz für Selbstmordattentäter... und... Hassan... und... den Spaziergang mit Fatima in Richtung Panorama-Restaurant... und... ach ja, plötzlich stellte sich das Bild ein: Polizei-Motorräder und... diese Wagenkolonne von weitem: schwarze Autos, gross, lang, teuer. Obwohl ihr Bruder Autoteile verkaufte, Automarken waren nicht ihr Ding, aber teuer mussten sie gewesen sein, soviel war ihr klar.

Und plötzlich hörte sie ihn wieder, den letzten Satz aus Fatimas Mund, ja, das hatte sie noch gesagt:

"Schau mal, eine Regierungs-Delegation. Ich würde gerne einmal in einem Ministerium arbeiten, vielleicht im Bereich..."

An welchen Bereich Fatima dabei dachte, kam ihr nicht in den Sinn, dafür sah sie wieder diesen grellen Blitz vor Augen, spürte die Wucht, die Verspannung in ihrem Körper, fühlte sich ohnmächtig, seufzte, ... die Türe ging auf: Langsam und mit Tränen in den Augen kam ihre Mama zurück, schritt an Ghadas Bett heran, schluchzte.

"Mein Schatz, Fatima lebt nicht mehr."

Izbat El Bakahla

Luxor **AMIR** – GHADA – HASSAN – NAGIB

Sayed drehte den Kopf leicht nach hinten, blies den Rauch langsam in Richtung des halboffenen Fensters. Ein warmer Windstoss bewegte den hellblauen Vorhang, drängte den beissenden Qualm zurück in den kleinen Raum, wo er sich langsam auflöste, während sich die drei anschwiegen.

Sayed hatte lange und eindringlich auf die kleine, vom Leben gezeichnete Frau und ihren Sohn eingeredet und wartete nun auf eine Antwort. Er war sicher, dass er auf alle ihre Einwände und Befürchtungen eine überzeugende Antwort gegeben hatte. Er hielt es für eine Frage der Zeit, dass Hidaya nachgeben würde.

"Hidaya, Amir wird in einem Büro in Kairo sitzen. Er wird Rapporte und Protokolle schreiben, Ausweise stempeln. Keine Gewalt, keine Waffen, keine Festnahmen."

Sayed scheuchte ein paar schreckliche Erinnerungen weg, liess die glimmende Kippe ins halb leere Wasserglas fallen, lehnte seinen massigen Oberkörper abwartend zurück. Müde blickte er sich im Raum um, der vor 50 Jahren Kinderzimmer für ihn und vier Geschwister, gleichzeitig auch Küche und Wohnzimmer war. An mehreren Stellen der kahlen Wände war der Putz abgebröckelt, zusammen mit der Farbe, einmal warmes Gelb. Ein billiges TV-Möbel nahm den Platz ein, wo damals der kleine Kleiderschrank der fünf Kinder gestanden hatte. Eine Vase mit künstlichen Blumen dekorierte eine Ecke.

“Amir, ich habe Respekt für dich und wie du für deine Mutter sorgst; in Kairo geht das auch, es geht dort sogar besser...”

Es kostete ihn jedes Mal Überwindung, hierher zurückzukehren. Der Weg war weit, die Strasse ins Dorf schlecht, die Erinnerungen an seine Jugendjahre mehr als gemischt und der Schmerz über den gewaltsamen Tod seines Bruders auch nach zwei Dutzend Jahren jedes Mal wieder da. Sayed war keinesfalls bereit, erneut unverrichteter Dinge zurück in die Hauptstadt zu fahren, um später nochmals herzukommen. Zwar kannte er seine Schwägerin als eine Frau, die wusste, was sie wollte und ihrer typischen Fellachen-Familie immer mit viel Herzblut vorgestanden hatte. Aber diese Zeit war vorbei. Hidaya war alt geworden, ihr Mann nicht mehr da, und sie brauchte Hilfe.

"Hidaya!"

Obwohl sie nicht aufblickte, weiterhin den grauweissen Fliesenboden anstarrte und vielleicht sogar ganz leise schluchzte, fuhr Sayed fort:

"Hidaya, ich verbürge mich für ihn. Du wirst nicht nochmals einen lieben Menschen verlieren", er pausierte, wusste, dass er sich nur noch wiederholen konnte. Es lag nicht an den Argumenten, es lag an der Zeit. Die gebrochene Frau brauchte Zeit. "Du denkst an die Vergangenheit. Du denkst an deinen Kummer. Du hast Ängste im Herz. Hidaya, denk an die Zukunft. Was ist in fünf Jahren? Du kannst Amir nicht hier im Dorf festhalten. Er braucht einen Beruf. Ihr braucht Geld."

Hidaya schwieg. Ihre dunkle Dschallabija bewegte sich nur leicht im Wind, der zwischen Haustüre und Fenster zirkulierte.

Sayed seufzte kaum hörbar, stand auf, schritt zum Nebenraum. Hier war das Schlafzimmer seiner Eltern gewesen, später das seines Bruders. Hier liess der dickere Vorhang nur wenig Licht durchs einzige Fenster. Einfache Möblierung auch hier, schmales Doppelbett mit Holzrahmen und sich ablösendem Furnier, grosser Kasten und an der Wand: eine schwarze Uniform mit silbernen Knöpfen. Sayed presste die Lippen zusammen, nahm die Uniform vorsichtig vom Haken, küsste den Kragen, hängte sie wieder hin. Dann berührte er mit seinem nikotingelben Zeigefinger das ausgefranste Loch auf der Brusttasche, drückte den Finger etwas fester drauf.

Zurück bei Hidaya und seinem Neffen: "Ich bin stolz auf deinen Bruder, möge er in Frieden ruhen. Er diente unserem Land wie auch schon dein Vater. Hidaya, der Dienst gehört zu unserer Familie. Tamer wollte, dass Amir zur Polizei geht. Und ich biete ihm nun diese Arbeit im Innendienst an. Schau, es gibt nichts Sichereres. Regelmässiges Einkommen, klimatisierter Arbeitsraum und Ehre für unsere ganze Familie."

Endlich rang sich Hidaya zu einem Flüstern durch:

"Sayed, nichts ist mir geblieben ausser Amir. Oh, dass Allah mir gnädig sei. Oh, warum musste Tamer gehen, warum musste mein Sohn ohne Vater aufwachsen."

Sie hob ihren Kopf, richtete die feuchten, rot umrandeten Augen intensiv auf ihren Schwager. "Sayed, es ist zu früh, gib uns ein Jahr; wer weiss, ob ich dann noch lebe. Bis dann reicht unser Erspartes. Wir wollen in einem Jahr schauen, in schāʾa llāh."

Sayed versuchte, sich zu beherrschen. Frauen, Gefühle, Ängste, er hasste solche Situationen. Es war mit ein Grund, warum er immer wohl war in der Haut als Offizier der Sicherheitspolizei. Hier spielte Gefühlsduselei keine Rolle. Er musste keine Rücksichten nehmen, wenn er Einsätze leitete, Schiessbefehle erteilte oder den Reissverschluss eines Leichensackes zuzog. Das Leben ist leichter, wenn die persönliche Verfassung eines anderen Menschen keine Rolle spielen darf.

Aber nicht immer konnte er Familie und Beruf wie gewünscht trennen, vor allem jetzt nicht. Er erlaubte sich einen weiteren stummen Seufzer und blickte zu Amir, der nach wie vor wortlos vor der vollen Teetasse sass und einen Kaugummi im Mund herum schob. Ringe unter den dunklen Augen, schwarzes, gelocktes Haar, eher mager, aber gross gewachsen, eigentlich ganz gut aussehend, wenn man sich Müdigkeit, Unsicherheit und Scham wegdachte.

Bereits vor einem Jahr, an der Hochzeit von Amirs Schwester, hatte Sayed ihn zur Seite gezogen, den Arm um seine Schultern gelegt und ihm klar gemacht, dass er immer noch unter seiner Obhut sei und er ihm einen Job bei der Polizei, womöglich sogar bei der Sicherheitspolizei verschaffen werde. Nun war er hier, um sein Versprechen einzulösen und seiner Verantwortung nachzukommen, die er von seinem verstorbenen Bruder geerbt hatte.

Draussen jaulte ein Hund auf – selten genug bei der flimmernden Nachmittagshitze. Ein dumpfer Knall. Sayed hob den Vorhang, konnte aber im Sitzen nichts Besonderes erkennen.

"Amir, sei so lieb!"

"Amm, dein Auto?"

Amir erhob sich, zwängte sich zwischen Mauer und Mutters Stuhl durch, wobei er sie liebevoll an der Schulter berührte, und verliess das Haus, um nach Sayeds Auto zu sehen. Der schwarze, etwas ältere Mercedes stand nahe an der schlecht verputzten Hauswand. Eine sandige Staubschicht bedeckte die ohnehin undurchsichtigen Scheiben. Kein Mensch in der Nähe. Etwas weiter weg ein Fahrzeug mit Maisstauden auf der Pritsche. Noch weiter weg die üblichen Geräusche auf der einzigen geteerten Strasse im Dorf: Motorengeknatter, gelegentliches Hupen. Alles ok also.

Amir vergewisserte sich, dass sein Onkel die Wagentüren geschlossen hatte. Das dem Haus zugewandte Fahrerfenster war leicht geöffnet, erlaubte Amir einen Blick ins Innere. Unter einigem Papierkram auf dem Beifahrersitz lugten Teile einer Maschinenpistole hervor, SIG Sauer wahrscheinlich, deutsch oder schweizerisch; Amir war sich nicht mehr sicher, was er in seiner abgebrochenen Polizeischule gelernt hatte. Dieses halbe Jahr in

Kairo war eh zum Vergessen. Er dachte nicht gerne daran zurück. Zuerst Klassenbester, dann die Neider, die Gruppe um seinen Kontrahenten Riad, deren Mobbing, die Liebschaft mit Riads Schwarm, die Morddrohungen, das Fehlen im Unterricht, die Verleumdungen durch Riads Gang und schliesslich der Rauswurf aus der Akademie.

Enttäuschend war vor allem, dass seine Ausbildner den falschen Anschuldigungen geglaubt hatten – oder noch schlimmer: ihnen nicht geglaubt hatten und ihn doch loswerden wollten. Danke. Er hatte es gesehen. Wie so viele junge Ägypter, traute er den Cops nicht mehr über den Weg, und sein Onkel war da keine Ausnahme. Zwar hatte sich dieser noch für ihn eingesetzt, als er vom Rauswurf hörte, war mit zwei weiteren Beamten aufgekreuzt, verlangte eine Besprechung mit dem Schulvorsteher der Polizeiakademie.

Sayed fand raus, wer seinen Neffen angeschwärzt hatte, passte diesem Riad ab, liess ihm von einem der beiden Mitgereisten den Arm brechen. Trotzdem war Amir nicht an die Polizeischule zurückgekehrt, sah seinen enttäuschten Onkel zwei Jahre lang nicht mehr, suchte stattdessen Arbeit als Barista auf einem Touristenschiff und kehrte deshalb zu seiner einsamen Mutter nach al-Uqsur, Luxor, an den Nil zurück.

Es gab nur einen Uniformierten, dem Amir jemals vertraut hatte. Aber sein Vater war seit 23 Jahren tot. Er war einer der beliebtesten und freundlichsten Mitarbeiter, wie Kollegen von Tamer später beteuerten. Er wurde posthum geehrt. Und doch fiel es Amir unglaublich schwer, Stolz aufkommen zu lassen für das, was sein Papa geleistet hatte. Dessen Abwesenheit, seine eigenen Enttäuschungen und sich dauernd drehende Gedanken beanspruchten zu viel Platz in seinem Gehirn.

Zu Amirs schwierigen Gefühlsverfassungen gehörte auch Scham darüber, dass Papa Tamer es nur zum einfachen Angestellten der Touristenpolizei geschafft hatte, während Amm

Sayed zu einem bekannten Polizeimajor in Kairo avanciert war. Überlebt hatte der hartgesottene und bisweilen gefühlskalte Onkel. Gestorben war der warmherzige, liebevolle Papa. Aber nicht etwa, weil er zu lieb, zu wenig hart oder zu wenig mutig gewesen wäre. Eben nicht. Gerade weil er keine Angst gezeigt und sich den Terroristen in den Weg gestellt hatte, starb er im Kugelhagel. Zwei Wochen später und zwei zu früh kam Amir auf die Welt.

Stundenlang hatte er sich als Kind die zwei Fotos angeschaut, die seinen Vater zeigten, einmal freundlich, milde lächelnd, auf dem anderen die Stirn in Falten gelegt und mit starrem Blick in eine unbestimmte Ferne blickend. Regelmässig bat Amir seine ältere Schwester beim Einschlafen, ihm etwas über Papa zu erzählen. Bis er dreizehn wurde, hatte er fast wöchentlich die Uniform vom Wandhaken genommen, war reingeschlüpft und hatte dabei nach Gefühlen gesucht, mit denen er sich ein Bild seines Vaters aufbauen konnte.

Aber in seine Fussstapfen treten würde er dennoch nicht, das war ihm seit dem Intermezzo mit der Polizeischule klar. "Amm Sayed wird das irgendwann begreifen, irgendwann, in schāʾa llāh", sprach er halblaut vor sich hin.

"Hidaya! – Hidaya!"

Die urplötzlich veränderte Tonlage in Sayeds Ruf aus dem Haus liess Amir zusammenzucken. Sein Bauch verkrampfte sich. Etwas war nicht in Ordnung, gar nicht. Er stolperte in lähmender Vorahnung zurück zum Haus, rauschte durch den Vorhang, der tagsüber die Haustüre ersetzte, und hatte recht.

"Amm, Maama! Amm, was hat sie? Maama, was hast du?"

Hidaya lag regungslos am Boden, Sayed auf seinen Knien leicht über sie gebeugt. Er blickte rasch zu Amir, deutlich mehr Schweiss im Gesicht als noch zuvor.

"Sie ist zusammengebrochen. Amir, wir brauchen einen Arzt, wir bringen sie zum Auto; schliess es auf, der Schlüssel ist in meiner rechten Jackentasche!"

Schwer atmend, aber äusserst kontrolliert trug Sayed seine Schwägerin zum Auto und legte sie auf die Hinterbank. Amir schlug die Haustür zu und verriegelte sie. In der Hand ein nasses Tuch, in der Hosentasche eine angebrauchte Flasche Cola, stürzte er zum Auto.

"Amm, ich kann fahren, wenn du willst."

"Nein, du setzt dich neben deine Mutter, halte sie fest, schlag ihr leicht auf die Wangen, brauch dein nasses Tuch – gut gemacht, Amir. Fahren wir."

"Oh Maama!" Amir küsste ihre kühle Stirn. "Komm zu dir, Maama!"

Mit der einen Hand hielt er seine Mutter fest, mit der anderen sich selbst. Erst als sie die Hauptstrasse erreichten, hörte das Schütteln auf.

"Amir, gurte deine Mutter an, dann komm zu mir nach vorne und gib den Weg zum Spital ins Navi, verstanden?"

Er kletterte nach vorne, räumte den Sitz frei.

"Amm, die Waffe ist ja geladen...!"

"Immer, Amir. Sorgfältig also. Lege sie vor deine Füsse. Papiere ins Türfach. Und meine Jacke zwischen die Sitze."

Sayed hupte immer wieder; kurz bei jedem Wagen, den er überholte, und zweimal länger, um vor Kreuzungen anzuzeigen, dass er keinesfalls gewillt war, einem anderen den Vortritt zu lassen. Entlang eines Kanals gebaut, war die Strasse schnurgerade, was eine irre Geschwindigkeit ermöglichte und einige Hühner früher als geplant ins Jenseits beförderte. Die kleinen

Bauernhöfe, welche die Strasse linksseitig säumten, rasten mit gut und gern 160 Kilometern pro Stunde an ihnen vorbei.

Nach fünfzehn Minuten die Auffahrt auf die Autobahn über den Nil. Keine Geschwindigkeitsbedenken dank Regierungsnummer. Noch zwanzig Minuten zum Spital, ohne Stau – aber mit Stau war spätestens bei der Autobahnausfahrt zu rechnen. Amir kroch zurück auf den Hintersitz.

"Amm, sie atmet kaum noch." Sayed stiess einen derben Fluch aus und hupte drei Mal schrill, als er um ein Haar einen anderen Mercedes touchierte, der eben auf ihre Spur wechseln wollte.

"Amm, brems ab! Eine Ambulanz, dort vorne am Strassenrand, die sollen uns helfen! Amm, bremsen!"

Sayed brauchte eine Sekunde, um Amirs Idee zu kapieren, fuhr dann gewagt und konstant hupend an den Strassenrand, hielt wenige Meter hinter der Ambulanz. Offensichtlich versorgten sie dort gerade Verletzte eines Verkehrsunfalls. Zwei deutlich beschädigte Autos standen einige Meter neben der Strasse auf der braun ausgetrockneten Wiese. Eine Bahre mit Infusionsständer, drei Sanitäter, Herumstehende, etwas weiter hinten ein ziviler Polizeiwagen mit noch drehendem mobilem Blaulicht auf dem Dach. Bevor Sayed wusste, was geschah, ergriff Amir die Polizeijacke seines Onkels, schnappte sich beim Rausspringen die SIG Sauer, schulterte diese und rannte zum erstbesten Sanitäter.

"Salaam, Polizei, sofort mitkommen, wir haben einen Notfall im Wagen."

—

Hidaya überlebte, weil Amir sein Versprechen brach, nie wieder in die Polizistenrolle zu schlüpfen. Lange war seine Mutter nicht ansprechbar, lag mit geschlossenen Augen und kaum atmend auf der Intensivstation des grössten Spitals in Luxor. Sayed verlängerte seinen Besuch in der Provinz al-Uqsur um zwei Tage, verbrachte Stunden mit seinem Neffen im einzigen Kaffeehaus vor dem Spital. Zeit, über vieles nachzudenken und über vieles zu sprechen.

"Amir, Neffe! Du hast mir auf der Fahrt hierhin eine neue Seite von dir gezeigt. Du hast mich erstaunt. Du hast eine rasche Auffassungsgabe und handelst entschlossen. Und vor allem, Amir, du hast deine Gefühle kontrolliert und hast dich nicht von ihnen verunsichern lassen."

"Amm, erlaube mir, dich zu unterbrechen. Ich weiss, was du damit sagen willst. Ich weiss, dass das genau die Qualitäten sind, die aus deiner Sicht gute Polizisten ausmachen. Aber du kennst meinen Entscheid."

"Amir", Sayed versuchte es mit einem gespielten Lächeln, "ich respektiere dich, wie ich deinen Vater respektiert habe. Aber ich verstehe dich nicht. Oder vielmehr muss ich sagen, du bist es, der sich selbst nicht versteht. Du verstehst deine Lage nicht. Was machst du aus deinem Leben? Wo willst du in fünf Jahren sein? Immer noch Barista?"

Dabei zeigte Sayed zum nahen Nilufer, wo rund ein Dutzend Touristenboote festgemacht hatten und seit einem Jahr schaukelnd vor sich hin rosteten.

"Amir, sie sind leer. Sie werden nicht mehr gebraucht. Die Touristen bleiben weg. Das hat keine Zukunft."

"Amm, bitte entschuldige, du weisst, dass das wegen der Pandemie ist. Der Tourismus wird schon wieder aufkommen."

"Vielleicht, aber du weisst nicht wann. Amir, lass mich dir etwas ans Herz legen. Du weisst, dass ich keine Angst habe. Ich habe alles gesehen und alles überlebt. Auf mich wurde geschossen, ich habe tote Menschen jeden Alters gesehen und habe Tote zu verantworten. Es gibt nur etwas, was mich beunruhigt, und das sind die jungen Menschen, die sich aus Frust und

Zukunftslosigkeit dem Terror zuwenden. Du darfst keiner von denen werden, hörst du!"

"Amm!" Amir war tatsächlich schockiert über dieses Argument. "Du machst mir weh. Wie könnte ich so etwas tun! Diese Gottesverächter haben meinen Vater auf dem Gewissen. Ich habe absolut keine Verbindung zu den Extremisten."

Amir blickte sich kurz um, bevor er etwas leiser ergänzte: "Und ich war seit über einem Jahr nicht mehr in der Moschee."

"Amir, du weisst, dass ich auch nicht viel vom Glauben halte. Aber du musst für etwas leben. Irgendwo ist dein Herz. Irgendetwas soll dir morgens die Kraft geben aufzustehen. Und es kann nicht ewig die Fürsorge für deine liebe Mutter sein. Schau, wie es ihr geht. Hoffen wir, dass ihr Allah noch ein paar Jahre gönnt, aber ihre Zeit kommt, und dann hält dich hier nichts mehr fest. Stelle deine Weichen heute. Nimm den Job an, den ich dir in der Polizeiadministration vorbereitet habe."

Sayed zwinkerte seinem Neffen aufmunternd zu, bestellte zwei weitere Kaffees, diesmal mazbut, mittelsüss, und machte sich an seinem Mobiltelefon zu schaffen. Normalerweise trank Sayed den Kaffee ungesüsst, wie er in Ägypten sonst nur an Beerdigungen ausgeschenkt wird, sollte seine Zähne schonen, meinte er. Aber was der Zucker nicht tat, tat der Tabak. Die gelben Zähne mit ihren Lücken dazwischen hätten einem Zahnarzt ein Vermögen eingebracht.

Amir schlug ein Bein übers andere, stiess an den runden Blechtisch. Sayeds Kaffee schwappte über. Warum konnte denn dieser Tisch nicht geradestehen, schwerer sein oder höher? Oder war er selbst schuld, war er es, der einfach nicht klarkam mit den Umständen? Wie leid war er dieses Hin und Her in seiner Gedankenwelt rund um Schuld und Verantwortung. Einerseits war er entschieden, dem Leben die Stirn zu bieten, anderseits hasste er seine Umstände. Und um mit ihnen fertig zu werden, musste er sie akzeptieren, irgendwie. Sayed, absorbiert mit dem Telefon, entging, dass sein Kaffee verschüttet war.

"Amm, was hält dich am Laufen? Warum magst du deinen Job bis jetzt?"

"Amir, ich diene einem Land mit Zukunft", der Onkel legte das Telefon neben seine leere Zigarettenpackung, "wann warst du zum letzten Mal in Kairo?"

Er wartete keine Antwort ab. "Ägypten wird gerade neu gebaut. Rund um Kairo entstehen neue Städte mit einer Lebensqualität, die du weder in den USA, noch in England, noch in Norwegen findest. In unseren Venen fliesst das Blut der ersten grossen Zivilisation der Weltgeschichte. Wir sind wirklich dabei, die führende Grossmacht in Afrika zu werden, und mit unserer Schlüsselstellung am Tor zu Asien werden wir Dubai bald den Rang ablaufen. Du hast keine Ahnung, wie sich die neuen Städte rund um Kairo entwickelt haben, seit du die Akademie verlassen hast. Amir, wir schützen ein Land mit Zukunft, mit einer goldenen Zukunft. Wir schützen es vor allem vor den Islamisten, vor diesen Zurückgebliebenen, Zukunftslosen. Amir, dabei kannst du uns helfen. Warum ordnest du dich nicht ein?"

"Und meine Mutter?"

"Nimm sie mit. Mit etwas Glück findet ihr eine Wohnung in Neu-Kairo." In schāʾa llāh, dachte Amir, sprach's aber nicht aus.

Sayeds Handy klingelte. Es war ein Arzt dran. Hidaya war ansprechbar. Die beiden Männer machten sich auf den Weg, wurden vom Lift zum Zimmer geführt. Drei leere Betten, im vierten Hidaya, vor mint gestrichenen leeren Wänden, mit Sauerstoff und Infusion, gut funktionierende Klimaanlage. Amir traute sich nicht, auf Mutter zuzurennen und sie zu küssen, also ging er langsam auf sie zu, kniete sich ans Bett, sah ihr lange in die Augen, flüsterte, küsste sie schliesslich doch sorgfältig auf die Stirne. Sayed blieb zuerst im Hintergrund, kam dann näher.

"Allah habe Gnade mit dir, Hidaya, ich fürchte, es ist meine Schuld, dass du hier liegst. Ich sehe, dass ich zu viel Druck aufgebaut habe. Ich bitte dich, vergib mir... du weisst, dass ich es gut gemeint habe."

Nach einiger Zeit löste er seinen Blick von seiner Schwägerin, liess ihn im kleinen Zimmer umherschweifen und rang sich zum Versprechen durch, dass er Amir selber entscheiden liess, was ihr Sohn aus seiner Zukunft machen würde.

“Shukran, Sayed, Shukran, Allah vergelte es dir.” Hidaya konnte ihre Erleichterung über das teilweise Entgegenkommen ihres Schwagers nur wispern.

Der Arzt nahm die beiden zur Seite, erklärte ihnen, was eine koronare Herzkrankheit sei, sprach von einer ziemlich teuren Operation, die nötig wäre, um Hidayas Herz vor einer Insuffizienz zu retten. Mutter brauchte Geld, brauchte Sicherheit und Ruhe, brauchte medizinische Versorgung. Und sie war im Moment Amirs einziger Halt. Sollte sie am Leben bleiben, müsste er Geld verdienen, mehr als ein Barista, der wegen Corona nicht arbeiten konnte. Geld für eine Wohnung und Medikamente. Das war Amirs Wendepunkt. Sein Widerstand war am Zerbrechen, Kairo rückte in sein Blickfeld und blieb dort. Er würde die Stelle im Innendienst annehmen. Immer noch bleich, aber fest, sah er Sayed in die Augen – dieser nickte, er hatte den Blick verstanden.

Geheime Dienste in Kairo

Kairo   Amir – Ghada – Hassan – **Nagib**

Nagibs Telefon klingelte einsam und verlassen auf dem Beifahrersitz seines glänzenden, dunkelblauen Land Cruisers. Marlbororauchend lehnte er in einiger Entfernung seines Wagens an einem Scheinwerfermasten, der jeweils in den Abendstunden den Sportplatz der Polizeiakademie in Neu-Kairo in künstliches Licht tauchte. Im Moment jedoch sorgte die grelle Sonne für Beleuchtung, zusammen mit einer Gluthitze, welche der trainierenden Spezialeinheit glitzernden Schweiss auf die nackten Oberkörper zauberte. Es wäre falsch, zu sagen, dass Nagib gelangweilt zusah. Irgendetwas band ihn an die Szenerie.

Und noch eine Zigarette zündete er sich an, als die fertig gerauchte im Graben neben der neu gebauten Strasse landete. Die Männer stemmten riesige Lastwagenreifen in die Luft, liessen sie über einen perfekt verarbeiteten Sportplatz rollen, sprangen hechtend hindurch und rollten auf dem Gummigranulat über die Schultern ab. Konzentrierte Rufe gaben das jeweilige Kommando. Im Hintergrund wartete eine sechzehn Meter hohe Kletterwand mit modernster Abseiltechnik auf die nächste Trainingseinheit.

Die ganze Akademie war erst ein paar Jahre alt, grosszügig angelegt, protzig. Die kürzlich gepflanzte, dünn bemessene Begrünung war noch so klein gewachsen, dass sie kaum für Schatten sorgte – entsprechend zog sich in die gut klimatisierten Gebäude zurück, wer nur irgendwie konnte. Auch der Ausbildner kommandierte vom Schattenwurf eines grossen Plakates aus, welches das Staatsoberhaupt Abdel Fatah El-Sisi zeigte, links daneben in grossen arabischen Schriftzeichen das Motto der

Nationalpolizei: El shorta fe khdmat el alshab – Polizei im Dienst des Volkes.

‘Ja, aber nicht des ganzen!’, vervollständigte Nagib den Satz in seinen Gedanken. Nicht nur in der Polizei, sondern auch in allen anderen Ämtern und der Öffentlichkeit wurden Minderheiten in Ägypten marginalisiert. Nagib fühlte sich in mehrerer Hinsicht als deren Vertreter. Als Kopte wuchs er in der Manshiet Nasser auf, am Fuss des Mokattam-Gebirges, einem lange Zeit informellen Bezirk Kairos, von der Regierung ignoriert, praktisch selbstverwaltet, arm.

Seine Familie lebte, wie die meisten der sogenannten Zabbalin, vom Müllsammeln. Den muslimischen Nachbarn in den angrenzenden Stadtteilen galten sie als unrein, denn die meisten Familien hielten Schweine, um organische Abfälle zu verwerten. Aber Infrastruktur? Karrierechancen? Fehlanzeige. Das Wissen jedoch, dass Kairo ohne die tägliche und schweissgetränkte Arbeit der Zabbalin regelrecht im Müll versinken würde, bescherte der koptischen Gemeinschaft im Osten der Hauptstadt ein gewisses Selbstbewusstsein.

Nagib sah es als Wunder an, dass er überhaupt zur Ketaʿ El Amn El Watani kam, der National Security Agency, kurz NSA, einem der drei ägyptischen Geheimdienste. Grund waren seine herausragenden Informatikkenntnisse. Erworben hatte er sie weitestgehend selbständig beim Aufbau eines Online-Netzwerkes für Menschen mit für ägyptische Verhältnisse abweichender sexueller Orientierung, zu denen er sich seit seinem siebzehnten Lebensjahr zählte. Was zuerst eine heimliche Plattform für Gleichgesinnte war, avancierte unter seiner Leitung bald zu einer Dokumentationsstelle für Übergriffe durch die Polizei. Und weil diese in Ägypten an der Tagesordnung waren, wuchs das Portal rasch.

Die virtuelle Plattform blieb in Regierungskreisen nicht unbemerkt. Irgendwann brausten morgens um fünf zwei gepanzerte

Polizeiwagen in die Garbage City, wie Nagibs Quartier in Manshiet Nasser gerne genannt wird. Er war zuhause in seiner Einzimmerwohnung, wurde ohne viele Worte festgenommen, abgeführt, dennoch gut behandelt. Unterwegs zur Verhörstation hatte er sich das Schlimmste ausgemalt – hätte er am Abend vorher etwas gegessen, so hätte er den Beamten ins Auto gekotzt, Bauchkrämpfe, Schweiss, Todesangst – er war es ja, der die Erlebnisse anderer Männer und Frauen mit dem Sicherheitsapparat online stellte, er wusste, zu was die Beamten imstande waren.

Aber ausser ein paar Schlägen bei der Festnahme, einem barschen Ton und Schubsern unterwegs vom Wagen in die Büros der El-Darb El-Ahmar Polizeistation, wurde er zuvorkommend, ja fast auf Augenhöhe behandelt. Die Wartezeiten zwischen mehreren Gesprächen mit verschiedenen Uniformierten wurden ihm mit Zigaretten, Kaffee und einem extra herbeigebrachten Ventilator ziemlich angenehm gemacht.

Genügend Grund also, die Angst vor lebensbedrohlicher Folter durch erstauntes Misstrauen zu ersetzen. Das eigentliche Angebot erhielt er von einem vielleicht 50-jährigen Mann in Zivil: Mitarbeit in einer Cyber-Einheit der Antiterror-Abteilung der NSA, mit dem Ziel, einschlägige Netzwerke aufzuspüren, diese zu überwachen und zu manipulieren. Allem Anschein nach imponierte sein eigenes Online-Netzwerk der Polizei, obwohl sie dessen Inhalte bekämpfte. Es ging den Beamten darum, die IS-Rekrutierung und -Propaganda zu unterbinden, was eine immense Herausforderung war. Denn der Islamische Staat, seit 2013 in Syrien und dem Irak festgesetzt, verwendete modernste Kommunikations-IT, bewegte sich äusserst agil im Netz und in den sozialen Medien, um Anhänger aus der ganzen arabischen Welt ins Zweistromland zu locken.

Nagib konnte sich rasch mit der Idee identifizieren, den salafistischen IS zu bekämpfen; schwieriger war die Bedingung, seine LGBT-Plattform aufzulösen und die mühsam und unter höchster Anonymität erstellten, aber die Polizei kompromittierenden Inhalte zu löschen. Die Aussicht, dass sich ein Stockwerk unter dem Zimmer mit dem Ventilator doch noch eine Folterzelle befand, liess ihm keine andere Wahl, als sich auf den Deal einzulassen. Eine Idee, wie er die Berichterstattungen über die Polizeigewalt an Menschen mit gleichgeschlechtlicher Neigung doch noch speichern und zugänglich halten konnte, hatte er auch schon; also sagte er zu.

Nach einigen Monaten und einem Kurs am Technical Institute For Military Forces in Kobry el Qobba stand Nagib bereits einer Gruppe von IT-Spezialisten vor und machte Dutzende von IS-infizierten Ägyptern ausfindig, noch bevor diese das Land Richtung Syrien verlassen konnten. Wer dennoch unter schwarzer Flagge im Zweistromland landete, spürte bald den kurdischen Widerstand.

Dank dem aufopferungsvollen Kampf der Kurden gegen den IS wurde dessen Dominanz in Irak und Syrien innert weniger Jahre zerschlagen. In der Folge wurde es ruhiger in Nagibs Abteilung, und er ertappte sich manchmal beim Gedanken, seinen Dienst zu quittieren, um eine eigene Firma für Internetsicherheit zu gründen – aber seine Pläne blieben vage. Der Lohn bei der NSA war formidabel, freier Eintritt in Clubs und Bäder sichergestellt, seine Wohnung passte ihm, ein paar gute Freunde, auch bei der Polizei, und seine Expertise öffneten ihm Türen fast im ganzen Innenministerium.

Wohl war er sich seines gespaltenen Verhältnisses zum ägyptischen Sicherheitsapparat bewusst, aber er war zufrieden mit dem Weg, den er gefunden hatte, diesen Spagat ohne viel Stress auszuhalten. Bisweilen bemerkte er sogar, dass ihm seine Vorgesetzten mehr vertrauten als muslimischen Mitarbeitern. Die Wahrscheinlichkeit, dass er als Maulwurf Informationen aus dem Geheimdienst mit militanten Gruppen teilen würde, war praktisch null. Sein koptischer Background war in diesem Sinne kein Pferdefuss, sondern Ressource.

Drei Dinge liessen ihn schliesslich auf dem Radar eines anderen ägyptischen Geheimdienstes erscheinen, dem General Intelligence Service, GIS oder auch Muchabarat genannt: Sein früheres Netzwerk in einer dem Staat unliebsamen ägyptischen NGO rund um Menschenrechte, seine herausragenden IT-Erfahrungen mit entsprechenden Erfolgen bei der NSA sowie sein koptischer Hintergrund, der ihn für die Einflussnahme durch Islamisten praktisch immun machte. Der GIS stockte gerade seine Cyber-Abteilung auf, und zwar gehörig.

Viele der neuen Mitarbeiter landeten im Technical Research Department, dem TRD, einer Abteilung, die wie der ganze Muchabarat direkt dem Staatspräsidenten unterstellt war. Selbst im Innenministerium kannte man Namen, Auftrag und Location des TRD nicht – in dem Sinne war das TRD eine Art Geheimdienst im Geheimdienst. Gerüchten nach ging es ihm längst nicht nur um Terrorbekämpfung, Auslandspionage und Eindämmung zivilgesellschaftlicher Aktivitäten, sondern auch um die Überwachung ganzer Ministerien und sogar der Aktivitäten anderer ägyptischer Geheimdienste, der NSA etwa.

Vom TDR angeheuert wurde Nagib Ende 2016. Die Gelegenheit bot die Einweihung der Knowledge City. Selbst der Staatspräsident El-Sisi war vor Ort, um den ersten Meilenstein der neuen administrativen Hauptstadt Ägyptens zu feiern, welche schliesslich die Grösse von Singapur einnehmen würde. Die neue Stadt stützte sich auf fortschrittlichste Informationstechnologie in all ihren Sektoren. Erneuerbare Energiequellen wie Solarenergie und Wasseraufbereitung für die Bewässerung der Grünflächen der Stadt stellten die nachhaltige Entwicklung sicher.

Neben den thematischen Distrikten Wohnen, Business, Erholung, Verwaltung enthielt sie auch einen smarten Distrikt, die Knowledge City, eine intelligente Stadt, auf Wissenschaft und Forschung spezialisiert. Sie wurde als Zentrum für Technologie, künstliche Intelligenz, Innovation, Unternehmertum, Software und Computeranwendungen konzipiert.

Während der Eröffnungsrede stellte El-Sisi 500'000 neue Arbeitsplätze in Aussicht, die direkt oder indirekt mit der Knowledge City geschaffen würden. Seine Worte klangen im Lautsprecher nach.

"Auch für Sie wurde ein neuer Arbeitsplatz geschaffen", raunte ein Sitznachbar Nagib unvermittelt auf der Tribüne zu – Nagib kannte ihn nicht, hatte ihn beim Platznehmen nur flüchtig gegrüsst und versuchte nun vergebens Augenkontakt herzustellen – die verspiegelten Gläser seiner Sonnenbrille blieben undurchsichtig.

"Wir kennen Sie und würden Sie gerne anstellen: Doppelte Verantwortung, doppelter Lohn, doppelte Verschwiegenheit!"

El-Sisi fuhr weiter, pries die digitale Zukunft und stellte sie als Weg dar, die Jugendarbeitslosigkeit Ägyptens zu überwinden. El-Sisi pausierte, blickte in die Ränge der Tribüne. Der Nachbar bewegte seine Lippen kaum:

"Wir werden die Knowledge City nicht sich selber überlassen und dabei Türen für die Militanten offen lassen. Wir sollten aufpassen, was hier läuft. Wären Sie bereit, uns zu helfen?"

Die Anwesenden aus Politik, Wirtschaft und Militär applaudierten dem Präsidenten.

"Gehen Sie per Taxi nach Hause!"

Nagib erhielt einen Zettel hingestreckt, erkannte das Gekritzelte als Autonummer und ärgerte sich, dass er seine Nachmittagspläne würde ändern müssen.

Er verliess die Tribüne frühzeitig, verzichtete darauf, dem Unbekannten zuzunicken und begab sich zum improvisierten Parkplatz auf einer unbebauten staubigen Fläche. Er ordnete ein paar Dinge in seinem Land Cruiser, fotografierte drei Zettel und verbrannte sie anschliessend, steckte sich ein Notizbuch ein, entsorgte zwei Redbull-Dosen und eine Flasche Stella, schritt dann rauchend an den Limousinen der geladenen Gäste vorbei und suchte nach Taxis – vorerst vergebens.

Erst als von der Tribüne her Musik das Ende der Show anzeigte und die ersten Gruppen von Bodyguards und Verantwortungsträgern herannahten, fuhr ein Taxi vor. Die Nummer stimmte. Eine hintere Türe wurde geöffnet, ein Grossgewachsener im Anzug, ebenfalls Sonnenbrille, stieg aus, hielt Nagib die Tür auf, verlangte nach Nagibs Autoschlüssel. Nagib hatte es geahnt, kam der Aufforderung nach, stieg ein und grüsste. Die beiden Personen vorne drehten sich nicht um, so dass er sie auch nicht sehen konnte:

"As-salāmu ʿalaikum! Wie Sie merken, bin ich an Ihrem Angebot interessiert."

"Wa ʿalaikumu s-salām, ich habe gehofft, dass Sie dabei sind."

Nagib zuckte zusammen. Der Schock sass – tief. Was er eben gehört hatte, war eine Frauenstimme.

"Nagib, ich bin Dr. Layla. Ich leite das Technical Research Department. Wir arbeiten eng mit dem Muchabarat zusammen, sind aber weit friedlicher ausgerichtet. Wir verhaften niemanden und foltern niemanden. Wir sind extrem effizient, wenn wir die Telekommunikation von Zielgruppen infiltrieren, Internet, Mobiltelefon, Sie wissen schon."

"Natürlich, Dr. Layla. Lassen Sie mich ihnen gratulieren. Ich bin beeindruckt, dass Sie..."

Er wurde unterbrochen: "Sie kennen den Case 173."

Klar kannte er ihn. Schliesslich hatte ihn die NSA ins Rollen gebracht. Seine Leute hatten gegen 40 Menschenrechtsgruppen oder Einzelpersonen ausfindig gemacht, Personen oder NGOs, welche mit ausländischen Menschenrechtsorganisationen zusammengearbeitet hatten und zum Teil sogar Gelder aus dem Ausland erhielten, um das Vorgehen des ägyptischen Sicherheitsapparates in schlechtem Licht darzustellen. Nagib hatte sich relativ gut da raushalten können, hatte seine Mitarbeiter vorgeschickt und sich selber auf die Überwachung von militanten Islamisten fokussiert. Er ging nie mit gutem Gewissen gegen Menschenrechtsgruppen vor, zu sehr war ihm klar, dass es mit der Gleichberechtigung in Ägypten nicht so stand, wie er es gewünscht hätte. Er sah in freiheitlichen, vom Westen inspirierten Werten das viel kleinere Übel als im Krebsgeschwür des militanten Islams à la IS.

Dr. Layla fuhr fort: "Wir haben letzte Woche eine Reihe von E-Mails an NGOs versandt, die vor Gericht stehen, weil sie mit dem Ausland kooperierten, Nadeem Center, NAZRA, AFTE und andere. Wir brauchen die Strategie ihrer Anwälte, müssen wissen, ob und wie sie zusammenarbeiten. Also luden wir zu einer fingierten Veranstaltung über das neue NGO-Gesetz ein. Wer auf den Link für weitere Infos klickt, den haben wir am Haken."

"Und für was brauchen Sie mich?"

Nagib hatte gehofft, dass er mit der Überwachung von Terror-Verdächtigen oder der organisierten Kriminalität betraut würde, und die Enttäuschung schwang nun in seiner Frage mit. Ganz direkt gegen NGOs vorzugehen, deren Inhalte und Anliegen er teilweise teilte, passte ihm nicht in seine Agenda.

Dr. Layla drehte sich um. Geschminkte Lippen, erste graue Haare, schulterlang, ein leichtes Lächeln. Zwei verschiedene Augen sahen ihn an, eines blau, eines braun: "Die angeschriebenen NGOs haben die Finte bemerkt, teilten unsere Mails mit dem kanadischen Citizenlab sollte Ihnen auch was sagen, Universität Toronto. Unsere Strategie wurde offengelegt. Wir wurden ehrlich gesagt blamiert. Es geht jetzt um Schadensbegrenzung, die Aufarbeitung dieses Misserfolgs und eine neue

Strategie, um in den Case involvierte NGOs digital zu infiltrieren. Sind Sie unser Mann, Nagib?"

Nagib hatte sich eine Nacht Bedenkfrist ausbedungen und dann zugesagt, dabei die gleiche mentale Strategie angewendet wie damals, um den Widerspruch in sich auszuhalten. Und noch etwas half ihm: Er war niemandem gegenüber Rechenschaft schuldig, was er arbeitete, hatte keine feste Beziehung und den Kontakt zu seiner Familie praktisch abgebrochen, nachdem ihn seine Mutter schreiend aus dem Haus gejagt hatte – sie war im falschen Moment ins Zimmer gekommen, als sein damaliger Freund bei ihm war.

Es reichte also, wenn er dieses ambivalente Engagement mit sich selbst ausmachen würde. Teil seiner Strategie: Er redete sich ein, dass er als Verantwortungsträger im Geheimdienst vielleicht sogar die Gelegenheit erhielte, Menschenrechte zu schützen, irgendwann in der Zukunft. Im Moment reizte ihn die Herausforderung und beruhigte ihn der gute Lohn. Von der Garbage City in die NSA und nun das TRD des Muchabarats, was für eine Karriere. Er würde sie mal niederschreiben müssen.

Nagib fand sich rasch zurecht beim GIS, leistete hervorragende Arbeit und wurde auch hier bald zu einem Mann des Vertrauens. Dr. Layla liess ihn an einigen Interna und Entscheidungen teilhaben und setzte ihn als Verbindungsoffizier ein, wo es um Absprachen mit der Nationalen Polizei oder dem NSA ging. Dabei trat er stets als Mitarbeiter des Muchabarat auf und verschwieg die Existenz des Technical Research Departments.

Das Innenministerium sollte auf keinen Fall erfahren, wie weit fortgeschritten die Abhör- und Überwachungskompetenz dieser Unterabteilung des GIS bereits war. Die High-End Tools kamen direkt von der finnischen Nokia Networks sowie der Advanced German Technology und wurden ergänzt von FinFisher Spyware und den Leistungen der italienischen Gruppierung Hacking Team. Kein Wunder, dass die ägyptischen Geheimdienste unter Insidern schon bald zu den fünf aktivsten Diensten weltweit galten.

Nach vier Jahren GIS hatte sich Nagib soweit durchgesetzt, dass er sich nicht mehr um staatskritische Menschenrechtsgruppen zu kümmern hatte, sondern sich mit einem kleinen, extrem schlagkräftigen IT-Team an die Fersen von militanten und gewaltbereiten Islamisten heften konnte. Er vertraute seinem Team voll und ganz, hatte selber das Vertrauen von Dr. Layla und viele seiner Arbeiten so weit delegiert, dass er es sich leisten konnte, sein Mobiltelefon auch mal liegen zu lassen, um sich anschliessend an eine Besprechung an der Polizeiakademie ein paar muskulöse Oberkörper anzusehen und genüsslich zu rauchen – so wie heute.

Erst als er nach einer dritten Zigarette zum dunkelblauen Land Cruiser schritt, sah er, dass man gleich mehrfach versucht hatte, ihn telefonisch zu erreichen. Und er war ziemlich erstaunt, dass unter den fünf oder sechs Anrufen, die alle innerhalb von zwanzig Minuten ankamen, auch die Büronummer von Abbas Kamel war, dem Direktor des GIS. Es musste was vorgefallen sein, etwas Grösseres.

Nagib zögerte, direkt in Kamels Office zurückzurufen und versuchte es bei seiner Chefin – ohne Erfolg. Die Leitung war dauerbesetzt. Er erreichte Gamil, seinen Stellvertreter. Dieser wusste Bescheid. Ein Autobombenanschlag auf einen Regierungskonvoi ist tatsächlich eine grössere Geschichte.

Gamil fasste zusammen: “Der Anschlag ereignete sich eben gerade in Alexandria. Mehrere Tote, auch Zivilisten. Ich weiss nicht, ob du informiert warst: Der Innenminister wollte einen Besuch am Hafen machen. Er wurde verletzt, der Sicherheitschef der Stadt ist in kritischem Zustand. Nagib, mindestens zwölf Polizisten und Begleiter überlebten das Attentat nicht.”

Nagib wusste sofort, was zu tun war. Allfällige Bekennerschreiben in Sozialen Medien aufspüren und auf Authentizität überprüfen einerseits. Anderseits auf Kommunikationsfehler der Angreifer achten. Die Versuchung, unmittelbar nach dem Attentat über dessen Ausgang auszutauschen, sich zu gratulieren, war für die Drahtzieher so gross, dass dafür manchmal Nummern und Plattformen gebraucht wurden, die dem Geheimdienst bereits bekannt waren – mitgeschnitten äusserst wertvolles Material für eine Strafverfolgung oder eine geheimdienstliche Abrechnungsaktion.

Und auch das war ihm klar: Er würde sein Team zuerst auf den Harakat Sawāʿid Misr ansetzen, den HASM. Zielpersonen, Grösse, Art und Ort des Terrorangriffs sprachen genau die Sprache dieser seit dem arabischen Frühling tätigen Bewegung mit Ausbildungscamps im Sudan und guten Verbindungen in die Türkei. Etabliert in den Jahren nach dem Militärputsch und dem Sturz der Regierung um Mohammed Mursi, agierte der HASM hauptsächlich gegen Exponenten der Regierung El-Sisi.

Der HASM verstand sich als Rächer für die brutalen Vorgehen der Sicherheitskräfte gegen die Zivilbevölkerung, wie dies im Rahmen der Proteste vom August 2014 geschah. Damals protestierten Anhänger von Mohammed Mursi gegen dessen Absetzung durch das Militär, bauten zwei Protestlager in Kairo, erlebten, wie diese gewaltsam geräumt wurden und dabei Hunderte Zivilisten ums Leben kamen.

Nicht nur in Geheimdienstkreisen galt die Gruppierung daher als eine Art Spin-off der verbotenen Muslimbrüder. Einer von Nagibs engeren Freunden, damals noch in der NSA, wurde im Oktober 2016 von HASM-Terroristen erschossen, was die Grupierung erst recht auf den Radar der Geheimdienste projizierte. In den folgenden Jahren beklagte die Polizei Dutzende von weiteren Opfern in ihren Reihen, und die Wut auf die Terrorgruppe wuchs und wuchs, auch bei Nagib.

"Wie stark waren die Störsender im Konvoi?", wollte er von Gamil wissen.

"Tausend Watt – 6000 Frequenzen abgedeckt; es ist praktisch unmöglich, dass sie die Bombe per Funk zündeten."

"Paradiesbomber?", schlug Nagib fragend vor.

"Die Opfer sind noch nicht alle identifiziert, aber es schaut nicht danach aus."

"TNT-Äqivalent?"

"200 bis 500 kg".

"Die schaffst du ohne Auto nicht heran."

"Ja, aber es wurden bis jetzt keine auffälligen Nummernschilder entdeckt. Eine Autobombe können wir praktisch ausschliessen", Gamil klang ratlos.

"Bleibt noch die Option, dass sie persönlich vor Ort waren, jedoch so weit weg, dass sie unversehrt geblieben sind und fliehen konnten."

“Ohne Funkzündung? Denkst du, sie haben der Bombe zugerufen oder ihr mit der Hand gewinkt?”

“Vielleicht haben sie eben die optische Zündung erfunden”, nahm Nagib den unsinnigen Scherz auf, sich bewusst, dass solche Systeme bereits eingesetzt wurden, aber sicher noch nie von ägyptischen Terroristen an einer vielbefahrenen Strasse. Und ein Zeitzünder wäre ebenfalls viel zu anfällig und zu ungenau, um eine fahrende Autokolonne im richtigen Moment zu erwischen.

“Nun, das klingt nach einer spannenden neuen Herausforderung. Ich bin in knapp 40 Minuten bei dir, wir verteilen die Aufgaben, dann fahren wir nach Alexandria”, schloss Nagib.

Klar war die HASM-Bewegung die Hauptverdächtige, das hinderte Nagib aber nicht dran, sich auch ganz andere Szenarien auszudenken. Was, wenn das Attentat nur als islamistischer Anschlag getarnt war, in Wahrheit aber einen politischen

Konkurrenten ausschalten sollte? Dann wäre die Täterschaft definitiv in den eigenen Reihen, in Regierungskreisen, dem Militär oder sogar dem Geheimdienst zu suchen.

Schliesslich war auch eine ausländische Täterschaft nicht grundsätzlich auszuschliessen. Auf der Fahrt nach Alexandria dachte er mit Gamil mögliche und unmögliche Verdächtige aus. Es war ein Spiel. Gamil nannte willkürlich Länder, zusammen suchten sie nach offenen Rechnungen oder schwelenden Konflikten, um dann eine mögliche Verbindung zum Attentat zu ziehen oder auszuschliessen.

“Libyen.”

“Wir haben nach den Köpfungen am Meer ein paar Luftangriffe auf Terrorstellungen geflogen. Schade, dass wir nach der Bitte aus Tobruk damit aufgehört haben – zu früh, um meine Brüder zu rächen...”

“Ja, die Verantwortlichen flohen nach Tripolis, sitzen in Sarradschs Ämtern. Haftar sollte da mal aufräumen. Dennoch: Libyen fällt wohl weg. Was ist mit Italien?”

“Hmm, die diplomatische Verstimmung wegen Giulio Regeni ist noch nicht ausgestanden. Rom fordert immer noch die Auslieferung unserer vier Agenten.”

“Meinst du, der Student war wirklich ein englischer Spion?”

“Gamil, seine Kontakte zur britischen Botschaft sind nachgewiesen. Anderseits haben wir Listen mit Hunderten von möglichen Informanten in Richtung London. Ich bin sicher, dass er keine entscheidenden Infos hatte, sicher keine, die seinen Tod rechtfertigen würden. Er war ein kleiner Fisch, wenn überhaupt. Ehrlich, ich schäme mich für unsere Arbeit und die Art seiner Entsorgung am Tahir-Platz.”

“Ok, ok, es war brutal. Aber es ging dort um den Abschreckungswert. Das darfst du nicht ausblenden – es ging nur darum,

Nagib, nur darum. Ich glaube, es war wichtig, dieses Exempel zu statuieren."

"Klar kenne ich diese Haltung. Das ist eine nachträgliche Rechtfertigung, Gamil. Aber so geht man nicht mit jungen Menschen um, die keine direkte Bedrohung für uns sind. Weisst du, was das war? Eine Art Menschenopfer, um hypothetische Bedrohungen durch fremde Dienste in Zukunft zu verringern. Aber das war echt Scheisse. Hast du die Leichenfotos gesehen? Abscheulich."

Gamil hatte, rümpfte kurz die Nase, liess Nagib weitersprechen: "Ausserdem haben wir es mit dem Stiefel für ein ganzes Jahrzehnt verspielt. Sisi täte gut daran, mehr Gewicht auf exzellente Beziehungen mit Europa zu setzen, und als einer der nächsten Nachbarn sollte er mal in den Kontakt mit Rom investieren."

"... und den zur Türkei weiter aus dem Ruder laufen lassen?"

"Ach, Gamil, unser kranker Mann in Ankara. Komm schon. Du weisst, dass Erdogan die Provokationen höchstpersönlich ausgelöst hatte durch seinen lautstarken Protest gegen die Absetzung und Inhaftierung von Mohammed Mursi. Er hat El-Sisi öffentlich einen illegalen Tyrannen genannt."

"Ja, und ihn dazu gereizt, den Völkermord an den Armeniern den Türken in die Schuhe zu schieben. Eine grosse Beleidigung mit der Folge, dass beide Botschafter abgezogen wurden."

"Gamil, ich weiss, dass du seit deiner wunderbaren Hochzeitsreise nach Antalya Fan von der Türkei bist und sie schützt, wo du kannst, der Völkermord hat trotzdem stattgefunden und ist..."

"Mein Lieber, es geht nicht um meine Hochzeitsreise und meine Bewunderung für die Türkei, es geht um Politik, Allianzen und Vertrauen. Und wenn schon Hochzeitsreise, dann wünschte ich, du würdest auch mal eine machen, muss ja nicht gleich Antalya sein, aber eine Hochzeitsreise, weisst du, mit einem

Gegenüber, das, sagen wir mal, keine Kopie von dir ist, sondern ein Komplementär, du weisst schon," und nachdem Nagib die Augen verdreht hatte, "du bist und bleibst ein Freund für mich, Nagib, aber ich hab Mühe damit, echt. Es ist nicht leicht für mich. Manchmal stelle ich mir vor, was du abends nach dem Ausgang mit deinen wechselnden Kumpels anstellst, fürchterlich."

"Gamil, du stoppst das jetzt. Du bist mir viel wert, als Mitarbeiter und Freund, übertreib es nicht."

Die beiden kamen überein, das Thema der sexuellen Orientierung nicht mehr anzusprechen und die Beziehung Ägyptens zur Türkei als aktuell heikelste neben Israel einzuschätzen. Aber der HASM blieb Hauptverdächtiger, auch wenn die Gruppe noch nie im westlichen Nildelta tätig war.

"Es sei denn", und Nagib drückte nochmals aufs Gas und die Augen zusammen, "es gäbe eine neue, unbekannte Gruppe, die soeben ihren Willkommensgruss hinterlassen hat."

AMIR UNTERWEGS NACH ALEXANDRIA

KAIRO **AMIR** – GHADA – HASSAN – NAGIB

Die untergehende Sonne schien noch einmal auf Amirs Gesicht und tauchte das Büro im vierten Stock des Polizeihauptquartiers am Port Said Boulevard für kurze Zeit in warmes Abendrot. Amir schloss die Augen, biss auf die Zähne, legte seinen Kopf auf die Seite, kickte mit seinem rechten Knie, so stark er konnte, von unten an die schwere Tischplatte. Wackelkontakt, der Bildschirm setzte kurz aus. Er war alleine. Seine beiden Kollegen waren schon weg. Er griff sich ans Knie, seufzte, schob den Stecker wieder ganz rein. Der Schirm zeigte nochmals die Sequenz des Grauens.

Verwackelt wurde die Kamera über eine Strasse geführt: Autotrümmer, ein Schuh, zugedeckte Körper, Passanten mit den Händen vorm Gesicht, vornübergebeugt, umherirrende Polizisten. Amir ballte die Faust, hielt sich aber zurück, sie mit voller Wucht in den Bildschirm zu rammen. Stattdessen liess er seinen Stuhl nach hinten wegschnellen, riss dem Computer den Stecker aus, packte seine Jacke und verliess den unaufgeräumten Arbeitsplatz mit einem lauten Schlag seiner Hand an den Türrahmen.

Mit ihm verliess auch der letzte Sonnenstrahl den Raum. Treppe zu Fuss. Unten auf der Strasse leuchteten die ersten Lampen und Reklamen. Zwischen dem Hupen des unpassierbaren Verkehrs der entfernter Ruf eines Muezzins. Direkt gegenüber die beleuchtete Fassade des Kairoer Museums für islamische Kunst. Mit über Hunderttausend Objekten eines der weltweit grössten Museen seiner Art. Was für ein Reichtum an Geschichte, an Handwerk, an Kultur. Und was für ein Widerspruch.

Amirs Bauch verkrampfte sich. Im Namen des Islams schaffen die einen unbezahlbare Kunstwerke, investieren in Details, freuen sich an Formen und Mustern, morden die andern am helllichten Tag auf schreckliche Weise und erschüttern Friede und Stabilität. Zum Kotzen. Amir kickte in ein leeres Zigarettenpäckchen am Boden, rief seine Mutter an, erklärte, dass er später als sonst nach Hause kommen würde und legte auf, bevor sie ihm zum hundertsten Mal mit schwacher Stimme ihre Sorge über seinen Zustand ausdrücken konnte.

Zehn Minuten zu Fuss bis Downtown Kairo, zwölf mit schmerzendem rechten Knie. Die Regeln zum Ausschank von Alkohol waren hier lockerer gegenüber den anderen Bezirken der Hauptstadt. Seit Wochen ging Amir meistens in die gleiche Bar, das Kazas, hatte dort drei, vier Peers, über Bashar kennen gelernt, einen Freund, der gleichzeitig mit ihm die Polizeiausbildung, abgebrochen hatte. Bashar war bereits da, begnügte sich mit Kaffee, sah Amir bleich und mit Ringen unter den Augen auf sich zukommen und wusste Bescheid.

Es war nicht das erste Mal, dass die Nachricht eines Attentats oder ein besonders übles Verbrechen, dessen Rapport er überarbeiten musste, ihn fertig machte, richtiggehend aus der Bahn warf. Der Lärm, das Tempo und die Widersprüche Kairos taten ihr Übriges, um Amir dauernd empfänglich zu halten für Verunsicherungen, Ängste und sich wild abwechselnde Gefühle.

"Bashar, in was für einem Scheissland leben wir. Widersprüchliche Religion, korrupte Polizei, Lärm, Dreck und Smog in der Hauptstadt, Hitze, Staub und Arbeitslosigkeit auf dem Land. Hast du die News von Alexandria gehört? Ich halt's nicht mehr aus."

Amir wurde erneut erfasst vom Grauen über die Kräfte, die Konflikte und die Konditionen, die in Ägypten herrschten. Nur zu gut verstand er seine Schwester, die schon vor zwei Jahren nach Norwegen gezogen war. Seit der Zeit, als er in Luxor auf dem

Touristenschiff noch Kaffee und Tee ausschenkte und abends das Deck reinigte, waren bestimmt ein Dutzend Mitarbeitende ausgereist: USA, Norwegen, England, Deutschland, Schweiz, Dubai.

Er war geblieben, seinem Onkel nach Kairo gefolgt, in das Büro gegenüber dem islamischen Museum im vierten Stock eingezogen, als ziviler Mitarbeiter. Kaum war er dort und hatte sich eingearbeitet in die Polizeiakten, die er zu betreuen hatte, wurde sein Onkel zum Polizeioberst befördert und übernahm eine leitende Stelle in der Sicherheitsdirektion in Alexandria. Amir blieb mit seiner Mutter zurück im Osten Kairos.

Sie hatten eine einfache, aber praktische Wohnung bezogen. Mutter Hidayas gesundheitlicher Zustand war stabil, aber sie brauchte seine Pflege. Manchmal ging er erst aus, wenn sie bereits eingeschlafen war, kam dann spät nach Hause, kam am nächsten morgen spät zur Arbeit, musste sich erklären, dann Fälle bearbeiten, die ihn abends nicht mehr losliessen, es sei denn, er konnte die Bilder, die er sich in seiner Phantasie ausmalen musste, mit Bier wegspülen.

Besonders übel mitgenommen hatte ihn die Leichenbeschreibung von zwei Strassenkindern, elf und dreizehn Jahre alt, Mädchen, die im Al-Azhar-Park gefunden wurden. Der Fall war auf dem Hauptquartier der Nationalen Polizei gelandet, weil auf sozialen Medien ein Überwachungs-Video kursierte, welches zwei Männer zeigte, die zwei Körper in ein Gebüsch warfen und dann zu einem Auto zurückkehrten. Das Problem? Es war ein Polizeiauto. Amir sollte Stunden von anderem Videomaterial durchsuchen, um zu sehen, ob man den Fall Müllmännern in die Schuhe schieben konnte, die tief in der Nacht ebenfalls auf Kairos Strassen unterwegs waren.

Scheissberuf. Aber es war alles, was er hatte – und er brauchte das Geld, für seine Mutter, die Wohnung und... er nippte an der zweiten Bierflasche und liess sich von Bashar ins Gewissen reden:

"Amir, Mann, Bruder! Ich höre dich. Ich sehe, dass du leidest. Aber glaubst du, dass wir diese Probleme nur in Ägypten haben? Sicher nicht. Wir haben ein grossartiges Land und wir haben Zukunft. Was du beschreibst, gibt es auf der ganzen Welt. Die anderen Länder sind nicht besser."

"Meine Schwester ist jedenfalls wohl in Norwegen. Ein Kumpel schrieb mir begeistert von England, hat einen Job bei Uber..."

"England? Sorry, würde ich nie hin. Meinst du, die sind dort auf der Insel besser als wir? Vergiss nicht, was die Engländer uns 1952 angetan haben, denk an den National Police Day."

"Schon klar, ich habe ihn dieses Jahr mitorganisiert und für jeden der 50 getöteten Polizisten von damals eine weisse Rose in unserem Office aufgestellt. Aber das gehört zu meinem Frust: Wir sind gute Menschen, aber landen dennoch in Streit und Totschlag, irgendwie sind wir nicht konfliktfähig."

"Nicht konfliktfähig?", entgegnete Bashar, "weisst du, wieviel Streit die Christen unter sich haben? Viel schlimmer als wir. Fast alle grossen Kriege starteten im Westen. Sechs Millionen ermordete Juden. Hey, sowas ist in Ägypten völlig unmöglich. Hier ist nicht einfach alles schlecht."

"Bashar, wir wehren uns mit Gewalt gegen Gewalt und erzeugen neue Gewalt. Wir sind verletzt in Gefühl und Ehre und verletzen andere in Gefühl und Ehre. Ist doch ein sinnloser Kreislauf."

Bashar liess das nicht gelten, erwähnte noch die Polizeigewalt gegen Schwarze in den USA, den dortigen rot-blauen Streit und forderte Amir auf, den Tatsachen ins Auge zu sehen:

"Schau mal, Bruder, die ganze Welt ist voller Widersprüche. Du findest überall Scheisse, wenn du sie suchst. Shit happens. Die Frage ist, was du damit machst. Der Koran hat recht, dass der

Mensch ein Sünder ist. Aber es gibt Wege, damit umzugehen. Ich besuche zwar nicht mehr die Moschee, aber manchmal spreche ich mit dem Imam in unserem Quartier. Ich halte mich an drei Dinge, die er mir ans Herz gelegt hat. Ich ehre meine Familie und kümmere mich um sie, zweitens leiste ich meinen Beitrag an das Wohlergehen meines Umfelds, und drittens schaue ich der Gefahr ins Auge und lasse mich nicht von Angst überwinden."

Amir kniff die Augen zusammen. Das hatte was. Wohl suchte er nicht aus eigenen Stücken nach dem Schlechten im Menschen, aber es war sein Beruf geworden, es schriftlich festzuhalten. Die schiere Masse an Verbrechen, die über die Tische des Kairo Sicherheits-Departements liefen, überwältigte ihn, ohne dass er irgendetwas hätte dagegen tun können. Wie Gift drangen die Geschichten in ihn ein, ungefiltert, und er hatte als Gegengift bislang nur den Alkohol entdeckt.

“Amir, du solltest nicht deinen ganzen Frust mit Bier wegspülen. Und wenn schon: Probier mal das einheimische Bier. Dass du immer nur das belgische Stella trinkst und nie unser eigenes, ist genau dein Problem: Du verachtest, was du hast und meinst, alles andere sei besser. Auch das Sakara-Bier ist ein super Bier, hundert Prozent Ägypten drin.”

Als ihm Bashar diesen Seelenspiegel hinhielt, spürte er sein tiefes Misstrauen gegen Land und Leute. Er hasste seine Umgebung, und wenn er ehrlich war, hasste er sich selbst, und zwar darum, weil er es bis jetzt noch nicht geschafft hatte, das Leben in den Griff zu kriegen. Sollte sich hier etwas ändern, müsste er seinen Beruf wechseln, zurück in eine Bar, Kaffee ausschenken – oder aber sich dem Unrecht stellen, ihm an der Front als Polizist in die Augen sehen und etwas verändern, schützen, helfen. Klar, dass ihm bei diesem Gedanken auch sein Vater in den Sinn kam und das unbeschädigte, perfekte Bild, das er von ihm hatte: ehrlich, menschlich, auftragsbewusst – und trotzdem scheiternd.

Es war ziemlich genau in diesem Moment, dass Hidaya ihren Schwager in Alexandria anrief und ihm gegenüber ihre Sorge über ihren Sohn ausdrückte.

“Sayed, lieber Schwager. Ich weiss mir nicht zu helfen. Amir kommt immer später nach Hause, und er riecht nach Alkohol. Wenn ich sein Bett mache, ist alles nass, er schwitzt viel zu viel, schläft viel zu kurz. Mein Herz brennt, ich habe Angst um meinen Sohn, Sayed, und um deinen Neffen.”

Sayeds leiser Fluch galt nicht Amir, nicht dem Alkohol und sicher nicht seiner Schwägerin, sondern seiner Hass-Situation, die dann eintrat, wenn er Beruf und Familie, Härte und Gefühle nicht mehr sauber trennen konnte, sondern beide gleichzeitig seine Aufmerksamkeit beanspruchten. Genau das war nun der Fall.

Er hatte drei intensive Stunden hinter sich, stand noch immer an der Corniche und beaufsichtigte die Ermittlungen und Aufräumarbeiten rund um den Krater, welchen die Bombe in den Belag gerissen hatte. Er war mit sich und seiner Arbeit zufrieden, war nur zehn Minuten nach der Detonation vor Ort gewesen, organisierte die Verkehrsumleitung und die Erstversorgung der Verwundeten und die Zusammenarbeit der Polizeieinheiten. Nicht immer war das Klären von Verantwortlichkeiten zwischen zentralen Polizeiorganen und denen in den Bezirken einfach, eigentlich war es überhaupt nie einfach, aber Sayeds Alter und sein abgeklärtes, nüchternes Auftreten verschafften ihm rasch Respekt, obwohl er erst wenige Monate hier in Alexandria Verantwortung trug.

Nun aber war bei ihm eine Grenze erreicht, er hatte den Anruf sowieso nur angenommen in der Meinung, er betreffe das Attentat. "Hidaya, du rufst zur falschen Zeit an. Wir werden reden, bestimmt. Ruf mich morgen Abend an."

Er legte auf, versuchte, sich auf die noch vor ihm liegenden Aufgaben zu konzentrieren. Der Schadenplatz musste über die ganze Nacht bewacht werden. Am nächsten Morgen war auf zehn eine vorbereitende Besprechung und auf ein Uhr nachmittags eine Pressekonferenz angesetzt. Beim Gedanken an die unseligen Attentäter kam ihm aber unweigerlich Amir in den Sinn.

Sayed hielt an seiner Theorie fest, dass nur Männer mit schwachen oder gar keinen Vätern zu Militanten werden. Amir wäre ein perfektes Ziel für die Rekrutierung durch Dschihadisten. Zwar war die psychologische Durchleuchtung von Verbrechen Neuland in der tagtäglichen Polizeiarbeit, aber erste Täterprofile, die soziale und psychologische Aspekte berücksichtigten, bestärkten Sayed in seiner Meinung und auch in seiner Befürchtung, dass Amir in mehrerer Hinsicht ein ideales Opfer abgeben würde. Immer mehr schweiften seine Gedanken hin zu seinem Neffen, auch zu anderen möglichen Szenarien wie Alkoholismus, Armut, Selbstmord. Der Junge brauchte Hilfe, jetzt. Er rief Hidaya zurück.

"Schwester, ich werde ihn morgen früh holen kommen. Gib ihn mir mit, ja?"

—

Bashar fuhr Amir von ihrer Stammbar in Downtown Kairo nach Hause, auf dem Motorrad. Der Fahrtwind in Gesicht und Haaren hatte etwas Belebendes, der Alkohol im Blut etwas Beruhigendes, die leise Aussicht, dass ein Berufswechsel möglich wäre, etwas Hoffnungsvolles. Die Strassen mehrheitlich leer, Müllmänner ohne Warnwesten sammelten Abfall ein. Amir fühlte sich wieder einigermassen ok, als er spät abends in die Wohnung trat. Mutter schlief oder tat wenigstens so. Er liess die Packung mit den Schlaftabletten unberührt und wachte erst auf, als er im kurzen Flur vor seinem Zimmer eine Männerstimme hörte: War das Amm? War sein Onkel Sayed hier? Was zum...

"Amir, ich habe um ein Uhr eine Pressekonferenz in Alexandria. Das ist in fünf Stunden. Lass uns abfahren. Du kommst mit. Dein Büro ist informiert, du bist vorerst entschuldigt."

Amm Sayeds Blick liess absolut keine Widerrede zu. Und auch Maama Hidayas Blick war klar.

"Maama? Wann hast du..."

Und nach einer kurzen, spannungsvollen Pause:

"Amm, es tut mir leid, ich kann Mutter nicht alleine lassen. Allah weiss, wie schlecht sie alleine zurechtkommt."

Sayeds Blick war müde, aber entschlossen streng. Bevor er seinen Neffen erneut auffordern konnte, mit ihm mitzukommen, ging die Türe auf. Sayeds Frau, Safija, trat mit zwei Reisetaschen herein, grüsste Amir, schob sich dann an ihm vorbei in die Küche und machte sich unter energischem Klimpern daran, einen traditionellen Kaffee aufzugiessen.

Erst jetzt sah Amir, dass seine Sachen bereits gepackt worden waren. Es war offenbar alles eingefädelt. Was blieb ihm anderes übrig, als sich zu fügen? Mutter weinte, küsste Amir mehrmals, dankte Sayed, trat, als der heisse Kaffee getrunken war, mit Safija ans Fenster, um ihrem Sohn bei der Abfahrt nachzuwinken.

Sayed liess sich chauffieren, so hatte er auch auf dem dreistündigen Hinweg bereits etwas schlafen können. Den Rückweg Richtung Mittelmeerküste nutzte er, um seinem Neffen zu erklären, was er alles über das Attentat wusste. Was er nicht wusste, war, wie sehr die Bilder dieses Anschlags Amir noch am Vorabend ins Elend gestürzt hatten.

“Amir, ich erklär dir die Hintergründe. Weil Ägypten eine Führungsrolle in Afrika anstrebt und die neu entworfenen Megastädte rund um Kairo bald fertig sind, wird nun auch der Mittelmeerhafen krass vergrössert. Zusammen mit den angrenzenden Häfen von Al-Max und Dekheila plant die Hafenbehörde von Alexandria die grösste und schönste Hafenanlage am Mittelmeer und ganz Afrikas. Das Ding wird absolut riesig. 80 Prozent unseres gesamten Imports und Exports wird über die drei Häfen rund um Alexandria abgewickelt werden, das musst du dir mal vorstellen, mein Junge. Bald wird Präsident El-Sisi für einen Besuch erwartet. Als Vorbereitung wollte der Innenminister zusammen mit dem Transportminister eine Inspektion der Hafenanlage durchführen. Konkret ging es ihnen um eine neue Getreide- und Holzabfertigungsanlage in der fünften Zone."

Zwar war Amir während seiner kurzen Zeit an der Polizeischule auch in den neuen Städten rund um Kairo unterwegs gewesen, hatte aber keinen Plan von der immensen Grössenordnung dieser politischen Anstrengungen der Sisi-Regierung.

"Die beiden Minister waren im Konvoi der 10-spurigen Corniche entlang gefahren, westwärts, als es auf der Höhe einer Bushaltestelle knallte, 300 Meter bevor sie zu ihrer Linken die Bibliothek passiert hätten. Die angegriffene Wagenkolonne umfasste zwölf Fahrzeuge, acht davon wurden total zerstört, mehrere private Fahrzeuge erlitten Totalschaden. Da einige Autos zerfetzt wurden, konnten wir noch nicht klären, in welchem die Bombe war. Jedenfalls musste der Wagen des Attentäters auf dem Busstreifen oder sogar auf dem erhöhten Gehweg gestanden haben, soviel verrät jedenfalls der Krater".

"Hast du eine Vermutung, wer hinter dem Anschlag stehen könnte?" Amir fragt mehr aus Freundlichkeit als Interesse.

"Die üblichen Verdächtigen, Amir, die HASM-Bewegung an erster Stelle, dann der IS-Ableger im Sinai, dem Wilayat Sinai. Aber diese Abklärungen überlassen wir den Leuten des GIS, welche die Ermittlungen rund um die technologischen Aspekte des Attentats übernehmen werden."

Sayed schaute auf die Uhr, wies den Chauffeur an, noch einen Zacken zuzulegen und griff zum Telefon, um sich von Omer, seinem direkten Untergebenen und Stellvertreter, über die neuesten Entwicklungen und das Outcome der Sitzung, die er verpasst hatte, informieren zu lassen. Sie hatten vielleicht die Hälfte der Strecke nach Alexandria zurückgelegt. Amir versuchte zu dösen, ging nicht, ruppige Fahrt. Entweder war Faruk, der Chauffeur, ebenfalls müde oder sonstwie abgelenkt, jedenfalls musste er mehrmals abrupt bremsen.

Als Sayeds Telefonat beendet war, versorgte auch Faruk sein Telefon in seiner Jackentasche, um seinen Chef dann zu fragen, was rauskam an der Besprechung im Ration Investigative Office im Al-Gomrok-Bezirk.

"Geht dich eigentlich nichts an, schau du auf die Strasse." Sayed war genervt, fasste für die beiden jungen Männer trotzdem drei grossen Fragen zusammen.

“Da kein Bekennerschreiben vorliegt, stellte sich erstens die Frage nach der Täterschaft. Wie gesagt, das HASM-Movement führte die Liste der Verdächtigen an. Zweitens”, und Sayed presste zwischen den Wörtern die Lippen zusammen, “besteht die Möglichkeit, dass jemand aus der Polizeibehörde die geplante Route ausgeplaudert hat. Um zum Hafen zu gelangen, gäbe es direktere Wege. Dass der Konvoi die Corniche nehmen würde, entschied ich mit Hadir Hakimi vom Sicherheitsdirektorat kurzfristig.”

Sayed hielt inne, blickte zum Fenster raus, rümpfte die Nase.

“Drittens ist uns noch nicht klar, wie eine Bombe dieses Kalibers zeitlich so präzise gezündet werden konnte, ohne Funksteuerung oder Bedienung vor Ort. Zwar sind die Störsender bei der Detonation ebenfalls völlig zerstört worden. Aber sie haben funktioniert, da sind wir sicher.”

Faruk räusperte sich: "Gibt es keine Möglichkeit, dass die Zündung vom Störsender selbst ausgelöst wurde?"

Amir war schneller als Sayed: "Wohl nur denkbar, wenn die Militanten genau über den verwendeten Sender Bescheid wussten. Ausserdem vergeht nach dem ersten aufgefangenen Signal nochmals Zeit, bis der betreffende Wagen an der Bombe vorbeifährt – das Präparat müsste dann auch die Geschwindigkeit des Konvois mitberechnen. Ist sowieso recht heikel, weil eine ungewollte Kombination von irgendwelchen anderen zufällig zusammentreffenden Sendeleistungen ebenfalls zu einer Explosion führen könnte."

Sayed hob die Augenbrauen und blickte Amir durch den Innenspiegel an.

"Das war rasch kombiniert, Neffe. Ich gebe dir recht. Wir überlassen das aber den Leuten des Muchabarat. Sobald wir ankommen, schauen wir uns nochmals den Schadenplatz an, fahren dann zur Kommandantur in Al-Gomrok, wo die Pressekonferenz stattfindet; denk dran: ein Uhr. Das Gebäude liegt zwischen den beiden Häfen, dem grossen Westhafen und dem alten Fischerhafen auf der ehemaligen Insel Pharos, du weisst schon, Pharos, der Leuchtturm, das Weltwunder."

Amir nickte. Sayed nutzte die letzte halbe Stunde Weg, um seinen Beitrag für die Pressekonferenz vorzubereiten. Sein Neffe hatte Zeit, sich darüber klar zu werden, warum er dieser Geschichte so gut ins Auge sehen konnte und sich noch keine schlechten Gefühle eingestellt hatten. Langsam dämmerte ihm, was anders lief als im Büro in Kairo: Die Fälle, die er dort bearbeitete, weckten starke Emotionen, die er aber nicht abbauen konnte, weil er nur mit der Textarbeit betraut war, aber nichts lösen konnte. In Kairo war er völlig überfordert, sein aufgewühltes Innenleben zu kontrollieren.

Aber nun hatte die Möglichkeit, den Ort des Geschehens zu besuchen und im Schatten seines Onkels an der polizeilichen Aufarbeitung mitzuwirken, einen positiven Einfluss auf seinen Gemütszustand. Sie lockte in ihm Reserven hervor, die er nicht kannte, die bei der trockenen Büroarbeit nicht gebraucht wurden, sogar eher störten.

Dass Emotionen die Aufgabe haben, Handlungen auszulösen, war ihm früher schon mal klar geworden, als er über sein Innenleben nachgedacht hatte. Dass aber Emotionen, die nicht zu Handlungen führen dürfen, in eine Art Depression münden, das meinte er jetzt zum ersten Mal erkannt zu haben.

Lebendig, wie er sich trotz kurzer Nacht fühlte, begann Amir ein Gespräch mit dem Chauffeur: “Schon lange bei der Polizei?”

“Ein Jahr.”

“Gefällt dir dein Job?”

“Ich brauche halt Arbeit, wie jeder.”

“Ich habe eine Polizeischule angefangen, dann abgebrochen. Hast du eine Polizeiausbildung?”

“Nicht mal angefangen.”

“Ah, wie kamst du dann zur Polizei?”

“Durch ein Zeugenschutzprogramm. Ich habe den Chef einer Terrorbewegung an die Polizei verraten.»

Amirs erste Ermittlungen

Alexandria **AMIR** – GHADA – HASSAN – NAGIB

Noch war die Corniche zwischen der Bibliothek und dem Theater Bajram al-Tunisi gesperrt. Kein Problem also, den Wagen auf der Strasse abzustellen. Links die Häuserfront, meist acht- bis zehnstöckige Blocks mit Aussicht aufs Meer. Eine schwarze Patina überzog den ursprünglich warmbeigen Putz, wo dieser überhaupt noch an der Wand hielt. Feuchtigkeit? Abgase? Keine Ahnung.

Sayed stieg aus, ging zielstrebig auf einen Polizeioffizier mittleren Alters zu, begrüsste ihn mit Captain Omer und schloss sich mit ihm einer anderen Gruppe von Beamten an, die, über die Motorhaube eines schwarzen Mercedes gebeugt, Papiere studierten und diskutierten. Andere Uniformierte sicherten den Strassenabschnitt mit Maschinenpistolen und sahen ungerührt zu, wie weitere Kollegen, am Boden kniend, nach verwertbaren Indizien für die Herkunft der Bombe beziehungsweise der Terroristen suchten.

Auch Amir stieg aus. Er hatte sich seinen ersten Besuch am Meer anders vorgestellt. Er trat an die Quaimauer und schaute für Minuten einfach einmal in die Ferne. Kaum gestört durch den schwachen Verkehr im Hintergrund, liess er das Rauschen der Wellen auf sich wirken und füllte seine Lungen mit der leicht salzigen Luft, atmete aus, langsam und ergriffen, meinte, dass der Horizont tatsächlich einen leichten Bogen beschrieb und wäre am liebsten über die bauchhohe Mauer in den Sand runter gesprungen, um die paar Meter zum Wasser unter die Füsse zu nehmen. Er liess es bleiben, drehte sich stattdessen um, ging ein paar Schritte die Promenade entlang – um dann erstarrt stehen zu bleiben. Zwar war er total trocken, aber der riesige Fleck musste Blut vom Vorabend sein. Die halbe Breite des Gehweges war rotbraun eingefärbt. Der hatte nicht überlebt – oder die?

Amir bemerkte, wie sein Muster ihn einholte. Er begann, sich in seiner Fantasie alles Negative vorzustellen, ohne die Möglichkeit, etwas daran ändern zu können. Das war genau der Strudel, der ihn im Büro in Kairo immer mitriss. Er musste ihn stoppen, irgendetwas Praktisches tun, etwas Hilfreiches, Hand anlegen, seine Gedanken und Emotionen für die Lösung der Situation einsetzen. Ohne Auftrag begann er ebenfalls, den Boden abzusuchen, genau hinzuschauen. Technisch und ohne Gefühle liess er seine zusammengekniffenen Augen über die sandfarbenen Steinplatten des Gehwegs gleiten. Braune Reste von Palmzweigen, vom Wind herangeweht, oranger Deckel einer Petflasche, Zigarettenkippen, Kaugummipapier, das Übliche halt.

Dann bückte sich Amir. Bevor er wusste, was er eben ergriffen hatte, spürte er diese Sicherheit, etwas Entscheidendes zwischen den Fingern zu halten. Er hob auf, was er fast wie fremdgesteuert im Schatten eines Steinvorsprungs zu fassen kriegten, einen Ausweis, Kreditkartengrösse. ISIC – internationaler Studentenausweis. Für eine Sekunde sah er seine Schwester auf dem Foto. Die Frau glich ihr jedenfalls. Amir schaute lange auf das Gesicht, dann kurz zu den weiter entfernten Polizisten. Sie waren beschäftigt. Er steckte die Karte ein und scannte weiter, nicht mehr ganz so konzentriert und ohne zu merken, dass ein Offizier festen Schrittes und kühlen Blickes auf ihn zu schritt.

"Wer bist du? Was hast du hier zu suchen?" Er wurde von Captain Omer angeschnauzt und durch seinen harten Blick festgenagelt. Es kommt vor, dass man den Augen ansieht, ob einer schon mal getötet hat. Omer hatte. Amir suchte nach Sayed.

"Schau mich an, ich rede mit dir." Omer fauchte immer noch. "Zu wem gehörst du?"

Amir versuchte, sich zu fassen, grabschte in der Hosentasche nach seiner Dienstmarke, worauf Omer sofort seine Hand zu seinem Pistolenhalfter führte und ihn anschrie:

"Lass das! Sag mir, wer du bist."

Scheisstyp, was stimmt mit dem nicht? Amir wusste nicht recht, ob er sich nerven oder fürchten sollte – auf jeden Fall war er für einen Moment sprachlos.

"Er gehört zu uns, Omer. Lass ihn." Sayed war von der Seite herzu getreten, strafte Omer mit einem derart kalten Blick ab, wie ihn Amir von seinem Onkel noch nie gesehen hatte. Omers Vorgesetzter verschwieg den Verwandtschaftsgrad, überliess dem abgekanzelten Polizeimajor die Kontrolle über den Tatort und machte sich mit Amir, Faruk und Dienstwagen auf den Weg zum Untersuchungszentrum hinter der Polizeiwache von Al-Gomrok. Sie lag auf der Halbinsel Ras at-Tin, welche den kleinen östlichen Bootshafen vom riesigen Westhafen trennte.

Während der Osthafen zur Zeit der römischen Herrschaft noch der Portus Magnus gewesen war, schaukelten in der Mina ash-Sharqia nun nur noch kleine Boote, vorwiegend zur Fischerei. Dafür hatte sich der in der Antike kleinere Westhafen zu einem der grössten Mittelmeerhäfen gemausert.

Die vierspurige El-Gaish-Strasse, Fortsetzung der Corniche, war westwärts der Bibliotheca Alexandrina mit Palmen gesäumt. In einem vier Kilometer weiten Bogen führte sie den Verkehr nordwärts auf die Halbinsel hinaus, bildete gleichsam die Bucht des alten Hafens und endete schliesslich an der Qāitbāy-Zitadelle, die im fünfzehnten Jahrhundert exakt am Ort des ehemaligen Leuchtturms und unter Verwendung von dessen Trümmern errichtet wurde. Ziel des Mameluken-Bauwerkes war die Verteidigung gegen die erstarkenden Osmanen.

Die dichte Häuserfront entlang der Hafenbucht strahlte hell und war deutlich gepflegter als eben noch an der Corniche. Herrschaftliche Bauten aus der Zeit der britischen Okkupation wechselten ab mit modernen, sich gut ins Stadtbild eingliedernden Geschäftshäusern. Einziges Gebäude rechtsseitig: der ins Meer hinausgebaute Fischmarkt. Wie Amir die vielen kleinen Fischerboote sah, schlug der Gedanke plötzlich ein – er hatte ihn nicht gesucht. Der Geistesblitz kam von selbst, als komplette Erklärung, wie das Attentat abgelaufen war, wie die Bombe gezündet wurde und von wo.

Die Pressekonferenz war auf zwei Stunden angesetzt, fand im Saal statt, der schon vor dem Attentat für eine Pressekonferenz vorbereitet gewesen war. Der Innenminister sollte im Anschluss an seinen Hafenbesuch dort sprechen. El-Sisi und weitere hohe Regierungsbeamte wollten sich per Internet zugeschaltet zu Wort melden.

Der grosse Raum war bis auf den hintersten Platz gefüllt. Kaum hatte die Konferenz begonnen, schlich Amir unbemerkt hinaus, erschreckte Faruk, der, an den Wagen gelehnt, auf sein Mobiltelefon eintippte, und liess sich von ihm unter dem Vorwand, Sayed brauche Fotomaterial, nochmals an den Tatort fahren. Hinter den Trümmern der Bushaltestelle sprang er nun doch noch über die hüfthohe Mauer runter in den Sand, kniete sich – anstatt zum Meer zu laufen – nieder und bewegte sich in der Hocke ganz langsam zum Wasser. Zweimal zückte er sein Mobiltelefon und machte eine Nahaufnahme.

Plötzliches Rufen von der Strasse unterbrach ihn. Er erhob sich, erblickte von weitem Omers hochroten Kopf und wie er, die eine Faust geballt, auf Faruk einschrie. Nicht schon wieder. Amir richtete sich auf, auch innerlich. 'Diesem Typ stopf ich die...' er machte den Satz nicht fertig, aber begrüsste das Gefühl einer gesunden Aggression, welches sich bei ihm einstellte.

Die Augen leicht zusammengekniffen, den Unterkiefer nach vorne geschoben, schritt Amir auf den rund zwanzig Jahre älteren Offizier zu und fragte in gleichmässiger, erstaunlich gefestigter Stimme, ob es ein Problem gebe. Er liess ebenfalls einen Wortschwall des Diensthabenden über sich ergehen, irgendetwas von man solle sich beim Betreten des Schadenplatzes gefälligst bei ihm melden. Omer – mittlerweile mit einer MP bewaffnet – schob diese leicht nach vorne und knirschte, er hätte ihnen, wären sie Zivilisten gewesen, einen zweiten Bauchnabel verpasst.

"Sayed schickt uns, er braucht Bilder der kaputten Bushaltestelle." Amirs Antwort kam ruhig rüber, souverän. Woher kam plötzlich dieser Mut? Amir kannte das nicht von sich.

"Und er lässt Ihnen ausrichten, Sie sollen die Polizeiwagen alle anständig parkieren und von Taubenkot befreien; die meisten Journalisten möchten sich in zwei Stunden ein Bild vor Ort machen."

Ohne auf eine Antwort zu warten, drehte Amir ab und gab Faruk das Signal loszufahren. Erst als der Motor aufheulte, begann er zu zittern und heftig zu atmen. Faruk wendete den Wagen, schmunzelte und meinte leise:

"Gut gemacht. Das mit den Tauben hat mir gefallen."

“Danke, stoppe hier am Fischmarkt.”

Amir verliess den Polizeiwagen, um mit einigen Fischern zu sprechen, nickte ihnen nach einem kurzen Wortwechsel freundlich zu, setzte seinen Weg zu Fuss fort, zurück in Richtung Polizeihauptquartier und Qāitbāy-Zitadelle. Wo immer er jemanden an Booten hantieren sah, hielt er an, suchte das Gespräch, ging weiter. Bei der Manar al Islam Moschee blieb er länger, wurde schliesslich an einen braungebrannten Fischer mit schwarzer Wollmütze verwiesen, mit dem er eine ganze Weile sprach, bis dieser die Hände verrührte und sich umdrehte.

Faruk hatte den Wagen wie abgemacht zum nahen Polizeiparkplatz gefahren, stand nun an der Quaimauer und beobachtete, wie Amir den Fischer von hinten an der Schulter packte und zurückdrehte. Er fuhr leicht zusammen, als Amir in seine Jackentasche griff – hoffentlich zückte er keine Waffe. Einen Augenblick später staunte Faruk erneut über Amir: Dieser hielt dem Fischer einen Geldschein unter die Nase und näherte sich dieser mit seiner bis auf fünf Zentimeter.

Der Geldschein wechselte den Besitzer, der neue deutete daraufhin mit seiner Hand Richtung Faruk, gestikulierte sonst noch etwas rum, griff sich ans Kinn. Amir schien zufrieden, nickte wieder, diesmal nicht unbedingt freundlich, und schritt die Steintreppe zur Strasse hoch.

"Faruk, wir gehen zu Fuss weiter." Amir war über sich selber erstaunt, mit welcher Selbstverständlichkeit er Faruk Befehle erteilte und wie einfach sich dieser fügte. Gut möglich, dass Sayed seinem Chauffeur entsprechende Anweisungen gegeben hatte.

In viele andere Quartiere Alexandrias wären zwei unbewaffnete Polizisten nicht alleine rein, vor allem nicht in der Konstellation Büroangestellter und Chauffeur. Aber hier im Zentrum, wo es von Läden, Touristen und Sehenswürdigkeiten nur so wimmelte, war das kein Problem.

"Faruk, damit du weisst, was los ist: Wir suchen zwei Bärtige; Hosen dunkelbraun bis schwarz, einmal Trainerjacke, einmal leichte Lederjacke, einmal Sonnenbrille mit kurzen Haaren, einmal dunkelgraue Takke und blauer Rucksack."

Faruk presste einen Lacher raus: "Amir, das war gestern. Wenn sich die beiden nicht verlaufen haben, sind die längst ..."

"Faruk, wir suchen nicht die Männer, sondern Überwachungskameras, mehr nicht." Amir bemerkte nicht, dass Faruk erschrak und ab diesem Moment kaum noch sprach, er war zu sehr im Flow, bog in eine Seitenstrasse ein, den Blick immer wieder an Hauswände, Strassenlaternen und Eingänge gerichtet. Dann ein Schild, das ihn schneller gehen liess. Eine Bank. ATM Banque Misr. Faruk fiel zurück. Kein Wink von Amir, also blieb er draussen vor der Bank stehen, während Amir drin verschwand, griff nach dem Mobiltelefon, tippte für Minuten drauf rum.

"Komm rein, wir haben Glück gehabt." Amir stand im Bankeingang, zufrieden lächelnd.

Ein kurz gewachsener Bankangestellter, Brille, kaum Haare, verschwitztes weisses Hemd, sass vor einem Computer und scrollte durch die Videoaufzeichnung des Vortages.

"Frühestens 15.30 Uhr", wies ihn Amir an, während er ihm über die Schulter blickte und seinen leicht säuerlichen Geruchsmix aus Schweiss und verbranntem Tabak geduldig aushielt.

"Weiter, weiter, ... jalla, jalla, rasch zurück, weiter zurück, ... nein, ok, jalla."

Bei 16.20 jaulte Amir auf:

"Halt, halt hier, geh zurück, stopp, die beiden, die beiden; Faruk, die beiden."

Zwei Männer – von seitlich oben gesehen – gingen unauffällig an der Bank vorüber, einer mit Trainerjacke und Takke, der islamischen Gebetsmütze, der andere trug ein T-Shirt, einen Rucksack und auf dem Arm eine Jacke, möglicherweise Leder.

"Lass langsam laufen."

Aber die beiden verschwanden bald aus dem Bild.

"Sie waren es!"

Und nun? Gesichter waren nicht zu erkennen, auch nicht, wohin sie anschliessend steuerten. Aber immerhin.

Wieder draussen, bot Amir Faruk Kaugummi an.

"Danke, nein."

"Du rauchst auch nicht?"

"Nein, nein. Ist ja nicht gesund." Faruk versuchte zu lächeln.

Amir setzte sich auf eine Steinmauer, die den Parkplatz vor der Bank umgab, schaute sich um, schaute auf die Uhr. Faruk las die Zeit von seinem Handy ab:

"Amir, Sayed wird den Wagen brauchen. Wir sollten gehen."

"Wir haben noch zwanzig Minuten, lass uns die Zeit nutzen."

"Das hat keinen Sinn, die Männer sind im Quartier verschwunden und du hast keine Beweise, dass sie mit dem Attentat zu tun haben. Lass uns zum Hauptquartier zurückgehen, bevor die PK vorbei ist."

"Faruk, ich habe dir nicht alles erzählt, was ich vom Fischer erfahren habe: Die beiden Männer hatten ein Boot gemietet, es am Tag vor dem Attentat angesehen, es im Voraus bezahlt, angeblich zum Fischen. Drei Stunden vor dem Attentat holten sie es ab und fuhren zur Al Minā' ash Sharqīyah raus aufs Meer. Zwanzig Minuten nach der Explosion brachten sie es zurück, ohne Fische – obwohl sie eine Rute dabei hatten."

"Aber was soll eine Rute, wenn es Attentäter waren?"

"Tarnung." Damit stand Amir auf. "Lass uns eine kurze Runde durchs Quartier gehen, Faruk."

Nach ein paar Schritten eine Bar mit Alkohollizenz. Amir widerstand der Versuchung, beeilte sich, hielt weiterhin nach Kameras Ausschau. Eine Quartiermoschee, ein Restaurant, eine Kaffeebar, ein Shop mit Fischereiutensilien, schliesslich ein kleines Kleidergeschäft.

"Amir, wir müssen zurück."

Noch ein letzter Blick die Strasse entlang. Noch zwei Schritte, nochmals ein Blick. Noch ein Schild lesen: Computech.

"Faruk, ich möchte dort nachfragen, dann gehen wir zurück."

Amir zeigte auf den Computershop, lief los und verschwand bald darauf in dem kleinen Geschäft mit seinen verklebten Schaufenstern und Windows 8.1-Werbung an der Türe. Nach kurzem Gespräch führte ihn der Besitzer ins Obergeschoss. In einem Raum mit Fenster auf die Strasse betrieb er ein nicht lizenziertes Internet-Kaffee. Und oben an der Wand, in den Raum hinein und zum Fenster gerichtet, befand sich eine Kamera. Amir liess seine Polizeimarke in der Jackentasche, setzte dafür nochmals auf ägyptische Pfund.

Wegen des Gegenlichts waren die Aufnahmen nicht perfekt, trotzdem war die Aussicht aus dem Fenster erkennbar: Ein Teil der Strasse, vorbeiruckelnde Fahrzeuge, rechts ein abgestelltes Taxi, die hintere linke Scheibe mit Plastik notdürftig geflickt, daneben eine Eselskarre ohne Zugtier.

"Spul bitte auf 16.20 Uhr." Einige Passanten gingen wie im Stummfilm vorüber. Um 16.23 traten zwei Männer von unten ins Bild. Amir erkannte sie sofort. Sie stiegen ins Taxi mit der kaputten Scheibe und fuhren kurz darauf weg.

Amir stand hastig auf, trat ans Fenster, öffnete es ohne zu fragen, um Faruk unten vor dem PC-Laden die Neuigkeiten zuzurufen – sah ihn aber nicht mehr. Er war wohl zum Wagen zurückgekehrt. Die Pressekonferenz würde in wenigen Minuten fertig sein.

Er blickte kurz die Strasse rauf und runter, ob Faruk noch in Rufdistanz wäre, wurde dabei zweier Taxis gewahr, die am Strassenrand standen. Ein genauer Blick würde sich lohnen. Der Shop-Besitzer staunte über die grosszügige Bezahlung seiner Dienste und Amir über den einen Taxi, der – ziemlich alt, ungewaschen und mit mehreren Beulen versehen – über eine nigelnagelneue Scheibe hinten links verfügte. Der Wagen war unbesetzt und verschlossen, auf der Ablage überm Kofferraum ein

Koran, ein Foto der Autonummer rasch gemacht. Unterwegs zum Polizeigebäude rief ihn Sayed an.

"Verdammt Amir, wo seid ihr? Wo ist Faruk? Wo ist mein Wagen?"

"Ich bin unterwegs, Amm. Ist Faruk nicht bei dir angekommen?"

Faruk blieb vorerst verschollen, ebenso der Wagen von Sayed. Die Journalisten wurden mit zwei Polizeibussen an den Ort des Geschehens gefahren, Sayed und Amir von einem weiteren Einsatzfahrzeug. Auch dort: ein kurzer Speech des Sicherheitschefs Hadir Hakimi, ein paar Worte durch Sayed, keine Fragen der Medien erlaubt, und fertig war die Vorstellung.

Sayed überliess Omer die Rückgabe der Strasse an den Verkehr und begab sich mit Amir zu einem Café, das zwar immer noch geschlossen hatte, aber auf Geheiss des Polizeichefs eine Kanaka aufsetzte, um diesmal ziyada, gut gesüssten Kaffee aufzubrühen; eine Ausnahme für Sayed, aber der Zucker war im Moment die einzig mögliche Energiezufuhr.

Die meisten Scheiben im Kaffeehaus waren zersplittert. Sie setzten sich hinters einzige Glas, das noch knapp im Rahmen hielt, fegten ein paar Scherben vom schwarzen Holztisch. Der Kaffee kam, ein kurzer Wortwechsel übers Attentat mit dem Besitzer. Dann endlich ein Lebenszeichen von Faruk, ein einfaches SMS: Er sei zu Fuss zur PK zurückgehetzt, um rechtzeitig dort zu sein, fand aber den einen Autoreifen an Sayes Wagen platt und wäre in der Folge mit einem Radwechsel beschäftigt.

Nun war es Zeit für Amirs Auftritt.

"Amm, du wolltest immer, dass ich Polizist werde."

Sayed nickte, versuchte, sich vom Geschehen des Tages zu lösen und seine Aufmerksamkeit auf seinen Neffen zu lenken.

"Du hast mir zugetraut, einen guten Job zu machen. Es war nicht nur die Sorge um Maama, dass ich dein Angebot immer abgelehnt hatte. Ich hasse es, Befehle wider meinen Willen auszuführen. Ich hatte in der Polizeiakademie die Nase voll von den Vorgesetzten und der Arroganz, mit der sie uns Rekruten rumkommandierten.”

Wieder nickte Sayed – er unterdrückte ein Gähnen, aber begann das Gespräch zu schätzen, Amir schien was zu sagen zu haben.

“Ich verstehe, dass die Polizei hierarchisch organisiert sein muss, das ist wie in der Armee – aber das ist einfach nicht mein Ding, ich muss frei sein, damit ich auf Leistung komme. Ich möchte meine eigenen Gedanken nicht immer unterordnen müssen. Nie im Leben könnte ich unter Omer funktionieren. Ich bewundere dich, dass du ihn im Griff hast, aber wie er mit seinen Leuten und mit Fremden umgeht, ist nicht richtig. Kommt hinzu, dass ich nicht glaube, dass wir als Polizisten die Gewalt, die uns gegeben ist, auf eine brutale Art ausüben müssen."

Sayed war noch nicht ganz sicher, worauf Amir hinaus wollte, aber müde, wie er war, liess er ihn reden, sah ihm in die Augen, sah in ihnen für Sekunden seinen Bruder... Tamer!

"Amm, ich weiss, dass du Riads Arm für mich gebrochen hast. Aber es hat schliesslich nichts gebracht. Ich habe damals die Akademie verlassen, er auch, soviel ich weiss. Es war unnötig brutal. Darum habe ich mich nie bedankt für dein Eingreifen.”

Sayed erhob seine Hand: “Amir, du kennst nicht die ganze Geschichte...”

Amir hob fragend die Augenbrauen.

“Drei Tage nach dem Armbruch wurde auf meinen Wagen geschossen.” Sayed rollte einen Hemdärmel hoch, zeigte auf eine vier Zentimeter lange Narbe am Oberarm.

“Amm..., ich danke Gott, dass du am Leben geblieben bist. Aber siehst du, genau das wollte ich sagen. Du bestätigst meinen Eindruck. Die Sicherheitskreise in Ägypten missbrauchen ihre

Autorität, üben zu oft Gewalt aus und tragen damit zu neuer Gewalt gegen sie bei. Alle Gewalt kommt zurück."

“Vielleicht, Amir, vielleicht. Aber es ist der einzige Weg, die Oberhand zu behalten.” Sayed schlürfte den letzten Schluck Kaffee, zermahlte den mitgespülten Kaffeesatz zwischen den Zähnen und fühlte sich unwillkürlich ans Gespräch mit seinem Neffen im Café in Luxor erinnert.

“Amm”, Amir machte eine Pause, räusperte sich, blickte nach draussen, dann zu seinem Onkel, kniff kurz die Augen zusammen und legte los: "Ich werde dir jetzt beweisen, dass ich ein guter Polizist bin, aber nur auf meine Leistung komme, wenn ich meinen Weg gehen darf und nicht in strikte Abläufe unter gewaltbereiten Vorgesetzten eingebunden bin..."

Sayeds Blick forderte ihn zum Reden auf, also legte Amir los:

"Ich war heute Nachmittag unterwegs in der Stadt und habe dieses Bild gemacht. Schau es dir an. Du kannst eine Autonummer erkennen; es ist das Taxi, in dem sich die Attentäter aus dem Staub machten. Es waren zwei, sie leben beide noch."

Sayed hatte schon vieles erlebt, auch viel Unvorhergesehenes, und er hatte bis jetzt auch alles irgendwie einordnen können – aber nun stand er vor einem Rätsel. Entweder hatte sein Neffe den Verstand verloren, angesichts der Umstände erklärbar, oder er sass einer Art ägyptischem Sherlock Holmes gegenüber. Da Amir seinen Onkel nun schon einige Male mit Geistesblitzen erstaunt hatte, wollte er an Letzteres glauben, ihm trotz Stress die Zeit geben, sich zu erklären.

Aber Amir kam nicht weit. Grob stiess Omer die Tür zum Café mit dem Fuss auf, trat knirschend auf ein paar Glasscherben, dann zu seinem Vorgesetzten an den Tisch. Nachdem er seine Zigarette vor Amirs Nase auf dem Tisch ausgedrückt hatte:

"Sayed, zwei Männer verlangen nach dir, das Innenministerium, zumindest sagen sie das, ... " Omer blickt kurz durch die zersplitterten Scheiben nach draussen, fuhr dann fort, "wenn du mich fragst, sind sie vom Muchabarat. Jedenfalls brauchen sie ein Briefing."

Durch seine zu Schlitzen geformten Augen sah er zu Amir. "Was macht der immer noch hier? Wir haben zu tun, Sayed. Schick ihn zum Aufnehmen der Gebäudeschäden oder noch besser zum Korrekturlesen meines Rapportes."

Sayed stand langsam auf, knallte eine 50-Pfund-Note auf den Tisch und während er so nahe an Omer herantrat, dass dieser die grauen Haare in seiner gerümpften Nase zählen konnte: "Khalas, Feierabend, Omer! Du zahlst unsere beiden Kaffees und schaust zu, dass ich dich heute nicht mehr zu Gesicht bekomme. Wo sind die beiden Schnüffler?"

Omers kalter, steinerner Blick fixierte seinen Vorgesetzten, dann nickte er kaum wahrnehmbar durch die eine kaputte Glasscheibe in die Dämmerung hinaus. Draussen vor einem zerborstenen Reklameschild und einer zerzausten Palme rauchten zwei Männer. Sie lehnten sich an einen dunkelblauen Land Cruiser.

Möven

Alexandria **AMIR** – GHADA – HASSAN – **NAGIB**

Die Sonne war weg, in der Abenddämmerung spickte Nagib seine halbgerauchte Zigarette in Richtung Palmenstamm, schob seine goldgerahmte Sonnenbrille rauf über die glatten, schwarzen Haare und ging auf Sayed zu, gefolgt von Gamil mit seinem speckigen Gesicht und einem Rest an für Nordafrika erstaunlich hellen Haaren. Der koptische Agent schritt ruhig, aber zielstrebig, streckte Sayed schon von weitem die Hand entgegen, Gamil watschelte eher, blieb in Nagibs Schatten, hielt unterm linken Arm ein Tablet, in der rechten einen E-Pen.

Wie von Omer angekündigt, stellte sich Nagib als Mitarbeiter des Innenministeriums vor, Gamil als seinen Stellvertreter und Sekretär. Zusammen mit Amir im Schlepptau machten sich die drei auf den Weg zum Krater, der nach wie vor abgesperrt war und die zwei äussersten, meerseitigen Spuren der Corniche blockierte. Zwei Polizisten mit MP schoben Wache. Unter den Augen weiterer Polizisten und improvisierten Scheinwerfern luden Autokrane im Hintergrund die ersten zerstörten Wagen vom Vortag auf Anhänger. Eine Dreierpatrouille Polizisten war mit Mountainbikes unterwegs. Gamil begann mit Fotografieren. Nagib schaute sich fast gelangweilt um, steckte sich erneut eine Zigarette zwischen seine Lippen und kniff die Augen sehr dünn zusammen, während er den ersten Zug nahm.

"Nun, erklären Sie mal, Sayed, was denken Sie, wie wurde diese Bombe trotz starker Störsender gezündet? Hat sich jemand geopfert?"

Noch während Tagen sollte sich Sayed fragen, was in aller Welt ihn zur völlig unüberlegten Aussage bewog, mit der er Nagibs

Frage beantwortete. Wie konnte ihm das passieren? Wer nur hatte in diesem Moment seinen ganzen Verstand ausgeschaltet und seine Zunge gesteuert? Noch hatte Sayed keine Ahnung, was Amir ihm im Café erzählt hätte, wäre Omer nicht hineingeplatzt, und trotzdem formulierte sich in seinem Mund diese Anweisung:

"Amir, würdest du den Herren des Innenministeriums den Stand unserer Ermittlungen kommunizieren?"

Amir hatte keine Zeit, nervös zu werden, legte los:

"Nun, ein Selbstmordattentat schliessen wir im Moment aus, da es diesbezüglich absolut keine Hinweise gibt. Aber die Bombe konnte, da haben Sie recht, wegen kräftigen Störsendern auch nicht per Funk gezündet werden. Wir gehen davon aus, dass sie Kabel verwendeten. Sie mussten daher Sichtkontakt zum Wagen des Innenministers haben, um im rechten Moment abdrücken zu können, und dabei genügend weit weg sein, um sich selbst nicht der Verletzung auszusetzen; dreihundert Meter waren mindestens nötig."

Die Herren schienen zu folgen. Die auftauchenden Fragen beantwortete Amir, bevor sie gestellt wurden:

“Das Verlegen eines Kabels und das Warten an einer Schaltvorrichtung an der Corniche dürfte ziemlich auffallen, es gibt da einige Überwachungskameras. Zudem: Wie würden Sie einen 250 Meter langen Draht an diesen Krater heranführen? Über die Strasse? Die Räder der vorbeifahrenden Autos hätten ihn rasch zerrieben."

Statt weiterzusprechen, drehte Amir seinen Blick Richtung Meer, mittlerweile dunkel glitzerten weit draussen einzelne Positionslichter von ankernden Schiffen. Nagib blickte zu Amir, nickte langsam mit dem Kopf.

“Sie führten das Kabel vom Wasser heran.”

Sayed brauchte etwas länger und war dann damit beschäftigt, sein Erstaunen zu verstecken. Amir zückte sein Mobiltelefon, hielt es Nagib hin:

"Diese beiden Männer waren im Boot. Gemietet haben sie es beim Ali Bootsverleih, Ras at-Tin."

Die hereinbrechende Nacht versteckte den ungläubigen Ausdruck auf Sayeds Gesicht.

"Das eine Kabelende wurde wohl mit der Fischerrute an den Strand geschleudert. Entweder watete einer dann an Land oder sie hatten einen Komplizen, der die Leine über den Sand führte, hier hinauf über die Mauer", Amir bewegte sich in die entsprechende Richtung, "und da in dieser Ritze zum Abfalleimer der Busstation oder zur Sitzbank nebendran, welche gestern Morgen noch dastanden."

Gamil unterbrach:

"Habt ihr denn einen Teil des Kabels gefunden? Es müsste noch im Sand liegen, oder?"

"Sie haben den Rest ins Boot gezogen, keine Beweisstücke also. Sie brachten das Boot zwanzig Minuten nach der Zündung zurück."

Amir wischte einmal über das Display: "Mit diesem Taxi sind sie verschwunden, man kann sogar die Nummer entziffern."

Nun wurde das Bild gezeigt, welches Sayed schon zuvor gesehen hatte, und er raffte sich auf, jetzt doch auch noch den Chef in sich zum Vorschein kommen zu lassen, unterbrach seinen Neffen und spielte den Wissenden:

"Sie sehen, wir waren heute durchaus nicht untätig. Die zwei verbleibenden Fragen: Wie wussten die Attentäter von der genauen Route und welcher Gruppierung gehören sie an? Bislang hat sich unseres Wissens noch keine Bewegung zum Anschlag bekannt."

Nagib verneinte die Frage, ob das Innenministerium diesbezüglich mehr wüsste, auch die Aufnahmen von zwei Kameras, die der Konvoi mitführte, hätten keine verwertbaren Bilder geliefert. Er äusserte aber Anerkennung für den eindrücklichen Versuch, den Tathergang zu rekonstruieren.

Urplötzlich fluchte Sayed. "Entschuldigt mich eine Minute!" und weg war er. Am Rand der Gegenfahrbahn, an der Stadtseite also, hatte eben ein Polizeiwagen geparkt: Es war seiner. Faruk stieg aus. Sayed überquerte die Fahrbahn der Corniche, fluchte, während er auf Faruk zueilte, dieser während des lauten Wortwechsels ganze fünf Meter zurückwich, als hätte Sayed ihn mit seinem Geschrei weggepustet. Wo er gewesen wäre, ganze sechs Stunden unerreichbar, wenn das noch einmal vorkäme, ... Amir nutzte die Chance für einen Wortwechsel mit Nagib, zeigte auf Gamils Tablet, stellte Fragen, machte offensichtlich eine Art Vorschlag, stiess kurz darauf ebenfalls zu Faruk und Sayed. Sorgfältig versuchte er, seinen Onkel zu beruhigen – strenger Tag und so, und dass sicher alles gut käme, nun brauche ihn Nagib aber nochmals.

Sayed schritt müde zurück zu den beiden Herren aus Kairo, unschlüssig, ob er auf Amir stolz sein oder sich gedemütigt fühlen sollte oder ob vielleicht beides zusammen gehe. Amir hatte den beiden Agenten so viel aufgetischt, dass weitere Erwartungen an seine Ermittlungen gestellt werden würden, die er nicht erfüllen könnte. Es kam selten vor in seiner Karriere, dass er einen Hauch von Überforderung spürte. Heute aber hatte er einen Teil seiner Kontrolle an seinen Neffen abgegeben, der ihn mit seinem intuitiven Tempo ziemlich an den Anschlag brachte – und das in einer Situation, die alles andere als alltäglich war und von der zweifellos seine weitere Karriere in Alexandria abhängen würde.

Noch war er nicht lange Chef des Zentralbezirks, sowohl der Sicherheitsdirektor Hadir Hakimi als auch der Regierungschef des

Gouvernements Alexandria beobachteten ihn deshalb genauer als andere.

Amir blieb alleine bei Faruk: "Hey, hab dich vermisst. Ich möchte dir die Screenshots schicken, die ich im Internetkaffee von der Überwachungscam gemacht habe, ich wollte sie dir unbedingt heute Mittag schon zeigen, aber du warst plötzlich weg; schalt doch bitte grad mal Bluetooth an."

Langsam kam Farbe zurück in Faruks Gesicht. Er entschuldigte sich auch bei Amir und folgte nichtsahnend der Aufforderung, bluetooth einzuschalten. Gleichzeitig begann Gamil auf der anderen Strassenseite eifrig auf seinem Tablet rumzutippen: Mobile Master Forensic 9.0.0 war offen – und zwei Stunden später, kurz vor Mitternacht, sass Faruk mit blutender Lippe, zwei blauen Augen und mehr schlecht als recht angezogen, auf einen Holzstuhl gefesselt im Untergeschoss des Polizeipostens von El-Attarin, ein paar Strassenzüge südlich der Corniche. Wären Schreie nach draussen gedrungen, wären immer noch genügend Autos unterwegs gewesen, um sie zu übertönen.

—

Amir schlief sehr schlecht in dieser Nacht. Bei der Verhaftung von Faruk hatte ihm sein Onkel erneut ein Gesicht gezeigt, das er so noch nicht kannte, ein furchtbares. Unkontrolliert schlug er auf seinen Chauffeur ein, schrie, fluchte und tat das auch in Amirs Träumen, die ihn wohl ein Dutzend Mal aufwachen und ebenso oft nur mühsam wieder einschlafen liessen.

Eigentlich wäre in der Wohnung von Sayed ein Bett für ihn bereit gewesen, ein Zweitschlüssel war in seiner Tasche, aber Amir konnte nicht. Er nahm sich ein Hotelzimmer, Sea Star, Amin Fekry-Strasse, schwitzte die Laken nass und ging morgens früh, sobald es ein wenig hell war, immer noch müde und zu Fuss erneut an den Strand, zog seine Schuhe aus, grub die Füsse im Sand ein, liess diesen durch die Finger beider Hände rinnen und wusste nicht, wie seine Gedanken zu steuern waren; sie machten, was sie wollten, waren hauptsächlich mit den ersten Schreien von Faruk und seinem entsetzten Gesicht beschäftigt; dann erinnerte er sich, wie er, Amir, sich ohne etwas zu sagen durch eine Seitenstrasse aus dem Staub gemacht hatte, sich schämend für seinen Onkel, sich schuldig fühlend, dass er die Kraft nicht hatte und die Chance nicht wahrnahm, ein Menschenleben zu retten, welches vor den Richter gehörte, und nicht vor den Henker.

Erinnerungen an die Träume vom Monster in Sayeds Herz wechselten mit solchen an seinen eigenen sanften Vater, an ruhigere Begegnungen mit seinem Onkel und seine Sorge um Mutter Hidaya, die mit Sayeds Frau in Kairo die Wohnung teilte. Wie kam Safija nur mit ihrem Mann zurecht? Kannte sie diese Seite auch? Erzählte Sayed zuhause über seinen Beruf, so wie er, Amir, mit seiner Mutter immer mal wieder Geschichten geteilt hatte?

Eine Möve landete, er hätte sie fast berühren können, hüpfte ein paar Mal, pickte an einem weggeworfenen Stück Fladenbrot. Weitere dieser eleganten Wasservögel kamen ebenfalls herbeigelandet, machten der ersten das Essen streitig. Gekreisch.

‘Diese Tiere denken nur an sich, haben keinen Sinn für Gemeinschaft. Ich will, ich will, ich will. Gebt mir, sonst habe ich nicht genug.’

Dann erschrak Amir, er erschrak ziemlich heftig. Denn plötzlich spürte er sowas wie Bewunderung für die islamistischen Attentäter: Sie hatten nicht ihr eigenes ‘Ich-Will’ im Herz, kein ‘Gebtmir’, vielmehr eine Selbstaufgabe, zumindest die, die bereit waren, sich in die Luft zu sprengen. Eine Selbst-Aufopferung für ein höheres Gut erschien ihm auf einmal als etwas Heldenhaftes, zumindest im Licht der Brutalität der Polizei.

Zwar war er sich überhaupt nicht sicher, ob er die Anliegen dieser Attentäter wirklich als ‘höheres Gut’ bezeichnen sollte, aber die Idee, dass es ausserhalb des ‘Ich-Will’ und ‘Ich-Brauche’ ein höheres Gut geben könnte und der Mensch fähig wäre, sich selbst dafür zu opfern oder einspannen zu lassen, auch wenn es ihn sehr viel kostete, erschien Amir irgendwie als Idealvorstellung.

Aber sogleich stellte er diesen Anflug von Sympathie, die sich ihm so unangekündigt und auf erschreckende Weise anbot, wieder in Frage. Er wollte das nicht sympathisch finden. Diese Jungs waren kriminelle Mörder.... Und doch, Scheisse, wie kann man das einordnen? Sie haben ja selbst nichts davon... kein Raubüberfall mit der Hoffnung auf eine Leben in Hülle und Fülle; keine Rache, um sich Genugtuung zu verschaffen, sondern ein gefährliches Selbstmordkommando für ein Gut, welches ausserhalb ihres eigenen Lebenshorizontes lag – wie war das möglich? Wie konnte man das erklären? Einen Aspekt von Heldentum konnte sein Verstand nicht wegargumentieren. Diese Männer nahmen den Kampf auf gegen eine Gesellschaft, die ungerecht war, eine Polizei, die brutal vorging, eine liberale Lebensphilosophie, welche auch Amir dekadent erschien.

Die Möwen zupften von allen Seiten am Brötchen, verlagerten ihren Kampf weiter Richtung Meer. Amir verfolgte das Getue. Eine weggeworfene crèmefarbene Handtasche wurde ebenfalls belagert und von einem Dutzend Schnäbeln traktiert. Alleine sind diese Tiere so was von elegant, wie sie über die Wellen segeln, weiss, gekonnt, sicher landend Ruhe und Aussicht zu geniessen wussten.

Wenn es aber zu futtern gab, gabs Krieg, Gekreisch, Neid und ein Gehacke, als ob es nicht genug für alle hätte – Mangel. Alle haben Angst, zu kurz zu kommen, zu wenig vom Kuchen zu erhaschen. Es galt, sich die anderen vom Leib zu halten, sein eigenes Revier zu verteidigen. Alle Eleganz war dann verflogen. Wehe dem, der einem da zu nahe kommt, in die Quere, unbarmherzig wird er weggedrängt, verletzt, er soll nicht hier sein, ich bin hier und ich war zuerst, kein Teilen, kein Warten, kein Vertrauen...

In der Handtasche glitzerte etwas in der aufgehenden Sonne, Amir erhob sich, ging hin, schaute nach. Ein Lippenstiftdeckel, der Beutel war ziemlich gefüllt, sozusagen noch in Betrieb.... Das erste Mal, dass er in eine Damentasche blickte... ‘Immerhin bin ich Polizist’, dachte er sich, und fingerte sich durch die drei Abteilungen: Taschentücher, ein kleines Notizbuch, Deo.

"Oha!", durchfuhr es ihn, als er zwei einzeln verpackte Präservative fand. Binden, Halstabletten, ein Portemonnaie; es waren einige Pfund drin, kein Mobiltelefon, dafür schon wieder: Ein Studentenausweis, besser Studentinnenausweis: Fatima Kassis – gleiches Alter wie das Mädchen auf dem Ausweis, den er am Vortag eingesteckt hatte. Hatte man tatsächlich die ganze Corniche fein säuberlich abgesucht, aber den Strand unmittelbar daneben nicht?

Amir malte sich ein mögliches Szenario aus, wie diese beiden Studentinnen vielleicht zusammen unterwegs gewesen waren, als es krachte, die eine die Tasche in der Hand, so dass sie zusammen mit dem Opfer weggeschleudert werden konnte über die hüfthohe Strandmauer. Ob die beiden zu den Todesopfern gehörten? Er kramte den Ausweis vom Vortag hervor. Er betrachtete das Passfoto lange, was für warme Augen, mit dieser Mischung aus Trauer, Wärme und Mut.

Er las nochmals den Namen nebendran: Ghada Shamoun. Er hob die Handtasche auf, steckte ein, was die Möven während ihrer Futtersuche rausgezupft hatten und beschloss, Sayed nach der Opferliste des Attentats zu fragen. Er erreichte ihn per Telefon, erhielt einen Polizeiwagen geschickt, der ihn zum Sicherheitsdirektorat des Gouvernements brachte, wo Sayed gerade eine unangenehme Sitzung gehabt hatte.

Müde, Ringe unter den Augen, bleich und bissiger Geruch: Sayed war nicht in bester Kondition, als er im Foyer des ersten Stockes vom Zusammenschiss seines Chefs Hadir Hakimi berichtete. Mitgenommen wie er aussah, passte er überhaupt nicht in den modernen Bürokomplex. Warum sie den beiden Männern des Innenministeriums Dinge über das Attentat erzählt hätten, von denen er, Sicherheitsdirektor des Gouvernements, noch nichts wusste, er sei hier der Kommunikationschef, alles laufe über das Sicherheitsdirektorat und nur hier hätte Sayed Ermittlungsschritte abzuliefern, nirgendwo sonst.

Noch schlimmer: Bei einem weiteren eigenmächtigen Kontakt mit Leuten aus Kairo würde er runtergestuft und Omer würde die Leitung des Zentralbezirks übertragen werden. Sayed zitterte. Gestern hatte er einen Teil der Kontrolle an Amir abgegeben und heute Morgen gab er ihm Anteil an seinem Innenleben – was war nur los mit ihm. Amir wusste zuerst nichts zu sagen. Mitleid haben? Unsicher, was zerknitterter war, Sayeds Gesicht oder seine Uniform, entdeckte er auf letzterer diesen Blutfleck am Ellbogen, der ihm für Monate nicht mehr zum Kopf raus gehen würde und den er als Zeichen deuten musste, dass Sayed mitgefoltert hatte. Die Frage brauchte allen seinen Mut, zu Recht stellte er sich auf eine unangenehme Antwort ein.

"Sayed, hat Faruk gestanden? Wie geht es ihm?"

"Hat er, ja, und nichts geht mehr mit ihm, khalas, fertig, gar nichts mehr, nie mehr! Was für ein Scheisskerl, was für ein hinterhältiger Betrüger! Hat die Route an die Attentäter verraten... oder war sogar an der Planung des Anschlags mitbeteiligt."

"Warum hast du seine Rolle beim Attentat nicht genauer rausbekommmen?"

"Zu stark zugeschlagen, er war mause, bevor wir mehr aus ihm rauskriegten."

Amir setzte sich bleich auf einen Polstersessel in der Nähe der Klimaanlage, seine Knie hätten ihm beinahe ihren Dienst versagt. Er zitterte und hauchte: "Amm..."

Sayed griff zum Zigarettenpack auf einem Wandtischchen und verliess das Foyer in Richtung Erdgeschoss. Eine der vielleicht sieben Türen war mit Toilette angeschrieben. Amir würgte, versuchte zu erbrechen, es kam nichts, er hatte ja auch nichts gegessen.

Ein zivil gekleideter Mitarbeiter kam vorbei. Hatte er die Kommunikation vorher mitgehört? Oder Amirs Würgen und Stöhnen auf dem Klo? Er stellte sich als Esat vor, fragte, ob er helfen könne, bot Amir einen Kaffee an.

“Gerne, sehr gerne. Viel Zucker.”

Amir hatte diesen Esat schon vorher am Eingang im Erdgeschoss unten wahrgenommen, musste einer mit ziemlicher Kompetenz im Haus sein. Der Kaffee kam und half und ja, er dürfe die Liste mit den Todesopfern einsehen.

“Sie wird noch länger werden wegen den Schwerstverletzten auf Intensivstationen, und die Listen mit mittelschwer oder leicht Verletzten erwarten wir erst noch.”

Eine Mitarbeiterin brachte das Dokument. Immer noch zitternd oder schon wieder zitternd glitten Amirs Finger über die Zeilen. Keine Ghada, dafür zwei Fatimas, Match, Fatima Kassis, der Name der einen ISIC-Karte, geschätztes Alter 23. Amir wollte den Ausweis nicht vor Esats Augen auspacken, war sich auch so sicher.

“Und? Jemanden erkannt?”

“Ich bin nicht sicher; möglicherweise.”

“Das sind schon Schweine, nicht wahr. Aber wir werden sie finden.”

Das Gespräch ging weiter, Esat entpuppte sich als rechte Hand der Bürochefin von Hadir Hakimi.

“Es ist eine top Stelle. Ich habe Einblick in alles, wenig Verantwortung nach Aussen, keine Einsätze, aber immer dabei, wenn sich Wichtiges tut. Und draussen direkt gegenüber liegt der

Smouha Sporting Club, eine riesige Anlage voller Sport-Facilities, zwei Freibäder, Gyms, Tennis, Kunstrasen, Bars und Clubs innerhalb des ehemaligen Rennrings. Schau dir die Anlage mal an, Junge."

"So eine Stelle wollte mir mein Onkel in Kairo organisieren – hat nicht wirklich geklappt, ... "

Amir versuchte, nicht eifersüchtig zu werden. Das gelang ihm nur deshalb, weil ihn gerade ein Anruf von Sayed erreichte.

"Amir, wir haben den Taxifahrer gefunden, den mit der kaputten Scheibe. Du könntest am Verhör teilnehmen, dann kriegst du mal Verständnis für unser Vorgehen."

Verhör, was für ein schönes Wort für das, was in den Untergeschossen ausgesuchter Polizeiwachen passierte.

"Sayed", Amir verzichtete auf die familiäre Anrede, "sobald du versprichst, dass ihr euch an internationale Standards haltet und der Typ überlebt, bin ich dabei."

"Nein, mein Junge, das verspreche ich nicht. Es hängt alleine von seiner Kooperation ab. Wenn er spricht, dann lebt er weiter. Gewalt ist nun mal Teil unserer Arbeit. Amir, die Suche nach Gerechtigkeit und Wahrheit kostet, im Extremfall auch Menschenleben. Das musst du endlich kapieren. Terroristen verstehen sowieso nur Gewalt, sie setzen ja selbst auch auf dieses Mittel."

"Aber es geht immer weiter, es ist ein Hin und Her, Sayed."

"Nicht unbedingt, wenn wir durch die Folter an Namen zukünftiger Täter kommen, dann retten wir Menschenleben. Einer stirbt vielleicht, aber viele werden gerettet. Wenn wir die Informanten mit Samthandschuhen anfassen und nicht an die nötigen Infos kommen, dann sterben später einfach andere, und zwar Unschuldige."

Offensichtlich hatte Sayed kein Problem damit, wenn möglichen Tätern oder ihren Komplizen brennende Zigaretten auf alle Körperteile gepresst wurden, mit Stiefeln in den Bauch getreten wurde, Stühle mit gefesselten Männern drauf umfielen, Hinterköpfe auf den Fliesenboden donnerten, Fäuste im Gesicht landeten, Volts durch die Körper jagten, bis die Haut verbrannte.

Er hatte sich während des Telefonats ein paar Schritte von Esat entfernt, kam nun mit erneuter Übelkeit und verkrampftem Bauch zu ihm zurück. Esat hatte wohl Teile der Kommunikation mitbekommen.

"Amir, die Polizei in Ägypten befindet sich in einer Transition. Gib ihnen Zeit. Die ältere Generation ist mit Gewalt und Einschüchterung grossgeworden und hat diese in der Ausbildung am eigenen Körper erlebt. Sie haben die Folter als legitimes Mittel kennengelernt. Ich habe diese dreckige Arbeit auch nicht gerne, aber lass sie ihren Job machen. Es dauert etwas, bis moderne Methoden ihr ganzes Potential entfaltet haben."

Esat erwähnte erste Polizeianwendungen, die bereits in die Kategorie Metaverse fallen und geeignet sind, ohne Folter an alle nötigen Infos zu gelangen.

"Aus unserer Sicht macht Sayed einen guten Job, seit er die Leitung des Zentralbezirks übernommen hat. Nur schade, dass ihr beiden gestern Abend zuerst mit den beiden aus dem Innenministerium gesprochen habt. Sowas sollte nicht mehr vorkommen, klar? Unser Direktor überbringt den Stand der Ermittlungen persönlich. Das offizielle Meeting mit denen von Kairo findet in wenigen Minuten hier im Haus statt, und nun wissen die bereits Bescheid, womöglich besser als wir. Ich bin sicher, du verstehst, dass das so nicht geht."

Amir zuckte sichtbar die Schultern, es war ihm sowas von egal. Er war daran, sich innerlich von der Polizei zu verabschieden: Gewalt, Überwachung, Befehle, Kompetenzgerangel, verletzter Stolz, verletzte Körper... so ein Scheiss. Es war einfach nicht sein Ding. Er würde sich auch bei Sayed verabschieden, vielleicht für immer, mit Mutter zu seiner Schwester und seiner Cousine nach Norwegen reisen. Sollte es auch im Ausland nicht klappen, hatte er immer noch diese leise Hoffnung auf ein besseres Leben im Jenseits. Aber solange Mutter Hidaya lebte, würde er sich selber bestimmt nichts antun. Seine Mutter brauchte ihn.

Als Amir das Sicherheitsdirektorat an der 14th of May Bridge Road zu Fuss verliess, fuhr gerade ein blauer Landrover an die Schranken. Amir wollte ihn ignorieren, ein Taxi nehmen, im Hotel Sea Star seine Sachen holen und nach Kairo reisen. Während er sein Mobiltelefon ergriff, um Maama Hydaja seine Rückkehr anzukündigen, wurden die frisch geputzten Scheiben runtergelassen und eine Sonnenbrille nach oben geschoben.

“Amir, mein lieber Freund. Du eilst zum falschen Zeitpunkt davon. Eben habe ich gebetet, dass mir eine Hilfe über den Weg läuft, denn vor mir liegt eine schwierige Sitzung. Ich glaube nicht an Zufälle, vielmehr glaube ich, dass wir beide demnächst dem stellvertretenden Innenminister gegenübersitzen werden.”

“Wadaa’an, Nagib. Ich habe entschieden. Du wirst das alleine schaffen.” Amir drehte sich weg, spazierte davon, merkte nach ein paar Schritten, wie er zitterte. Eine Wagentür schlug zu. Schritte.

“Ich denke mal, du gehst nach Kairo, zurück zu deiner kranken Mutter, ohne Geld und ohne Zukunftsaussichten. Habe ich recht?”; ohne im Geringsten schwer zu atmen, hatte Nagib ihn im Laufschritt eingeholt, ging nun neben ihm her.

“Weisst du, ich bin nicht im Geheimdienst zu dem geworden, was ich jetzt bin. Meine eigentlichen Stärken hatte ich schon vorher, ich habe sie mitgebracht in den Dienst. Und genau so einer bist du auch. Du hast Fähigkeiten, die du dir im Dienst nie erwerben könntest, du hast sie einfach. Ehrlich, du hast mich tief beeindruckt gestern Abend. Wenn unser Sicherheitsapparat dieses Attentat möglichst rasch aufklären soll, dann geht das nur mit deiner Hilfe. Und diese ist wertvoll, Amir, wertvoll. Du wirst diesen Wert auf deinem Bankkonto wiederfinden."

Amir blieb stehen, schaute Nagib wütend an.

"30'000 Pfund heute bar auf die Hand, dann erzähle ich deinen Herren da drin, was ich weiss, anschliessend hast du mich für den Rest deines Lebens gesehen."

Er murmelte vor sich hin, strich ziellos durch die Strassen, bog mal links ab, mal rechts, wie's grad kam. Beidseitig die einförmig erstellten 8-stöckigen Wohnblocks Al Mandaras. Noch ein paar Schritte und er käme zur Strasse, in der Latif wohnte. Ihn aufsuchen? Nein, noch nicht. Weitergehen, vorbei an einer Ansammlung Müll. Katzen huschten weg.

Latif von der anderen Strassenseite: "Hassan, salam alejkum!... Hassan?"

Hassan reagierte nicht. Vorbei an einer abgestellten Eselskarre. Das Tier suchte mit seiner feuchten, grauen Lippe nach Essbarem am Boden, schlenkerte dabei seinen verkoteten Schwanz, traf Hassan, als dieser vorbeischritt, unterhalb der Gürtellinie. Noch ein Zeichen. 'Scheissleben!'

Dann: 'Fatima...'

Nur der Esel hatte den geflüsterten Namen hören können, sonst niemand.

'Fatima...' Hassan kickte eine leere Plastikverpackung weg – musste mal eine Mahlzeit drin gesteckt haben. Es war Gott, es musste Gott sein, der ihm seine Liebe geraubt hatte. Ganz einfach, weil sie ihm nicht gutgetan, seinen Glauben kompromittiert, ihn mit der Welt infiziert hätte.

Den Schluchzer konnte er unterdrücken, ebenso den Brechreiz. Allah: Was für ein unergründlicher himmlischer Herrscher. Er muss es gut gemeint haben. Zu seinem eigenen Schutz wurde ihm Fatima genommen. Die gegenteilige Sichtweise und einen tiefen rebellischen Schrei über diesen brutalen Verlust – schliesslich den Verlust der Liebe – liess er nicht zu.

Flüchtig erinnerte er sich an die Phase, in der er bereit gewesen war, seine Liebe vor seinen Glauben zu stellen, die Ansprüche Allahs zu ignorieren. Einmal wollte er sich sogar an die Uni einschreiben, einfach um ihr nah zu sein. Glaube oder Liebe. Er hatte die Entscheidung zu lange nicht getroffen, zu lange versucht, beide Lebensentwürfe aufrecht zu erhalten: die Ausrichtung an den ersten drei Generationen der Muslime einerseits und die Liebe zu einer Frau, die davon eher wenig hielt, anderseits.

Fatimas konstante Absagen, wenn Hassan mit ihr alleine einen Kaffee trinken gehen wollte, wären Zeichen genug gewesen. Trotzdem war er noch nicht frei von ihr gewesen, hatte auch während seiner Gebete in der Moschee an sie gedacht. Oft erschrak er über sich, wenn er gegen Mekka gebeugt Fatima vor seinem inneren Auge sah. Mit Scham, Schuldgefühl und nicht aushaltbaren Schmerzen malte er sich aus, dass sein Verlangen nach Fatima, das er in der Toilette der Shelter auch körperlich ausgedrückt hatte, Allah eifersüchtig gestimmt haben musste.

Jetzt hatte der Heilige die Sache für ihn gerichtet: Fatimas Name verlängerte die Liste der Todesopfer des Corniche-Anschlags. Und auch das erlebte er als Scham: der Beinahe-Tod seiner Schwester erschreckte ihn weniger als der definitiv zerplatzte Traum, eines Tages doch noch mit Fatima...

'El Nor', hier nahm er manchmal das Mittagessen ein, wenn es ihm nicht danach war, seine Eltern zu sehen. Er grüsste den Besitzer ohne Blickkontakt, schritt zwischen den vier Tischen durch aufs Klo, verliess den Laden wortlos. Erstaunt und erfolglos rief ihm der Besitzer hinterher. Es war ihm nicht nach Essen zumute.

"Lobe Gott, was auch immer passiert. Wehe du klagst ihn an. Niemals darfst du Gottes Führung und seinen heiligen Willen in Frage stellen."

Die Sätze Abu Daouds klebten in seinem Gehirn, beschilderten jeden Weg, den ihn seine verworrenen Gedanken führten, und liessen schliesslich nur diesen einen Ausweg offen: Er musste sich diesem Mächtigen, diesem Ewigen beugen. Was ihn noch irgendwie am Leben reizte, starb an diesem Nachmittag, als Mama vom Spital zurückkam und die Nachricht überbrachte.

Er würde Fatima nie mehr sehen, er würde nie mehr mit dem Gedanken spielen, zu studieren. Als Arzt oder Ingenieur würde er seiner Familie also keine Ehre einbringen. Indem er Strassenzug um Strassenzug ablief, durchstreifte er sein widersprüchliches Innenleben nochmals. Seine Eltern mussten enttäuscht von ihm sein, dem Kurier für Occasions-Autoteile. Sie erwarteten nichts mehr von ihm, ehrten ihn zu wenig, er ehrte nicht zurück, konnte nicht. Die Anerkennung blieb aus. Bald war er Kind, bald Fanatiker, bald geduldet, aber nicht geliebt, bald misstrauisch beäugt, bald gleichgültig behandelt. Gab es denn keinen Weg, die Enttäuschungen der Seele, die Sünden vor Allah und die Ehre der Familie mit einem Schlag zu klären?

Er spuckte auf den Boden. Wie konnte er sie ehren, wenn sie sich für ihn schämen mussten? Kam dazu, dass er sich für sich selbst schämte, für sein Versagen, seine Schwester im Glauben zu behalten. Monatelang hatte er sie gedrängt, die islamischen Gebote einzuhalten, hatte sie sogar heimlich beobachtet, war ihr immer wieder bis vor die Tore der Uni gefolgt. Am Schluss hatte er aufgehört, sie zu kontrollieren, enttäuscht über sie, enttäuscht über sich.

Nochmals bog er ab, schlug mit der Hand an einen Beleuchtungsmasten, vibrieren, nachschaukeln. Er brauchte eine neue Heimat, einen Ort, wo sich sein Geist, seine Seele, sein Herz zuhause fühlen konnte. Ein Ort, wo er die volle Anerkennung bekam, wo er etwas leisten konnte, was andere nicht können.

Jetzt Latif besuchen? Oder bei Adam anklopfen? Seit der Konferenz in Gizeh hatte sich eine Freundschaft mit dem deutschen Konvertiten angebahnt. Nein, er wollte noch niemanden treffen. Dafür nochmals seufzen, nochmals links abbiegen, in eine weitere enge Strasse, so eng wie hier waren sie sonst nirgends in Alexandria; vorbei an einer weiteren kleinen Moschee.

Gefühlt war jedes zehnte Haus in Al-Mandara ein Gebetshaus, einzelne kannte er von innen, einige waren in ganz normalen Häusern untergebracht. Nur die El-Tawba Moschee besuchte er regelmässig. Bald hatte er sie erreicht, blieb draussen stehen, nochmals die Augen schliessen, die Stirn an die warme, schmutzige Wand lehnen. Klagen? Nein, durfte er nicht. Gott wusste, was er tat. Es musste so sein. Fatima hatte den Weg der Welt gewählt. Gott ist gross.

Ein letztes inneres Aufbäumen gegen diese definitive göttlich-tödliche Wende, dann durchfuhr es ihn, als ob ein Staudamm brach: Während die Sonne seine Schultern wärmte, durchflutete ihn unkontrolliert der Gedanke, sich selbst zu opfern. Sich Allah zu verschreiben, das konnte er, das sollte seine Stärke werden, seine Ehre, sein Ruhm, damit konnte er einfach nicht scheitern.

Hassan hatte die Hingabe entdeckt. Und er wusste, wo er das erreichen würde, wo so etwas gefragt war. Seine einzige Freude und seine einzige offene Türe war und blieb der Salafismus. Seine Gedanken entführten ihn nochmals an die Konferenz, er erschauderte beim Gedanken, dass auch sein Name einmal verlesen würde an einem solchen Treffen: "Wir ehren Hassan Shamoun, der sich und sein Leben für Allah und die weltweite Umma geopfert hat, Friede mit ihm und Erfüllung aller Wünsche im Paradies und in der Gemeinschaft mit dem Ewigen, in vollständiger Freude."

Er nahm einen tiefen Atemzug. Dann holten ihn die Stimmen zweier Männer zurück aus dem Paradies. Die beiden Fremden in ihren langen Dschallabijas schritten durch den Torbogen der Moschee. Hassan hob die Augenbrauen. Hatte er eine Gebetszeit versäumt? Ein schwarzes Taxi hielt mit laufendem Motor. Die Haube schwarz-gelb kariert. Drei weitere Männer stiegen aus, zwei mit Vollbart, der eine... der eine...

Hassan trat einen Schritt zurück, näher an die Wand... wahr oder Traum? Nein, er musste es sein. Er war es, Yassir Al-Burhami, hoch geschätzter salafistischer Führer, Prediger des wahren Islams, des ursprünglichen. Und hinterher, mit Sonnenbrille, El Shahat, vor wenigen Wochen in Gizeh sprechen gehört. Auch sie verschwanden im Hof, nur Abu Daoud, der Imam, blieb im Torbogen stehen, sah Hassan freundlich an, winkte ihm:

“Bruder, wir können dich brauchen. Geselle dich zu uns.”

Hassan verliess die Moschee drei Stunden und eine Gebetszeit später, aufrecht statt geknickt, klaren anstelle trüben Blicks, braunen statt bleichen Teints und nun mehr als bereit für einen Besuch bei Adam. Er würde mit ihm nicht über die tote Fatima sprechen, sondern über den lebenden Glauben, nicht über seine private Frustration, sondern über sein neues religiöses Feuer, das soeben entflammt war.

Zuhause fand er ihn nicht, dafür am üblichen Treffpunkt vor dem Costa Café an der El-Asraf Bahnstation, dort stand er, eine Gebetskappe aufgesetzt, im Schatten einer Akazie, zitierte leise murmelnd Koranverse und blickte in die Ferne. ‘PUMA’ las Hassan automatisch, die Buchstaben waren in weiss auf Adams grünes Traineroberteil aufgedruckt, darunter der springende Berglöwe.

Weil kein Araber, hatte er in Al-Mandara erst gegen Vorurteile zu kämpfen gehabt, machte sich aber bald einen Namen als besonders hingegebener Muslim, schloss sich Faruks ‘Ansar Misr’ an. Schliesslich entwickelte die Salafistengemeinde in

Alexandria einen Stolz auf ihn und andere ehemalige Kafir, betrachtete deren zunehmende Zahl als Zeichen der Überlegenheit des Islams über alle anderen Religionen.

“As-salāmu ʿalaikum, Bruder. Hast du vom Anschlag gehört, Adam?”

"Natürlich, Bruder, Allāhu akbar! Geschieht der Regierung recht. Sie bauen an einem weltlichen Ägypten und verraten täglich islamische Werte."

Adam sprach die Worte bedächtig aus, mit deutlichem Akzent, aber dahinter verbarg sich eine klare, entschlossene, unnachgiebige und im Endeffekt auch wutentbrannte Haltung gegenüber allen Versuchen, den konservativ ausgelebten Islam zu verwässern, vor allem wenn solche Versuche den Segen der Regierung trugen.

"Adam, es wird nicht mehr lange so weitergehen. Die Tage der Ungläubigen in der Regierung sind gezählt."

Hassan suchte Augenkontakt, mit vielsagendem Blick, schweigend Spannung aufbauend. Adam, grösser als Hassan, hielt dem Blick ruhig stand, blickte leicht auf ihn hinunter, nicht fragend, nur wartend.

"Lass uns ein paar Schritte gehen, Adam."

Adam nickte. Erst als er sich abdrehte, las Hassan den Aufdruck auf seinem Oberteil richtig. Nicht PUMA stand da, sondern DAWA, der Aufruf also, dem Islam nachzufolgen.

“Was trägst du hier für eine Jacke? Wo hast du die her?”

“Ich habe sie in China bedrucken lassen und online bestellt”, schmunzelte Adam. “Willst du auch eine? Nur dass grün für mich reserviert ist, ok?” Adam nahm Hassan freundschaftlich an der Schulter, dieser blickte sich ein paar Mal um, dann begann er, während sie losmarschierten.

"Adam, erinnere dich an unsere Konferenz in Gizeh. Erinnere dich an Faruk und dass die Welt von ihm und Ansar Misr hören würde. Jetzt halte dich fest. Das Corniche-Attentat geht auf seine Rechnung, und auch der Anschlag auf die koptische Markus-Kirche."

Adam blieb gelassen, blickte entlang der Schneise, welche die Schienen ins Häusermeer schlugen, zum dunstigen Horizont über den Montaza-Gärten.

"Ich weiss, Hassan." Pause. "Und da ich Faruk seit einigen Stunden nicht mehr erreichen kann, werde ich die Leitung von Ansar Misr wohl wie abgemacht übernehmen müssen."

"Adam, du wirst ein guter Anführer. Dass Allah dir in allem Gelingen gibt. Yassir al-Burhani hat schon gewusst, dass Faruk von der Polizei erwischt wurde und er zum Märtyrer wird. Und er hat auch gerochen, dass du ein möglicher Nachfolger sein könntest. Aber nun hör zu!"

Hassan sah nochmals um sich – keine Passanten in Hörweite.

"Faruk hat den Weg der Gewalt gegen die Sicherheitskräfte gewählt. Aber das ist ein endloses und sinnloses Hin und Her. Und wenn die Polizei etwas von eurem Ansar Misr erfahren hat, bist du auch unter Beobachtung."

Adam nickte, Hassan fuhr fort: "Nach der Konferenz haben weitsichtige, gottesfürchtige Brüder entschieden, El Shahats Vision umzusetzen. Wenn wir die heidnischen Tempel im Land zerstören, gewinnen wir doppelt und dreifach. Wir zerstören nicht die Agenten des Übels, sondern das Übel selber, wir zerstören die fremden Götter in Ägypten."

Hassan begann sich fast zu verhaspeln, wurde immer schneller, während die beiden nebeneinander her gingen.

"Es wäre wunderbar, wenn du Ansar Misr sein lässt und dich uns anschliesst. Teile der Bruderschaft sind dabei, ein paar wichtige Leute der Al-Nour-Partei, al-Da'wa, Anhänger der... ähm, wie heissen die nochmals, Gammjaaa Islamija oder so ähnlich, ... ich weiss gar nicht wo aufhören, Adam, alle, alle sind wir vereint, die Islamische Weltliga auch, ich kenn die alle gar nicht, so viele sind das."

Adam blieb stehen, blickte kurz nach oben, zurück zu Hassan:

"Es ist wahr geworden. Ich habe sowas gewünscht, als ich im Gebet war. Wir müssen uns vereinigen, keine Gruppierungen, keine Splittergruppen, keine unabgesprochenen Einzelaktionen. Gut möglich, dass Faruk etwas vorschnell war. Allah ist gross, gepriesen und erhaben, ich hätte das nicht so schnell kommen sehen, aber es ist gut, es ist sehr gut, vielleicht war es nötig, dass Faruk von der Spitze unserer Gruppe verschwand."

Hassan spürte nun auch in Adams Stimme etwas Feuer. Der leuchtend gelbe Abendhimmel und die ersten Gebetsrufe der Muezzin trugen das ihre zur Aufbruchstimmung bei.

"Bruder, wie weit ist der Plan fortgeschritten? Und überhaupt, warum weisst du so genau Bescheid?"

"Adam, es sind die Anfänge, alles ist am Geboren-Werden. Ich weiss noch nicht viel. Ich wurde eben in der El-Tawba eingeweiht. Wir mobilisieren die Basis mit kleinen Gruppen, lassen alle mitreden, sammeln Stimmen und Meinungen. El Shahal und Al-Burhami möchten ausschliessen, dass Splittergruppen eine gemeinsame Aktion stören und die Sicherheitsdienste nervös machen. Fast alle Treffen finden real statt, immer nur kleine Gruppen aufs Mal, keine Webseite, online ist verboten. Treffen sind in Parks, Kaffees oder Moscheen, manchmal in ausgesuchten Taxis. Adam, ich glaube wir können das schaffen. Wir zwingen die Säkularen in die Knie."

"Was sind die nächsten Schritte?"

"Also genau genommen gibt es zwei Gruppen. Die Ansar al-Tauhīd und die Ansar al-Dschihad. Das erste Team koordiniert die Vernetzung der Basis, das zweite die Zerstörung der heidnischen Tempel."

"Und wie genau stellt sich unser lieber Al Shahat diese Zerstörung vor? Nehmen wir die Pyramiden, die Totentempel der Pharaonen. Wie werden wir diese los?"

"Das ist es ja, was mich so begeistert, Adam, wir sollen da alle mitreden, unsere Ideen sind gefragt."

"Hmmm, eine Art Crowdsolving also..."

"Crowd... was?"

"Egal, ein Ausdruck aus meiner Studienzeit, Schūrā gefällt mir besser. Wo beten wir? Haben wir Zeit für die Moschee?"

—

Nach dem Gebet ging Hassan nach Hause. Zuerst noch in Enthusiasmus schwelgend blickte er im dritten Stock konsterniert auf die vielen Schuhe vor der Wohnungstüre, mussten mehrere Männer sein, wahrscheinlich zwei Frauen. Er zögerte. Dann öffnete er die Tür.

Der Geruch? Irgendeine Schwingung in der Luft? Die Stimmen? Ohne genau hinzusehen, war ihm klar, wer zu Besuch war. Er hatte sie seit sicher zehn Jahren nicht mehr gesehen: Im grossen Kreis um den Tisch sassen Vaters Bruder und Familie. Und auch der Grund war Hassan sofort klar: Der Besuch galt Ghadas schwerem Unfall und – was ihm nicht klar war – der Wiederannäherung der beiden Shamoun-Brüder.

Cousin Hosni blickte erschreckend finster drein, Bart, schwarze, ungepflegte Locken, auffallende Narbe von der linken Backe rauf bis an die Stirne. Man stand auf, um sich zu begrüssen, Hosni schaffte ein knappes Lächeln.

Nach dem Essen: "Hassan, zeigst du mir deine Nachbarschaft?"

“Gerne, Hosni.”

Die beiden Cousins schlenderten durch Al Mandara. Hosnis Beruf? Waffenschmuggler an der Grenze zum Gazastreifen. Seine Haltung zum Islam? Mitglied des Wilayat Sinai, des Islamischen Staates der Sinai-Halbinsel. Wie er dorthin kam? Ein Zerwürfnis mit seinem Vater und dann durch einen Freund. Seine Narbe? Folterspur aus einem ägyptischen Gefängnis. Aktuelle Situation? Haftstrafe abgesessen, aber bereit, wieder zurückzugehen in die Terroristenverstecke im Nordwesten El-Hasanas, einer dünn besiedelten, völlig ruralen Gegend des nördlichen Sinais.

“Gott muss Wohlgefallen an dir haben, Hosni. Du bist bereit, dein Leben zu geben.”

“Ich hänge wirklich nicht an meinem Leben, aber wenn ich es gebe, dann muss es was nützen. Ich habe mir geschworen, dass ich mindestens 30 Soldaten mit in den Tod nehme, sonst sterbe ich nicht, noch nicht.”

Lange Pause. Hassan versuchte, das Gehörte zu verarbeiten.

“Ähm..., Hosni, erzähl mir vom Waffenschmuggel, wie geht das?”

“Wir unterstützen die Hamas, sie brauchen gute Waffen gegen die jüdischen Schweine. Wir geben ihnen alles, was sie wollen.”

“Aber woher habt ihr die Waffen?”

“Iran, fast alle. Früher kamen sie über Jordanien. Von Akaba aus fuhren Fischerboote nach Taba. Dort löschten wir die Ware, fuhren sie durch den Sinai nach Norden. Die Hamas hat Dutzende von Tunneln, die unter der Grenze bei Rafah durchführen. Es war lange sehr einfach. Irgendwann machten die Yahudis das Meer zwischen Jordanien und dem Sinai dicht.”

“Und jetzt?”

“Es gibt immer noch viele Wege. Ich war oft im Westen am Löschen.”

“Löschen?”

“Das Abladen von Ware aus einem Schiff. Ist Seemannssprache, wir haben das übernommen. Am besten läuft’s mit Schiffen, die ihre Wartezeit vor dem Suezkanal extra in die Nacht legen. Unsere Fischer fahren direkt an die Schiffe ran, ohne Licht natürlich, und erhalten die Kisten mit den Waffen rübergeladen.”

“Echt jetzt? Und das wird nicht entdeckt?”

“Klar gibt’s Kontrollen, aber die Schiffsbesatzungen informieren einander über aufkreuzende Patrouillenboote. Die anderen Schiffe natürlich nicht wegen Waffen, die warnen sich gegenseitig, damit die Kapitäne nicht mit Alkohol im Blut erwischt werden oder mit Frauen, die keine Papiere haben.”

Während Hosni sprach, schaute er sich die Häuserfronten an, die Beschilderungen, die Menschen. Wurde es eng auf dem Gehweg machte er älteren Männern Platz, Frauen mussten ihm ausweichen, Gleichaltrigen schaute er direkt in die Augen und entschied dann, ob er auswich oder nicht.

“Früher brauchten wir den Landungssteg in Ras Sedr. Heute müssen wir von weiter südlich heranfahren. Ras Matarma oder sogar Abu Zenima.”

“Und dann?”

“Dann bringen wir die Gewehre und Geschosse mit Lastwagen, manchmal sogar Kamelen durch den Sinai bis an die Grenze zum besetzten Palästina."

“Und du bist da überall dabei?”

“Ich hatte ein Team, weil ich einer der wenigen Ägypter bin, die anderen sind Beduinen, Palästinenser, einzelne kommen sogar aus Pakistan. Ich organisierte ganze Lieferungen. Auch für unser eigenes Arsenal."

"Und dann wurdest du erwischt?"

"Ich wollte die Polizisten an einem Checkpoint bestechen. Drei hatten mein Geld bereits in der Tasche, den Vierten konnte ich nicht rumkriegen. Der Hund schoss mir in den Oberschenkel, damit er mich überhaupt festnehmen konnte."

Ausgerechnet vor dem Al Nor stoppte Hosni, wollte etwas trinken.

"Klar, ich kenne das Lokal."

Sie setzten sich an einen alleine stehenden kleinen blauen Plastiktisch mit 'Nestea'-Aufdruck.

"Aber welche Waffen transportiert ihr denn? Einfach Gewehre?"

"Klar, Gewehre wie AK-47 und Munition gehören immer dazu, DSchK-Maschinengewehre oder Panzerfäuste vom Typ RPG-7. Ich war auch für die grossen Kaliber zuständig, zum Beispiel die Fadschr 5-Artillerieraketen."

Mit Erinnerungen an Samus Garage fragte Hassan nach Details.

"Die Fadschr-Raketen sind etwa sechs Meter lang, eine Tonne schwer. Sie fliegen bis nach Al-Quds." Hosni nannte Jerusalem mit dem arabischen Namen.

"Die Hamas feuert sie von LKWs ab. Aber wenn du mich fragst, ist die Zeit für grössere Kaliber gekommen. Die Besatzer Palästinas müssen endlich in die Knie gezwungen werden. Wenn ich zurückkehre, organisiere ich Fateh-110-Kurzstreckenraketen. Soweit ich von unseren Mittelsmännern weiss, wäre der Iran bereit für eine Lieferung. Das Problem bis jetzt war, dass der Transport kaum geheim gehalten werden kann. Die Teile sind extrem schwer. Soweit ich weiss dreieinhalb Tonnen pro Stück. Aber ich bin Hosni, ich bin ein Shamouni, ich schaffe das.

Wir werden sie in Rohre für eine Wasserleitung verstecken, die Radaufhängung manipulieren müssen, damit das geladene Gewicht auf dem LKW nicht sofort sichtbar wird. Oder noch besser: Wir grüssen die Teufel in Tel Aviv direkt mit einer schmutzigen Bombe. Die Stadt wird für 30 Jahre unbewohnbar sein."

"Hosni, erklärst du mir, was eine schmutzige Bombe ist?"

"Eigentlich eine konventionelle Bombe, aber gefüllt mit radioaktivem Material, Plutonium, Cäsium, irgendsowas, bin auch kein Fachmann. Geht sie hoch, verstrahlt das radioaktive Material die Umgebung und macht sie für viele Jahre unbewohnbar."

"Und woher würdest du diese Bombe erhalten?"

"Das radioaktive Material vom Iran, die Bombe würde die Hamas selber bauen können. Die sind richtig gut, haben jetzt schon Hunderte von versteckten Waffenschmieden."

Hassan begann mit seinen Füssen unter dem Tisch zu wippen. "Hosni, verstehe ich das richtig. Eine schmutzige Bombe macht nicht unbedingt viel kaputt, aber macht eine Gegend zu einer toten Gegend, weil man dort nicht mehr rein kann, wegen dieser Strahlung?"

"Genau, lieber Cousin."

"Und du hältst es für möglich, so ein Ding zu organisieren?"

"Zuerst muss die Hamas zusagen. Wollen die nicht, kommt der PIJ zum Zug, die Frage ist, ob die bezahlen können..."

"Ist PIJ eine andere Rakete?"

"Palästinensischer Islamischer Dschihad. Kleiner als die Hamas, aber schlagkräftig und entschieden, sie haben zudem keine politischen Verpflichtungen wie die Hamas. Die sind freier, können schneller entscheiden.”

Hassans Mobiltelefon liess den ganzen Nestea-Tisch mitvibrieren. Hosnis Familie wollte zurückfahren nach Izbat Bahnasi.

“Hosni, gibst du mir deine Handy-Nummer?”

“Die nützt dir nichts, sobald ich im Einsatz bin, ändert sie sich jede Woche.”

“Und wie erreiche ich dich?”

“Über meinen Vater. Schicke ihm eine Nachricht, drei Tage später ist sie via Kurier bei mir.”

"Wann denkst du, gehst du aufs Schlachtfeld?”

“Ende nächsten Monat.”

“Hosni, ich glaube, ich werde dich bis dann besuchen kommen. Darf ich einen Freund mitnehmen?”

“Mach das, ich freue mich, dich zu sehen, as-salāmu ʿalaikum wa-raḥmatullāhi, Hassan.”

SMOUHA SPORTING CLUB

ALEXANDRIA **AMIR** – GHADA – HASSAN – **NAGIB**

Seine Augen traten aus ihren Höhlen, die Lautsprecher im grossen Sitzungszimmer des Sicherheitsdirektorats an der 14th of May Bridge Road überschlugen sich.

“Ein Angriff auf einen Minister ist ein Angriff auf den Staat. Wir haben es, verdammt nochmals, mit einer Kriegserklärung zu tun. Verstehen Sie das?! Jetzt mobilisieren wir, was nötig ist, um nicht nur die Attentäter, sondern ihre Häuser, ihre Infrastruktur und ihre Namen für immer vergessen zu machen. Wir vergelten, unbarmherzig, definitiv.”

Deutlicher hätte der Vize-Innenminister, Generalmajor Mahmoud Madbouly, seine Erwartungen nicht präsentieren können.

"Wir sind die Regierung aller Ägypter. Wir sind gewählt, wir sind legitim an der Macht. Wer uns nicht respektiert, gehört nicht nach Ägypten. Menschen, die ihre eigene Regierung ausschalten wollen, haben kein Recht, frei in diesem Land zu leben. In die Knie mit ihnen.”

Generalmajor Madbouly holte nach den dahingeschleuderten Sätzen Luft. Grimmig blickte sein gerötetes Gesicht vom Bildschirm in die Runde der fünfzehn physisch Anwesenden.

Er war derart aufgebracht, dass er sogar dem Muchabarat an den Kragen fuhr: "Für was leisten wir uns einen der besten Geheimdienste der Welt, wenn Terroristen in aller Seelenruhe Attentate gegen höchste Regierungsmitglieder vorbereiten können und wir rein überhaupt gar nichts mitkriegen, bevor es knallt?"

Es schien keine Rolle zu spielen, dass Abbas Kamel, der Chef dieses mächtigen Dienstes, gar nicht zuhörte, sich nur durch Nagib und Gamil vertreten liess, und die Mehrheit der anwesenden Beamten zum Gouvernement Alexandria gehörten.

"Und nun hören Sie gut zu, meine Herren. Sie finden raus, welche gottvergessene Gruppierung hinter dem Attentat steckt. Dann sagen Sie mir, warum wir im Voraus in keiner Art und Weise Wind von der Sache erhalten haben und schliesslich schätzen Sie die Gefahr von weiteren Attentaten in den nächsten Tagen, Wochen und Monaten ab."

Schwer zu sagen, ob sich Nagib betroffen fühlte oder nicht, jedenfalls senkte er seinen Blick. Oder checkte er auf dem Mobiltelefon, ob Dr. Layla nach wie vor alles mitbekam? Er hatte sie bis jetzt auf einer privaten Leitung zuhören lassen – offiziell war seine Chefin nicht an der Besprechung beteiligt.

Die Existenz des Technical Research Departments unter Dr. Layla war im Innenministerium praktisch unbekannt. Auch im Geheimdienst selbst war sich nur eine handvoll Mitarbeiter bewusst, dass es diesen Dienst im Dienst gab, mit entsprechenden Doppelrollen von Mitarbeitenden, welche ihnen erlaubten, viel unabhängiger zu ermitteln – ein entscheidender Vorteil, um Bedrohungen oder Täterschaften zu eruieren, die nicht ins klassische Feindbild des Geheimdienstes gehörten, zum Beispiel Feinde oder Spitzel in den eigenen Reihen.

Dieses Denken ausserhalb der Box, die Suche nach unbekannten Gefahren und neuen Wegen gefiel Nagib extrem gut, vielleicht auch deshalb, weil er ausserhalb der Box aufgewachsen war, als Kopte unter Muslimen, als Homo- unter Heterosexuellen, als Halbwaise unter Grossfamilien.

Am Vorabend, nach Amirs Berichterstattung an der Corniche, schloss Nagib eine ausländische Urheberschaft sowieso gänzlich aus und war nun gespannt, was die Gruppe der fünfzehn Ermittler in dieser ersten Besprechung herausfinden würde.

Der Vize-Innenminister verabschiedete sich vom Schirm, verlangte dabei, am Abend über den Fortschritt informiert zu werden. Sicherheitsdirektor Hadir Hakimi übernahm die Leitung, flankiert von seiner Stellvertreterin und Bürochefin Jakleen Mahdy und Esat, der protokollierte.

Nagib lehnte sich leicht zurück, blickte zu Amir, den er neben sich hingesetzt hatte: "Bist du bereit?"

Amir hatte sich noch nie so fehl am Platz gefühlt, hatte zweimal entschieden, der Polizei den Rücken zu kehren. Und wo fand er sich wieder? In einer Sitzung mit den höchstdekorierten Polizeioffizieren des Gouvernements und dessen besten Ermittlern. Und nicht nur das: Er wusste mehr als sie, wusste, was sie wissen wollten. Er hatte Details, hatte die beiden Hauptverdächtigen auf den Kameras wiedererkannt, die Taxinummer fotografiert, den Informanten in der Polizei mit Hilfe von Gamils App überführt, den Tathergang nochmals genau rekonstruiert, wenigstens in der momentan plausibelsten Abfolge.

Eine Tür ging auf, herein kam Gamil, schwitzend quetschte er sich hinter den Stühlen durch, legte Nagib einen dicken Briefumschlag auf den Tisch. Die Zahl 30 stand drauf und der Name Amir. Scheissgeld. Amir hatte die Summe nicht genannt, weil er so viel brauchte, er hatte die Summe genannt, weil er hoffte, Nagib würde bei diesem hohen Betrag abwinken.

Aber was, wenn Nagib ihn tatsächlich ziehen lassen hätte? Was wäre aus ihm geworden? Was mit seiner kranken Mama? Was aus seinem Trinkverhalten? Würde er weiter täglich sieben Stunden im vierten Stock des Polizeihauptquartiers am Port Said Boulevard in Kairo vor sich hinvegetieren? Oder gab es da sogar einen kleinen Anteil in seiner Seele, die wollte, dass er da war? Dass er mitspielte? Über den Attentatshergang berichtete, den er in einem seltenen Anflug von Mut, klarer Sicht und Kombinationsfähigkeit herausgefunden hatte? War er letzten Endes sogar ein wenig stolz auf sich?

Nagibs Ellenbogen in seiner Rippe holte ihn zurück ins Jetzt. "Junge, du bist dran, erklär uns nochmals, wie ihr gestern vorgegangen seid und vor allem, wie du diesen Fahrer als Informanten enttarnt hast."

Amir sprach, Gamil spielte die passenden Bilder ein, Nagib genoss die Vorführung, der Rest staunte. Ein junger Angestellter ohne Rang und Name aus einem Kaff in Oberägypten, abgebrochene Polizeiausbildung, erklärte den Grossen, wie's abgelaufen war. Nagib dachte unwillkürlich an seinen eigenen Aufstieg im Geheimdienst zurück, seine inneren Widerstände gegen das Establishment in den Sicherheitskreisen.

Ihm gefiel Amirs Auftritt. Nicht die, die eh schon alles zu wissen und zu kennen meinten, wussten wirklich Bescheid, sondern die Aussenseiter; nicht diejenigen an der Macht erkannten die Zusammenhänge richtig, sondern die, welche sich für Gerechtigkeit einsetzten, auch wenn das weder Ruhm noch Ehre, geschweige denn Macht brachte. So wie er damals für die kriminalisierten gleichgeschlechtlich Empfindenden einstand, auch wenn ihm das vor allem die Polizei an die Haustür lockte.

Nur erklärte Amirs Präsentation nicht, wer hinter dem Attentat steckte – Sayeds Anruf mitten in die Sitzung aber schon. Esat nahm ab.

“Oberst Sayed Youssef hier, lass mich mit Direktor Hadir Hakimi sprechen.”

“Du musst mit mir Vorlieb nehmen, lieber Sayed, er leitet grad die Besprechung.”

“Dann unterbrich ihn, wir haben den Absender des Attentats aus dem Taxifahrer gepresst. Es war der HASM oder vielmehr ein Spin-off von ehemaligen HASM-Mitgliedern. Ich schicke Omer, meinen Vize, mit Unterlagen und dem Mobiltelefon des Fahrers zu euch.”

“Die Verdammten! Erstaunlich, der HASM war noch nie im westlichen Nildelta tätig.”

“Es waren nicht offizielle HASM-Mitglieder, sondern ehemalige, die in eigener Regie gehandelt haben. Esat, noch was; hört uns jemand zu?”

Esat verneinte.

“Ist der junge Polizist noch bei euch, Amir?”

Esat bejahte.

“Schau, dass er die Bilder vom Verhör, welche Omer bringt, nicht zu Gesicht bekommt!”

Esat versprach es, hielt die Leitung zu Sayed offen, fasste das Telefonat zusammen, Jubel, zufriedene Gesichter.

“Esat, reich mir das Telefon,” Hadir Hakimi verlangte nach Sayed.

“Alle Achtung Oberst Youssef. Das lässt sich doch hören. Sie haben dazugelernt, die Kommunikationswege eingehalten. Ist das Geständnis der einzige Hinweis auf diesen Spin-off des HASM?”

“Im Moment ja, aber wir werden die Telefondaten auswerten und die Hausdurchsuchung anordnen, dann sehen wir.”

Jakleen Mahdy fasste zusammen, was über den HASM bekannt war: “Die Gruppe ist seit 2016 unter dem Namen Harakat Sawāʿid Misr aktiv, hat sich aber auch zum Anschlag auf den Grossmufti 2013 bekannt, ebenso wie auf den Richter Fotouh, weil dieser den Ex-Präsidenten Mursi verurteilt hatte. Ihr Hauptziel ist, die misslungene Revolution von 2013 weiterzuführen. Sie sind sozusagen eine Guerilla-Truppe mit religiös-nationalistischer Ideologie.”

Direktor Hakimi blickte in die Runde: “Warum in aller Welt war nichts, aber auch rein gar nichts auf unserem Radar? Oder gab es Hinweise und wir sahen sie einfach nicht? Wehe, es stellt sich heraus, dass Informationen geflossen waren und ein Volltrottel unter euch hat sie liegen gelassen."

"Direktor Hakimi...", Kunstpause von Nagib. "Es gab wohl wirklich keine Informationen. Lassen Sie mich dies begründen. Sie werden staunen. Es ist gerade, weil die Polizei und der Geheim dienst ihre Arbeit gut machen. Unsere konsequente Überwachung und Aufzeichnung der kleinsten Bewegungen zwingen die Extremisten, nur noch physisch zu kommunizieren. Sie verzichten zunehmend aufs Mobiltelefon, treffen sich in Taxis, manchmal im Kaffeehaus, oft in Locations der Costa-Kette oder an einer zuvor ausgemachten Strassenecke."

Weil es kurz ruhig blieb, fuhr Gamil fort: "Logische Konsequenz auf unsere engmaschige Überwachung der Telekommunikation. Face-to-Face-Treffen brauchen mehr Zeit, bleiben aber unentdeckt – und viel wichtiger: Sie generieren keine Beweise, keine Audiomitschnitte. Also haben wir keine Rohdaten mehr."

Hakimi presste die Augen zusammen, fixierte mit dem, was davon offen blieb Nagib, dann Gamil, dann die anderen Mitarbeitenden: "Scheisse, ich bin verantwortlich für die Sicherheit in meinem Gouvernement. Auf meinen Strassen wurde beinahe ein Minister ermordet. Und ihr Weicheier habt den Nerv, mir weiszumachen, dass ihr nichts dafür könnt, im Gegenteil, dass ihr eure Arbeit eben sehr gut gemacht hättet!

Was ist diese gute Arbeit für einen Scheiss wert, wenn der Feind weiss, wie die Kontrolle umgangen werden kann? Nichts ist sie wert. Und dann kommt dieses Milchgesicht von Luxor und stellt uns mit lächerlichen drei Stunden Nachforschungen aufs Abstellgleis? Er schafft alleine, was meine ganze Abteilung in zwei Tagen nicht hinkriegt. Wie peinlich. Gut, dass der Vize nicht mehr zuhört."

Die Worte, welche Bürochefin Mahdy ihm zuflüsterte, schienen ihn ein wenig zu beruhigen.

Als er auch Amir einen vernichtenden Blick zugeworfen hatte: "Wir sind seit zwei Stunden hier und haben auf zwei Fragen von Generalmajor Madbouly Antworten, auch wenn ihm diese nicht gefallen werden: A, der HASM ist wider Erwarten zurück auf der Bühne mit einer unbekannten Untergruppe und diese hat sich ins westliche Delta ausgeweitet; B, wir kontrollieren den Gegner mit Mitteln, die nicht mehr wirksam sind."

Jakleen, froh, dass ihr Chef die Fassung wieder fand: "Bleibt die Frage, wie gross die Gefahr eines weiteren Attentats ist und wie wir früh genug Wind von der Sache kriegen."

Hakimi: "Wir werden nicht zuwarten. Sollte im Gouvernement eine neue Gruppierung aktiv werden, müssen sofort Informationen fliessen, ab heute. Und, meine Herren, wenn unsere Gegner zur physischen Kommunikation zurückkehren, also mit konventionellen Mitteln austauschen, dann tun wir es ihnen gleich. Wir kehren zur klassischen Spionage zurück: Infiltration und V-Leute. Das ist dann wohl Ihr Job, lieber Nagib."

"Ich werde mich mit der Leitung des Dienstes austauschen. Sie hören morgen von mir."

Die Sitzung war beendet. Raus ins Foyer. Amir nahm sich am Ausgang des Raums ein Glas Wasser. Er traute seinen Ohren nicht, als Jakleen Mahdi hinter ihm vorbeirauschte: "Dass du nie mehr in dieses Gebäude trittst, deine Fresse aufreisst und hochdekorierte Offiziere wie Rookies ausschauen lässt, Arschloch."

Amir brachte kein Wort heraus. War das eben wahr? Er hatte einen Terroranschlag aufgeklärt und wurde nun von einer Frau als Arschloch bezeichnet? Auch Hakimi warf ihm einen vernichtenden Blick zu, als er hinter ihm vorbeischritt und ihn mit einer Dunstwolke seines zimtsüssen Parfüms eindeckte. Die Übelkeit vom Morgen meldete sich scharf zurück und für eine halbe Stunde lehnte er sich konsterniert an eine schmale Wand im Foyer.

Nagib besprach sich unterdessen im kleinen Innenhof am Telefon mit Dr. Layla. Zwar war sie durch und durch Technikerin, Analytikerin und verliebt in die Möglichkeiten, die ihr TDR hatte, aber sie war Pragmatikerin genug, um rasch zu erkennen, dass eine Beschränkung auf ICT-Aufklärung der anscheinenden Bedrohungslage im Moment nicht gerecht wurde.

Verdeckte Ermittler in die Bewegungen einzuschleusen oder V-Leute in ihr zu rekrutieren, war mehr als nur eine Option, war das Gebot der Stunde. Es konnte aber nicht die einzige Reaktion sein. Die beiden besprachen die Möglichkeiten eines satellitengestützten Volltrackings identifizierter Extremisten, um so an andere zu gelangen, die sie eben irgendwo trafen, in Taxis oder Cafés. Gefragt war ein multimethodischer Ansatz.

Nagib verabschiedete sich von seiner Chefin, liess sich von Esat ein Lokal im Smouha Sporting Club empfehlen, reservierte für drei, nahm Amir freundschaftlich an der Schulter: "Amir, ich habe deinen Auftritt aufgezeichnet. Der war richtig geil. Weisst du, den Damen und Herren an den Hebeln der Macht muss von Zeit zu Zeit klargemacht werden, dass sie die Weisheit nicht mit Löffeln gefressen haben. Die Aufnahme bleibt natürlich komplett intern."

Amir fühlte sich verraten. Jetzt wäre die Zeit gewesen, definitiv abzuspringen, aber Jakleens Beleidigung hatte ihn auf dem falschen Fuss erwischt, er war im Moment nicht Herr seiner selbst. Zu sehr verletzt und fertig gemacht rutschte er in den blauen Landrover. Gamil lenkte, und bald sassen die drei im Trio Smouha Club, wo Amir zum ersten Mal heute etwas zwischen die Zähne kriegte. Gedeckte Terrasse, gepolsterte Schalenstühle, Blick in die Parkanlage, wo Gärtner mit auf kleinen Fahrzeugen geladenen Wasserkanistern Büsche und junge Bäume in ihrem Kampf gegen die Trockenheit des ägyptischen Sommers unterstützten: Tamarisken-, Hibiskus und Oleanderbüsche, einzelne Aleppo-Kiefern und andere. Im Kids-Park gegenüber Kinder und Eltern an diversen Spielgeräten.

Nagib arbeitete an einer lockeren Stimmung, lachte über das Lokal gegenüber: CIA – Cocktail in Action. "Wäre auch nicht schlecht, oder? Wir können nachher noch auf einen Kaffee rübergehen."

Ein leichter Windstoss machte sich an Gamils Papiertuch zu schaffen, liess es am Boden weiterflattern. Cool stand Nagib auf, bückte sich elegant, hielt den Fetzen wie eine Zigarette zwischen zwei Fingern, zwinkerte Gamil zu, entsorgte es in einem ziemlich dreckigen Abfallbehälter, welchen hinter dem massiven Topf mit der Zwergpalme zu entdecken eine Leistung für sich war. Er schlenderte zum kleinen Buffet, wo sich sonst nur das Servicepersonal bediente, griff sich gleich drei neue Servietten.

“Shukran!” Gamil verbeugte sich leicht schmunzelnd und zu Amir gekehrt: “Weisst du, er ist in der Manshiet Nasser gross geworden.”

Amir verstand nicht.

“Er war mal Müllsammler!”, Gamil lachte laut auf.

“Er hat recht!”, bestätigte Nagib aufgeräumt.

Amir schüttelte verständnislos den Kopf.

“Kennst du die Zabbalins?”

Amir schüttelte wieder den Kopf.

“Weisst du, ohne uns Zabbalins versinkt Kairo im Dreck. Wir sind die Müllmänner der Hauptstadt. Jede Nacht wandern Tausende von uns durch Kairo und sammeln Abfall, früher noch mit Eselskarren, heute natürlich motorisiert. Jahrelang entwickelten wir unsere eigenen Recycling-Verfahren. Wir recyclen Plastik, Karton, Holz, Batterien, Metalle, ...eigentlich alles.”

“Zigarettenfilter, Tampons, Kaugummis!”, Nagib ging nicht auf Gamils Ergänzungen ein.

“Wir halten in unseren Hinterhöfen Schweine für den Grünabfall. Über 80 Prozent verwenden wir wieder. Das meiste landet im Verkauf. Und es sind über 6000 Tonnen pro Nacht.”

Amir hob die Augenbrauen.

“Über die Jahre haben wir eine ziemliche Infrastruktur aufgebaut. Irgendwann wurde die Regierung darauf aufmerksam, dass sich Kopten, verstehst du, Christen, mit dem Abfall der Muslime einen bescheidenen Wohlstand aufgebaut hatten.”

Nagib schmunzelte, fuhr weiter: “Das durfte natürlich nicht sein. 2002 schob uns das Mubarak-Regime den Riegel. Eine italienische Firma sollte die Müllabfuhr übernehmen. An den Strassenrändern wurden Container verteilt, die Lastwagen kippten den Müll unsortiert in Deponien.”

“Und ihr?” Amir begann, sich für die Geschichte zu interessieren.

“Unser eh schon tiefer Lebensstandard brach ein. Einige von uns zogen weg, andere besannen sich auf ihren Glauben, besuchten vermehrt Gottesdienste. Kennst du die Cave Church?”

Amir verneinte, Gamil pfiff durch die Zähne: “Wunderschön, du musst sie gesehen haben.”

Nagib hielt Amir ein Handybild vor die Nase: “Bischof Simon hat sie für die wachsende Gemeinschaft der Zabbalin gegründet. Manche sagen, es war ein Wunder, ich denke da eher an Zufall, jedenfalls hat er unterhalb der Felswände des Mokattam-Plateaus eine kleine Höhle entdeckt, gemerkt, dass sie mit lockerem Material gefüllt war. Die Gemeinschaft begann, das Geröll herauszuschaufeln und entdecke, dass es sich um eine riesige Höhle handelte. Du siehst sie hier, sie wurde gereinigt, ausgebaut und mit Bestuhlung für 20’000 Gottesdienstgäste ausgerüstet. Ein polnischer Bildhauer hat sie verziert, und heute gilt sie als eine der grössten Tourismusattraktionen der Hauptstadt.”

“Gingst du dort zur Kirche?”

“Zweimal, einmal um für mich und einen Freund beten zu lassen...” Nagib verlor kurz den Faden, atmete einmal tiefer als normal und fragte dann: “Und du, mein Freund? Wo bist du gross geworden?”

Nagibs Interesse schien echt; er erfuhr Genaueres zur Verfassung seiner Mutter, wie es Amirs Schwester in Norwegen ging, dass er sich vorstellen konnte, ebenfalls auszureisen und wie er zum Islam stand:

“Weisst du, die Geschichten im Koran sind sicher alle richtig und sind auch so passiert. Aber sie haben heute nicht mehr die gleiche Bedeutung wie damals. Ich glaube an Allah, aber um ihn zu loben muss ich mich nicht fünfmal täglich zum Gebet beugen. Wenn schon ist mein ganzes Leben ein Gottesdienst.”

Nagib nickte verstädnisvoll.

“Ich denke, dass das tägliche Gebet eine Erinnerung ist, dass Gott da ist. Wer das weiss, und Gott wohlgefällig lebt, der braucht das Gebet nicht zwingend, finde ich. ”

Unterwegs zum Cocktail in Action schlug Nagib zu: "Amir, ich habe die Möglichkeit, dir das Geld für die Operation von deiner Mutter zukommen zu lassen; wahrscheinlich sogar in den nächsten zwei bis drei Monaten." Er hielt inne, beobachtete Amirs Reaktion. Dann: "Und mehr als das; ich könnte mir vorstellen, deiner Mama einen Platz in einem edlen Pflegeheim zu organisieren. Der Betrag, Amir, wäre kein Geschenk, es wäre ein Lohn. Ein Lohn für eine Aufgabe, von der ich sicher bin, dass du sie gut bewältigen kannst."

Amir nutzte die Pause: "Du brauchst einen verdeckten Ermittler, nicht wahr. Oder jemanden, der V-Leute anheuert, der aber selber ein unbeschriebenes Blatt ist."

Nagib blieb cool, hob die Augenbrauen bewusst etwas hoch. "Und ich habe mich in dir nicht getäuscht, Amir. Ich könnte mir keinen besseren vorstellen. Lass mich ehrlich sein mit dir, richtig ehrlich. Ich kenne die Geschichte deines Vaters. Ich habe mir ein paar Informationen über ihn kommen lassen und über seinen heldenhaften Tod. Ihr habt es mir verschwiegen, aber Sayed ist dein Onkel."

Nagib lächelte freundlich, kippte den Kopf leicht zur Seite, blickte dann kurz über seine Schulter; das ungewohnte Klappern im Hintergrund kam von zwei Reitern, die auf ihren Sportpferden vorbeitrabten.

"Amir, ich vertraue dir. Alles, was ich über dich weiss, ehrt dich, zeichnet dich aus, auch deine Leistung im ersten Jahr der Polizeischule. Ich glaube, ich hätte an deiner Stelle auch abgebrochen."

Amir presste die Zähne aufeinander, wartete, dass Nagib den regelmässigen Alkoholkonsum im Kazaz in Kairo erwähnen würde, tat er aber nicht. Wusste er nicht davon? Jedenfalls hatte Amir grösste Mühe mit dem Vorschlag, denn er riss seinen inneren Zwiespalt noch weiter auf. Seine Fähigkeiten, derer er sich immer bewusster wurde, passten für ihn so überhaupt nicht zusammen mit dem Ort, wo er gebeten wurde, sie auszuüben.

Er misstraute der ägyptischen Polizei, wie konnte er da dem Geheimdienst vertrauen? Dass Nagib drinsteckte, war mittlerweile ein offenes Geheimnis, auch wenn die beiden nicht darüber gesprochen hatten, war das klar. Hätte er nur sich und seine Haut, er hätte Nagib auch für eine Million Pfund abgesagt, und zwar von ganzem Herzen.

Aber er liebte seine Mutter, die Geld für die Bypass-Op brauchte. Mindestens 20'000 Dollar für einen sicheren Eingriff, lieber noch mehr, um die Reha zu finanzieren. Amir legte gerade mal 150 Dollar pro Monat zur Seite, der Rest ging für die Wohnung, Medikamente, tägliche Ausgaben und kleine Süchte drauf

– und ja, er hatte auch schon ein paar Mal für Sex bezahlt, was eine andere Geschichte war.

Hätte er seine Schwächen nicht, hätte er 300 Dollar pro Monat zur Seite legen können. Sayed hatte mal von 10'000 gesprochen, die er beisteuern würde, aber auch dann schien die OP in der Ferne. Und jetzt diese Chance: drei Monate warten statt drei Jahre, Maama wieder kräftig und ausgeglichen, wieder lachen sehen, damit ein Grund weniger, Bier zu trinken. Er sah Nagib fest an, so als ob er auf ein weiteres, letztes Argument wartete, welches die verbleibenden Widerstände brechen könnte.

“Wen würde ich beschatten?”

“Wir haben im Moment rund zehn Leute auf dem Radar, die in der militanten Salafisten-Szene Alexandrias zu den Alpha-Tieren gehören. Wir werden sie dir vorstellen und du wählst, wem du dich an die Fersen heftest. Beginne einmal und taste dich voran.”

"Wäre Sayed informiert?"

"Nein, Amir, und wenn du ihn einweihst, ginge das erhöhte Risiko zu deinen Lasten.”

Amir prüfte Nagibs Blick, suchte nach dem Unausgesprochenen, dem Kleingedruckten.

“Du könntest deine Mutter nach Alexandria holen. Wir verschaffen dir eine unauffällige Stelle zur Tarnung, vielleicht könnte ich Esat gewinnen, dass er dir etwas beim Sicherheitsdirektorat organisiert. Du erhältst ein eigenes Fahrzeug, einen Grundlohn und Zulagen pro Information. Und wie gesagt, für deine Mama ist sowieso gesorgt.”

Amir stocherte nach einem Ananasstück in seinem Mocktail, während die drei die Theke des CIA verliessen und mit den Plastikbechern durch die weitläufige Anlage schritten.

“Nagib, bis wann muss ich mich entscheiden?”

“Nimm dir zwei Tage Zeit; sprich mit deiner Mutter über einen Umzug nach Alexandria.”

“Wenn du zusagst, gibts vier Wochen Ausbildung in Kairo, sollte reichen, dann legen wir los."

“Und wie melde ich mich wieder bei dir?”

“Du benutzt Facebook, nicht wahr?”

“Manchmal, nicht täglich.”

“Poste eine Bild von dir. Berührt deine Hand irgendetwas Blaues, weiss ich, dass du dich richtig entschieden hast. Steigst du wider Erwarten aus, sehe ich deine Hand irgendwas Rotes berühren. Gib Gamil deine Nummer, ok? Ich melde mich dann per Telefon. Und denk dran, blau ist cool.”

—

Ein Taxi fuhr Amir zu Sayeds Wohnung unweit der Stanley Bridge. Dort packte er seine Sachen, trat dann zu seinem rauchenden Onkel auf den Balkon, gab ihm den Zweitschlüssel zurück, liess die Aussicht aufs Meer kurz auf sich wirken, versicherte Sayed, dass er absolut kein Interesse am Auto des toten Taxi-Chauffeurs hätte und verabschiedete sich von Sayed mit dem Gedanken, ihn vielleicht nie wieder zu sehen.

Er hatte während gut drei Tagen keinen Alkohol konsumiert, aber jetzt schrie alles in ihm nach einem Bier – er hatte was runterzuspülen. Zu Fuss über die Stanley Bridge; um die Jahrtausendwende erst gebaut, begradigte das 400-Meter-Bauwerk nicht nur die Küstenstrasse, sondern spannte mit ihrem eklektischen Stil auch einen architektonischen Bogen zum Montaza-Palast. Amir setzte sich am Westende der Brücke ins View café der Stanley Beach, bestellte ein Sakara-Bier ‘El King’, zehnprozentig, 30 Pfund, und wurde die Gedanken an seinen Onkel nicht los.

Wie konnte es sein, dass Amm Sayed familiäre Verantwortung wahrnahm, mit seiner Frau eine scheinbar funktionierende Ehe führte und gleichzeitig folterte, ja mordete? Diese Kaltblütigkeit schien nicht in Sayeds grundsätzlichem Charakter zu stecken. Woher kam die nur? Abhärtung durch den Beruf? Nein, nicht nur. Da musste noch was anderes drin stecken.

Ein Gedanke drängte sich ihm auf. War Sayeds Wut auf Terroristen und sein Mitmachen bei der Folter eine Art Rache an den Mördern seines Bruders? Schlug er womöglich gar nicht einem Taxifahrer die Nase krumm, sondern dem Mann, der Tamer auf dem Gewissen hatte? Nährte sich die brutale Seite Sayeds von der nie getrösteten Trauer um Amirs Vater? Waren die Schmerzen, die er Faruk zugefügt hatte, eigentlich seine eigenen darüber, dass er die engste Person in seinem Leben für immer verloren hatte?

Gut möglich, dachte sich Amir und fixierte die Bierdose vor sich. Meistens hatte er Stella getrunken, das einheimische Bier wenig gewürdigt. Nun hatte er Bashars Tipp umgesetzt, trank zum ersten Mal das einheimische Gebräu, nahm die Pyramide auf der Büchse wahr. Er dachte immer, dass die Wahrzeichen Ägyptens gerade Kanten hätten. Aber diese hier hatte auf beiden Seiten sowas wie fünf riesige Treppenstufen. Er drehte die Büchse weiter und verspürte einen kleinen Stich im Herz, genau an der Stelle, wo sein Nationalbewusstsein sass. Es war nicht besonders ausgeprägt, Amir hatte sich nie als stolzen Ägypter wahrgenommen, dennoch ärgerte ihn, dass unterhalb des ägyptischen Al Ahram-Beverages ein weiterer Name stand, klein gedruckt, leicht zu übersehen: Heineken Group.

Krass, er hätte schwören können, dass die Sakara-Biere und ihr Produzent, die Al Ahram Beverages Company, zu hundert Prozent ägyptisch wären. Alles falsch? Im Hintergrund also ein Europäischer Player! Wie konnte es soweit kommen? Hat Heineken die ägyptische Brauerei aufgekauft? Oder sogar gegründet? Amir hatte Zeit, brauchte Ablenkung, tippte daher die

Webadresse auf der Bierdose ab, bestätigte sein Alter, ägyptischer Jugendschutz, und studierte die Geschichte der Company.

Amir starrte ein paar Sekunden auf ein online publiziertes Factsheet der Firma von 2019. Auf dem Titelbild ein reifes Roggenfeld, Tausende goldener Halme, die sich mit ihren Spitzen vor dem Himmel verneigten. und mitten im Feld erhoben sich verschiedene Pyramiden, diesmal mit den geraden Kanten und in ähnlicher warmer goldbrauner Farbe wie die Ähren. Zwischen zwei grossen und genau über der Spitze einer kleinen Pyramide schien leuchtend, fast grell, die Sonne, darüber der blaue Himmel.

Er blätterte, las: Tatsächlich begann die Geschichte des ägyptischen Biers vor 120 Jahren in Belgien unter dem Titel Crown Brewery Company. Gebraut wurde in Alexandria, aber das Knowhow kam vom Ausland. Eine technische Zusammenarbeit mit Heineken endete 1963: Die Firma wurde für 34 Jahre verstaatlicht. Anschliessend gehörte die Company für zehn Jahre einem ägyptischen Investor, bevor sie sich zwecks Weiterentwicklung 2002 wieder Heineken anvertraute.

Mit einem ungläubigen Schmunzeln nahm Amir wahr, dass sich hinter dem ägyptischen Bier also eine ganz andere Geschichte verbarg, als er erwartet hätte.

Schichtwechsel im View-café: Der Angestellte kam einkassieren: “Das Bier macht 30 Pfund, bitte.”

Amir grabschte nach Geld, um zu bezahlen.

“Shukran, beehre uns wieder ok? Und Achtung, dir ist eben etwas aus der Tasche gefallen.”

Der Angestellte bückte sich, hob die Plastikkarte vom Boden auf, rieb sie sogar noch sauber an seiner schwarzen Hose und gab sie Amir; der Ausweis dieser Studentin, Ghada.

“Shukran”, gab Amir zurück. Diese junge Frau wäre ebenfalls eine willkommene Ablenkung. Warum nicht mal echt in deren Augen sehen? Plötzlich ein Geistesblitz! Instinkt? Der sechste Sinn? Jedenfalls war ihm auf einmal die innere Gewissheit geschenkt, dass die Frau noch lebte. Er unterliess weitere Gedankengänge, die sich seiner Fantasie anboten. Vorerst sollte es genügen, der jungen Dame den Studentenausweis zu übergeben, sie nach der anderen Person zu fragen, dieser Fatima, ihr deren Handtasche zu bringen. Dies wollte er noch erledigen, dann nach Kairo zurückkehren und mit seinen Kumpels vom Kazaz über das Angebot von Nagib reden, und natürlich mit Maama.

ETIKETTE

ALEXANDRIA **AMIR – GHADA –** HASSAN – NAGIB

"Uthran, min fadlik, wo finde ich das Zimmer 21?"

"Aintalaq lil'amam, geradeaus dann links." Die gut 45-jährige Frau hielt einen zusammengefalteten grünen Plastiksack in der Hand, zeigte damit leicht zitternd über ihre Schulter zurück in die Richtung, aus der sie grad gekommen war.

"Shukran!"

Verdutzt schaute sie ihm nach, wie er den Gang im zweiten Stock des Al Miri Universitäts-Spitals entlang schritt, und das nicht wegen der Damentasche, die Amir mit sich trug. Er hatte vier Stunden Suche, mehrere Telefonate und zwei Spitäler hinter sich. Entsprechend müde klopfte er an die Türe, hielt seinen Polizeiausweis bereit, welcher ihm auch unten am Eingang des Spitals als Passepartout gedient hatte. Keine Antwort.

Er blickte sich im Gang um. Niemand da. Dafür ein Wasserspender mit leerer 19-Liter-Gallone, zwei Stühle, einer davon brauchbar, an der Wand ein altes Luftbild der Stadt und gegenüber, auf den weissen Putz gemalt, ein Bild des antiken Leuchtturms – und dann doch auch Schritte. Der Assistenzarzt schien Malaie zu sein, liess Amir mit sich zusammen eintreten.

Amir erkannte Ghada auch schlafend, ihre dunklen Haare klebten an der bleichen Stirne, den Mund leicht offen, schnarchte sie ganz leise, hielt mit der einen Hand einen Zipfel des Kissens fest. Der Arzt weckte sie auf.

"Frau Shamoun, ein Polizist möchte Sie sprechen. Haben Sie Kraft?"

Ghada öffnete ihre Augen, blinzelte den Arzt, dann Amir an, stützte sich auf, drehte sich, versuchte sich im Bett aufzusetzen, der Arzt half nach. Sie sah ihren unerwarteten Besuch verschlafen und ausdruckslos an. Amir blickte gleichzeitig in das Gesicht eines kleinen, schüchternen Mädchens und einer verbitterten alten Frau. Er schluckte.

“Du bist Ghada, nicht wahr?”

Sie nickte.

“Ghada Shamoun?”

Sie nickte.

“Ich bin Amir, Amir Youssef.”

Sie nickte nicht.

Nach einem kurzen Blick in den Raum, ob die anderen Patientinnen allenfalls mithören würden, schritt er zum Nachttisch, griff nach der Mineralwasserflasche mit dem grossen blauen Dasani-Etikett drauf, füllte ihr Glas, reichte es ihr.

“Vielleicht hast du Durst?”

Sie nickte wieder: “Danke.”

Ghada schlürfte ein paar Schlucke.

“Wie der Arzt sagte, ich arbeite bei der Polizei. Das heisst, bis gestern Abend arbeitete ich dort...”

Nun ergriff Amir die Tasche, die er vorhin auf den Boden gestellt hatte. Ghada riss ihre Augen auf, ein leiser Schrei entfuhr ihrem offen bleibenden Mund. Zitternd stellte sie ihr Glas ab, zog ihre weisse Decke mit beiden Händen bis zum Kinn hoch, drückte sie an ihren Mund und blickte abwechslungsweise auf Amir und das, was er mitgebracht hatte.

“Anā āsifun jiddan, Ghada, es tut mir sehr leid. Ich sehe, du kennst die Tasche. Also habe ich es richtig vermutet.”

Er streckte sie Ghada sorgfältig hin, um zu sehen, ob sie sie nehmen würde. Ghada drückte die Decke noch stärker an ihr Kinn, während sie entsetzt auf das Erinnerungsstück von Fatima starrte.

“Ähm, es tut mir sehr leid, ich will dich nicht verletzen. Aber wenn du die Kraft hast, könnte ich dir sagen, wo ich die Tasche gefunden habe. Vielleicht hilft es dir, zu wissen, wie es zu dieser Explosion kam?”

Ghada blieb stumm, eine Minute, zwei Minuten, drei Minuten. Amir blickte sich im Zimmer um, die Tasche noch in seinen Händen, wartete er einfach; er hatte unendlich viel Zeit, sein ganzes Leben lag vor ihm und er hatte überhaupt rein gar nichts geplant, hatte ausser Maama überhaupt keine Verpflichtungen, wartete daher eine vierte Minute, eine fünfte Minute, die sechste begann.

“Das ist Fatimas Tasche.” Ihre Stimme war leise, ihre Haltung blieb dieselbe. Amir drehte sich Ghada zu.

“Ja,... Fatima Kassis. Ghada, weisst du, dass Fatima... weisst du, dass...”

“Sie ist tot, ich weiss Bescheid.”

Amir atmete einmal tief durch. Er hätte sich den Mut gewünscht, es selbst auszusprechen.

“Habt ihr euch gut gekannt?”

“Sie war... meine beste Freundin,... eine... Schwester.”

“Es tut mir sehr leid.”

“Shukran...”

“Ich sage das nicht einfach so”, Amir blickte Ghada in die Augen. “Ich habe meinen Vater bei einem Attentat verloren...”

Ghada nahm ihre Hände vom Kinn, glotzte Amir richtiggehend an: “Jetzt, bei diesem Anschlag?”

“Nein, das ist lange her. Ich habe ihn nicht mal gekannt.”

“Ich habe meinen Vater noch.” Ghada blickte auf ihre Knie, die sie unter der Decke angezogen hatte. “Aber ganz ehrlich, Fatima... sie... sie ist mir mehr wert gewesen”, das ging nun nicht mehr ohne Tränen.

Ghadas lauter Schluchzer und dann ihr Wimmern, vornüber mit den Armen auf ihre Knie gesunken, überforderte Amir. Er konnte ja nicht einfach hingehen und sie umarmen wie damals seine schreiende Schwester, als ihr Hund in Izbat El Bakahla vom Nachbarn mit einer Schaufel totgeschlagen worden war, also seufzte er unhörbar, wartete einfach wieder.

“Ich möchte meinen Vater lieben, aber es geht einfach nicht.”

Amir war nicht ganz klar, ob sie das zu ihm gesagt hatte oder zu sich selbst, es war jedenfalls sehr leise.

Nun traute er sich doch, sie leicht an der Schulter zu fassen: “Uhmm, kann man hier irgendwo einen Tee holen?” Und als keine Antwort kam: “Ich geh mal schauen.”

Als Amir fünfzehn Minuten später mit einem Gewürztee zurückkam, Anis, Zimt, Kardamom und Ingwer, blickte er in das Gesicht einer Frau, in die er sich auf der Stelle verliebte, was für ein Überfall an Gefühlen, er war völlig unvorbereitet. Ghada hatte ihre Haare geordnet, sich gewaschen und so weit gefasst, dass sie Amir freundlich und deutlich lebendiger als eben noch in die Augen blickte. Er hatte das noch überhaupt nie erlebt, zwar Bashar davon sprechen hören, aber keine Vorstellung gehabt: Er sah in Ghadas Augen einen Teil von sich, er war nach Hause kommen, er spürte sich komplett verstanden und angenommen von diesen Augen, vielmehr von der Seele dahinter.

“Ich habe dir einen heissen Tee gebracht. Also... er war mal... heiss. Ich dachte, er könnte dich etwas erwärmen.”

Er meinte, dass Ghada leicht schmunzelte. Einbildung? Egal, er wollte noch etwas bleiben, stellte daher weitere Fragen.

“Ghada, weisst du, was geschehen ist, dass du hier...”

“Ein Bombenanschlag, oder?”

“Ja, ein Attentat auf den Innenminister.”

Ghada kämpfte mit sich, traute sich fast nicht, die Frage zu stellen: “War es, waren es, also die Attentäter, ... woher kamen sie? Waren es... Salafisten?”

Amir spürte, dass sein Gegenüber riesige Angst vor der Antwort hatte, versuchte freundlich und verständnisvoll zu klingen: “Die Polizei kennt die Gruppe. Kommt es dir sehr drauf an, wer’s war? Also ich meine, hat das eine spezielle Bedeutung für dich?”

“Sag mir doch einfach, wer’s war, bitte!”

“Wir sind sicher, dass es eine islamisch-nationalistische Bewegung war, sie nennt sich Harakat Sawāʿid Misr.”

“Also nicht Salafisten?”

Ghadas Erleichterung war so deutlich, dass Amir nochmals nachfragte, warum das eine Rolle spiele.

“Mein Bruder ist bei den Salafisten.” Ghada pausierte kurz, schnupfte, biss sich auf die Lippen. Dann: “Ich habe riesige Angst gehabt, dass er zu den Tätern gehören oder diese persönlich kennen könnte.”

Ihr Seufzer vibrierte leise. Nochmals drängte es Amir, sich neben sie zu setzen und sie in den Arm zu nehmen, aber sie war immer noch nicht seine Schwester.

Dafür trat eine ins Zimmer, zum ersten Mal, sie arbeitete neu hier am Al Miri, war früher im El Shatby Spital angestellt, grüsste: “Masaa al-khayr, guten Nachmittag!”

Und noch einmal glotzte Ghada, heftete ihren Blick an die Krankenschwester, als diese durch den Raum schritt, um das Fenster zu öffnen und dann von Bett zu Bett, um Hallo zu sagen, am Schluss kam sie zu Ghada, sagte kein Wort, blickte die Patientin einfach an, zuerst fragend, dann mit einer riesigen Freude.

“Du bist Ghada!”

“Du bist... Raja?”

“Ja, ich bin Raja. Wie lange ist es her, dass ich dich als Mädchen im El Shatby kennengelernt habe?”

“Sicher zehn Jahre, so schön, dich zu sehen, Raja. Geht es dir gut?”

“Danke, Ghada. Sag, Liebe, auf den Unterlagen steht, dass du wegen einer Schädel-Fraktur, einem Schädelhirntrauma und einer Perforation des Bauches hier bist. Was ist dir passiert?”

Ghada erklärte, was sie vom Attentat wusste, schaute zwischendurch zu Amir. Dieser wusste nicht, ob der Blick eher hilfesuchend war oder eine leise Aufforderung, das Zimmer zu verlassen, damit die beiden Frauen in Ruhe austauschen konnten. Er entschied, einfach zu bleiben, hörte zu und verstand, dass die deutlich ältere Raja Ghada bereits einmal im Spital gepflegt hatte, als sie ein Teenager war.

“Ghada, ich muss jetzt weiter, ich komme zu dir und schaue nach deinen Wunden, wenn dein Gast weg ist, ok?”

“Danke, Raja, bis bald. Ich bin sehr, sehr froh, dass du hier bist, ein Geschenk des Himmels.”

Raja nickte und mit einem freundlichen Blick auf Amir verliess sie den Raum.

“Krass, dich hat vor zehn Jahren die gleiche Person gepflegt wie jetzt auch wieder?”

“Ich hätte es damals nicht geschafft ohne sie. Sie hat für mich gesorgt wie eine Mutter und auch dann eine zuversichtliche Stimmung verbreitet, als in meinem Zimmer zwei Mädchen gestorben sind.”

“Sie ist Koptin.”

“Woher willst du das wissen?”

“Sie hat ein Kreuz getragen.”

“Hat sie nicht und sollte sie auch nicht.”

“Hat sie. Sie hat es unter dem Mantel getragen und nach hinten gedreht. Man konnte es nicht sehen.”

“Man konnte es nicht sehen, aber du hast’s gesehen?” Ghada verzog den Mundwinkel.

“Als sie sich über deinen Kopf gebeugt hat, um die Wunde zu sehen, spannte sich der Stoff über dem Rücken und das Kreuz bildete einen Abdruck.”

“Yah, ein schlauer ägyptischer Polizist…”. Amir wusste nicht, ob das spottend oder bewundernd gemeint war, schwieg einen Moment.

“Ist es ok für dich, dass du von einer Christin gepflegt wirst?”

“Solange ich ihre Religion nicht kenne, ist das eh egal. Jetzt wo ich’s weiss… keine Ahnung… ich glaube, es spielt keine Rolle. Ich glaube… es geht um das Herz. Raja ist super freundlich und das hilft mir mehr als ihr Kreuz auf dem Rücken.”

“Vielleicht ist sie so freundlich, weil sie ein Kreuz trägt?”

“Das war jetzt nicht ernst gemeint, oder? Du bist Muslim, oder?”

“Ja, ich scherze nur. Aber der einzige Kopte, den ich kenne, ist auch total ok, arbeitet beim ägyptischen… ähm, Staat.”

“Amir, wie ist das, gibt es koptische Terroristen?”

“Gute Frage, vermutlich nicht. Meistens sind die armen Kerle Opfer und nicht Täter. Hast du von dem Anschlag auf die Kirche in Alexandria...”, Amir hielt kurz inne. “Lassen wir das. Erzähl mir was von deinem Bruder.”

«Er wollte mich lange Zeit davon abhalten, zu studieren. Als ich-doch anfing an die Uni zu gehen, hat er mir nachspioniert.”

“Das tut mir leid, ist ja mühsam. Aber was studierst du?”

“Literaturwissenschaften.”

“Was heisst das?”

“Wir lesen viel. Bücher aus allen Kontinenten und aus verschiedenen Zeitepochen. Wir vergleichen Bücher, vergleichen Themen und Autoren. Schauen uns an, wie sie die Gesellschaft ihrer Zeit spiegeln, aber auch verändern und solche Dinge halt.”

“Hast du ein Lieblingsbuch?”

“Jetzt gerade lese ich etwas von einem alten italienischen Dichter, Dante; auch sonst gefallen mir vor allem Bücher über Italien oder von italienischen Autoren. Von Donna Leon habe ich viele Krimis gelesen oder auch Umberto Eco.”

“Ich bin kein Leser. Aber wenn du mir einen Tipp hast, dann werde ich auch mal ein Buch lesen.”

“Versuch’s mit Paolo Coelho, er ist aus Brasilien, aber hat auch ein Buch geschrieben, welches in Ägypten spielt. Es heisst der Alchimist.”

“Danke, ich merke es mir. Liest dein Bruder neben dem Koran auch Bücher?”

Ghada verneinte. Sie berichtete, dass Hassan mehrfach über Nacht wegblieb und erzählte von ihrer Vermutung, dass er dran sei, sich einer radikalen Gruppe anzuschliessen.

“Er hat eine andere, gute Seite, aber die kommt nur zum Vorschein, wenn...” Ghada fasste sich mit beiden Händen an den Kopf, senkte ihn.

“Er hatte Gefühle für Fatima, hab ich recht?”

Ghadas Schmerz war grösser als ihre Verwunderung über Amirs Kombination, sie nickte nur, verharrte in ihrer zusammengekauerten Position und nahm wieder diesen verzweifelten Gesichtsausdruck an, den sie zu Beginn des Gesprächs hatte.

“Jetzt wo sie weg ist, und ich im Spital, hält meinen Bruder niemand auf.”

“Hast du denn eine Vermutung, welcher Gruppierung er sich anschliessen könnte?”

“Nein, gar nicht, aber oft spricht er mit einem Freund namens Adam über religiöse Themen, und ich weiss, in welche Moschee er geht.”

—

Zehn Minuten später versuchte Gamil im Kairoer GIS-Gebäude die Treppe raufzurennen, was ihm nicht wirklich gelang, es blieb bei schwerfälligen Schritten. Auch so kam er völlig ausser Atem in Nagibs Büro an und liess seinen Laptop vor ihm auf den Tisch fallen. Die Registerkarte des Browsers zeigte eine offene Facebook-Seite. Auf dem neuesten Beitrag erkannte man Amir. Mit beiden Händen hielt er eine Dasani-Mineralwasserflasche fest und starrte entschlossen in die Kamera.

Jerusalem, Stadt des Friedens

Jerusalem **MOSHE – LIARA – TABEA – ORI**

"Khalas, es reicht!", "Sicherheit und Frieden!" Was auf Plakaten aufgedruckt war, wurde auch aus 400 Kehlen geschrien, seit Tagen.

Ausgerechnet im Wohl-Rose-Park, preisgekrönt für seine Sammlung von 400 verschiedenen Rosensorten, Blüten der Liebe, wurden die Zelte aufgebaut. Demonstrierende aus dem Süden Israels im Kampf gegen andauernde Angriffe aus dem Gaza-Streifen. Sie fühlten sich von der israelischen Regierung zu wenig geschützt gegen die Kassam-Raketen aus den Reihen der Hamas und anderen militanten Gruppierungen, welche ihrerseits seit Jahrzehnten gegen die harte, zum Teil rassistische israelische Besatzungspolitik kämpften. Allein im Mai 2021 wurden aus dem Gaza-Streifen über 4000 Raketen in Richtung israelischer Wohngebiete abgefeuert. Zwar fing das Raketenabwehrsystem Iron Dome die meisten Geschosse ab, aber ihr allgemeines Ziel verfehlten sie dennoch nicht: sie schufen Angst.

Der Wohl-Rose-Park war prädestiniert für Proteste: Bäume boten in den Sommermonaten Schatten, und unmittelbar westlich des Gartens lag das Regierungsviertel mit dem Sitz des Premiers, der quasi Aussicht auf die Proteste hatte. Südlich des Parks die Knesset, somit durfte man auch mit Aufmerksamkeit im Parlament rechnen.

Die Medien waren sowieso immer rasch zur Stelle, um mit ihren Berichten die andauernde Belastung aufrechtzuerhalten, die auf den Regierungen in der Region lag. Es allen recht machen? Unmöglich. Längerfristiger Friede? Schon Dutzende gescheiterte Versuche. Ein Gefühl der Sicherheit schaffen? Immer nur auf Kosten anderer. Verantwortung übernehmen und auf den Gegner zugehen? Mit Abwahl und Tod hat's bezahlt, wer's versuchte. Die Vielschichtigkeit des Konflikts zwischen Israelis und Palästinensern durchschauen? Ist Dan Setton mit 'Shattered dreams of peace' vielleicht ein Stück weit gelungen.

"Moshe, bist du dir sicher, dass das gelingt?"

"Nein, Tabea, überhaupt nicht, wir versuchen's dennoch. Es ist unsere einzige Chance vor der gewaltsamen Räumung des Protest-Camps."

"Ich weiss, aber wenn die Räumung ohnehin unumgänglich ist, können wir uns den Schritt sparen, oder?"

"Und eine Chance ungenutzt lassen, bei der wir nichts verlieren können?"

"Moshe, wir können nur deshalb nichts verlieren, weil wir in den Augen der Protestierenden bereits Loser sind."

"Genau, aber das lassen wir nicht auf uns sitzen, meine liebe Frau Justizministerin."

Auf die Vierzig zugehend, mit beachtlicher Karriere, zuerst im Militär, dann im Justizministerium, fiel es Moshe leicht, seine frisch berufene Chefin auf Augenhöhe anzusprechen.

"Die Welt ist immer und überall unsicher, gleichzeitig braucht der Mensch Ruhe und Frieden. Diese Spannung, Tabea, wird am leichtesten durch Erzählungen überbrückt, durch eine Geschichte, durch Versprechen, Hoffnungen und notfalls Eingeständnisse."

"Konkret? Welche Eingeständnisse, Versprechen und Hoffnungen schlagst du vor? Welche Geschichte erzählen wir?"

"Wir erzählen ihnen, dass der jetzt ausgehandelte Waffenstillstand mit der Hamas besser nicht sein könnte. Dazu gehört eine plausible Darstellung, mit welchen zusätzlichen Mitteln die

Streitkräfte auf zukünftige Raketenangriffe reagieren. Schliesslich stellen wir den Bewohnern im Grenzgebiet zum Gazastreifen effektivere Frühwarnsysteme und neue Luftschutzbunker in Aussicht, genauso wie Kompensationszahlungen für tatsächliche Schäden durch Hamas-Bomben."

"Da ist nichts Neues dabei, Moshe."

"Vielleicht, aber du kennst das Sprichwort mit dem steten Tropfen, oder? Versuchen wir's, ok?"

"Also dann, ich gebe dir grünes Licht. Wir werden sehen, was wir erreichen können."

Moshe Shaked liebte, was nun kommen sollte: Hinstehen vor eine Delegation von Demonstrierenden, ihre Bedenken zuerst freundlich aufnehmen und dann zerstreuen, ihnen ein Narrativ auftischen, mit dem sie leben könnten und bereit sein würden, aus dem Park abzuziehen.

Bereits am Tag darauf fuhren zwei Mercedes Sprinter zum Park, luden knapp zwei Dutzend Demonstrantinnen und Demonstranten auf, fuhren zurück zur Kiryat Ben-Gurion-Anlage, Gebäude C, acht Minuten Weg. Leibesvisitation, Metalldetektoren, Mobiltelefon abgeben; mit dem Lift in den dritten Stock, Golda-Meir-Saal, der sonst für Pressekonferenzen verwendet wurde.

Um das Engagement der Regierung rüberzubringen, wurde das Treffen zur Chefsache erklärt. Premier Naftali Bennet war bereit, sich im zweiten Teil den Fragen und Anliegen der Demonstrierenden zu stellen. Mit vor Ort: Justizministerin Tabea Gamliel, aus dem Verteidigungsministerium Generalmajor Ori Gordin, Chef des Home Front Commands und Liara Golan, Sprecherin des Mossad, des israelischen Geheimdienstes.

"Geschätzte Mitbürger, Israelis aus Sderot, Aschkelon, Netivot, Aschdod und weiteren Ortschaften des Südbezirks. Jeden Tag lebt Ihr mit Euren Familien im Bannkreis palästinensischer Aggression. Unabhängig von der tatsächlichen Zahl abgeschossener Kassam-Raketen seid Ihr einer konstanten Spannung ausgesetzt, die wir hier in Jerusalem oder Tel Aviv nicht kennen. Ihr erträgt mehr als der durchschnittliche Bürger und ihr habt auch mehr Unterstützung verdient als der durchschnittliche Israeli."

Nach der Begrüssung durch Moshe malte Liara Golan das Bild eines sehr engagierten Geheimdienstes, der alles dransetze, Angriffen und Anschlägen zuvorzukommen, sie gab sogar Einblick in klassifiziertes Aufklärungsmaterial, zeigte, wie es der Mossad immer wieder schaffte, einzelne Palästinenser zu Spionagezwecken zu rekrutieren.

"Dank unseren Spitzeln können wir zwei von drei Attentate abwenden. Von dem hören Sie natürlich nichts, aber seien Sie sicher, hinter den Kulissen tun wir alles Menschenmögliche um unser Land seine Bevölkerung zu schützen, und wir tun das erfolgreich."

Tabea Gamliel sagte den Anwesenden im Namen des Justizministeriums alle mögliche Unterstützung zu. Generalmajor Gordin übernahm persönlich die Verantwortung für umfassende Hilfe im Falle von Angriffen. Weitere Sprecher schlugen in die gleiche Kerbe. Schliesslich erschien Premierminister Bennett, stand zehn Minuten lang Red und Antwort – aber, wie sich zeigen sollte, auf verlorenem Posten.

Mit Raketenkratern im eigenen Garten und zwanzig Nächten pro Jahr im Luftschutzbunker kann man nicht mit 'Es kommt schon gut' abgespeist werden. Die Gruppe war nicht bereit abzuziehen, drohte mit weiteren Protesten, verliess das Regierungsgebäude grusslos, hinterliess eine konsternierte Gruppe von Verantwortungsträgern.

Als die beiden Sprinter weg waren, liess Bennett seinem Frust freien Lauf: "Verdammt nochmals, was sind das für starre Esel. Sollen die doch mal begreifen, dass wir machen, was wir können. Bei aller Bewunderung für ihr zähes Aushalten im Süden, wenn's nicht mehr geht, dann geht's nicht mehr, sollen sie doch wegziehen. Für was bauen wir denn Siedlungen in Judäa und Samaria. Wenn die nicht aufhören, zwingen sie uns zum Einmarsch in Gaza."

"Das darf nicht passieren, Naftali, du weisst, dass ein Einmarsch mit enormen Kosten verbunden ist. Sogar wenn wir erfolgreich wären, hätten wir nur ein paar Jahre Frieden, und die Hamas oder eine Nachfolgeorganisation würde uns erneut den Krieg erklären."

"Vielleicht hast du recht, Ori, aber welche andere Chance haben wir? Wir müssen machen, was Abraham nicht konsequent umgesetzt hatte. Wir leiden unter einem sehr alten Zwiespalt in unserem Land und unserem kollektiven Gedächtnis. Die Probleme mit unseren arabischen Nachbarn begannen nicht erst mit der Staatsgründung 1948.

Wir müssen unsere Geschichte zurückspulen bis zum Streit zwischen Abrahams Söhnen, Isaak und Ishmael. Solange die Ishmaeliten nicht anerkennen, dass Isaak und damit Israel der rechtmässige Erbe Abrahams ist, und damit Anspruch auf das Land zwischen Meer und Fluss hat, ist kein Friede möglich. Als Araber sind die Palästinenser direkte Nachkommen Ishmaels. Wenn sie uns nicht anerkennen, gibt es nur einen Weg, Ishmael muss in die Wüste – das hat Abraham richtig gesehen."

"Der Typ nervt mich unglaublich mit seinem religiösen Gehabe. Wir sollten unsere Probleme mit Vernunft lösen, nicht mit ultrakonservativer Ideologie."

Liara Golan hatte sich an Moshe gewandt, rümpfte die Nase, was sie oft tat, wenn alte biblische Geschichten für politische Zwecke herangezogen wurden.

Moshe antwortete nicht, grundsätzlich gefiel ihm der Ansatz, Konflikte vor dem Hintergrund umfassender Narrative zu lesen und zu verstehen, auch wenn er im aktuellen Fall eine andere Schlussfolgerung gezogen hätte.

Justizministerin Gamliel fokussierte aufs Hier und Jetzt: "Naftali, Abraham ist tot, genauso wie Isaak, Jakob und Ishmael. Wir müssen jetzt die Negativpublicity im Park beenden, bevor sich die Proteste ausweiten und mit denjenigen der Siedler verschmelzen. Sie kämpfen seit Monaten für die Erneuerung der Rechtsgrundlage ihrer Dörfer. Scheisse, dass die Vorlage in der Knesset immer noch blockiert ist. Dazu kommen die Proteste gegen die hohen Lebenskosten, die liberalen 'Only-not-Bibi'-Proteste, die Proteste gegen die Coronamassnahmen – und wir hatten viermal Wahlen innerhalb der letzten zwei Jahre. Geht das so weiter, finden die fünften Neuwahlen noch im Herbst 2021 statt."

Neuwahlen waren symptomatisch für die politische Lage in Israel; fragil, weil sich in den jeweiligen Regierungskoalitionen die unterschiedlichsten Parteien zusammenschlossen – vereint alleine durch die gemeinsame Ablehnung der Vorgängerregierung, welche bei der Abwahl ihrerseits sofort zur Opposition wurde. Wer in Israel einmal an der politischen Spitze stand, verbrannte drei Viertel seiner Energie für die Verteidigung seiner oder ihrer Position. Alle anderen drängenden Probleme mit dem restlichen Viertel an Ressourcen auch noch lösen? Da ist man schneller zu Fuss durchs Rote Meer marschiert.

Das einzige politische Thema, bei dem über alle Lager und Koalitionen hinweg eine Mehrheit zu finden war: Die Aussenpolitik und die Selbstbehauptung gegenüber Hamas, Hisbollah und Iran. Und so wurde seit der Jahrtausendwende ins Aussenministerium investiert, wie immer ins Militär, in die Vertretung Israels bei der UNO. Und noch vor der Coronakrise wurde entschieden, dem Mossad ein neues geheimes Hauptquartier in Jerusalem, statt in Tel Aviv zu erstellen.

Die entsprechenden Gebäude wurden im Regierungsviertel geplant, zwischen Wohl-Rose-Park und dem westlich davon gelegenen Begin Boulevard, benannt nach dem israelischen Ministerpräsidenten, welcher den jüdischen Staat 1979 wider Erwarten in einen dauerhaften Frieden mit Nachbar Ägypten führen konnte. Neben diesem historischen Frieden im Zusammenhang mit dem Camp David-Abkommen gingen aber so viele Tötungen und Massaker auf Begins Konto, dass er den Friedensnobelpreis – zusammen mit dem ägyptischen Präsidenten Anwar as-Sadat – nur unter riesigen Protesten und höchsten Sicherheitsvorkehrungen in Empfang nehmen konnte.

Und als ob es eine Art Balance oder Ausgleich zwischen Gut und Böse, zwischen Krieg und Frieden brauchte, befahl Begin kurz nach dem Friedensschluss mit Ägypten, einen Krieg mit dem Libanon zu starten. Die Aggressivität und der beschränkte Erfolg des israelischen Angriffskrieges gegen Beirut führten zu Begins Rücktritt und zur Gründung der Hisbollah, einer Selbstverteidigungsgruppe im südlichen Libanon.

Unterdessen hatte sich der Golda-Meir-Saal entleert. Nur eine kleine Gruppe blieb im Gespräch, ein Quartett aus Ori, Liara, Tabea und Moshe.

Ori Gordin schaute ostwärts zum Fenster hinaus – der Park befand sich nur 150 Meter entfernt – und beobachtete, wie die Delegation Demonstrierender aus dem Sprinter stieg: “Ich sag euch was: Auch wenn wir es schaffen würden, die Jungs da draussen zu beruhigen oder sogar eine Waffenruhe mit der Hamas zu schliessen: Der nächste Konflikt wartet auf uns.”

“Das ist gefährlich pessimistisch, ich glaube nicht, dass diese Haltung uns weiterhilft”, versuchte ihn Tabea Gamliel zu stoppen.

“Nur keine Panik, ich sehe keine endlosen Konflikte, es sind maximal acht.”

“Acht?”, Liara schaute Generalmajor Ori spöttisch an.

“Theoretisch sind es acht, konkret sind es drei oder vier.”

“Ori, du alberst rum.”

Statt sich zu rechtfertigen, schritt Generalmajor Ori Gordin zur Flipchart-Tafel an der Wand, winkte die drei heran, fand einen schwarzen Filzer; ausgetrocknet, er warf ihn in den elf Meter entfernt stehenden Abfalleimer, traf, blieb ernst, öffnete den blauen Deckel und zeichnete ein Bild, auf den ersten Blick eine Art Handschuh mit den Fingern nach unten zeigend.

“Ori, du alberst wirklich, das ist ein Krake.”

“Du hast recht, Tabea, ein Krake, aber ich albere nicht.” Ori schrieb die ersten drei Arme je mit einem grossen H an.

“Ich sehe, worauf du hinaus willst”, kombinierte Moshe.

“Ihr wisst, wie sich der Kopf des Kraken nennt, oder?”

“Schreib Iran drauf”, schlug Liara vor, und Ori tat es so.

"Irans Strategie gegen uns Israelis ist im Wesentlichen die eines Kraken, der sein Opfer mit seinen Armen erwürgt und dabei auf Zeit setzt. Bei acht Armen kann er immer mal wieder einen entspannen, etwas lockern, nur um ihn dann noch kräftiger einzusetzen. Für uns bedeutet das eine ständige strategische Umhüllung, Ermüdung und Erdrosselung durch Stellvertreter wie die Hisbollah und die Hamas, und wir wissen, dass der Iran seit 2005 auch die jemenitischen Huthi mit Waffen und einer antiisraelischen Doktrin versorgt. Es macht keinen Sinn, gegen die Hamas vorzugehen ohne Konzept gegen die Hisbollah, und es macht keinen Sinn, gegen die Hisbollah und die Hamas vorzugehen ohne Strategie gegen den Kopf des Kraken.”

“Gutes Bild, Ori”, nahm Liara den Vergleich auf, “wir wissen nur zu gut, dass die Hisbollah völlig von Teheran abhängig ist. Sie ist das Vehikel, mit dem die Ayatollahs ihre islamische Revolution in die schiitisch bewohnten Gegenden des Libanons exportierten. Erinnert ihr euch, dass die erste Generation Hisbollah-Kämpfer in den 80-er Jahren noch aus iranischen Revolutionsgarden bestand, die erst mit der Zeit durch freiwillige schiitische Libanesen ersetzt wurden?"

Tabea: "Seit 40 Jahren halten sie uns auf Trab, aber ohne irgendwas Konkretes erreicht zu haben."

Ori: "Ja, die Hisbollah alleine konnte uns nichts anhaben. Aber die Kommandanten der iranischen Revolutionsgarden sehen uns als Krebsgeschwür. Sie möchten uns wie mit einer Zange von zwei Seiten her anpacken, von Norden mittels der Hisbollah, und im Süden haben sich die frustrierten Palästinenser angeboten; zwar keine Schiiten – aber das Rezept funktionierte ehrlich gesagt nicht schlecht."

Tabea: "Andere arabische Staaten unterstützen die Palästinenser zwar ideell und mit Finanzen, aber die Aggression kommt vom Iran. Der Iran war es, welcher in den frühen 90-er Jahren Hamas-Vertreter an zwei Konferenzen über Palästina einlud – erfolgreich."

Moshe wurde ernst: "Meine Lieben, es ist schon krass. Überlegt euch mal: Auf unseren Friedensschluss mit Ägypten folgte die Gründung der Hisbollah, auf den Friedensvertrag mit Jordanien die Gründung der Hamas – ich erinnere euch an die Madrider Friedenskonferenz von 1991 – und auf die Normalisierung der Beziehung zu den Golfstaaten, dem Sudan und Marokko..."

"Folgte die Revolution der Huthis!", vervollständigte Liara den Satz.

"Ist das nicht beängstigend?"

"Du hast Angst? Wovor? Dass uns die drei Gruppen überrennen? Ins Meer werfen? Werden sie nie im Leben."

“Nein, klar habe ich keine Angst vor der konkreten Bedrohung. Aber mich beunruhigt die Unausweichlichkeit dieses Schemas.”

“Schema?”

“Dass jeder Friedensschluss einen neuen Gegner gebiert. Und ich glaube nicht, dass dahinter der Iran steckt. So genial und omnipotent sind die in Teheran niemals. Sie spielen einfach ihre Rolle in diesem Drama.”

“Und wer ist der Regisseur des Dramas deiner Meinung nach denn? Die Illuminati? Bilderberg? Doch unsere Freunde beim CIA?”

“Sind alles auch nur Menschen…”, war die offene Antwort.

“Nun werd mal nicht religiös, Moshe! Denk daran, dass du von meiner Meretz-Partei auf deinen Posten gehievt wurdest”.

“Was ist daran religiös, Liara, wenn ich an tiefer liegende Zusammenhänge glaube? Habt ihr ‘Shattered Dreams of Peace’ gesehen?”

“Der Film von Dan Setton?”, Liara nickte, Ori bejahte.

Mit “Ich sah ihn nicht”, reagierte Tabea, “aber ich weiss, worum es geht: Auf jeden Schritt in Richtung Frieden folgte ein Attentat, welches alle Bemühungen wieder zunichte machte.”

“Genau, und das Beängstigende ist, dass diese Attentate wie aus dem Nichts kamen, von Einzelpersonen, ohne gesteuerte politische Agenda.”

Ori: “Moshe, hier scheiden sich die Geister. Diese Einzelpersonen sind nicht so unabhängig gewesen, wie du meinst, sie wurden von Drahtziehern im Hintergrund gesteuert, genau wie die Hamas. Sie wurden aufgebaut, radikalisiert und im richtigen Moment zur Tat angestachelt. Da gibt es eine politische Agenda dahinter. Die Araber möchten diesen Frieden nicht. Punkt.”

“Ori, das ist nicht die Einschätzung des Geheimdienstes. In einzelnen Fällen magst du recht haben. Aber wir sind regelmässig erstaunt, wie Attentäter aus dem Nichts auftauchen, sich selber radikalisiert haben, sogar selber die Waffe organisierten und mit ihrem Anschlag die eigene politische Führung vor den Kopf stossen.”

“Hmm, postulierst du gerade unsichtbare, metaphysische Zusammenhänge?”

“Ich glaube an die Möglichkeit, dass ein Weltgeist die historischen Geschehnisse sich wie entwickeln oder abspielen lässt.”

“Oh, Weltgeist, das klingt aber hochtrabend”, spottete Liara.

“Klingt für mich nach Hegel, dem deutschen Philosophen”, ergänzte Tabea.

“Moshe, heisst das laut deiner Ansicht, dass der Sturz des iranischen Regimes, den wir anstreben, automatisch einen neuen Gegner gebären müsste?”

“Hmm, wäre reine Spekulation, theoretisch aber möglich. Die Türkei käme bereits einmal in Frage, auch Russland, mittelfristig vielleicht sogar China.”

Tabea griff ein: “Hör auf, Moshe, das ist zu weit hergeholt. Auch wenn dieser Weltgeist existieren sollte: Hegel sah ihn, wenn ich mich recht erinnere, in Napoleon verkörpert, und dieser wurde bei Waterloo besiegt, ohne dass gerade ein neuer Kaiser geboren wurde, der Europa in die Knie zwingen wollte. Nach Napoleons Verbannung herrschte in Europa fast 100 Jahre Frieden, abgesehen vom Deutsch-Französischen Krieg. Heisst für mich: Wir können den Iran besiegen und Ruhe schaffen.”

Ori stand noch immer neben seinem gekrakelten Kraken und tippte mit dem offenen blauen Stift, der nun auch ausgetrocknet war, immer wieder auf den einen Tentakel: "Wie auch immer: Die Hamas hat bis zu 15.000 Raketen ready. Ihr gesamtes

Arsenal ist in den letzten Jahren mit iranischer Hilfe aufgerüstet worden: höhere Präzision, grössere Reichweite, schwerere Sprengköpfen und verbesserte Abschussvorrichtungen.

Ausserdem wissen wir um mindestens sechs Shahab-Kamikaze-Drohnen, die sich im Gazastreifen befinden und zum Teil eingesetzt wurden. Amir Ali Hajizadeh, der Luftwaffenchef der iranischen Revolutionsgarden protz regelmässig über seine Hilfe für die Hamas und macht keinen Hehl daraus, woher die Feuerkraft der Palästinenser kommt."

“Gut, dass ihr nicht von diesen Drohnen gesprochen habt, als die Leute vom Wohl-Rose-Park hier waren.” Dann wollte Tabea Gamliel wissen, wie das möglich sei: Hamas und eigene Drohnen.

An Oris Stelle fasste Liara zusammen: “Auch hier stand das persische Modell Pate. Die Ababil sehen praktisch gleich aus wie die Version aus Gaza. Das Übermitteln von Bauplänen und hochtechnologischen Bauteilen ist ein Kinderspiel.”

“Ehrlich gesagt sind die Drohnen zwar die neueste Waffe, aber nicht das grösste Problem.”

“Sondern?”, wollte sich die Justizministerin aufklären lassen.

“Die aktuellen Fähigkeiten erlauben der Hamas Sperrfeuer von bis zu siebenundzwanzig Raketen pro Minute, und zwar bis Tel Aviv. Mit dieser Kadenz wäre der Iron Dome überfordert.”

“Das heisst”, ergänzte Liara, “dass bei einem massierten Angriff Dutzende von Raketen ungebremst durch die Luftabwehr fliegen und im Siedlungsgebiet landen.”

Tabea: “Weiss Bennett Bescheid über die mögliche Überforderung des Iron Domes?”

Ori: “Ich weiss es nicht, Benny sicher und ein paar Militärs natürlich.”

Tabea: “Ach, unser Rotationssystem, was für ein unseliger Versuch, es allen recht zu machen."

Moshes Blick zum Fenster raus galt nicht dem Park, nicht dem Begin-Boulevard. Er hängte am Yitzhak Rabin-Boulevard, der die beiden verband und die nördliche 8-spurige Begrenzung des Regierungsviertels bildete. Was für eine ungeheure Tragik in seiner, Rabins, Geschichte und Ermordung steckte. Rabins eigene Karriere in der Hagana und seine entscheidende Rolle als Generalstabschef im Sechstage Krieg war für Moshe immer wieder Inspiration gewesen.

Auch die Friedensbemühungen des alternden Rabins hatten ihn fasziniert. Denn Rabin wollte keinen Frieden aus Ermüdung, keinen Frieden aus einer Patt-Situation, sondern einen Frieden aus einem Momentum der Stärke. Friede durfte für Rabin keine Ersatzlösung sein für einen verpassten Sieg. Der Friede war vielmehr der Sieg.

Im Moment befand sich Israel unter Druck, keine gute Ausgangslage für einen Frieden. Also musste ein Momentum der Stärke geschaffen werden. Moshe drückte sich die Augen mit Daumen und Zeigefinger zu, hielt nochmals inne, schritt dann zur Gruppe zurück. Das Gespräch stoppte sofort, die drei blickten zu ihm. Er hatte seine Vision noch nicht mal für sich selbst formuliert, aber die Energie dahinter war zu spüren. Wo bis vor Kurzem noch ein Geist des Protests, dann der Frustration lungerte, knisterte es plötzlich.

Mosche begann seine Vision: "Ori hat es angedeutet: Unser Problem ist, dass wir gegen die Arme eines Kraken kämpfen, statt mit dem Kraken selber, sprich ihrem Kopf. Einmal weisen wir die Hisbollah in die Schranken, dann fallen wir im Gazastreifen ein oder ringen mit unseren Partnern in Europa, den USA und manchmal der ganzen Uno um eine Verurteilung des iranischen Atomprogramms.

Aber der Kopf der Krake bleibt unangetastet und kichert, während die nächste Ladung Waffen an die Hisbollah verladen wird, neue Gelder nach Gaza fliessen und die IAEA-Inspekteure an der Nase herumgeführt werden. Unser Gegner heisst nicht Hamas, heisst nicht Hisbollah, sondern Teheran. Lasst uns auf den Kopf der Krake losgehen. Ein harter Schlag und alle Arme werden auf einmal schlaff!"

Ori schmunzelte: “Moshe, erst gerade hast du neue Gegner heraufbeschworen für den Fall, dass wir den Iran in die Knie zwingen und nun befürwortest du einen Militärschlag?”

“Du hast recht, es hat ein wenig was von Abenteuer und Risiko, aber noch schlimmer ist ‘Nichts-Tun’.”

“Vergiss es, Moshe!”, Tabea Gamliel klang energisch. “Ein militärisches Abenteuer gegen den Iran findet keine Unterstützung, nicht in der Bevölkerung, geschweige denn in der internationalen Gemeinschaft.”

Moshe betrachtete die Justizministerin als Schlüssel, die Zivilgesellschaft auf einen Konfrontationskurs mit dem Iran einzustimmen. Es galt, zuerst sie zu gewinnen.

“Tabea, unser Problem ist, dass die Welt keines sieht, in der Art, wie der Iran sein Atomprogramm forciert. Wir müssen der Welt und auch unserer eigenen Bevölkerung zeigen, was der Iran wirklich vorhat; nein, wir müssen es ihnen nicht zeigen, wir müssen es ihnen beweisen.”

“Wie willst du das beweisen? Bis jetzt ist es Teheran immer gelungen, alle atomare Entwicklung als Effort zur Energiegewinnung zu verkaufen. Unsere Angriffe auf das iranische Atomprogramm sorgten für diplomatische Verstimmungen oder neue UNO-Resolutionen.”

“Ich weiss. Das wird sich an dem Tag ändern, an dem Iran seine wahren Absichten offenbart. Aber dazu müssen wir sie zwingen, besser: Wir verführen sie.”

“Verführen?” Die hochgehobenen Augenbrauen rund um Moshe forderten ihn auf, seine Gedanken auszuführen.

“Wir legen einen Köder. Das heisst, wir bauen ein Experiment auf, ähnlich wie in einem wissenschaftlichen Versuch. Wir haben eine Hypothese, diese lautet: Der Iran ist bereit, uns atomar auszuschalten. Wir brauchen nun einen Versuchsaufbau, um diese Hypothese zu verifizieren, ok?”

“Bis jetzt folgen wir dir, wie weiter?”

“Wir legen einen Köder, und wenn der Iran anbeisst, dann veröffentlichen wir den Beweis und gewinnen das Backup für einen Präventivschlag oder es gibt viel härtere Sanktionen der Staatengemeinschaft.”

“Phuhh, Moshe, das klingt abenteuerlich. Wie soll das konkret aussehen?”

“Der Iran ist technisch nicht bereit, uns mit Nuklearwaffen anzugreifen, aber sie haben das Potential für schmutzige Bomben. So eine Bombe soll unser Köder sein, und unsere Angelrute heisst Hamas. Die Rute auswerfen müssen unsere Leute im Iran. Liara, ich bin mir sicher, wir haben Leute im Iran.”

"Natürlich”, bestätigte Liara, “wir haben drei erstklassige V-Männer im Umfeld der Revolutionsgarden, einen in der Atomanlage Isfahan. Zusätzlich könnten wir einen Dissidenten brauchen. Unsere Liste mit möglichen Partnern diesbezüglich umfasst aktuell vier Personen, drei davon im Zusammenhang mit Isfahan, eine in der Atomanlage Fordo.”

“Das sollte reichen. Einer oder zwei von ihnen sollen den Iran dazu bewegen, radioaktives Material für eine schmutzige Bombe in den Gazastreifen zu schmuggeln – unter unseren Augen. Kurz vor dem Anschlag schlagen wir zu, mit allen Beweisen, dass das Material aus dem Iran stammt und dieser willig war, uns via Hamas-Terroristen damit anzugreifen. Ich verspreche euch, das wird international Verständnis auslösen für eine militärische Intervention."

Ori fasste zusammen: “Moshe, wir sind uns einig, dass der Kopf der Krake angegriffen werden muss. Für einen kapitalen Schlag gegen den Iran brauchen wir entscheidend mehr internationales Backup, als wir aktuell haben.”

“Genau.”

“Daher demonstrieren wir der UNO die wahren Absichten des Irans.”

“Korrekt.”

“Um diese offen zu legen, müssen wir den Iran in eine Art Falle locken, du nennst das ein wissenschaftliches Experiment.”

“Du hast mich verstanden, Ori.”

“Die Falle besteht in der Versuchung, der Hamas eine schmutzige Bombe zu überstellen, welche sie gegen Israel zündet.”

“Nein, sie zündet sie nicht. Aber sie bereitet alles vor. Noch vor der Zündung schlagen wir zu und offenbaren der Welt das dreckige Zusammenspiel von Teheran und den drei Hs.”

“Hmmm, risikoreich, oder?”

“No risk, no safety, würde ich sagen.”

“Das schaut nach einem Plan aus, den wir nicht nur einfach, sondern doppelt absichern müssen.”

“Und er steht oder fällt mit der Bereitschaft unserer Leute im Iran, die Maschinerie in Gang zu setzen.”

“Das heisst, unser Dissident, also unser zukünftiger Dissident, wird dem Regime die Proliferation einer schmutzigen Bombe an die Hamas beliebt machen müssen?”

“Ja, so stelle ich mir den Start der Unternehmung vor, welche dann auch einen hübschen Namen erhält, Operation Octopus zum Beispiel.”

Ori schritt zurück und schrieb den vorgeschlagenen Begriff schmunzelnd über seine Skizze.

“Was passiert, wenn rauskommt, dass wir dahinter stecken?”, gab Tabea zu bedenken.

“Das müssen wir im Endeffekt nicht mal verstecken. Wichtig ist, dass der Iran sein wahres Gesicht offenbart.”

“Die nächsten Schritte?"

“Wir brauchen das Backup des Mossads, Liara, dein Job. Und wir brauchen die IDF, zumindest den Aman, den militärischen Geheimdienst, auf unserer Seite, Ori, du warst dort drin, das schaffst du, oder?”

“Ich glaube, das ist machbar, Moshe.”

“Dann brauchen wir das Backup des Sicherheitskabinetts! Tabea?”

Verkleinerte Augen bei der Justizministerin, zusammengepresste Lippen. Dann: “Ich verstehe den Plan, ich gebe mein Bestes."

“Wir werden sehen, ob ein Sieg gegen den Iran einen neuen Feind auf den Plan ruft, wenn ja, dann habe ich recht gehabt und wir wissen es für ein Andermal besser."

Datteln und Bomben

Rosette

AMIR – GHADA – **HASSAN** – NAGIB

Genau ein Zug pro Tag fuhr von Alexandria nach Raschīd, besser bekannt als Rosette, hielt kurz vorher am kleinen Bahnhof von Izbat Bahnasi. Die Geleise praktisch unsichtbar, überwuchert von Gras und kleinen Büschen. Der einzige Bedienstete der Station sass auf einem Metallstuhl im Schatten, rauchte, machte sich keine Mühe aufzustehen, als der Zug einfuhr, es war heiss.

Izbat Bahnasi lag jahrzehntelang zurück, was die Entwicklung betraf. Wer etwas erreichen wollte im Leben, zog nach Raschīd, Alexandria oder gleich nach Kairo. Wer hier blieb, nahm mit staubigen, ungeteerten Strassen Vorlieb, mit krähendem Federvieh in jedem Hinterhof und zwei kleinen Läden, in denen es wenigsten frische Milch und Fladenbrot gab, ansonsten: Hitze, Fliegen und das, was sie anzog.

Mit einem ungelenken Satz sprang Hassan vom Eisenbahnwagen auf den staubbedeckten Perron. Adam nahm die Stufen im grünen Da'wa-Trainer einzeln; beide am besetzten Metallstuhl vorbei, dann an einem Dattelgarten, einem von Dutzenden, die nahe am Rosette-Nilarm lagen. 140 Kilometer weiter östliche gab's den Damiette-Arm, und das wär's. Früher durchströmten sieben Nilarme das Delta, fünf verlandeten.

"Hassan, kennst du die Geschichte von Yussuf, Allahs Segen und Frieden auf ihm?"

"Yussuf?"

"Einer unserer Vorväter, Sure zwölf beschreibt ihn."

“Ah, Yussuf aus dem Koran, natürlich, Segen und Frieden auf ihm, warum meinst du?”

“Nachdem ihn seine Brüder fast umgebracht hatten, verkauften sie ihn als Sklaven nach Ägypten.”

“Ja, ich weiss, hier wurde er berühmt und hat den König zum Islam bekehrt.”

“Weisst du, was nachher kam?”

“Hmmm, ich glaube, er hat Träume gedeutet?”

“Ja, und er hat dem König von Ägypten geraten, sieben Jahre lang Getreide zu speichern, weil eine Hungersnot kommen würde.”

“Ach ja, das mit den sieben Kühen?”

“Sieben magere Kühe frassen sieben fette Kühe. Und der zweite Traum des Königs war, dass sieben dünne Getreidehalme sieben dicke verschlangen. Dann kam diese Hungersnot wirklich und seine Brüder reisten zu ihm, um Getreide zu kaufen. Aber sie erkannten ihn nicht.”

“Du willst auf etwas hinaus, oder?”

“Genau, schau dich hier um, wie grün es ist, wie schön, allerbestes Landwirtschaftsland.”

“Ja, sehr fruchtbar.”

“Zur Zeit von Yussuf war das hier alles Sumpfland, verschiedene Nilarme flossen mal hier, mal da durch. Es gab regelmässig Hochwasser, niemand konnte hier leben, nichts wurde angebaut.”

“Erzähl weiter.”

“Nach der Hungersnot lud Yussuf seinen Vater und seine Brüder ein, in Ägypten zu wohnen, und sie kamen und wurden ein grosses Volk. Das Problem war, dass es bereits Ägypter gab und eigentlich keinen Platz für ein weiteres Volk.”

“Adam, ich glaube ich verstehe. Du meinst, dass sie hier im Delta siedelten, welches vorher unbewohnt war.”

“Genau, Yussuf hatte das ganze Delta nutzbar gemacht, um während den sieben guten Jahren Getreide anzubauen. Wahrscheinlich hat er die Nilarme korrigieren und Sümpfe trockenlegen lassen. Und dann wurde das gewonnene Land zum Zuhause für seine Nachkommen.”

“Bis Musa kam und sie aus Ägypten führte?”

“Ja, das ist dann die Fortsetzung der Geschichte.”

"Wir sind da, Adam. Ich glaube dieses Haus mit dem grünen Tor.”

Sie klopften dran, Hosni öffnete es, Quietschen. Der Sinai-Terrorist begrüsste die beiden, bat sie ins Haus, bot ihnen Tee an, stellte sich Adam vor und hörte interessiert zu, als dieser die Geschichte seiner Konversion zum Islam erzählte.

“Ich bin als Christ aufgewachsen und ging jeden Sonntag in die Kirche. Mit achtzehn habe ich eine Jugendgruppe geleitet, Gitarre gespielt und gepredigt. Dann kam der Wehrdienst.”

“Was hast du im Militär gemacht?"

“Infanterie, rumrennen, rumballern. Ich habe angefangen zu trinken, dann gekifft. Zuerst ging ich am Wochenende noch in die Kirche, dann traf ich mich auch sonntags mit Kollegen vom Militär, und irgendwann habe ich mein Leben nicht mehr im Griff gehabt, habe Geld ausgegeben für Drogen, Alkohol und Frauen.”

“Siehst du, das ist es, warum wir keine christlichen Touristen im Land brauchen”, meinte Hassan.

“Ich wollte zurück zu einem anständigen Lebensstil, aber die Leute aus meinem christlichen Umfeld waren nicht besser. Ich entdeckte, dass viele auch Alkohol tranken und ein Doppelleben führten. Dann sprach ich im Militärdienst mit Muslimen. Sie lachten oft zusammen und hatten Spass auch ohne Alkohol. Sie hatten auf viele religiöse Fragen, die ich als Christ immer noch hatte, Antworten bereit.”

“Du hast Recht, dass du dich ihnen angeschlossen hast. Segen und Friede mit denjenigen, die dich gelehrt haben.”

“Was waren denn deine Fragen?”

“Ich hatte viele. Zum einen verstand ich nicht, warum Christen in meinem Umfeld oft krank waren, vor allem psychisch krank. Dann erlebte ich Streit unter den Christen, weil es viele verschiedene Meinungen gab, zum Beispiel über Wunder oder die Bedeutung des Heiligen Geistes. Dann verstand ich auch in der Bibel Sachen nicht.

Zum Beispiel sagt Paulus, dass Christen nicht neidisch und nicht zornig sein sollten, der Gott der Christen wird aber als zorniger und eifersüchtiger Gott dargestellt. Und natürlich machte ich mir auch Gedanken über Jesus. Als er auf der Welt war, hat er mit seinem Vater im Himmel gesprochen. Und ich hab mich dann gefragt: Wenn Jesus Gott ist, wer ist dann der Vater im Himmel? Auch Gott? Dann ist Gott ja gespalten und führt Selbstgespräche, oder?”

Hosni schmunzelte, Hassan lachte und dann wechselten sie das Thema.

“Also meine Freunde, ihr wollt mehr über die Möglichkeit einer schmutzigen Bombe erfahren. Aber lasst uns rausgehen. Spazieren wir durch den Dattelhain bis zum kleinen Kanal, dort sind wir alleine.”

Bald war das Trio an den letzten Häusern vorbei, begrüsste den Schatten, welchen die ausladenden Palmkronen auf den einfachen Weg warfen. Es duftete wunderbar.

“Allahs Wege sind wunderbar. Hassan, weisst du noch, wir haben vor zwei Wochen über eine Waffe gesprochen gegen die Besatzer in Palästina. Und letzte Woche erhielt ich die Information, dass der Iran bereit ist, das Material für eine schmutzige Bombe bereitzustellen. In vier Monaten könnte die Lieferung ankommen, spätestens in sechs ist sie von Rafah aus einsatzbereit.”

Noch waren die Datteln nicht bereit für die Ernte, gelb bis orange leuchtend hingen sie in grossen Trauben unter den Blattwedeln.

“Wir könnten das radioaktive Material in einer Ladung Datteln verstecken. Die Hamas wird Wege finden, wie es nach Tel Aviv kommt und dort gezündet wird. Stellt euch das vor, unbewohnbar für Jahrzehnte. Es wird brennen und eine halbe Million Yehoudis wird zu Fuss ins Meer flüchten müssen.”

Ein Arabisches Sprichwort beschreibt die Datteln als Baum mit den Füssen im Wasser und dem Kopf im Feuer der Sonne.

“Die Besatzer werden gedemütigt durch eine einzige Bombe. Und ich, Hosni Shamoun, werde der sein, der sie bereitstellt. Allāhu akbar, gesegnet sei der Iran, gesegnet Palästina, gesegnet der Wilayat Sinai.

Direkt nach Ägypten und Saudi-Arabien war der Iran weltweit der drittgrösste Lieferant für Datteln. Alle diese Länder produzieren jedes Jahr über eine Million Tonnen der orientalischen Süssfrüchte.

“Der Orient gehört dem Islam, der Orient gehört den Arabern. Die Yehoudis sollen raus.” Hosni sang fast, als er die Worte ziemlich laut in die Plantage rief. Adam blickte ihn von der Seite eine Weile an, erstaunt, blieb aber still.

Auch Hassan war sich nicht ganz sicher, wie er auf diese Proklamation reagieren sollte, inhaltlich war das ja schon ok, aber die gechantete Art irritierte ihn. Dafür räusperte er sich und stellte die Frage, wegen welcher er überhaupt in den Zug nach Izbat Bahnasi gestiegen war.

“Hosni. Angenommen du erhältst vom Iran diese Lieferung und sie kommt bei dir an. Um Allah gross zu machen, gib uns einen Teil davon. Wir brauchen auch eine Waffe, nicht gegen Menschen, aber gegen heidnische Tempel. Wir wollen die Grabmäler und Pyramiden unzugänglich machen, sie sollen sie für Jahrzehnte verseucht stehen wie Tel Aviv.”

Hosni pfiff durch seine Zähne. “Alle Achtung, das ist aber ein Ding. Dass es Allah segne und Gelingen schenke. Das heisst, ich muss im Iran mehr Material bestellen, als ich der Hamas am Schluss abliefere?”

Es raschelte links der drei Männer. Hosni machte einen Satz zur Seite, dann fluchte er kurz.

"Verdammte Manguste, das ist ein Ichneumon, seht ihr es dort?”

Der kleine Buschteufel, eine Art Mungo, blickte die drei aus ein paar Metern Entfernung mit erhobenem Kopf an, bewegte ihn ruckartig zur Seite und zurück, hielt ihn dann runter und sauste mit der Nase knapp über dem Boden hinter die Büsche, welche zwischen den Palmstämmen noch etwas Grün auf die hellbraune Erde malten. Das kleine, graubraune Raubtier ist derart geschickt, dass es locker den Kampf mit einer Kobra aufnimmt, die Schlange geduldig, aber geschickt umtänzelt und ihr im entscheidenden Moment in den Nacken beisst.

“Wir werden den Kampf gegen die Zionisten gewinnen. Wir werden denen auf der Nase rumtanzen. Wir reizen sie, sticheln mal da, mal dort, und in dem Moment, wo sie nicht aufpassen –

Booom, und wir haben sie. Das nächste Mal mit einer schmutzigen Bombe. Allāhu akbar."

Hosnis Augen leuchteten aus seinem bleichen Gesicht, er schwitzte trotz Schatten und gemütlichem Tempo.

"Also, mein Bruder, mein Cousin, mein Freund. Du willst einen Teil des radioaktiven Materials. Das lässt sich machen. Ich weiss noch nicht wie, aber es lässt sich machen. Die Frage ist, ob du es holst bei uns im El-Hasana oder ob wir sie liefern. Wo braucht ihr denn die Ware?"

Adam hatte Hosni wieder eine Weile lang von der Seite her angeschaut, zog seine Mundwinkel nach hinten, schaute zu Hassan, als der nicht redete: "Hosni, wir brauchen das Material in Gizeh, in einer ehemaligen Schreinerei."

Sie kamen beim Kanal an, sechs Meter breit. Die Palmen der gegenüberliegenden Seite spiegelten sich auf der glatten Oberfläche.

"Eine Schreinerei? Ok."

Ein leichter Wind kam auf, fuhr über das Wasser, hinterliess kleinste Kräuselwellen. Anmutig begannen die Dattelpalmen einen leichten rhythmischen Tanz.

"Ja, Hosni", meinte Adam, "und ohne, dass der Iran Wind von der Sache bekommt, das soll alles im Geheimen laufen."

"Tab'an! Versteht sich, bei uns läuft sowieso alles geheim. Die CIA ist überall, der Mossad, der Muchabarat, sogar die Chinesen sind auf dem Vormarsch. Mein iranischer Kontakt wurde von einem Chinesen an eine Konferenz nach Hong Kong eingeladen. Social Engineering nennen sie das."

"Wer ist denn dein iranischer Kontakt?"

"Lieber Cousin. Halte dich mit Fragen zurück, die dich als Anfänger blossstellen. Ich kann dir nur sagen, dass er in der

Waffenproduktion tätig ist. Eigentlich weiss ich selber nicht viel mehr. Ich habe ihn zweimal gesehen. Einmal in Qatar, einmal an Bord der Lady R, einem russischen Frachter, der für uns Waffen transportiert."

"Du warst in Qatar?"

"Nächstes Jahr wird dort die Fussballweltmeisterschaft stattfinden. Zehntausende von Arbeitern aus muslimischen Ländern reisen heran und suchen Jobs auf den Baustellen; dazu die vielen Transporte, Schiffe, Lastwagen und Meetings. In diesem geschäftigen Treiben konnten wir uns völlig unbehelligt treffen; die Suche nach Arbeit war eine perfekte Tarnung. Ich weiss, dass mehrere Jihadi-Gruppierungen diese Möglichkeit nutzten für physische Treffen. Die sind unter normalen Bedingungen fast nicht möglich."

Eine Brücke führte über den Kanal. Hosni stieg aufs Geländer, von dort erwischte er eine ganze Datteltraube, riss sie während dem Runterspringen ab, versuchte eine, wie erwartet noch nicht reif, warf das ganze Büschel in den Kanal.

"Es sind Khidri-Datteln. Schade."

Nochmals blickte Adam von der Seite zu Hosni, diesmal wagte er die Frage: "Was ist das Problem mit Khidri-Datteln, Bruder?"

"Sie sind balah, unreif, daher noch nicht geniessbar. Auf dem Sinai haben wir Khalas-Datteln, die kannst du auch balah oder rhutab, halbreif, essen."

"Du kennst dich aus!"

"Ich bin im Dorf gross geworden. Habe geholfen bei der Dattelernte, etwas Geld als Palmenkletterer verdient. Die Khalas hatte ich immer am liebsten." Er hielt Adam seinen linken Zeigefinger hin. Die Fingerbeere und der Nagel waren zu kurz. "Hab an der Traube gezogen und mit der anderen Hand die Machete geführt. Schlecht gezielt. Übrigens brauchen wir ein Codewort für das radioaktive Material. Wir nennen es Khalas, ok?"

"Hosni, Khalas bedeutet 'es ist geschafft'!"

"Perfekt, oder? Wunderbare Doppelbedeutung. Khalas also."

"Wie bleiben wir im Kontakt, Hosni?"

"Ich reise bald ab, organisiere alles, komme in zwei Monaten zurück und dann besprechen wir die Details der Übergabe. In der Zwischenzeit macht ihr euren Plan, wie ihr die Khalas nach Gizeh bringt."

Der Bahnhof von Izbat Bahnasi war tot, ein leerer Metallstuhl stand im Schatten des kleinen Gebäudes mit den kaputten Fenstern. Kein Zug mehr heute.

Hassan und Adam spazierten dem Strassenrand entlang in Richtung Rosette, bis sie ein Autofahrer mitnahm. In Rosette fanden sie erneut einen Fahrer, der sich als Atwa vorstellte.

"Wo wollt ihr hin?"

"Alexandria, mein Freund."

"Tamaam. Kommt mit, ich fahre zwar nur bis zum Motazah-Palast, aber von da gibts Microbusse bis zum Abwinken. Woher kommt ihr? Was wollt ihr in Alexandria?"

Und noch bevor Adam antworten konnte, schwatzte Atwa weiter: "Meine Firma wurde mit einer riesigen Lichtshow in den Montazah-Gärten beauftragt. Wir beleuchten den Palast, die Bäume uns sogar den Strand. Die Stadtregierung von Alexandria lässt sich echt was einfallen, um sich in Szene zu setzen. Habt ihr von der Show gehört?"

Und bevor Adam, geschweige denn Hassan reagieren konnten: "Heute werde ich die Standorte für unsere Scheinwerfer bestimmen. Wir verwenden moving-heads mit 1000 Watt und bis zu 45'000 Lumen. Könnt ihr euch das vorstellen, Jungs? 45'000

Lumen. Eure Lampe im Schlafzimmer brennt euch gerade mal 700 Lumen auf die Birne. Das wird geil. Die Stadt erwartet Zehntausende von Besuchern an unserer Lichtshow.”

Hassan wollte von Adam flüsternd wissen, was Lumen sind, aber Adam kam nicht zum Erklären.

“Kennt ihr die Montazah-Gärten? Ah, das ist eine geile Gegend, hier gibt’s viele schöne Menschen, schöne Paläste, gutes Essen und eine grandiose Aussicht auf das Meer. Der Albaner hat sowas von recht gehabt, hier zu bauen.”

“Ein Albaner?” Hassan laut und direkt an Atwa.

“Muhammed Ali Pascha”, trotz viel Verkehr auf der Autobahn Nummer 40 blickte Atwa lange rechts rüber zu Hassan und Adam, die sich neben ihm auf den zweiten und dritten Platz vorne gesetzt hatten, und lachte sie an. Mit seiner hellbraunen Haut, schwarzen und ersten weissen Haaren, Goatee und Oberlippenbart sah er fast aus wie Johnny Depp, inklusive schwarz gefasster Brille; “also dieser Pascha hat Ägypten gegründet. Ja, tatsächlich, ein Albaner hat Ägypten gegründet. Ist lange her, keine Ahnung, zweihundert Jahre? Habt ihr’s gewusst?”

“Gesichert ist, dass er albanische Truppen in Ägypten befehligte, ob er selber tatsächlich Albaner war, ist umstritten.”

“Oh, ein Besserwisser!”, zwinkerte Atwa Adam an, “auf jeden Fall hat einer seiner Nachkommen den Montazah-Palast mit Garten als Sommerresidenz für die Herrscher von Ägypten gebaut. Und schon bald herrschen dort meine Lampen...”

"Machst du das alles alleine mit dieser Beleuchtung?”, wollte Hassan wissen.

“Nein, wir sind zu dritt. Aber je nach Anlass brauchen wir viele Helfer zum Schleppen des Materials. Wenn wir im Herbst die Pyramiden von Gizeh beleuchten, werden fast 50 Leute angestellt sein.”

Atwa hatte die Ausfahrt nach Abukir genommen und fuhr nun auf der Malek Hefni Strasse vor das Montazah Park Gate, wo einige weisse Reisebusse parkiert waren.

“Jungs, es war mir eine Ehre. Besucht die Lichtshow, ok?”

Atwa drückte Hassan beim Aussteigen einen Flyer in die Hand, bog dann ins Montazah-Gelände ein, und Hassan checkte, ob Achmad, Latifs Vater, vielleicht mit seinem Microbus in der Gegend war. War er nicht, also nahmen sie einen halb vollen Toyota Hiace in Richtung Al Mandara, und Hassan drückte drinnen sein Erstaunen aus, dass ein Albaner Ägypten gegründet haben soll.

“Das ist nicht selten, lieber Bruder. Auch die Türkei wurde von einem Albaner gegründet, wenn denn Mustafa Kemal Atatürk wirklich Albaner war. Ist auch nicht gesichert. Die moderne Schweiz wurde von einem Franzosen aus Korsika geformt, dafür baute ein Schweizer Kalifornien auf. Die Dänen haben England gegründet und Europäer die USA, ein Mann aus Venezuela hat Bolivien gegründet und die Franzosen Syrien. Viele heutige Staatsgrenzen wurden von Politikern in Europa diktiert.”

Das war neu für Hassan, für ihn gab es Ägypten schon immer, Libyen schon immer, Griechenland schon immer. Nur die Juden, die haben ihr Land geraubt, es den Palästinensern weggenommen, war er sich sicher, obwohl er nie genauer darüber nachgedacht hatte.

Adam näherte sich Hassans Ohr: “Hey, Hassan, nächste Woche beginnen die ersten Schūrā-Gespräche, um Strategien für die Rückeroberung Ägyptens für Allah abzusprechen. Abu Daoud hat mir eine kleine Gruppe gegeben und ich kann noch Leute einladen. Wärst du dabei?”

“Du leitest eine Gruppe, Adam? Warum hat er mir keine gegeben?”

“Ich glaube, er sieht dich eher in der Ansar al-Dschihad, dem Team, das wir zusammenstellen, um mit den heidnischen Tempeln aufzuräumen.”

“Auch gut. Adam, wieviele solche Gruppen soll es denn geben?”

“Ich weiss nicht. Vielleicht drei oder vier in Alexandria. Und viele andere in ganz Ägypten.”

Sie stiegen aus, Hassan zuerst dann Adam. Letzterer wollte gerade die Tür zuschlagen, als er kurz inne hielt, und obwohl der Chauffeur bereits mit dem Gaspedal spielte, einen Schritt zurück zu seinem Sitzplatz machte, den Flyer mit dem leuchtenden Motanzah-Palast ergriff und einsteckte.

“Da gehen wir sicher nicht hin, Adam!”

“Nein, Hassan, aber der Typ, Atwa, wird in einem halben Jahr die Pyramiden beleuchten. Weisst du, was das heisst? Viel technisches Equipment, mehrere Lastwagen, Dutzende von Mitarbeitenden. Nicht ganz der Aufmarsch einer EM wie in Qatar, aber doch so, dass sich in einem der Lastwagen unbemerkt auch anderes als nur Strom und Licht verstecken lässt.”

Bar und Balkon

Kairo, Alexandria **Amir** – Ghada – **Hassan** – **Nagib**

Hauptbahnhof Kairo, Ramses Station, 300'000 Personenbewegungen jeden Tag. Amir kam auf Gleis sechs an, wo zwei Jahre zuvor ein Zug ungebremst in den Prellbock fuhr, eine Explosion verursachte, ein Feuer auslöste und 25 Personen starben. Noch immer waren die Wände in der Nähe mit einer schwarzen Schicht Russ bedeckt und noch immer klebten vergilbte Fotos von Opfern am neuen Prellbock.

"Du wirst vorsichtig sein müssen, Amir. Es gibt Gefahren, also schau voraus, damit du rechtzeitig bremsen kannst. Überlege dir immer, was schief gehen könnte, aber glaube konstant, dass es gut kommt. Dann kommt es gut. Und wenn nicht, bist du dennoch vorbereitet," Gamil briefte den Rookie im Geheimdienst schon mal, bevor Nagib den konkreten Einsatz besprechen würde. Die beiden nahmen die U-Bahn Nummer eins, fuhren ins Stadtzentrum, stiegen am Tahir-Platz aus, spazierten zwischen Intercontinental Semiramis rechts, und der amerikanischen Botschaft links, hindurch, dann entlang der Nile Corniche, vorbei an der englischen Botschaft, und traten vis-à-vis der Masjid-Moschee ins Hotel Kempinski.

"Lobby, Jazz Bar oder Rooftop?"

"Ganz oben, Amir, es geht hoch hinaus. Mir gefällt, wie schnell du dir hier einen Überblick verschafft hast."

Nagib wartete in roten Badehosen und weissem Tuch über der Schulter auf die beiden, nippte an einem Mojito. Hinter ihm der acht Meter lange Hotelpool. Die Aussicht von der Terrasse des zwölften Stocks war fantastisch, gleich unterhalb schoben sich

Tausend Kubikmeter Wasser pro Sekunden Richtung Nildelta und in der Ferne liessen sich im Dunst die Pyramiden von Gizeh erahnen.

“Ich wusste, dass du dich richtig entscheiden wirst, danke, Amir. Der Kontakt, den du vorgeschlagen hast, scheint uns sehr gut. Und nun geniesst mal die Aussicht, ich gehe mich umziehen, dann essen war drinnen etwas.”

Nach je einem Club-Sandwich fasste Nagib zusammen: “Wir belassen es vorläufig mit drei Tagen Training hier Kairo, wahrscheinlich mit mir. Anschliessend fährst du zurück nach Alexandria. Du stellst dich bei Ghadas Familie also als Anästhesiepfleger vor, Abteilung Chirurgie. Du installierst beim ersten Besuch, noch bevor Ghada nach Hause entlassen wird, eine Sauerstoffflasche mit Atemvorrichtung neben ihrem Bett, ok? Es wird ein Sendemodul geben, Buchgrösse, batteriebetrieben.

Die Sauerstoffflasche wird auf einem Trolley stehen, du klebst das Modul mit viel Klebeband dort dran und steckst es derart zwischen Flasche und Trolley, dass es durchs Klebeband völlig verdeckt wird; heisst, du übertreibst ein wenig mit dem Gewickel. Diesen Sendechip hier klebst du unter das Bett ihres Bruders. Klebefolie ist vorbereitet; lass den abgezogenen Schutzfilm nicht in seinem Zimmer liegen. Übertreibe es bei den ersten Besuchen nicht, lass sein Zimmer sonst unberührt. Du wirst erst schnüffeln, wenn ich dir das ‘Go’ gebe, ok? Vorher lässt du Finger von allem. Wir wollen in Phase eins kein Risiko eingehen.”

“Klar, Nagib, soweit sehe ich keine Probleme. Was aber, wenn Hassan das eingeschaltete Sendesignal des Moduls aufspürt? Das lässt sich doch irgendwie messen, oder?”

“Für die drei oder vier Meter zu Hassans Zimmer braucht es kaum Leistung. Sobald Hassan im Zimmer spricht, zeichnet es die Daten auf. Wir programmieren das Gerät so, dass es die Daten erst in den frühen Morgenstunden zu uns überträgt.”

“Solche Geräte brauchen oft eine Belüftung.”

“Guter Einwand, Amir, haben wir übersehen. Gamil?”

“Die kleinen Datenmengen werden in wenigen Sekunden bei uns angekommen sein, in dieser Zeit heizt sich das Gerät kaum auf; dennoch kannst du drauf achten, Amir, dass beim Ankleben mit dem Band ein kleiner Luftspalt offen bleibt.”

Nagib nahm den Faden wieder auf: “Dann kommen zweimal wöchentlich die Besuche bei Ghada. Blutdruckmessen, eventuell Verbandwechsel, dann wichtig: das Testen der Aufmerksamkeit, der Orientierungsfähigkeit und der Feinmotorik der Patientin; und denk dran, das ist nicht nur Tarnung, die Frau hat tatsächlich einen Schädelbruch mit Trauma erlitten. Morgen früh hast du ein Training im Polizeispital hier in Kairo, ok? Dort gibt’s auch Kleidung, wie es sich für einen Krankenpfleger gehört.”

“Wird mir schon gelingen. Vergiss nicht, dass ich seit Jahren eine kranke Mutter pflege.”

“Hmmm, nur dass du deine Mutter bereits lieb hast. Ghada noch nicht. Mit der Zeit wirst die einen oder anderen Gefühle für sie spüren, rein sexueller Art oder auch mehr. Gib mir Bescheid, Amir,” Nagib lehnte sich nach vorne über seinen leeren Sandwich-Teller, machte eine kurze Pause, bevor er sich wiederholte: “Gib mir Bescheid, Amir, wenn es soweit ist. Ich kann’s nicht verhindern, aber ich möchte es wissen. Verstehst du? Ich muss wissen, wenn Gefühle mitspielen! Muss es ins Sicherheitsdispositiv einfliessen lassen. Es geht um die Sicherheit von dir, von ihr, von uns und im weiteren Sinn von vielen Menschen.”

“Ich weiss nicht, sie ist nicht unbedingt mein Typ”, log Amir. “Ich glaube nicht, dass das ein Problem sein wird.”

“Umso besser. Dann: Ich erhalte direkten Bescheid in folgenden Fällen: Wenn du dem Bruder in der Wohnung oder im Treppenhaus begegnen solltest, heisst, wenn er dich zu Gesicht bekommen hat. Zweitens: Wenn du einen Einsatz nicht wie geplant wahrnehmen konntest oder drittens, wenn sich etwas an der Situation verändert, will heissen Ghada oder ihre Eltern nicht mehr kooperieren, plötzlich weitere Leute auftauchen in der Wohnung oder du selber merkst, dass du nicht mehr magst. Klar soweit?"

"Klar soweit."

Gamil reichte Amir ein Samsung-Mobiltelefon: "Mit uns kommunizierst du nur mit diesem Gerät und mit diesem Gerät kommunizierst du nur mit uns. Nagib ist 'Mama' und ich bin 'Papa', die anderen zehn gespeicherten Nummern sind fake."

"Falsch, Gamil, die Nummer neun ist der Pin für ein Bankkonto, welches wir auf der Misr-Bank eingerichtet haben, lies ihn rückwärts, lasse die erste Ziffer weg. Im Moment sollten 30'000 Pfund drauf sein.

Ihren Bruder nennen wir ausschliesslich Doktor Khalid. Da Ghada informiert ist, wirst du im Gespräch mit ihr in der Wohnung auch diesen Namen verwenden, ok? Du wirst seinen echten Namen nicht aussprechen. Dann, sobald neue Personen ins Blickfeld kommen und du diese benennen musst: Für die erste Person verwendest du einen Namen mit 'A', für die nächste einen mit 'B' und so weiter. Du kannst die Namen gerne ins Adressverzeichnis des Mobiltelefons nehmen – wir haben Zugriff drauf. Frage?"

"Wie reise ich zu Doktor Khalid?"

"Also, du erinnerst dich an Esat? Er kennt einen Arzt im El Shatby. Du wirst dort ein Auto zur Verfügung haben mit medizinischer Aufschrift. Melde dich eine Stunde im Voraus telefonisch am Empfang, um sicher zu sein, dass der Wagen frei ist. Wie du in den El Shatby gelangst – up to you. Sonst Fragen?"

"Soweit alles klar, nur: Wie weisst du, dass wir hier oben nicht selber bespitzelt werden?" Amir schaute sich im ziemlich vollen

Rooftop Restaurant um. Vorwiegend elegant Gekleidete, einzelne Familien.

“Wir treffen uns nie zweimal im gleichen Lokal hintereinander. Und höchstens einmal pro Monat”, erklärte Nagib, bevor er aufstand, um an der Bar nochmals einen Drink zu bestellen.

“Nur, dass das Nagib mit dem Kempinski nicht immer schafft”, meinte Gamil leicht verächtlich, während er das warme Licht der untergehenden Sonne aufsog.

Amir war erstaunt über die plötzliche Gereiztheit in Gamils Worten, die weder zum bisherigen Gesprächsverlauf noch zur legendären Abendstimmung passten. Gamils leichte Kopfbewegung liess ihn zur Bar blicken. Er erstarrte, reagierte mit Hitzeschwall und leisem Pfeifen in den Ohren, als er den Grund für Gamils Verachtung plötzlich klar hatte. Der Barkeeper blickte auf eine Art zu Nagib und machte mit dem Mund eine Bewegung, wie sie Amir von einzelnen Kumpels seiner Polizeischule her kannte, wenn sie mit einer Ausschüttung von Testosteron auf junge Frauen reagierten, die mit sexy Sonnenbrillen High-Heels und perfektem Hüftschwung den Verkehr unsicher machten, weil zu viele Augen zu lange nicht auf den Verkehr achteten, sondern auf den Gehsteig.

Eine zweideutige Berührung und der Austausch eines Hotelschlüssels zwischen Nagib und dem Baristo der Rooftop Bar bestätigte Amirs peinliche Vermutung und verunmöglichte es ihm, Nagib zum Schluss des Treffens freundlich Ciao zu sagen. Es blieb bei einem gequälten Lächeln und einem hilfesuchenden Blick in Richtung Gamil. Dieser hob die Augenbrauen und schnitt eine Grimasse, bevor er Amir im Lift eröffnete, was nun eh schon klar war.

“Wenn du mich fragst, Amir, sind Nagibs Tage im Geheimdienst gezählt. Er geht sowas von leichtfertig um mit seiner Homosexualität. Wenn er sie wenigstens verstecken würde. Aber es ist ein offenes Geheimnis im ganzen TDR. Würde ihn unsere Chefin nicht schützen, er wäre schon längstens versetzt worden, wenn nicht sogar eliminiert."

"Echt jetzt, besteht diese Gefahr?"

"Es gibt Kräfte im Apparat, die weder mit Schwulen noch mit Kopten etwas anfangen können. Auf deren Abschussliste steht Nagib natürlich doppelt. Und die Leute sind recht gut organisiert. Es gibt ein informelles Netzwerk, um intern Druck auszuüben auf schwarze Schafe wie Nagib."

"Das heisst, Nagib kennt die Gefahr?", fragte Amir, als sie das Kempinski durch die Lobby verliessen.

"Natürlich, aber er fühlt sich zu sicher, zu wichtig, zu unantastbar. Das wird ihm irgendwann zum Verhängnis werden. Der Chef des Netzwerks ist sehr einflussreich. Nagib weiss auch, wer die graue Eminenz hinter diesen Bestrebungen ist, den Geheimdienst sauber zu halten." Während dem Wort 'sauber' machte Gamil eine Handbewegung, um zu zeigen, dass das in Anführungszeichen zu verstehen war.

"Du in dem Fall auch?"

"Es ist auch kein Geheimnis. Du kennst den Mann ebenfalls, hast ihn in Alexandria getroffen."

"Hadir Hakimi, der Sicherheitschef von Alexandria?"

"Nein, der ist nicht im Geheimdienst aktiv." Gamil winkte ein Taxi heran. "Es ist der Vize-Innenminister."

"Generalmajor Mahmoud Madbouly?"

"Genau, er wird irgendwann Innenminister werden und verfolgt einen nationalkonservativen Kurs, zwar nicht religiös, dennoch orientiert er sich an den traditionell islamischen Werten. Gut möglich, dass er Hadir Hakimi irgendwann auch noch in den Muchabarath holt, um das Netzwerk zu stärken, die beiden stehen sich nahe."

"Gamil, wie stehst du zu Nagib?"

"Weisst du, Nagib kann nichts für seine Neigung, er hat das nicht gewählt, soviel ist mir klar. Aber er soll das, verdammt nochmals, für sich behalten, sowas gehört nicht an die Öffentlichkeit und schon gar nicht in eine Regierungsbehörde."

In den Taxi gestiegen, plauderten die beiden mit dem Fahrer über die Chancen Ägyptens, sich für die WM in Qatar zu qualifizieren. Die Erwartungen ans Nationalteam waren riesig. Seit 1930 war das Land am Nil erst drei Mal an einer WM-Endrunde vertreten. Viel zu wenig, gemessen an der führenden Rolle, die sich Ägypten innerhalb Afrikas zuschrieb. Diesmal schienen die Chancen jedoch intakt. Während Gamil sicher war, dass Mohammed Salah die Sache endlich richten werde, hatte Amir schlicht zu wenig Erfahrung, um zu einer persönlichen Einschätzung zu kommen und ehrlich gesagt, hatte ihn Fussball auch noch nie so richtig gepackt.

Der Chauffeur indes liess seinem Pessimismus freien lauf: "In diesem Land läuft gar nichts, schaut mal das Verkehrschaos an, fragt mich nach meinem Lohn und dem Mietpreis für meine Wohnung. Ägypten hat keinen Plan, wie man Probleme anpackt und löst und das gilt auch für den Fussball."

Auf der Höhe des Ägyptischen Museums verabschiedete sich Amir von Gamil und verliess das Taxi mit einem richtiggehend melancholischen Gefühl. Er hatte sich von Sayed entfremdet, Nagib konnte als Schwuler kaum zu einer Vertrauensperson werden. Als ob das nicht genug wäre, musste er auch noch eine Absage seines einzigen richtigen Freundes einstecken. Es wäre eine super Gelegenheit gewesen, Bashar zu treffen, am besten natürlich im Kazaz. Aber dieser war mit seinem Boss auf einer Projektreise durch ein paar der neuen Vororte Kairos. Und es schien ihm zu traurig, alleine ins Kazaz zu sitzen.

Es waren nur weibliche Personen, die sich ihm als vertrauenswürdige Nächste anboten. 'Er würde die drei Tage bei Maama in der Kairoer Wohnung wohnen und dann, wenn das kurze Training beendet wäre, nach Alexandria zurückfahren, Ghada im Spital daten, nachher seinen Auftrag in ihrem Zimmer in Angriff nehmen und hoffen, dass ihm die Nähe zu dieser Frau neuen Lebensmut geben würde.'

—

Safija öffnete die Türe: "Amir, Amir, schön bist du hier." Und über die Schulter rufend: "Hidaja, es ist dein Sohn, Amir ist zurück."

"As-salāmu ʿalaikum, Safija, wie geht es dir? Wie geht es meiner Mutter?"

"Alles gut bei uns, Alhamdulillah. Wie geht es dir? Wie geht es meinem Mann? Hat er dir gut geschaut? Was habt ihr gegessen? Hat er warm gekocht? Hat er die Wohnung sauber geh..."

"Alles gut Safije, vielen Dank. Sayed hat es wundervoll gemacht." Amir quetschte sich an seiner Tante vorbei und schritt zu seiner Mutter ins Schlafzimmer. Sie lag im Bett, Umarmung. Hidaya hatte nicht viel Kraft in ihren Armen; Küsse und liebe Worte. Amir liebte seine Mutter wie nichts sonst. Sogar Ghada war weit weg, als er die alte, aber zärtliche Gestalt im Halbdunkel auf ihrem Bett an sich drückte und ihr dann beschwichtigend glaubhaft machte, bei ihm sei alles in bester Ordnung.

Safije hatte sein Zimmer in Beschlag genommen. Amir schlief im kleinen Wohnzimmer auf dem zweisitzigen Sofa. Am Folgetag ein erster Trainingsblock: Polizeispital, dann die Themen Verstecken, Tarnen, Observieren. Der einfachste Tipp, den ihm Nagib gab, tatsächlich simpel und ihm auch nicht ganz unbekannt: Normalität als beste Tarnung.

"Amir, was auch immer du machst, mache es total gelassen, als ob es das Normalste der Welt wäre. Tu, was du tust so, als ob du das schon immer so gemacht hast, es dein Job ist, du das volle Recht dazu hast, dann fällst du nicht auf."

Tag zwei: Einfache technische Features, Ablesen von persönlichen Daten via Near-Field-Communication oder Eindringen in ein Handy über die Bluetooth-Schnittstelle und Ähnliches aus dem Bereich des Social Engineering.

Am Abend klappte der Besuch im Kazaz: “Du bestellst ein Sakkara-Bier, echt jetzt?” Bashar lachte. Er freute sich ungemein, Amir wiederzusehen.

“Ich habe das Bier in Alexandria zum ersten Mal getrunken. Aber hast du gewusst, dass die ägyptische Al Ahram eigentlich zu Heineken gehört?”, Amir hielt seinem Freund die Flasche hin, presste den Daumen unter den entsprechenden Aufdruck.

Bashar griff nach der Flasche: “Echt jetzt?”, er traute seinen Augen nicht. “Als ob wir nicht fähig sind, selbst Bier zu brauen!” Er nahm einen Schluck aus Amirs Flasche, gab sie ihm zurück, sichtlich entrüstet. “Wir haben die Pyramiden gebaut und das erste Bier der Welt gebraut. Eigentlich sollten alle Brauereien der Welt uns gehören.”

“Woher willst du wissen, dass das Bier in Ägypten erfunden wurde und nicht in Belgien?”

“Ganz einfach, weil man in Gizeh rund um die Pyramiden Hunderte von Bäckereien und Brauereien ausgegraben hat. Und die sind mindestens 5000 Jahre alt. Dort wurden unglaubliche Mengen an Getreide zu Brot und Bier verarbeitet.”

“Alles klar, jetzt verstehe ich auch, warum Al Ahram die ganze Zeit mit den Pyramiden wirbt, auf den Flaschen, auf Prospekten und auch im Namen selbst. Bashar, apropos Werbung, wie lief deine Projekt-Tour?”

Bashar erzählte von seiner Werbe-Reise durch die neuen Städte. Sein Chef hatte eine Parkplatz-App entwickelt, die sie den Stadtverwaltungen und Einkaufszentren präsentiert hatten.

“Amir, wenn wir zur meist benutzten App werden für die Suche nach freien Parkplätzen, sind wir Millionäre, das sage ich dir. Jetzt ist genau der richtige Zeitpunkt, zuzuschlagen, gerade jetzt werden die neuen Städte mit neuen Parkplätzen gebaut und immer mehr Leute brauchen Apps.”

Bashar malte sich sein zukünftiges Leben als Topverdiener aus. Dann hörte er seinem Freund zu, wie dieser von seinem neuen Job bei der Polizei sprach, den er in Alexandria hatte. Bashar spürte, dass mehr dahinter steckte, als Amir aussprach:

“Bruder, Junge, hey, wenn du irgendwann in der Klemme bist, sag es mir, Mann, ich hau dich raus, echt jetzt, koste es, was es wolle, ok?”

Das war Bashar, Vollgas dabei, fürsorglich, überschwänglich, entschlossen. Und natürlich erfuhr er auch von Ghada:

“Hey Mann, lass mich auf jeden Fall dein Best Man sein, wenn’s soweit ist. Dass du mir ja niemanden anderen anfragst als Treuzeuge, da komme nur ich in Frage, hörst du mich? Ach Mann, hey, Amir, wenn das was gibt mit dieser Turteltaube, dann schmeissen wir eine Party, wie sie Kairo noch nie erlebt hat. Ich sag dir, ich kenne eine Location, echt atemberaubend, wir kamen da vorbei auf der Tour, ein Palast, Mann. Sag mir wenn’s soweit ist, ich organisiere dir alles, alles!”

–

Am dritten Tag: Theorie! Amir erfuhr mehr über die islamistischen Netzwerke, wie sie in der Vergangenheit operiert hatten, wie sie aufgebaut waren, miteinander kommunizierten, auch konkurrierten und Nagib beleuchtete die Psyche ihrer Mitglieder. Nicht zum ersten Mal wurde Amir bewusst, dass er fast zu gut ins Profil eines Terroristen passte mit seinen emotionalen Schlagseiten und dem gleichzeitigen starken Drang nach Gerechtigkeit einerseits, Geltung und Anerkennung andererseits.

Am Nachmittag fuhr Nagib seinen neuen Agenten an den Hauptsitz des Muchabarat. Er stellte seinen Landrover auf den Parkplatz, Sicherheitskontrollen am Eingang, dann die Treppe runter. Durch einen Gang im Untergeschoss gelangten sie in ein Nebengebäude, welches ausser eines Notausgangs gar keinen eigentlichen Eingang hatte. Im dritten Stock öffnete Nagib per Schlüssel sein Office, liess Amir mitten im Raum stehen.

“Amir, schliess deine Augen. Und jetzt streckst du mir beide Hände entgegen.” Nagib legte ihm etwas Schweres auf die Finger, etwas Hartes, Kaltes.

“Sie ist dir, persönlich, deine Lebensversicherung.” Amir öffnete die Augen. “Es ist eine Heckler und Koch P2000. In der Polizeischule hast du ja Schiesstraining gehabt, du wirst mit ihr umgehen können. Ich habe sie für mich einmal angeschafft, aber nie gebraucht. Amir, das ist auch ein persönliches Geschenk an dich, so eine gute Waffe ist selten und sehr begehrt. Und nun gehen wir noch eine Stunde in den Schiesskeller, ok?”

Dieser befand sich auf einem Gelände der Ägyptischen Nationalpolizei gleich nebenan. Amir kannte die Anlage, hatte hier die ersten beiden Wochen seiner abgebrochenen Polizei-Ausbildung absolviert.

“Komm schon, lass uns reingehen.” Nagib hatte sich umgedreht, Amir folgte ihm nicht mehr, war auf dem kleinen Vorplatz stehen geblieben, starrte zur einzigen Begrünung weit und breit, einem Gebüsche an der Wand einer Sporthalle.

“Hier habe ich mal reingekotzt, Nagib, in diesen Busch.”

“Nur einmal, Amir? So wie die Ausbildner mit den Rekruten umgehen, dürfte das mehrfach vorgekommen sein.”

“Nein, von denen liess ich mich nicht gross fertig machen, aber einer der Rekruten hat mir das Leben schwer gemacht."

“Schreib seinen Namen auf die Zielscheibe, dann löschst du die Erinnerung mit der HK aus.”

Amir war sich nicht sicher, ob Nagib das ernst gemeint hatte. “Hör auf, Mann, das ist Scheisse. Ich glaube nicht, dass Probleme mit Kugeln gelöst werden. Schlechte Erinnerungen erst recht nicht.”

“Wie du willst, Amir, war nur eine spontane Idee.”

Nach dem Schiesstraining, einem gemeinsamen Nachtessen im indischen Kohinoor und einer weiteren Nacht bei Maama auf dem Sofa fuhr Amir von der Ramses Station per Zug zurück nach Alexandria. Er entschloss sich, wiederum im Sea Star Hotel unterzukommen. Die Lage gefiel ihm: nahe am Meer, je gleich weit entfernt vom Hauptbahnhof und dem El Shatby, wo er bei Bedarf auf dieses Auto Zugriff haben würde.

—

Vorerst schwierigsten Aspekt von Amirs Auftrag: die Parkplatzsuche unten an der Al-Wafaa-Strasse. Zehn Minuten, eine Beule und ein hitziges Gespräch kostete ihn das Unterfangen. Kein Wunder, dass Bashars App nur in den neuen Städten beworben wurde, wo die Strassen grosszügiger angelegt waren und es offizielle Parkfelder gab.

Er suchte die Wohnungstüre. Ghada hatte ihn angemeldet, Eslem erwartete ihn. Sie öffnete ihm Ghadas Zimmertüre, leichtes Quietschen. Amir zwang sich, nicht nach persönlichen Gegenständen, Fotos und so Ausschau zu halten, sondern professionell zu wirken.

“Für die Sauerstoffflasche brauche ich am besten diesen Platz zwischen Bett und Schrank.”

Weil die Flasche knapp nicht hineinpasste, drückte er den Schrank ein wenig zur Seite und Eslem ihre Bedenken aus: “Ahetmam, der hält nicht gut.”

Schon passiert: Ein kleines Holzstück, das den oberen Schrank stabilisieren sollte, rutschte weg. Der weisse Aufsatz kippte zum zweiten Mal gefährlich nach vorne. Natürlich hielt Amir sofort dagegen und natürlich klemmte er sich einen Finger ein. Ein Tropfen Blut fiel auf den Teppich, versickerte in einem kleinen braunen Flecken, der vorher schon dort war.

Eslem half, die wunde Stelle notdürftig zu verbinden und sah dann zu, wie Amir die Vorbereitungen traf, damit Ghada den Rest ihrer Rekonvaleszenz zuhause verbringen konnte. Eine Woche noch, dann würde sie das Spital verlassen.

Ohne dass Amir die Gelegenheit gefunden hatte, den Sendechip unbemerkt unter Hassans Bett zu verstecken, verliess er zusammen mit Eslem die Wohnung an der El-Wafaa-Strasse, Eslem für einen Besuch bei Ghada, Amir um das Auto zum El Shatby zurückbringen.

Unten am Block verabschiedeten sich die beiden. Eslem steuerte auf einen Mikrobus zu. In dem Moment, als er losfuhr, erschrak Amir. Seine Tasche lag in der Wohnung oben auf Ghadas Bett. Nach ein paar Sekunden Sprint hinter dem Mikrobus her, gab er auf, Verschnaufen; 'sinnlos, vier Stunden unten an der Wohnung zu warten, er würde mit dem Kia Carens ebenfalls ins Spital fahren, dann mit Eslem zusammen zurückkommen und seine Tasche holen'.

Während er das Auto mit der El Shatby Aufschrift und dem blauen 'Star of Life'-Kleber aufschloss, ging er in Gedanken durch die Wohnung. Die Tasche müsste auf dem weissen Bettlaken liegen, von dort war er direkt zur Türe geschritten, hatte seine Schuhe angezogen, Eslem gefragt, wie sie ins Spital gelange, wie lange sie brauche. Dann waren sie schwatzend zur Wohnung raus gega... Hatte Eslem womöglich vergessen abzuschliessen?

'Ja', in seiner Erinnerung, bestand diese Möglichkeit. Es war ein Versuch wert. Amir liess das Auto abgeschlossen stehen, sprang die Treppen hoch, hoffend, kam ausser Atem oben an, drückte auf die Türfalle, konnte sie nicht aufstossen. Verschlossen. Schwer atmend blieb er stehen, stützte seine Hände auf die Oberschenkel, enttäuscht. Neben der Türschwelle lagen Hausschuhe, Plastik, rosa. Und dort, in dem einen Pantoffel – er musste Eslem nach dem Schliessen aus der Hand und ohne zu klimpern gelandet sein – lag er, der bräunliche Kupferschlüssel.

Amir blickte sich kurz um, horchte ins Treppenhaus: nichts. Also Schlüssel nehmen, aufschliessen, hinein; er zog die Tür hinter sich ins Schloss, schnappte in Ghadas Zimmer seine Tasche, grabschte darin nach dem Sender und fand kurz darauf den Raum mit Hassans Bett, unter welchem er den Chip wie besprochen anbrachte.

Dann die Gelegenheit, doch noch ein paar persönliche Gegenstände in Ghadas Zimmer anzusehen, die junge Frau zu spüren. An der Wand drei Fotos, je auf ein farbiges Papier geklebt. Ghada mit einem Mann und einer Frau, wahrscheinlich Hassan und Fatima, im Hintergrund ein Park.

Daneben ein Familienfoto aus früheren Zeiten. Der Vater wirkte streng, sein Blick, seine Körpergrösse, sein Bart, sein Alles stellte den vielleicht 14-jährigen Hassan, der wie ein geschlagener Hund daneben stand, in den Schatten.

Das dritte Bild: Ghada vor der Bibliothek Alexandrias mit Tasche über der Schulter und einem herzerwärmenden Smile auf dem Gesicht. Er erkannte das Gebäude nicht am bekannten weissen, scheibenförmigen Glasdach, sondern an der Südfassade, der geneigten, halbrunden Wand, die aus vielen Hundert Granitplatten bestand, in welche Sprüche aus je einer Sprache der Welt eingraviert waren.

Dann, sorgfältig, dass er nicht nochmals kippte, öffnete er den Kasten, blickte auf die drei Stapel mit den Kleidern, rümpfte die Nase wegen dem Geruch der Mottenkugeln, strich mit seiner linken Hand dennoch über die Stoffe, stellte sich vor, Ghada würde die Kleidung tragen, während er darüberfuhr.

Sein Gewissen brachte ihm Nagibs Warnung in Erinnerung: Kein Risiko in der ersten Phase, also auch nicht zu lange in der Wohnung bleiben; daher Tasche packen und, was er vorher auch vergessen hatte, ein Foto von der installierten Sauerstoffflasche machen.

An der Türe reagierte er mit spürbar schnelleren Herzschlägen auf die Stimmen, die vom Treppenhaus her immer lauter wurden. Zwei Männer. Er würde warten müssen, bis sie an der Wohnung vorbei sind – es sei denn, sie wollten gar nicht vorbei, sondern in die Wohnung hinein.

Erste Schweissperlen auf Stirn und Händen. Er zog sich in Ghadas Zimmer zurück, wartete. Dann floss der Schweiss auch aus den restlichen Drüsen, denn an der Türe draussen machte sich jemand zu schaffen. Vergebens wurde versucht, ein Schlüssel zu drehen, sie war ja auch nicht verschlossen.

Amir wackelte zum Fenster, öffnete es. Ein kleiner Balkon, kaum ein halber Meter breit, er hatte ihn vorher nicht gesehen. Während er über die Fensterbrüstung kletterte, traten die beiden Männer in die Wohnung.

“Maama? Ghada? Ist jemand da?”

Amir duckte sich hinter eine Kartonkiste, laut Aufdruck einmal die Verpackung eines Ventilators. Dann hörte er das Quietschen von Ghadas Türe.

“Ghada?... Niemand da, Adam, wir sind alleine.”

Schritte schlurften über Ghadas Teppich. Es musste Hassan sein, vermutlich hatte er den Trolley mit der Sauerstoffflasche entdeckt, wollte ihn sich ansehen. Ein entsprechendes Geräusch zeigte an, dass er ihn bewegte und das darauf folgende Quietschen, dass er das Zimmer wieder verliess.

Amir war durchnässt, bleich und völlig verkrampft. Er brauchte mehrere Sekunden, bis er aufrecht auf dem Balkon stehen konnte. Zum Glück hatte Hassan das Fenster offen gelassen. Knappe drei Meter daneben eine Balkontüre, sie musste zur Küche führen.

'Was jetzt? Warten bis die Männer, Hassan und dieser Adam, wieder weg waren? Über die Hauswand und die darunter liegenden Balkone nach unten klettern? Oder ins Zimmer zurücksteigen und horchen?' Amir entschied erst, was zu tun war, als ihm mit einem erneuten Schweissausbruch bewusst wurde, dass er das Speicher- und Übertragungsmodul vergessen hatte einzuschalten. Es würde die jetzt laufenden Gespräche der beiden nicht aufzeichnen.

Also stieg Amir ins Zimmer zurück. Während er die ersten Wortfetzen aus dem Essraum aufschnappte, entdeckte er auf Ghadas Tisch eine kleine Kiste mit Nähsachen. Er griff sich den Fingerhut und presste ihn, sich bückend, unter die nicht vollständig geschlossene Türe. Würde sie jemand aufstossen, verkeilte sich der Fingerhut noch weiter, die Türe wäre blockiert. Dann konzentrierte er sich auf das Gespräch. Sofort fiel ihm auf, dass Adam mit deutlichem Akzent sprach, ein Engländer?

“Hassan, Allah ist gross, ich hätte nicht gedacht, dass uns Atwa den Termin einfach so frei raus wissen lässt. Das heisst, dass wir einen Zeitpunkt X haben und einen genauen Plan rückwärts ausarbeiten können.”

“Ja, lass uns weitere Zeitpunkte fixieren. Was denkst du, wie lange brauchen wir für den Transport der schmu...”

“Bleiben wir bei Khalas!”, unterbrach ihn Adam und fuhr dann fort: “Ich denke, die Khalas brauchen nicht mehr als vier Tage, dazu zehn Tage Reservezeit für Unvorhergesehenes, zwei Wochen reichen. Je länger sie unterwegs sind, desto grösser die Wahrscheinlichkeit, dass sie entdeckt werden.”

“Überlassen wir Hosni den Transport ganz? Oder möchten wir dabei sein?”

“Darüber sprechen wir nochmals. Lass uns im Moment beim Zeitplan bleiben. Irgendwann wird Hosni die Khalas erhalten, nennen wir das den Moment A, ok? Es stellt sich die Frage, ob wir sie bei ihm lagern oder im El-Shiek, also der Schreinerei dahinter. Was denkst du, wo's sicherer ist?”

“Keine Frage, Adam, bei Hosni! Die haben viele Verstecke in den Bergen.”

“Tamaam. Einverstanden. Wir würden Hosni also zwei Wochen vor Atwas Show losschicken. Sollen wir das Eintreffen beim Schreiner Zeitpunkt B nennen?”

“Zeitpunkt B ist gut. Allāhu akbar! Ich habe ein gutes Gefühl. Die Sache wird funktionieren. Kannst du dir vorstellen, was für einen unglaublichen Rückgang an Touristen das geben wird?”

“Ja, aber die Hauptsache ist noch nicht geplant: Das Verladen und Heranschaffen der Khalas. Das Passieren der…”

Mitten im Satz stoppte Adam. Erneut machte sich jemand an der Wohnungstüre zu schaffen und wurde versucht, ein Schlüssel zu drehen.

“Wird Papa sein”, meinte Hassan. “Lass uns später weitersprechen. Bis dann könnten wir einen Tee mit meinem Vater trinken, magst du?”

Noch immer war der Sender an der Sauerstoffflasche nicht auf ‘On’. Amir quetschte seinen Finger durch die Klebebandstreifen, suchte nach dem Schalter. Dass dieser beim Einschalten piepsen würde, hätte er nicht für möglich gehalten. Er wartete bange Sekunden. Niemand kam nachschauen. Die Gespräche verlagerten sich in die Küche. Teegeschirr klimperte. Amir kletterte erneut über die Fensterbrüstung, versteckte sich wieder auf dem Balkon, wartete eine Stunde, hörte dann, wie Adam verabschiedet wurde.

Sein Entscheid war rasch getroffen: Er würde ihm folgen, auch *sein* Zuhause beschatten. Was das hiess? Den Wohnblock die Aussenwand hinunter über drei Balkone verlassen. Er war rasch über der Brüstung, griff mit der linken Hand nach dem Rohr, durch welches das seltene Regenwasser vom Balkon abgeleitet wurde. Es hielt, erlaubt ihm, die rechte Hand von der Brüstung loszulassen, sich langsam, Füsse voraus, nach unten zu strecken. Die Zehen erreichten die untere Brüstung. Er liess das Abwasserrohr los, stand nun mit freien Händen auf der unteren Balkonumfassung, froh, dass dort niemand am Wäsche aufhängen war. Vor dem Weiterklettern suchte er nochmals nach Adam, sah, wie dieser einen Mikrobus heranwinkte.

Zweites Abwasserrohr, der unterste Balkon war komplett vergittert, Einbruchschutz, zu nahe an der Strasse. Mühelos konnte er mit den Füssen im Gitter Halt finden, fast wie bei einer Leiter stieg er über die Eisenornamente runter und sprang die letzen eineinhalb Meter auf die Strasse. Natürlich hatten ihn unterdessen die ersten Leute bemerkt.

Amir lachte sie an: "Ich hatte keinen Schlüssel, ich kam nicht zur Wohnung raus. Allah Al-'Afuww; Gott wird mir verzeihen."

Tatsächlich kam er nicht zur Wohnung raus und tatsächlich hatte er auch keinen eigenen Schlüssel, somit auch kein schlechtes Gewissen bei dieser Notlüge. Er eilte zum Kia Carens und fluchte. Abstand zum vorderen Wagen: drei Zentimeter; zum hinteren deren fünf. Bashar hilf...

Barsche

Alexandria **AMIR** – GHADA – HASSAN – NAGIB

Amir musste seinen Wagen – eingeklemmt wie er war – stehen lassen und joggte dem Mikrobus nach, in den er Adam einsteigen gesehen hatte. Dichter Verkehr, er konnte ihm folgen. Stopp an einer geschäftigen Kreuzung. Adam stieg aus. Amir stoppte auch , sein Schweiss tropfte vom Kinn auf die Motorhaube eines parkierten beigen Kleinwagens, hinter dem er sich versteckt hielt, während er Adam nachschaute, wie dieser auf eine Moschee zusteuerte. Ob er auch irgendwie in die Moschee rein gelangen könnte? Am helllichten Tag über die Mauer klettern? Zu schwierig, zu riskant. Hoffen, dass das Tor nicht verschlossen wurde? Dann könnte er zwar hineingelangen, aber mit der Gefahr, dass man ihn zu Gesicht bekam. Auch keine gute Lösung.

Die zwei Jungen ansprechen, die an eine schattige Hauswand angelehnt mit kleinen Steinchen auf vorbeifahrende Autos zielten? Wohl Strassenkinder. Jedenfalls waren sie alles andere als sauber. Er könnte sie anheuern, um über die Mauer der Moschee zu steigen. Eventuell gelänge es ihnen, eine Tasche, ein Mobiltelefon oder sonst was Persönliches der Herren zu finden, was sich auswerten liess. Auch zu risikoreich.

Die knapp Zehnjährigen merkten, wie Amir zu ihnen blickte, riefen ihm zu, wollten ein paar Pfund. Amir winkte ab.

Als der Besitzer des beigen Peugeots zurückkam, fragte ihn Amir nach dem Namen der Moschee: “Ach, die willst du nicht kennen, mein Freund. Das ist die El-Tawba. Mein Sohn ging als liebevoller Muslim rein, und kam als wütendener Salafist wieder raus. Sie haben ihn radikalisiert, soweit gebracht, dass er sein Studium abgebrochen hat.”

Amir schüttelte still den Kopf; erstaunlich offenherziges Statement des unbekannten Vaters. Muss eine notvolle Erfahrung gewesen sein. Amir erschrak über das Spannungsfeld in seinem eigenen Empfinden. Noch vor wenigen Tagen verspürte er so was wie heimliche Bewunderung für hingegebene Salafisten, die den Tod nicht scheuten.

Nun wurde er tief bewegt von der gebrochenen Stimme dieses Vaters und den Augen, hinter denen er den Schmerz über einen verlorenen Sohn spürte. Wut kam auf, unbändige, aggressive. Nicht auf diesen Sohn, sondern auf die Kräfte, welche ihn seinem Vater, seiner Familie entrissen hatten. Es mussten die gleichen Kräfte sein, die Hassan und Ghada entzweiten, Kräfte, die stärker waren als Familienbande. Was waren das nur für Energien?

Die einzige menschliche Emotion, die ihm in den Sinn kam, war Angst. Könnte es Angst sein, die stärker war als familiäre Liebe und mächtiger als der Wunsch auf ein erfolgreiches Leben? Aber Angst vor was? Vor Allah? Gottesfurcht? Angst vor sich selber? Vor Einsamkeit? Amir hatte keine Ahnung. Diese Gedanken waren neu für ihn und sie wurden jäh gestoppt, als Adam in Begleitung von zwei Herren, beide mit Bart und Takke, aus dem kleinen Tor der El-Tawba herauskam. Sie blickten sich um, besprachen etwas, kamen in Amirs Richtung. Auf halbem Weg bogen sie in eine Seitenstrasse ab. Amir setzte sich in Bewegung.

Nicht lange, und die drei blieben vor einem Imbiss stehen, nahmen an einem Tisch auf dem Gehsteig vor dem Lokal Platz. Zwei Eingänge weiter ein kleiner Bazar, wo von Reis über Occasionsbildschirmen und einzelnen Babywindeln alles verkauft wurde. Amir fand eine Sonnenbrille und eine Takke, bezahlte beide und sprach, zurück bei der geschäftigen Kreuzung, die beiden Jungs an.

Mit ihnen im Schlepptau zurück zur Imbissbude. Lagebesprechung in einem Hauseingang. Die Knaben nickten. Während der eine Junge in der Nische wartete, führte Amir den anderen nahe vor den Tisch mit den Salafisten. Über deren Köpfe hinweg las Amir dem Jungen laut vor, was der Besitzer an Snacks anzubieten hatte und er, Amir, bereit wäre, dem Dahergelaufenen mit dem knurrenden Magen zu spendieren. Dabei drehte sich Amir mehrfach zum Jungen, der neben ihm stand, so dass sein Mobiltelefon, welches er an einem Band um den Hals trug, leicht hin und her schaukelte; dass die Kamera am Laufen war – zwei Meter vor den Gesichtern Adams und seiner beiden Begleiter – war für diese nicht erkennbar.

Der Junge erhielt die bestellte Falafel und zog sich damit zu seinem Kumpel im Hauseingang zurück, von wo die beiden schmatzend immer wieder zum Tisch vor dem Lokal schielten, bis die Voraussetzungen für ihren zweiten Einsatz erfüllt wären.

Amir beobachtete die Szene vor dem Lokal genau, bereit den beiden Strassenkindern einen Einsatzbefehl zu erteilen.

“Jalla, shabab, jetzt!” zischte er unvermittelt zum älteren Jungen. Dieser eilte auf den Tisch zu, auf welchen eben ein Mobiltelefon abgelegt worden war. Ein Satz nach vorne, ein Griff zum Handy und ein atemberaubender Sprint zurück zum Versteck. Die Bärtigen stiessen einen Schrei aus, Adam sprang auf und lief dem Jungen hinterher, vergebens. Er entdeckte die beiden Knaben nicht mehr, welche Amir in einem Hinterhof keuchend das Telefon in die Hand drückten.

Wie abgemacht, hatte der junge Dieb während dem Sprint auf dem Display rumgedrückt, so dass noch kein Standby-Modus die Eingabe eines Pins oder Gesichtserkennung nötig machte. Amir strich durch die Adressen, fotografierte, was er konnte, eigene Dateien, das Meiste schien ihm belanglos zu sein, dennoch: Abknipsen, so viel und so schnell es ging.

Dann: “Jungs, ich bin gegen Diebstahl. Ich glaube, ich habe in meinem ganzen Leben erst dreimal gestohlen. Es ist nicht gut und es ist gegen Allahs Gesetz. Darum bringt ihr das Telefon jetzt zurück."

Die Kids trauten ihren Ohren nicht, eben hatten sie ein wertvolles Mobiltelefon ergattert und fast ihr Leben riskiert. Sowas gelang ihnen nicht alle Tage. Und da verlangte ihr Auftraggeber nach wenigen Minuten, es zurückzubringen, das machten ihre Synapsen nicht mit. Aber die Geldscheine in Amirs Händen überzeugten sie schliesslich. Zu zweit näherten sie sich dem Tisch, wo die drei Herren unterdessen intensiv mit dem Besitzer verhandelten; wahrscheinlich, ob man die Polizei rufen sollte oder nicht.

Adam immer noch stehend und nach seiner erfolglosen Verfolgungsjagd völlig ausser Atem, sah sie zuerst: "Da sind sie, die waren es!"

Er rannte erneut auf die Jungs zu. Diese legten das Telefon vor ihre Füsse auf den Boden, machten sich aus dem Staub, und forderten zurück im Innenhof von Amir ihren Lohn, immer noch verwirrt, dass der Mann mit der dicken Sonnenbrille und der Takke das Diebesgut nicht behalten wollte.

Tatsächlich bereute es später auch Amir. Er hätte das Telefon wirklich einstecken sollen. Nagib hätte jedes Byte aus diesem Gerät herausgeholt. Und nun würde ihm Amir nur ein paar verwackelte Fotos vom Display vorführen. Warum kamen diese Skrupel immer wieder auf? Warum wollte er kein Telefon klauen? Es war ja für einen guten Zweck. Waren seine Skrupel Tugend oder Hindernis?

Er konnte es schwer einschätzen. Sein Onkel kam ihm in den Sinn: Wenn Klauen für einen guten Zweck ok war, dann konnte Sayed auch argumentieren, dass Foltern für einen guten Zweck legitim sei. Scheiss Dilemma! Amir konnte es nicht lösen. Immerhin, er hatte alle gespeicherten Telefonnummern ab-fotografiert und Nahaufnahmen von den Männern auf Video, genügend gute, um sie zu identifizieren.

—

Zurück in seiner vorläufigen Unterkunft, dem Sea Star Hotel, öffnete er sein Zimmer. Er hatte zwei kleine 'Fallen' eingebaut, um zu sehen, ob der Raumservice, wenn er denn mal auftauchen sollte, in seinen Habseligkeiten rumwühlte. Aber noch immer lag der kleine Papierstreifen genau oben auf dem Spalt der beiden Kastentüren, wo er ihn hingelegt hatte. Er wäre runtergefallen, wenn jemand die Türen geöffnet hätte.

Auch im Bad war alles so, wie er es verlassen hatte, das heisst, nein, nicht ganz, der Gestank war schlimmer; er spülte zweimal die Toilette, liess das Wasser im Bidet laufen und die Türe weit offen. Unglaublich, dass das Bad kein eigenes Fenster hatte und der Ventilator nicht funktionierte. Er öffnete das Fenster im Schlafzimmer und grabschte draussen nach dem zweiten Mobiltelefon, welches er in Papier eingewickelt zwischen Hauswand und Klimaanlage geklemmt hatte.

Nagib nahm direkt ab.

"Nagib, hier ist Amir, ich habe Dr. Khaled besucht und weiss nun genau, welche Krankheit vorliegt, sieht gefährlich aus."

"Keefak Amir. Wie geht es? Gut, dass du mich anrufst. Ich überleg grad, ob du weiter sprechen kannst oder ob du besser auf einer anderen Leitung kommunizierst. Der Punkt ist, dass ich seit ein paar Tagen ebenfalls von Ärzten überwacht werde, weil bei mir anscheinend eine Krankheit vorliegt, die den Ärzten Bauchschmerzen bereitet..."

"Bist du krank? Noch vor ein paar Tagen im Kemp... ähm, im, also, wo wir uns gesehen hatten, schienst du sehr gesund."

"Ich habe diese Krankheit schon lange, ich glaube, du hast das schon bemerkt, oder? Also weisst du, ich fühle mich überhaupt nicht krank, die Ärzte sagen das nur. Von mir aus brauche ich keine Behandlung, Gott bewahre, aber sie wollen mich im Spital sehen und sprechen sogar von einer möglichen tieferen Lebenserwartung, wenn ich meinen Lebensstil nicht ändere."

Amir blieb eine Weile still, reflektierte die Situation, verglich sie mit dem, was ihm Gamil im Lift von der Bar runter erzählt hatte und verstand, dass er aufpassen musste, was er sagte. Wohl war dieses Netzwerk um Vize-Innenminister Madbouly tatsächlich bereits an Nagibs Fersen dran, überwachte dessen Kommunikation.

"Nagib, jetzt erinnere ich mich. Ich glaub, ich weiss, was du meinst. Aber denk dran, es gibt gute und weniger gute Ärzte. Pass auf dich auf und nimm dich in Acht vor Ärztepfusch, das kann wirklich tödliche Folgen haben. Ich habe hier Geschichten gehört."

"Amir, erzähle mir mehr, sobald wir uns physisch treffen. Ich werde innerhalb einer Woche in Alexandria sein können. Oder weisst du was? Noch eine Idee. Du erinnerst dich, wo wir die grosse Besprechung hatten, nicht wahr, aber sag nicht wo. Behalt's für dich. Erinnere dich an den Arzt, welcher das Protokoll schrieb, der, welcher dir das Auto vom Spital organisiert hat.

Sprich ihn an, ob er dich behandeln, oder sagen wir, verbinden kann. Es gibt da einen Operationsraum, der sehr gut eingerichtet ist, völlig keimfrei, da kommt nichts rein und nichts raus, was gefährlich ist. Ich werde hier in Kairo ebenfalls nach einem entsprechenden Operationsraum Ausschau halten und hoffen, dass ein Arzt alles einfädelt, was wir brauchen. Versuchen wir, uns morgens um 16 zu sprechen und sonst übermorgen um 16 Uhr, ok?"

"Ich hoffe, ich verstehe dich. Ich bin mir nicht ganz sicher."

"Es kommt schon gut, Amir, und sonst reise ich zu dir. Im Moment ist alles grad etwas schwierig geworden. Ausserdem ist es von Vorteil, wenn du nicht mit Mama sprichst, du weisst schon, die Nummer von Mama, ruf sie nicht an, ok?"

—

Der Posten am Eingang des Sicherheitsdirektorates wollte Amir nicht reinlassen, nur widerwillig rief er Esat an, der bald drauf am Bildschirm erschien und Amir grünes Licht gab. Sie trafen sich vor Esats Office.

“Esat, ich hätte gerne ein sicheres Gespräch mit einem Kontakt in Kairo. Kannst du mir das hier organisieren?”

“Hmm, ich denke mal, dass du mit Nagib sprechen willst, nicht wahr.”

Amir blieb stumm, bewegte keine Mine, wartete einfach.

“Wir haben unsere King’s Chamber. So nennen wir den Raum. Er ist halbwegs abhörsicher, halt schon bald 20 Jahre alt. Im Moment ist Hadir Hakimi drin, längere Sitzung mit dem Innenministerium. Anschliessend könnte ich ihn dir geben.”

“Shukran, gerne. Dann warte ich solange.”

Amir nahm im Foyer im ersten Stock Platz, spürte seine Müdigkeit. Irgendwo hier sollte es Kaffee geben, riechen konnte er ihn. Aber er war zu schlapp, um sich auf die Suche zu machen. ‘King’s Chamber, woher die diesen Namen... ach ja, so hiess die grösste Kammer der grössten Pyramide, wo die Ägyptologen vermuteten, dass Pharao Cheops Leiche einmal abgelegt wurde.’ Amir erinnerte sich an die Diskussion mit Bashar im Kazaz, als dieser behauptete, dass man weder in der grossen von Gizeh noch sonst in einer Pyramide je eine Mumie gefunden hätte.

“Amir”, meinte er damals, “die Pyramiden wurden von Dämonen gebaut. Sowas schafft sonst kein Mensch, niemand, nicht Cheops, auch nicht Prinz Mohammed bin Salman von Saudi Arabien, einfach niemand Sterbliches. Es waren die Dschinnen, da bin ich mir so sicher, wie dass ich eines Tages sterben werde. Die Pyramiden sind definitiv keine Gräber für Pharaonen.”

“Aber die Mumien? Tutanchamun? Was ist mit denen? Die wurden doch gefunden?”, hatte Amir eingeworfen.

“Siehst du, wie du in die Irre geleitet wurdest? Die ganze Welt meint, dass sie in den Pyramiden gelegen hätten. So ein Quatsch. Tutanchamun, genau so wie alle anderen Gräber, wurden im Tal der Könige gefunden, ganze 500 Kilometer südlich von Gizeh.” Dieses Tal mit seinen 64 Gräbern war Amir als ehemaligem Barista auf einem Nilschiff bei Luxor natürlich bestens bekannt, vor allem das Grab Nummer 62, welches Howard Carter im Jahr 1922 entdeckte und eben Tutanchamun zuschrieb.

Amir richtete sich im Stuhl auf. Schritte näherten sich dem Foyer, schnelle Schritte. Eine Frau? Er zuckte leicht zusammen, als Jakleen Mahdy im Raum erschien. Die Bürochefin von Hadir Hakimi hatte bestimmt nicht damit gerechnet, hier auf ihn zu treffen.

“Du immer noch? Ach du armer Junge, hat dich deine Mama letzte Woche vergessen abzuholen?”

Was lief nur falsch mit dieser Frau? Wie bei der letzten unerwarteten Beleidigung nach der Krisensitzung zum Attentat, war Amir auch jetzt konsterniert, blickte die einzige Aufsteigerin in dieser Männerbastion des Sicherheitsdirektorates einfach nur an, wortlos, versuchte sein Inneres vom Gift des verbalen Angriffs zu schützen. Und als ob ihr ihre arrogante Art plötzlich selbst etwas peinlich vorkäme, drehte sie sich ab und stolzierte davon.

Dann nochmals Schritte: “Amir, lass uns raufgehen!” Esat hatte das Foyer betreten, begleitete Amir die Treppe rauf und zur King’s Chamber.

Davor Hadir Hakimi im Gespräch mit einem Mitarbeiter. Als er Esat sah: “Esat, buche mir einen Tisch in der Villa Harris, am besten draussen. Ich habe spannende News aus Kairo, die ich mit Jakleen besprechen will. Informiere sie, dass ich sie um 17 Uhr abhole, zwei Begleiter reichen, klar?”

“Na’am, Chef, alles klar!”

Amir hustet, als er die sogenannte King’s Chamber betrat. Fensterlos und absolut dicht, sahen sich die Gerüche Hakimis überhaupt nicht genötigt, zu verduften. Das bissige Zigarrenaroma verschränkte sich mit dem Parfüm, dessen zimtige Süsse Amir vom letzten Aufeinandertreffen her bereits kannte. Er musste es aushalten.

Esat erklärte ihm die Funktionsweise der sicheren Verbindung. Nummer eingeben; Esat raus; Türe zu. Warten. Und warten. Und warten. Keine Antwort aus dem sicheren Raum in Kairo, in welchem jetzt eigentlich Nagib sitzen sollte. Amir baute die Verbindung frisch auf. Nochmals warten; fünfzehn Minuten insgesamt.

Dann verliess er den Raum, vorbei an Esats Büro: “Ich versuche es morgens gegen 16 Uhr nochmals, ok? Ma’a salama.”

Amir überquerte die Wiese hinter dem Sicherheitsdirektorat, dann die Strasse, steuerte den Trio Smouha Club an. Er brauchte jetzt ein Bier, ein Sakkara Bier. Im Kazas trank er aus der Flasche, hier aus dem Glas. Während er nippte, blickte er zuerst zum Cocktail in Action hinüber, schien geschlossen zu sein. Dann entdeckte er auf dem grösseren Haus weiter westliche die Aufschrift, die er gleich zweimal las: ‘Villa Harris’.

‘Ach, da sollte in ein paar Minuten Hakimi auftauchen.’ Amir verbat sich ein zweites Bier, nahm dafür einen Kaffe und hatte ihn noch nicht fertig, als ein schwarzer Mercedes auf den nahe gelegenen Parkplatz fuhr: Hadir Hakimi, Jakleen Mahdy, zwei Polizisten stiegen aus, zu Fuss marschierten sie zur Villa Harris.

Amir liess etwas Geld liegen, verliess seinen Sitzplatz, folgte dem Quartett. Terrasse der Villa Harris: Die beiden Bewaffneten nahmen am einen Tisch Platz, Mahdy und Hakimi am anderen, grad an der Wand. Oberhalb des Tisches ein kleines halb offenes Fenster. Die Toilette? Wohl kaum, aber vielleicht die Küche? Der Vorratsraum? Irgendwas in der Richtung.

Amir huschte zur Rückseite des Gebäudes; Hintereingang; trat ins Restaurant, als ob er dort arbeiten würde, bewegte sich völlig normal, was auch hiess, nur ganz beiläufig nach diesem Raum Ausschau zu halten. Die Türe mit der 'Khasun-'Aufschrift musste es sein, privat also.

Tatsächlich, eine Art Vorratsraum. Auf einem Gestell lagerten durchsichtige Plastiksäcke mit Kichererbsen, darüber haufenweise Büchsen mit was auch immer drin. Neben drei grossen Säcken, mit Reis angeschrieben, lehnten kaputte Stühle an der unverputzten grauen Wand. Über einem kleinen Putzwagen mit zwei Eimern, wurde ein Verlängerungskabel von einem geknickten Nagel an der Wand festgehalten.

Unter dem kleinen Fenster ein Steintrog. Zur Hälfte mit einer Sperrholztafel zugedeckt, auf der sich Schachteln mit Papiertüchern türmten. Die offene Troghälfte glänzte dunkel. 'War Wasser drin?' Amir schritt über einen Staubsauger der mitten im Weg stand, näherte sich dem Trog, erstarrte für eine Hundertstelsekunde, leichter Schrei, ein Schritt zurück. Fast wäre er dabei über den Staubsauger gestolpert, rückwärts hingefallen; nur knapp konnte er sich auffangen und erholen von den beiden weit aufgerissenen Augen über der dicken grauen Lippe, die ihn eben angestarrt hatten.

Er wagte nochmals einen Blick in das schwarze Nass. Tatsächlich, da waren Fische drin, dicke Brocken, zwischen 40 und 50 Zentimetern, mussten Barsche sein. Sollte Hadir Hakimi oder seine Bürochefin draussen gerade Sayadeya bestellen, käme demnächst ein Koch und würde einem den Garaus machen. Für Amir gäbe es kein Versteck, keine Fluchtmöglichkeit und er hatte in seinem dreitägigen Kurs bei Nagib nicht gelernt, wie man sich in Luft auflöst oder glaubhaft behauptet, man habe einen Vorratsraum mit der Aufschrift ‘Privat’ für eine öffentliche Toilette gehalten.

Angesagt war also das Prinzip Hoffnung und ein Schritt auf die Sperrholztafel, damit er durchs hoch gelegene offene Fensterchen möglichst viel vom Gespräch draussen mitbekam. Den Kopf direkt neben der Fensteröffnung war er nun nur zwei Meter vom Duo am Tisch entfernt und auch sein Mobiltelefon hörte mit.

Die beiden sprachen zuerst über einen Mitarbeiter des Direktorates, der betrunken einen Unfall verursacht hatte, dann fragte Hakimi nach Jakleens Familie und liess schliesslich die Bombe platzen:

“Jakleen, ich werde nächsten Montag nach Kairo umziehen! Man braucht mich im Geheimdienst.” Er liess die Worte auf seine Untergebene wirken, die ihn mit offenem Mund anstarrte.

“Madbouly hat eine verdammte Schweinerei aufgedeckt. Es gibt einen geheimen Dienst im Geheimdienst, das Technical Research Departement. Es wurde von einer Frau geleitet, die…” Hakimi spuckte neben sich auf den Boden, “mit einer anderen Frau zusammenlebt.”

Jakleen rümpfte die Nase, sagte noch nichts.

“Kannst du dich an den arroganten Typen aus Kairo erinnern, den sie uns nach dem Attentat geschickt haben? Den mit der schwulen Frisur? Mit dem fetten Buddy?”

“Du meinst Nagib, oder?”

“Tamaam. Auch er im diesem geheimen Departement tätig. Und völlig auf Abwegen, wurde mit einem Mann zusammen gesehen… Scheisse, im ägyptischen Geheimdienst. Was für ein Zustand. Und dieser Dienst im Dienst hat innerhalb des Ministeriums gespitzelt.”

“Mir hat Nagib von Anfang an nicht gepasst, Kopte, oder? Hat nicht er den arroganten Typen mitgebracht, der hinter unserem Rücken das Attentat aufdecken wollte und uns damit blossstellte. So ein Schnösel! Ich habe ihn heute übrigens im Direktorat gesehen. Ich weiss nicht, wer ihn da reingelassen hat.”

“Hab ihn auch gesehen, ich weiss. Mach dir nichts aus ihm, er hat keine Eier, der ist so schnell wieder verschwunden, wie er gekommen war.”

Getränke wurden serviert; Amir checkte, ob sein Mobiltelefon noch mitschnitt, schob mit einem Fuss die Beige von Papiertüchern etwas zur Seite, dass er besseren Stand hatte auf der Sperrholzplatte, die bedrohlich wackelte.

Das Gespräch auf der anderen Seite der Mauer ging weiter: “Jakleen, der Punkt ist: Das ganze TRD wird zerschlagen werden. Nagib wird abgesägt und du könntest seine Stelle erhalten. Ich selber übernehme die Arbeit dieser Schlampe an der Spitze des Departements und führe das TRD zurück in den regulären Geheimdienst.”

"’Azeem! Klingt spannend. Erklär mir, wie Madbouly auf uns kam!”

“Du weisst, dass ich ihm nahe stehe, meine erste Frau war seine Cousine. Wir dienten zusammen im Militär. Und er wollte auf jeden Fall einen Aussenstehenden, um aufzuräumen, keinen Insider mit Befangenheit.”

“Ok, und ich würde auch schon nächsten Monat umziehen?”

“Nagibs geht’s schon heute Nacht an den Kragen. Ich glaub, die haben ihm eine Falle gestellt. Du könntest schon nächste Woche Zugang zu seinem Büro erhalten, dich mal umsehen, und dann immer noch entscheiden.”

“Was heisst, es geht ihm an den Kragen, Hadir?”

“Ich habe Madbouly so verstanden, dass sie ihn verschwinden lassen; er ist zu lange dabei, weiss zu viel.”

“Verschwinden lassen? Hadir, er ist ein Geheimdienstmitarbeiter mit Netzwerk und Auszeichnung, oder?”

“Madboulys Netzwerk ist grösser und deutlich mächtiger. Ich kann mir gut vorstellen, dass sie ihn zur privaten Krokodilfarm von Madboulys Bruder fahren. Dort sind schon etliche unangenehmen Stimmen entsorgt worden.”

Amir zuckte zusammen, ein Tausendstel Sekunde Schwäche reichte und sein Telefon entglitt ihm, flog im Zeitlupentempo in Richtung Barsche. Amir schleuderte seine Hand hinterher, seine Füsse suchten nochmals besseren Halt, dabei rutschte eine der Papiertuch-Packungen in den Wassertrog, erschreckte die Barsche, rettete dafür das Telefon.

Während das Handy wie auf einem Trampolin von der Papiertuchpackung wegsprang, blickte Amir verzweifelt nach unten und in den offenen Mund eines Fisches, der aus dem Wasser sprang. Natürlich beissen die nicht, trotzdem erschrak er, zog das eine Bein hoch, verlor das Gleichgewicht, suchte es wieder, bewegte dabei die Holztafel, welche ihre sonst schon instabile Position auf dem Trog gänzlich verlor und abkippte.

Amir ruderte mit den Armen, unterdrückte einen Schrei. Im letzten Moment schaffte es der grösste der vier Barsche nicht von Amirs Fuss im Becken drin zerquetscht zu werden. Sein Rettungssprung aus dem Trog raus, endete mit einem wildem Gezappel auf dem Boden, wo das Tier einen verzweifelten Kampf mit dem Schlauch des Staubsaugers begann; so zumindest schaute es für Amir aus, als er mit zwei tropfnassen Hosenbeinen aus dem Trog stieg und verschwitzt und entsetzt versuchte zu verstehen, was eben passiert war.

Das versuchte auch der Typ, der urplötzlich die Türe zum Vorratsraum aufriss. Entgeistert blickte er Amir an, wie er mitten im

Raum stand, mit pudelnasser Hose und dem krampfhaften Versuch, einen glitschigen und sich windenden Barsch mit seinen Händen festzuhalten.

“Ähm, ich wurde vom Chef geschickt, sollte den Fisch in die Küche bringen...”

“Ibn Haram, der Chef bin ich, und ich habe dich nicht geschickt, auch noch nie gesehen und sehe dich hier auch nie wieder, in sarif, verpiss dich, Dieb!”

Amir warf den Fisch in den Trog, weitere Spritzer, er hob sein Telefon auf, fingerte in seiner Hose nach eine feuchten 200 Pfund-Note, drückte sie dem Restaurantbesitzer in die Hand, schluckte leer bei dessem vernichtenden Blick, quetschte sich an ihm vorbei, eilte in Richtung Hinterausgang.

“Dieb!”, fluchte der Chef nochmals hinter ihm her. “Komm nie wieder in die Nähe!”

Kurz vor dem rettenden Ausgang, packte ihn eine Hand an der Schulter. Amir wollte sich lösen, sich gleichzeitig umdrehen, dem Besitzer notfalls eine rüberziehen, blickte aber in das harte Gesicht eines Polizisten, zweifelsfrei einer von Hakimis beiden Begleitern.

“Du hast hier was gestohlen?”, knurrte er ihn an und blickte dann zum Besitzer der Villa Harris.

“Schlag ihm eine und lass ihn laufen”, wies er den Polizisten an, den er scheinbar kannte.

Mit brennender roter Backe und zitternden Knien entfernte sich Amir durch ein paar Oleanderbüsche, landete dann auf einem Spielplatz. Er verschnaufte kurz, lächelte gequält zu dem kleinen Jungen mit den schwarzen Locken, der ihn von der Schaukel aus mit grossen Augen anglotzte.

“Alles klar, mein Junge, ich hab da im Gebüsche grad ein Krokodil totgeschlagen. Mach dir keine Sorgen, es ist hinüber.”

Während Amir davonrannte, konnte er kaum fassen, was für einen dummen Spruch er eben gelandet hatte. Wie konnte er nur so einen Blödsinn erzählen, der Kleine musste ja vollständig verwirrt sein. War er selber ja auch; in der Fantasie hatte er wohl das Krokodil totgeschlagen, welches auf Nagib angesetzt werden sollte. Er musste ihn warnen, aus hundert Gründen. Er musste einfach; Nagib war sein Auftraggeber, schuldete ihm Geld, wusste, wie mit der Bedrohung durch Hassan und Adam umzugehen war, auf jeden Fall besser als sein Onkel Sayed.

Ausserdem könnte er ohne Nagib den Kontakt zu Ghada weniger gut aufrecht erhalten. Schliesslich: Der Sicherheitsapparat war zum Kotzen, einmal mehr, und er wollte nicht zusehen, wie die Bosse ihre eigenen Leute ans Messer oder besser die Zähne der Nilkrokodile lieferten. Wie aber Nagib warnen? Keine Ahnung. Viele Ideen, aber keine einzige, die Erfolg versprach.

An der El Shoada Square Road nahm er ein Taxi, gab El Shatby als Ziel und versicherte, er würde jede Busse für zu schnelles Fahren selbst übernehmen.

Mehrere vergebliche Anrufe auf Nagibs Mobiltelefon – Amir hatte sich erlaubt, die Nummer vom exklusiven Handy auch auf sein privates Gerät zu kopieren. Und er versuchte auch, Gamil zu erreichen, keine Chance. Doch noch Sayed einschalten? Noch nicht. Er rief im Kempinski an.

“Marhaba, kann ich mit der Rooftop Bar sprechen, bitte? ... Shukran. ... Hallo, ich bin Amir, ich bin ein Freund von Nagib.” Erst jetzt bemerkte Amir, dass er Nagibs Familienname nicht kannte, daher: “Nagib war vor vier Tagen bei dir an der Bar. Warst du das überhaupt? Kennst du ihn?... Shukran...” Amir wartete, bis ein anderer Mitarbeiter sich meldete: “Hallo, wer ist da?”

“Ich bin Amir, ein Bekannter von Nagib...”

“Nagib ja, und jetzt?”

“Ich brauche ihn, dringend. Ich fürchte, es geht um Leben und Tod.”

"Nagib ist nicht hier, ich habe ihn seit vier Tagen nicht mehr gesehen, auch nichts gehört von ihm.”

“Ich mische mich in eine persönliche Angelegenheit, bitte entschuldige. Aber ich habe gesehen, dass ihr einen Zimmerschlüssel ausgetauscht habt. Bitte, kann ich das Zimmer wenigsten sehen, ich brauche einen Hinweis, wo er ist.”

“Wer bist du?”

Amir ging aufs Ganze: “Ein Mitarbeiter Nagibs, ein neuer. Er ist in Gefahr. Ich weiss nicht, ob du weisst, als was er arbeitet. Ich muss wissen, wo er ist.”

“Am Telefon erfährst du von mir gar nichts, wer auch immer du bist, komm her, wenn die Sache so wichtig ist.” Das Gespräch war beendet, der Typ in der Rooftop Bar hatte aufgelegt.

Amir rief den Arzt an, wollte wissen, ob der Kia Carens frei wäre. Auch hier keine Antwort.

“Wie lange noch bis zum El Shatby?”, fragte er den Taxichauffeur.

“20 Minuten sicher. Viel Verkehr heute Abend.”

“Ich gebe dir den doppelten Fahrpreis, wenn du’s in fünfzehn schaffst, Mann. Jalla!”

Achtzehn Minuten später wurde der doppelte Fahrpreis bezahlt. Amir rannte aufs Spitalgelände. ‘Sein’ Auto stand dort. Er sprintete zum Empfang, wo ein Zweitschlüssel für ihn bereit lag, mit diesem zurück zum Kia Carens. Aber statt einzusteigen blieb er stehen, beobachtete, wie ein Ambulanzfahrzeug langsam herangefahren kam, wenige Meter neben ‘seinem’ Wagen stoppte.

Die zwei Rettungssanitäter in ihren dunklen Uniformen mit dem neongelben Bruststreifen verliessen ihr Fahrzeug laut schwatzend in Richtung der kleinen Kaffeebar, die sich in einem ausrangierten Schiffscontainer neben dem Hintereingang niedergelassen hatte.

Amir rannte zur Fahrertüre; sie war nicht verschlossen. Amir setzte sich auf den Fahrersitz; der Schlüssel steckte. Amir stellte den Motor an; die Dieselanzeige gab dreiviertel voll an. Amir drehte den Schlüssel; das Auto setzte sich in Bewegung. Amir drückte auf den Schalter für die Sirene; die Rettungssanitäter in der Kaffeebar eilten herbei. Zu spät. Amir holte im Sea Star seine HK P2000 und verliess Alexandria in der Abenddämmerung mit Blaulicht und Martinshorn.

...UND KROKODILE

KAIRO **AMIR** – GHADA – HASSAN – NAGIB

Captain Omer fotografierte die beiden Autos, die derart quer am Strassenrand standen, als ob gerade ein Hurrikan vorbeigezogen wäre und schritt dann zu den beiden Fahrern, um sich nochmals zu vergewissern, dass er richtig gehört hatte:

“Nochmals, Al-Sadeh, diese Autos wurden von wem gerammt, einem Krankenwagen?” Nicken und ein weiterer Telefonanruf auf Omers Mobiltelefon.

“Was, wer? ... Khalas! Genug jetzt! Das kann ja nicht wahr sein. Was ist denn das für ein unglückseliger Ambulanzfahrer? Drei Unfälle in einer Stunde... nein, ich kann jetzt nicht, schickt eine andere Streife.”

Der ‘unglückselige’ Fahrer hatte die Wirkung von Sirene und Blaulicht überschätzt, genauso wie die Motorisierung seines Fahrzeugs. Als das Gesundheitsministerium damals Geld für neue Wagen sprach, eruierten die Verantwortlichen wohl zuerst mal, wie viel Pfund im Beschaffungsprozess unbemerkt abgezwackt werden konnte für Ausgaben, die ihnen dringender erschienen und für die sonst niemand Geld bereitstellte.

Die übrigbleibenden Beträge reichten nicht für 150 PS; Amirs Toyota Hiace brachte es gerade mal auf deren 90. Nicht nur der Motor war überfordert, auch die Sirene hatte grösste Mühe, sich aus dem sonstigen Gehupe des Feierabendverkehrs herauszuheben. Und das Blaulicht erhielt durch mittlerweile eingeschaltete Scheinwerfer und Leuchtreklamen der Ausfallstrasse entlang kräftig Konkurrenz.

Aber nun lagen die Kreuzungen und Kreisel hinter ihm und Amir brauste mit konstanten 130 Kilometern pro Stunde durch die in letzter Zeit frisch angelegten und künstlich bewässerten Felder; der Name der Strasse – Desert Road – müsste eigentlich einmal angepasst werden. 30 Kilometer lang, verlief sie schnurgerade. Knie am Steuer, beide Hände frei fürs Handy.

“Bashar, seid ihr auf eurer Tour durch die Vorstädte Kairos irgendwann mal an einer Krokodilfarm vorbeigekommen?”

“Amir, du klingst beunruhigt, Mann, was ist mit dir? Wo bist du überhaupt?”

“Unterwegs zu dir, bin in zwei Stunden in Kairo. Hör zu, ich kann dir nicht alles erzählen, aber ich will einem Menschen das Leben retten. Vielleicht wird er sonst umgebracht. Ich brauche diesen Mann, er ist mein Arbeitgeber. Ich hab sonst kein Einkommen.”

“Junge, du scheinst echt in Schwierigkeiten zu stecken.”

“Na’am. Hey, es geht um Leben und Tod, ich muss wissen, wo rund um Kairo es eine Krokodilfarm gibt.”

“Junge, Junge. Atme zuerst einmal tief durch, ok? Einfach zuerst einmal in Ruhe aus – at – men.”

Bashar hörte Amirs Schnauf, dann: “Ich wüsste jemanden, der dir helfen kann. Ein cooler Typ hier in Kairo, dein Alter, heisst Bashar und er mag seinen Kumpel.”

“Oh, Mann, ich brauche dich echt. Ich wusste, ich kann auf dich zählen. Zuerst muss ich rausfinden, ob und wo es rund um Kairo eine Krokodilfarm gibt. Hast du die Möglichkeit, das zu klären?”

“Ich geb alles. Ich lass meine beiden Horusaugen mal google earth abscannen. Sowas sollte auffindbar sein. Hast du denn irgendeine Ahnung, wo sie liegen könnte?”

“Nein, gar keine, aber der Besitzer heisst Madbouly.”

“Wie unser erhabener Vize-Innenminister?”

“Er ist sein Bruder.”

“Echt jetzt? Du hast was mit dem Innenministerium am Hut?”

“Hätte ich dir nicht sagen sollen, behalt’s für dich.”

“Amir, und wenn’s gefährlich wird, ich bin an deiner Seite, wallah! Sonst noch was?”

“Du bist echt an meiner Seite, Bashar?”

“Du machst mich traurig, du weisst, dass du mein bester Freund bist, warum fragst du?”

“Bashar, hast du eine Waffe? Könntest du eine Pistole auftreiben?”

“Ach du Scheisse, wird es wirklich so gefährlich?”

“Vielleicht, wo kann ich dich treffen?”

Sie trafen sich unten am Kempinski und oben in der Rooftop Bar mit Danyal, dem Kellner: “Ich habe vor ein paar Stunden angerufen. Du kennst Nagib, nicht wahr, ziemlich gut sogar, wie ich meine. Hilf uns, wenn du willst, dass er überlebt.” Amir näherte sich dem Gesicht Danyals auf wenige Zentimeter. “Vertrau uns!”

“Hmm, ich glaube, ich kann mich an dich erinnern. Du warst vor ein paar Tagen zusammen mit Nagib und Gamil hier. Also gut, wie kann ich helfen?”

Amir schilderte die Situation, bat Danyal, alle Nummern auszuprobieren, mit denen er Nagib in der Vergangenheit erreichen konnte. Dayal probierte die Nummern durch. Null Antwort. Unterdessen selbst auch beunruhigt, führte Danyal die beiden in eine Suite einen Stock unter der Bar.

Offensichtlich lebte Nagib schon längere Zeit hier. Die zwei Räume waren wie eine Privatwohnung eingerichtet: Voller

Kühlschrank, viele Kleider im Kasten, sogar ein Werkzeugkoffer und ein paar Bücher auf einem Gestell. Amir überflog die Titel, zog ein Buch nach vorne: Al-Khimiya'i – der Alchimist. Der Einband – ganz in gelb und orange gehalten – zeigte die drei Pyramiden von Gizeh und einen Beduinen, gab als Autor Paulo Coelho an. Keine Zeit drin zu blättern, aber ein Foto des Covers war rasch gemacht. Es war das Buch, welches Ghada im empfohlen hatte.

Zu dritt durchkämmten sie die zwei Zimmer nach einer Botschaft, einer weiteren Telefonnummer, einer weiteren Adresse oder nach Hinweisen auf Personen, die Nagib kannte, fanden nichts Verwertbares. Am Schluss blieb nur noch der Tresor.

"Die Rezeption hat sicher einen Mastercode. Ich gehe nachfragen, bin gleich zurück." Danyal verliess den Raum, was Bashar die Möglichkeit gab, über die Farm zu berichten, die er aufgespürt hatte.

"Amir, auf der Al-Warraq Insel hat es eine Krokodilfarm", Bashar's Augen waren weit offen und er redete noch schneller als sonst. "Hey, ich hab diese Insel gar nicht gekannt, liegt mitten im Nil, nur ganz wenig nördlich von Kairo. Die Farm liegt am linken Ufer."

"Ich kenn die Insel. Haben die nicht grad vor einem Jahr diese riesige Brücke über die Insel gebaut? Diese Tahya Misr-Brücke?"

"Kann sein, keine Ahnung."

"Ist die breiteste Brücke dieser Art weltweit..."

"Amir, ich meinte, es geht um jede Sekunde, also lass die Details. Dort gibt es eine Anlage mit einem Pool. Nicht weit weg von der Auffahrt auf die Rod El Farag Achse. Ist super einfach zu erreichen, einfach Ausfahrt der Schnellstrasse nehmen und ohne viele Häuser zu passieren, bist du bei der Farm. Muss neu sein, auf Satellitenbildern ist noch nichts zu sehen, mein Boss war letztes Jahr auf der Insel. Er hat mir auf der Karte gezeigt, wo sie liegt."

"Azeem! Bashar, du bist genial. Das macht Sinn. Gut möglich, dass unser verdammter Sicherheitsapparat dort Leute verschwinden lässt."

Danyal zurück. Safe öffnen. Sie fanden eine Tasche: Eine Waffe, ungeladen, eine Brieftasche und ein Beutel mit Hunderten von Banknoten.

Bashar: "Krass, Mann, ich hab noch nie so viel Geld aufs mal gesehen."

Die drei zählten eine Million Pfund. Amir fotografierte die Scheine. Steckte sie zurück in den Tresor.

"Warte, Danyal, schliess noch nicht ab."

Amir wählte eine Nummer: "Sayed, bist du das? Hier ist Amir."

"Amir, meine Junge, mein Sohn, wie geht es dir? Ist bei dir alles in Ordnung?"

"Alles klar! Ich hoffe, bei dir auch. Hör mal, Amm, ich glaube, du kannst mir helfen; vielmehr bin ich der Meinung, du *musst* mir helfen."

Zwei Minuten später: "Ich sehe, ich verstehe. Ich schulde dir was, mit mir könntest du rechnen, aber für meine Beamten ist das Risiko zu hoch. Es handelt sich immerhin um den Bruder des Vize-Innenministers. Sie werden ihre Karriere nicht aufs Spiel setzen für einen unbekannten, todgeweihten Geheimdienstmitarbeiter, erst noch einen Kopten."

"Amm, und wenn wir das Risiko entlöhnen?"

"Woher willst du das Geld haben, mein lieber Neffe?"

"100'000 Pfund pro Polizisten, bar auf die Hand für die Bereitschaft. Und nochmals 100'000, wenn's heiss wird. Für fünf Beamte."

Die Antwort aus Alexandria liess auf sich warten. Vermutlich malte sich Sayed grad mögliche oder unmögliche Szenarien aus, woher sein Neffe plötzlich über diese Beträge verfügen sollte. Schliesslich willigte er ein.

Amir blickte zu Danyal, dann zum Safe, dann wieder zu Danyal, wartete, ob Nagibs Liebhaber den Gedanken von selbst verstand. Aber er brauchte Nachhilfe:

“Danyal, wir brauchen Nagibs Million, um ihn zu retten. Es ist sein Leben, es ist sein Geld. Vertraust du es mir an oder kommst du mit?”

Der Barista war einen Moment überfordert, schaute auf Bashar, dann auf seine goldene Uhr, dann zu Amir. Irgendwas ratterte in seinem Hirn oder pulsierte in seinem Herz. Vielleicht checkte er grad die Tiefe seiner Beziehung zu Nagib und überlegte, ob sie es wert war, dass er sich in dieses Abenteuer stürzte.

Schliesslich: “Wenn ich helfen kann, komme ich mit.”

“Klar kannst du. Gehen wir. Aber ich glaub, wir können zuerst etwas zwischen die Zähne gebrauchen.”

Der zweite Mitarbeiter der Bar hatte mittlerweile die letzten Gäste verabschiedet und war dran, die Bar zu schliessen. Danyal packte unverkaufte Sandwiches ein, organisierte zwei Powerbanks. Bashar in der Zeit auf der Terrasse, Zigarette rauchend. Amir stand neben ihm, schritt dann unvermittelt an den Rand der Terrasse, wo das Fernrohr stand. Er fasste es an, bewegte es, Handy raus, Licht ein, auf die Verschraubung leuchten. Werkzeugkiste aus Nagibs Zimmer. Fernrohr abschrauben.

Mit Sandwiches und einem Teleskop aus der Rooftop Bar, einem Krankenwagen aus Alexandria, einer Million Pfund aus Nagibs Tresor und zwei Waffen, eine Walther P1 hatte Bashar seinem Vater entwendet, fuhr das Trio abends um 23 Uhr los. Nachtruhe: Ein Fremdwort in Kairo. Viele Restaurants haben 24 Stunden offen. Immerhin kein Stau, kein Blaulicht nötig, und keine Sirene, nur nicht auffallen. Nach einer halben Stunde: Die Tahya Misr Brücke.

“Was jetzt?”, wollte Danyal wissen.

“Wir brauchen einen Ort, von dem wir freie Sich auf das Gelände haben. Bashar, wo genau ist diese Farm?”

Der Gefragte dirigierte. Amir verliess die Schnellstrasse bei der neu errichteten Mautstelle auf der Insel, hielt am Strassenrand. Die drei beugten sich über Bashars Smartphone.

Nach einer Weile der Besprechung war ein Wohnblock auserkoren. Wie bei den meisten älteren Mehrfamilienhäusern war das Treppenhaus offen, also ohne Türe. Den Krankenwagen auf dem Staubplatz abgestellt, stiegen die drei wortlos bis ganz nach oben, die letzte Treppe führte aufs Flachdach. Teleskop auf die kniehohe Mauer. Leises Geflüster, was sie sagen sollten, wenn ein Bewohner aufs Dach kommen sollte.

Dann rief Amir seinen Onkel an: “Amm, du bist wach? Super. Wie schaut es bei dir aus? Hast du Männer organisieren können?”

“Ja, Amir, wir verlassen Alexandria in fünf Stunden, sind gegen acht Uhr morgens auf der Insel, früher geht nicht. Wo genau treffen wir uns?”

Amir gab ihm die Koordinaten des Wohnblocks und der Farm. Der Plan war, dass Sayed eine normale Verkehrskontrolle inszenieren sollte, sobald sich verdächtige Fahrzeuge der Anlage Madboulys näherten. So hofften sie, dass sie Nagib aus ihren Fängen befreien könnten, sollte er ‘angeliefert’ werden.

“Seht ihr diese beiden orangen Lichter dort und darüber das helle weisse?”, flüsterte Bashar. “Das ist die Farm, wenn ich mich nicht täusche, etwa 500 Meter von hier.”

“Es ist viel zu dunkel, durchs Teleskop sehe ich gar nichts.”

“Hey, hey, zwei Autos!” Danyal sah sie zuerst. Die Lichter hielten auf die Farm zu, bewegten sich langsamer, hielten an. Amir meinte, eine Autotüre gehört zu haben. Ein weiteres Licht ging an. Kurz darauf erlosch das helle weisse.

Bashar: “Sollen wir uns heranschleichen?”

Amir: “Mist, ich weiss nicht. Erstens sehen wir auch dort gar nichts, zweitens könnten wir eh nicht eingreifen, bevor Sayed da ist.”

Danyal: "Macht, was ihr wollt, ich bleibe auf dem Dach hier.”

“Ja, warten wir bis zum Morgen”, meinte Amir. Aber statt sich hinzulegen, verschwand er via Treppe, kehrte nach zwei Minuten mit zwei Decken und einem Kissen zurück, die er hinten im Ambulanz-Fahrzeug gefunden hatte.

“Danke, Mann, du bist gut.”

“Wir hoffen und beten, dass in der Nacht alles ruhig bleibt, ich schleiche mich bei der Morgendämmerung etwas heran. Lasst uns vier Stunden schlafen.”

Die Anspannung, das Gezirp der Zikaden und immer mal wieder jaulende Hunde machten das fast unmöglich. Die Geräuschkulisse war deutlich geprägt vom landwirtschaftlichen Charakter der Insel. Die einzige richtige Siedlung lag südlich von ihnen; nordwärts gabs vor allem kleine Bauernbetriebe und Brachland. Die einzige Brücke aufs Festland war die Schnellstrasse und die kostete. Einige Anwohner hatten daher eigene kleine Kayaks mit denen sie ans Festland gelangen.

Viele Häuser, auch Wohnblocks, wurden illegal auf der Insel erstellt, vor allem von Fellachen, die auf der Suche nach Arbeit nach Kairo zogen, keine Wohnung oder Arbeit fanden, dann auf der Insel unbenutztes Land in Beschlag nahmen und bewirtschafteten. 2017 entschied Präsident Al-Sisi dieses Land wieder in Regierungsbesitz zurückzuführen, die entsprechenden

Siedler zu vertreiben. Der Polizeieinsatz kostete einem jungen Mann das Leben, verletzte viele andere, es gab Festnahmen.

Das Vorhaben Al-Sisis wurde wegen Protesten der Bevölkerung ausgesetzt, genauso wie die Pläne, die 800 Hektaren in ein 'Horus Island' mit gläsernem Wolkenkratzer, grosser gläserner Pyramide samt Marina und Boulevard umzuwandeln. Land, von welchem die Fellachen bereits vertrieben wurden, gelangte aber in den Besitz regierungsnaher Millionäre wie dem Bruder des Vize-Innnenministers Madbouly. Auf seiner neuen Krokodilfarm wurden gegen zwei Uhr früh die letzten Lichter ausgeknipst und es blieb für den Rest der Nacht still.

Fünf Uhr dreissig; Amirs Handywecker vibrierte in der Hosentasche. Flüsternde Verabschiedung vom dösenden Bashar. Pistole zwischen Kreuz und Hose gesteckt. Treppe runter. Kontrolle des Krankenwagens im Halbdunkel: alles ok, kein Einbruchsversuch über Nacht. Im dürren Gras neben dem 'Parkplatz' eine weggeworfene selbst gemachte Fischerrute, Bambus. In der Ambulanz fand Amir einen Plastikeimer. Mit ihm in der Hand, der Bambusrute auf der Schulter spazierte er in Richtung Krokodilfarm, derart gelangweilt, als ob das seine tägliche Routine als ansässiger Hobbyfischer wäre.

Ein Schild am Strassenrand. 'Khasun – Durchgang verboten'. 'Hm... dabei sind es sicher noch 100 Meter bis zum Zaun.' Er ignorierte die Warnung. Der Zaun bestand aus rostigem Stacheldraht, umwuchert von Schilfgewächs, Gruppen aus Bambusrohr und einzelnen Papyrusstauden, im Wesentlichen undurchsichtig. Von weitem sah er das Eingangstor: Vollblech.

Amir spazierte dem Zaun entlang Richtung Nilufer, entfernte sich dabei von der Zufahrtsstrasse. Vielleicht eine halbe Stunde bis Sonnenaufgang.

Blick aufs Handy; Sayed: *'Sind abgefahren. Pass auf dich auf.'*
Antwort: *'Mach ich. Alles kommt gut, In schāʾa llāh.'*

Dann eine erste Lücke im Gestrüpp. Amir konnte eine Art Park ausmachen, kleine Bäume, schienen neu gepflanzt; rechts dahinter ein Gebäude, korallenrot, zweistöckig. Noch kein Hinweis auf Krokodile. Höchstens, dass die kleine Mauer im Hintergrund eine Poolumrandung sein könnte. Ein Hund – Amir versteckte sich. Dann nochmals ein Blick. Hund weg. Kein Mensch.

Weiterschreiten; der ausgetrocknete, harte Boden wurde langsam weicher, dann sumpfig, noch ein paar Meter bis zum Ufer. Rechts von ihm das Gelände Madboulys, links wucherte Unkraut auf einem grossen Feld. Noch etwas weiter links am Ufer etwas Weisses. Ein Boot? Er näherte sich. Ein Kayak! Weiter hinten nochmals vier, fünf, sechs... an den Ästen einiger Lotuspflaumenbäumen festgemacht. Mit ihnen gelangten die Anwohner aufs Festland, sparten so die Maut über die Brücke.

Amir löste eines der Boote, drin das Paddel. Noch nie hatte er ein Kayak gesteuert, aber Kayakfahrern zugesehen, als er auf dem Nilschiff bei Luxor gearbeitet hatte. Rudern war eh unnötig, der Fluss schob ihn innert Sekunden vor die Anlage Madboulys. Er drehte das Boot, so dass er flussaufwärts blickte. Starker Zug des Wassers. Er hielt mit ganzer Kraft dagegen, versuchte gleichzeitig möglichst viel vom Gelände mitzubekommen.

Weit und breit kein Mensch. Er wagte es, bekam nasse Füsse, schnitt sich am Schilf den kleinen Finger auf; egal. Das Kayak an Land gezogen, duckte er sich mit Fischerrute und Eimer hinter den erstbesten Busch, machte dann Bilder mit dem Handy. Bashar blinzelte kurz, als sein Telefon vibrierte, schlief weiter. Sayed reagierte wach: *'Du bist auf dem Gelände? Komm sofort weg dort, Junge, filhal. Warte, sind in zwei Stunden da'*.

Amir hörte nicht auf seinen Onkel, pirschte sich durch Schilf und Stauden bis an einen Gittermattenzaun. Dahinter ein Naturpool. Rundherum ein wenig Gras. Krokodile konnte er keine erkennen. Gegenüberliegend ein grösseres Tor, um den umzäunten Pool betreten zu können. In seiner Nähe ein kleines

Gebäude, vielmehr eine Hütte, die vom Pool her, aber auch von aussen zugänglich war. Dann verlor er die Kontrolle über seine Bewegungen. Es warf ihn richtiggehend nach hinten, rückwärts auf den Boden. Mit einem riesigen Gedröhne in den Ohren, schmerzendem Steissbein und weit aufgerissenen Augen lag er da, atmete schwer, dankbar, dass er noch lebte.

Wie ein Echo spielte sich die Szene der letzten halben Sekunde nochmals vor seinen Augen ab. Ein Schatten von rechts, unglaublich schnell und dieses grüne Auge, die Zähne, die auf ihn zugestürzt kamen, aus dem Nichts. Oder vielmehr: Aus dem Wasser natürlich, sonst hätte es nicht so gespritzt. Und dann ein ohrenbetäubender Lärm, das Scheppern des Zauns, als das Reptil mit voller Wucht dagegen prallte und Amir sich instinktiv zurückwarf.

Amir putze sich mit dem Handrücken die Tropfen aus dem Gesicht, froh, dass dieser Zaun so stark war und standgehalten hatte. Was für ein Schreck. Das Vieh musste sich bedroht gefühlt oder unglaublich Hunger gehabt haben. Also doch: Eine Krokodilfarm. Das nächste Geräusch war leiser. Ein Fenster wurde geöffnet. Amir rührte sich nicht vom Fleck, kippte den Kopf zur Seite, schielte Richtung Haus, Kraut verdeckte seine Sicht – immerhin war er so verborgen vor Blicken aus dem Gebäude.

Amir robbte an den Rand des Grundstücks, wo die Büsche dichter waren, einzelne Bäume es ihm ermöglichen würden, an ihnen hochzuklettern, über den Hag zu entkommen. Dort wartete er, meldete Bashar seine Position. Dieses Mal weckte ihn das Vibrieren. Bashar streckte sich, vermisste einen Kaffee, beantwortete die Nachricht, suchte dann die Gegend mit dem Kempinski-Teleskop ab.

“Danyal, ich hab ihn, das ist er”, flüsterte er eine Minute später.

Danyal sah ihn auch, wie Amir den Kopf zu einem Gebüsch raus streckte, ganz langsam winkte, das Telefon am Ohr.

“Bashar, ich habe noch 77 Prozent Akku, sollte reichen, aber ich hab keine Powerbank mitgenommen. Besser wir hängen auf für Fall, dass ich den ganzen Tag hier verbringen muss. Ich habe eine super Sicht auf den Pool und links von mir auf eine kleine Strasse, die auf einen Platz vor dem Haus führt.”

“Ok, Mann, pass auf dich auf. Ich rufe dich an, sobald ich was sehe, Salam.”

Und das tat Bashar auch. Eineinhalb Stunden später rammte ihm Danyal den Ellenbogen in die Seite, völlig nervös: “Hier, hier, hier, zwei Fahrzeuge und ein Kastenwagen”, er schrie fast, währenddem er links vom Block runterschaute zur Ausfahrt der Schnellstrasse.

“Amir, Danyal hat Fahrzeuge gesehen, scheinen auf dich zuzukommen, hörst du mich?”

“Ich hör dich, ich glaub, die werden erwartet hier. Gerade kamen zwei Männer aus dem Haus. Bashar...”, Amir machte eine ziemlich lange Pause...

“Amir?”

“Bashar...sie tragen Maschinenpistolen.”

“Verdammt.”

“Ich weiss nicht, ob Sayed auf einen Schusswechsel mit Maschinenpistolen vorbereitet ist. Ich häng auf und sprech mit ihm.”

“Scheisse, Mann, Scheisse, lass uns abbrechen. Sag Amir, er soll einfach im Gebüsch hocken bleiben, bis alles vorbei ist.” Danyals Stimme zitterte.

“Weisst du was? Du gehst jetzt ins Dorf runter und holst uns zwei Kaffees und ein Fladenbrot!”

Ohne Danyal hatte Bashar mehr Ruhe, blickte durchs Fernglas. Die kleine Wagenkolonne hielt auf das Grundstück zu. Viel zu früh. Die Idee war, dass Sayed zuerst da gewesen wäre. Eines der zivilen Fahrzeuge hatte eine blaue Sirene auf dem Dach montiert. Und tatsächlich stiegen eine Minute später drei uniformierte Polizisten aus, aus dem zweiten Wagen zwei zivil gekleidete, Jeans, Hemd, weitere zwei aus dem dunkelblauen Kastenwagen, auch die in moderner Alltagskleidung.

Vom Grundstück her näherten sich zwei Männer. Händeschütteln, Gespräche. Einer telefonierte. Der Hund kam herangetrabt, beschnupperte die Ankömmlinge, ein Bein scheuchte ihn weg. Dann kehrten die jeweiligen Chauffeure zu ihren Fahrzeugen zurück. Das eine Auto fuhr auf den Platz vor dem Gebäude, das mit Sirene blockierte die Strasse vor dem Anwesen, der Kastenwagen fuhr hinters Gebäude.

Einer der Männer gesellte sich zum Auto mit der Sirene, das die Strasse blockierte, zündete sich daneben eine Zigarette an, alle anderen verschwanden im Haus. Sorgfältig schwenkte Bashar das Teleskop zurück auf Amir. 'Amir?' Er sah ihn nicht mehr. 'Ach, hier ist er.' Nur knapp erkannte er etwas vom dunkelblauen Shirt, ein wenig Wange. Dann klingelte sein Handy.

"Ich bin Sayed. Ist Bashar hier?"

"Ahlan. Der bin ich."

"Amir sagte, du könnest mir die Situation vor dem Haus erklären. Wir sind drei Minuten entfernt von euch."

Bashar gab sein Bestes.

"Konntest du die Autonummern entziffern?"

Hatte er gar nicht versucht, holte er jetzt nach, gab die Kennzeichen der beiden PWs durch, der Kastenwagen hinter dem Haus war nicht sichtbar.

"Warte...", eine Minute verging. "Das eine ist aufs Innenministerium gelöst – Geheimdienst, das andere auf die Nationalpolizei. Das wird kein Zuckerschlecken", knurrte Sayed und schrieb

Amir eine Nachricht: *'Wir werden klingeln, geben unser bestes, kann nichts versprechen, sind zu wenige für eine Hausdurchsuchung. Wird vielleicht nicht klappen.'*

Und zu seinen Polizisten, indem er seine Unsicherheit gekonnte überspielte: "Jungs, kugelsichere Westen anziehen. Wir nehmen die MP5."

"Ich habe keine kugelsichere Weste eingepackt," entgegnete Fariz. Er war Sayeds bester Mann und erst gerade hatte er ihm mitgeteilt, dass er bald Vater werden würde.

"Nimm meine, ist dir vielleicht zu gross, aber Level 3; damit dein Kind nicht ohne Vater aufwächst. Wann nochmals erwartet ihr es?"

"In zwei Monaten, aber wir werden bestimmt überleben, alle! In schāʾa llāh!", entgegnete Fariz.

—

Amir kniff die Augen zusammen, als der Kastenwagen um die Ecke hinter das Haus und damit in sein Blickfeld fuhr. Er hielt an, zwei Männer stiegen aus. Der eine ging zu Fuss zurück, der andere entnahm der Brusttasche seines braunen Hemdes ein Zigarettenpäckchen und Feuerzeug, blieb neben dem Wagen stehen. Noch bevor die Zigarette fertig geraucht war, schlug der Mann im braunen Hemd mit der flachen Hand an den Wagen ran. 'Da ist wer drin, der hat vielleicht gerufen' durchfuhr es Amir. Vom Gebüsch aus machte er ein Bild des Wagens, schickte es Sayed und Bashar.

'Amir, kannst du da unten Hilfe brauchen?' Während Bashar die Antwort auf seine Message erwartete, drang Kaffeegeruch in seine Nase. Wenig später stand Danyal neben ihm, Auftrag erfolgreich erfüllt.

Kaum war der Kartonbecher leer, meldete sich Bashars Telefon. Amir flüsterte: "Hey, ich kann dich hier unten echt brauchen.

Nimm deine Pistole mit." Dann erklärte er seinem Freund, wo er ein Kayak finden könnte.

Währenddem Bashar sich per Nil auf Amirs Höhe treiben liess, beobachtete Danyal, wie Sayed mit seinen Männern die Insel erreichte und ihre beiden Toyota Land Cruiser aufs Gelände Madboulys zu hielten.

Ohne zu zögern wich Sayed aufs Feld aus und umfuhr den PW, der die Strasse versperrte, wies den zweiten Wagen an, das fremde Fahrzeug von vorne zu blockieren und die beiden Männer dort schon mal in Schach zu halten. Die zwei Männer Sayeds fuhren bis auf wenige Millimeter an die Schnauze des zivilen Polizeifahrzeuges heran, sprangen aus dem ihren, zielten mit den MPs direkt auf die Insassen, denen nichts anderes übrig blieb als verdutzt auszusteigen und sich unter Protest und mit erhobenen Händen vornüber an ihr eigenes Auto zu lehnen.

Sayed und die drei weiteren Beamten aus Alexandria brausten in den Hof vor dem Haus. Mit einem seiner Männer sprang er zur Türe, klingelte, während die anderen beiden hinter den offenen Türen des SUVs mit Polizeiaufschrift verschanzt blieben, die MPs entsichert und auf die Türe gezielt. Diese ging auf. Ein Herr in einem Morgenrock stand da, links und rechts je ein grimmiger Bodyguard.

"Lass das!" fauchte Sayed, als die Hand des einen Bodyguards ans Pistolenhalfter fuhr und brauchte die Stimme, mit der er Omer jeweils abkanzelte. Sayeds Partner entsicherte seine MP, ein weiteres Zeichen, dass sie nicht zum Spass hier waren.

"Was verschafft mir die Ehre?", erkundigte sich der Mann im Morgenmantel, der Madbouly sein musste.

"Wir sind hier, um einen dunkelblauen Lieferwagen zu kontrollieren, der zur Fahndung ausgeschrieben ist."

"Ihr wisst, wen ihr vor euch habt? Ich bin der Bruder des Vize-Innenministers."

“Und wenn dies das Anwesen Al-Sisis wäre, der Wagen wird kontrolliert”, konterte Sayed immer noch hoch pokernd. “Sie geleiten uns hinter das Haus, wo das Fahrzeug steht, sonst muss ich Verstärkung anfordern”, dabei griff er zu seinem Telefon, sah dabei auch die Nachricht Amirs: ‘Halt sie in Schach, ich brauche nur noch zwei Minuten’.

“Darf ich wissen, was uns vorgeworfen wird?”, fragte Madbouly und nickte einem Bodyguard zu, der sich umdrehte und wegschritt.

“Hiergeblieben!”, schrie Sayed so laut, dass auch Madbouly zusammenzuckte.

Zwar kam der Bodyguard der Aufforderung nach, aber das Geräusch von Waffen, die entsichert wurden, liess die Anspannung unerträglich werden, zumal Sayed das Klicken nur hörte, aber niemand weiteres zu sehen war.

“Ihr betretet weder mein Haus noch den meinen Park, bevor ich nicht weiss, was genau ihr kontrollieren wollt”, insistierte Madbouly und nagelte Sayed mit seinem Blick fest. Sayed hielt dem Blick stand, suchte fieberhaft nach einem Ausweg, fand keinen. Dann, mitten im Standoff diese Schussabgabe, völlig unvermittelt, nicht besonders laut, aber klar ein Schuss.

Der eine Bodyguard zog Madbouly zur Seite und gleichzeitig seine Waffe. Der andere hechtete hinter ein nahestehendes Möbel, ebenfalls bereit, einen Schuss abzugeben. Sayed und sein Partner sprangen hinter den Türrahmen des Eingangs, zielten zitternd zu den Bodyguards.

“Kein Schuss mehr! Nicht schiessen”, schrie Sayed. Nicht *einem* der Männer war klar, wer geschossen hatte und tatsächlich war der Knall auch ziemlich dumpf gewesen. Sayed suchte einen Schützen mit Schalldämpfer, vergebens. Jedoch wurde klar, wer zuvor Waffen entsichert hatte: der Türrahmen zum Salon war mit vier schwarzen MP-Läufen verziert, Knie,

Haarbüschel, Nasen und Augen ragten hervor, Sayed und seine Männer also in der Unterzahl.

“Ya, Khara, wer hat geschossen?!!”, brüllte Sayed in die Runde. “Wer, verdammt nochmals, hat abgedrückt?” Ruhe, keine Antwort. Madbouly, ebenfalls um Deeskalation bemüht, fragte seine Männer das gleiche. Keine Antwort.

“Madbouly! Khalas! Es reicht!”, schrie Sayed ihn an, ohne nach dem Namen gefragt zu haben. "Sag deinen Leuten, sie sollen die Waffen niederlegen, jetzt!”

“Mein lieber Oberst, das mache ich erst, sobald ich weiss, was genau ihr hier vorhabt!”, Madbouly hatte den Rang Sayeds von der Uniform abgelesen, seine Stimme drückte grosse Entschlossenheit aus.

Es waren die Knalle von weiteren Schüssen, die die Situation völlig aus dem Ruder laufen liess. Wieder kamen sie von irgendwo her. Von draussen? Glas zersplitterte. Einer von Madboulys Polizisten im hinteren Zimmer jaulte auf.

Der eine Bodyguard reagierte mit einem Schuss auf Fariz, dessen Weste hielt, aber er gab zurück, ohne Warnung, traf den Bodyguard mitten in die Brust. Der andere Bodyguard schoss mehrfach auf Sayed. Der Polizeioberst sank zu Boden. Die Männer im hinteren Raum feuerten auf Fariz, der in Deckung, diese in den Vorraum, sich neu positionierend.

Sayed atmete schwer, lag neben der Eingangstüre am Boden, dann spuckte er Blut, blickte zu Fariz, berührte mit seinem nikotingelben Finger das Loch in seiner Brusttasche.

“Fariz, Rückzug, wir geben auf”, röchelte er, fasste mit blutenden Fingern sein Handy, strich drüber, las die rot gefärbte Message: ‘Hab’s geschafft, könnt abbrechen.’ Amir war in Sicherheit.

Mokattam

Kairo, Alexandria **Amir – Ghada** – Hassan – **Nagib**

"Isa, Isa, Isaaaaah,...", die Menge sang, vielmehr schrie den Namen ihres Erlösers in die Luft oder besser an die Felswände der Cave Church. Echo. Hall. Von überall her erklang der ägyptische Name für Jesus. Nagib hörte dem gesungenen Hilferuf eine Weile lang zu, dann schloss er das Fenster und setzte sich auf sein Bett.

'Schon komisch, diese Idee, dass im Himmel Hilfe da sein soll für menschliche Probleme'. Nagib hatte gute Erfahrungen damit gemacht, seine Probleme selbst zu lösen, vertraute auf seine Fähigkeiten. Sie hatten ihn auch nicht im Stich gelassen, als die Falle von Madboulys Netzwerk zuschnappen wollte. Nagib konnte sich rechtzeitig in Sicherheit bringen, seine Spur verwischen.

Er verstand, dass es Menschen gab, die für ihre Situation keine Lösung sahen und sich dann an jeden Strohhalm klammerten. Aber einen Menschen um Hilfe anrufen, der schon vor zweitausend Jahren gestorben ist? Das ist doch ziemlich absurd. Die Leute in der legendären Kirche in Manshiet Nasser am Fusse des Mokkatam-Plateaus sahen das anders, glaubten, dass dieser antike Lehrer auferstanden wäre und nun im Himmel lebte und jeden Schrei hören würde.

Nagib hörte vor allem sein neues Telefon. Seine Mutter war dran. Für ihre 60 Jahre hatte sie eine recht frische Stimme.

"Nagib, da ist ein Herr, der dich sehen möchte."

"Schick mir ein Bild von ihm. Danke, Mutter."

Das Bild kam per Telegram. Er erkannte Amir.

“Mama, blick auf die Strasse. Siehst du ungewohnte Autos?”

“Nein, so wie immer.”

“Ungewohnte Telefonanrufe heute?”

“Nein, Nagib, alles gewöhnlich.”

“Ich komme rüber, bin in zehn Minuten bei dir.”

Nagibs Weg führte ihn durch schmale Gassen und er lief eng den Mauern entlang. Hintereingang in das Haus seiner Kindheit. Kurz in der Küche warten, horchen; er erkannte Amirs Stimme, trat ins Wohnzimmer, begrüsste ihn.

“Mann Amir, du bist ein Wunderknabe, wie hast du mich gefunden? Du hast mir etwas zu erzählen. Wie geht es dir?”

“Bei mir ist eigentlich alles ok, bin froh, dass du noch lebst, Nagib.”

“Setzt, euch, bitte setzt euch!” Nagibs Mutter brachte zugeschnittene Wassermelone, eine Schale mit Lib Syri, geröstete Sonnenblumenkerne, eigentlich syrische Kerne genannt; eine leere Schüssel für die ausgespuckten Schalen.

“Danke, Mutter, lässt du uns nun alleine, bitte?” Und zu Amir: “Ich habe letzte Woche von deinem Onkel gehört. Es tut mir sehr leid, Amir. In der Zeitung stand, dass er bei einer Verkehrskontrolle ums Leben kam.”

Amir schaute Nagib direkt in die Augen. ‘Wusste er wirklich nicht mehr?’ Und als ob dieser Gedanken lesen könnte: “Ich informiere mich seit einer Woche nur aus der Tageszeitung, Amir. Kein Internet, keine Telefonate ausser mit meiner Mutter und Jaqub, einem engen Freund von früher. Immer nur kurz. Ich glaube, du weisst warum, nicht wahr.”

Amir nickte: “Madbouly, oder?”

“Genau, unterdessen auch Hakimi. Mich hat Gamil gewarnt. Sie wollten ihn in ihr Netzwerk reinholen. Er hat vordergründig mitgespielt, mir aber den entscheidenden Typ gegeben. Ich verdanke ihm mein Leben.”

“Gamil?”

“Ja, Gamil. Und nun erzählst du mir, wer mich *dir* verraten hat. Wie hast du mich gefunden, du Gauner?”

Amir holte aus, begann in der Villa Harris, liess das mit den Barschen und dem Diebstahl des Krankenwagens weg. Er erklärte wer Bashar war, wie sie zu Danyal gelangten, fasste zusammen wie sie gemeinsam nach ihm, Nagib, suchten, um ihn zu warnen, erwähnte den Tresor und wie sie schliesslich auf der Warraq Insel Madboulys Anwesen fanden, dem Bruder des Vizeministers, er sich dort versteckte, den Kastenwagen beobachtete und dessen rauchenden Chauffeur.

Amir sprach engagiert, zwischendurch atmete er tief ein.

“Bashar stiess zu mir. Wir wussten, dass mein Onkel die Leute Madbouolys höchstens hinhalten konnte.”

Nagib unterbrach ihn: “Dein Onkel? In Kairo? Dann kam dein Onkel am Ende wegen dem Verbrecher Madbouly ums Leben! Dieser Arsch.”

“Ja... aber du hast vorgegriffen.”

“Es tut mir herzlich leid, Amir. Du hast ihn herbestellt, um dir zu helfen. Und eigentlich habt ihr mich gesucht.”

“Wir haben dich gesucht, genau. Wir haben dich im Kastenwagen vermutet. Sobald klar war, dass Madboulys Leute an der Türe mit Sayeds Männern beschaftigt waren, schlugen wir zu.”

“Du und Bashar?”

“Ja, wir beide. Ich spazierte mit einer Fischerrute über den Hof, als ob ich zum Anwesen gehörte, begann ein Gespräch mit dem

Mann am Wagen. Bashar schlich sich im Schatten einer kleinen Hütte von hinten heran und schlug dem Typen mit einer Holzlatte eins rüber. Dann brachten wir den Wagen nicht auf. Ich entschied, mit der Pistole ins Schloss zu schiessen. Ich öffnete die Türe, erwartet dein Gesicht und sah eines, das aufgedunsen war, blau, wirre halblange Haare. Das warst definitiv nicht du. Es war eine Frau."

"Ihr wolltet mich befreien und habt einer Frau das Leben gerettet... ich sehe."

"Hey, es war brutal. Die Arme war sowas von zerschlagen."

"Ya haram. Die Arschlöcher im Haus haben euren Schuss wahrscheinlich gehört. Was habt ihr mit der Dame gemacht?"

«Ja, die drinnen haben unseren Schuss aufs Schloss gehört, öffneten die Fenster, also mussten wir abhauen und haben die Frau halt mitgenommen, sie rannte oder vielmehr humpelte mit uns zu den Kayaks.

"Azeem! Was bist du für ein geiler Kerl, du hast extra Kayaks organisiert?"

"Hab ich nicht, Nagib, die waren dort festgemacht. Es gibt Dutzende auf der Insel. Als wir fast bei den Kayaks waren, rappelte sich der Chauffeur auf. Er schoss auf uns, traf Bashar in die Schulter, ich schoss zurück. Hab ihn glaub getroffen, ein Schuss ging glaub auch ins Haus. Dann sprangen wir ins Wasser, zogen die Kayaks zu uns, versteckten uns hinter ihnen, der Nil nahm uns sofort mit."

"Aber was passierte Sayed schliesslich?"

Amir atmete nochmals tief ein, blickte kurz nach unten, sprach dann über den tödlichen Schusswechsel: "Weisst du, wo Sayed getroffen wurde?"

"Sag es mir."

“Am gleichen Ort, wo mein Vater getroffen wurde. Zwei Zentimeter über dem Herz. Lungendurchschuss und Verletzung der Arterie.”

“Amir, das tut mir so leid.”

“Und weisst du, warum er als einziger keine kugelsichere Weste trug?”

“Sag es mir.”

“Weil er seine eigene einem anderen Polizisten gab, einem jungen Mann, Fariz. Seine Frau ist mit dem ersten Kind schwanger.”

“Ich sehe... Ich sehe, er hat einem Kind den Vater gerettet, der seinem eigenen Neffen gefehlt hatte. Ich ehre ihn, Amir, ich ehre Sayed.”

“Weisst du, Nagib, klar bin ich traurig, klar wünschte ich von Herzen, dass Sayed noch lebte. Es tut mir leid für seine Frau. Aber er hat getötet, unnötig getötet.”

“Du meinst, dass er von eurem Gott bestraft wurde?”

“Nein, nicht direkt, aber ich glaube, dass es nicht richtig ist, Gewalt mit Gewalt zu bekämpfen, es muss andere Wege geben. Und wer Gewalt mit Gewalt bekämpft, gewinnt nichts.”

“Hmm, ... kennst du diesen Spruch: ‘Wer zum Schwert greift, wird durch das Schwert umkommen?’”

“Nein, aber in diese Richtung gingen meine Gedanken.”

“Das steht in der Bibel.”

“Echt?”

“Ich glaube, ... bin nicht sicher. Hey, Danyal war auch mit euch dabei?”

“Na’am, hat er dir nichts erzählt?”

“Ich habe keinen Kontakt mehr zu ihm.”

“Tamaam. Also er hat uns mit dem Krankenwagen abgeholt auf der Festlandseite von El Warraq.”

“Amir, hast du der befreiten Frau in die Augen geschaut?”

“Vermutlich schon, nicht bewusst.”

“Ist dir etwas aufgefallen?”

“Nein, das heisst, doch: Die Frau hatte zwei verschiede Augenfarben...”

“Du Held, du hast Layla gerettet, meine Chefin. Alle Achtung, Mann, was für eine Leistung. Ich dachte bereits, sie wäre tot. Zwei Stunden bevor ihr Flug nach Genf abflog, haben sie sie auf einem Parkfeld vor dem Flughafen geschnappt. Hat sie euch gesagt, wie ihr mich findet?”

“Nein, wir haben kaum gesprochen mit ihr, sie war völlig unter Schock. Und wir wussten nicht, wer sie war.”

“Ok, dann raus mit der Sprache, wie hast du mich hier gefunden?”

“Du wurdest im Jahr 2014 für den Geheimdienst rekrutiert. Dem ging eine Festnahme voraus. Ich wusste, dass es eine Akte geben sollte mit dem Einsatzbefehl. Dort sollte auch die Adresse draufstehen, wo du damals gewohnt hast.”

“Ich sehe, aber du hattest keine Chance an diese Akte zu gelangen...”

“Ich habe eine Zeit lang im Polizeihauptquartiers am Port Said Boulevard gearbeitet.”

“Aber du hast keinen Schlüssel mehr.”

“Es gibt einen Hinterausgang. Die Türe geht automatisch zu, braucht aber fast eine Minute, bis sie ins Schloss fällt. Ich habe mich abends hingestellt und gewartet, bis einer dort rauskommt. Der Rest war ein Kinderspiel, ich wusste ja, wo die

Akten lagern. Und tatsächlich, die Adresse stand in deinen Unterlagen."

"Dann bist du einfach hierhin gefahren und hast meine Mutter angesprochen?"

"So einfach."

"Wenn Madboulys Leute so gescheit sind wie du, werden sie irgendwann auch bei meiner Mutter anklopfen. Vielleicht sollte sie für ein paar Wochen bei ihrer Schwester verschwinden oder noch besser: Im Gästehaus der Cave Church."

"Die Kirche hat ein Gästehaus?"

"Sie ist derart berühmt geworden, Amir, dass Gläubige aus der ganzen Welt kommen, um hier einen oder zwei Gottesdienste zu besuchen."

"Krass, fast wie Mekka?"

"Vielleicht nicht ganz. Aber wo blieb Layla schliesslich?"

"Ich habe für sie eine Nummer angerufen." Zwei Stunden später kam sie eine Frau abholen. Amir diese andere Frau hat sie unter Tränen umarmt und geküsst, wie, also, als ob sie, du weisst schon..."

"Darum war sie Madbouly ein Dorn im Auge, Amir. Sie wird ein Versteck finden."

"Und du?"

"Ich bleibe noch ein paar Wochen, bis sie denken, dass ich über alle Berge bin und weniger gut aufpassen."

"Und dann?"

"Ich schütze dich, indem ich es dir nicht sage, Amir."

"Ich verstehe", schloss Amir das Thema und fuhr mit einer Übersicht über Hassans und Adams Pläne fort.

“Ich weiss noch nicht viel, aber der Anschlag soll den Tourismus betreffen. Sie sprachen von Khalas, vermutlich ein Codowort für eine Bombe oder so. Sie erwähnten einen Atwa, der eine Show hat und einen Hosni, der diese Khalas transportieren sollte. So viel gibt das noch nicht her.”

“Das ist doch schon mal was, doch. Die Salafis sind also weiter, als ich gedacht habe. Bleibt die Frage, an wen wir uns wenden mit unseren Informationen. Dem Muchabarat erzählen wir nichts mehr, kein Wort. Wir werden sie blamieren. Sobald du genauere Infos über Ort, Zeit und Waffen dieses Anschlags hast, gelangen wir an die Sicherheitsbehörde des entsprechenden Ortes, umgehen den Geheimdienst.”

“Was ist mit Gamil?”

“Ich warte ab, möchte schauen, wo er wirklich steht. Im Moment weiss ich nicht, ob ich ihm vertrauen kann.”

“Wird er die Übertragungen aus Hassans Wohnung abhören?”

“Er hat keinen Zugriff mehr. Ich habe die Nachrichten umgeleitet auf einen Server der Cave Church.”

“Die haben in der Kirche einen eigenen Server?”

“Das ist ein grosser Betrieb mit Büros und fast 50 Angestellten.”

“Wie bleiben wir in Kontakt, Nagib?”

“Durch Jaqub. Er arbeitet im Büro der Cave Church. Ruf ihn dort an, aber keine Mails, ok? Ich treffe ihn mindestens zwei Mal pro Woche. Er bringt mir auch Essen, Zeitungen, wäscht mir die Kleider, guter Junge, einfach ein bisschen zu fromm, aber egal.”

“Fromm?”

“Er nimmt seinen Glauben ein wenig zu ernst, finde ich, behauptet, dass er wegen Jesus nicht mehr homosexuell empfindet. Hey, ich kann nicht viel anfangen mit dem, lassen wir das. Ich schätze seine Hilfe und gut ist. Ich schaue, dass du ihn triffst, bevor du nach Alexandria zurückreist. Du bleibst bei Hassan am Ball, oder?"

"Ja, habe ich vor."

"Was hast du mit dem Krankenwagen gemacht?"

"Er steht in einer Garage des Kempinski. Ich werde ihn morgen früh zurückbringen nach Alexandria."

"Tamaam. Und wie gefällt dir das Mädchen im Spital, Amir?"

"Oh, Ghada, ich hab mich mit ihr gut verstanden."

"Und das wär's?"

"Das wär's!"

"Gut so. Geh also bei Jaqub vorbei, ich ruf ihn an, sage ihm, dass du ein Freund bist, ein guter Freund. Amir, Junge, ich vertraue dir. Ich vertraue dir fest. Bleib gesund, ja?"

—

Unterwegs am Steuer des Krankenwagens prozessierte Amir die Bilder dieser Cave Church. Noch konnte er sie nicht einordnen. Jaqub hatte ihm eine kurze Führung gegeben durch die natürlichen zwanzig, dreissig Meter hohen Felsgewölbe. Eine kleine Gruppe spielte Musik auf einer Bühne, die wie in einem antiken Theater unterhalb der Sitzreihen lag, ganz alleine, ohne Zuschauer. 'Probe für den nächsten Gottesdienst', meinte Jaqub.

Die Lieder waren sehr fremd für Amir und für das, dass sie so fremd waren, berührten sie ihn erstaunlich tief. Er konnte nicht sagen, warum. Er bewegte lange das Bild dieser einen Frau, wie sie mit geschlossenen Augen und erhobener Hand ins Mikrofon sang, aber eigentlich sang sie gar nicht ins Mikrophon, vielmehr direkt in den Himmel hinein, so kam es ihm jedenfalls vor.

Er ging die Geschichte der Kirche nochmals durch, die ihm Jakub erzählt hatte. Durch ein Feuer waren grosse Teile der koptischen Siedlung Manshiet Nasser zerstört worden, auch die alte Kirche. Die Gläubigen versammelten sich daraufhin in den natürlichen Höhlen unterhalb des Mokattam-Plateaus. Eine Höhle vergrösserten sie derart, dass Platz für vielen Tausend Menschen entstand. Jenseits von Fussballstadien hatte Amir noch nie so viele Sitzplätze aufs Mal gesehen.

In die Felswände eingraviert Szenen aus dem Buch der Christen. Jaqub hatte insbesondere auf das offene Grab gedeutet mit dem runden Stein daneben und dem Spruch: 'Er ist nicht mehr hier, er ist auferstanden, wie er gesagt hat.' Ein anderer Spruch lautete: Amen, Come Lord Jesus.' Weitere eindrückliche Statuen waren draussen in die Felswände gehauen worden. Dutzende von Menschen spazierten da rum und machten Fotos.

Amir hatte sich noch überhaupt nie vorgestellt, wie eine Kirche aussehen könnte, es hatte ihn bis jetzt einfach nicht interessiert, aber er hätte sich ganz sicher nie so etwas vorgestellt, eine riesige Höhle, in warmes Licht getaucht, mit Tausenden von Sitzplätzen, in regelmässigen rundlichen Reihen angeordnet, dekorierte, beschriebene Felswände und auch das war etwas fremd: freundliche Menschen, anständig angezogen, ein paar fröhliche Kinder, die zwischen den Bankreihen herumsprangen; 'die Kinder der Musiker auf der Bühne', meinte Jaqub.

Auf halbem Weg nach Alexandria holte ihn eine andere, weit bedrohlichere Botschaft aus der gefühlten Geborgenheit der Höhlenkirche in die brutale Wirklichkeit zurück. Der Anrufer versteckte sich auf Amirs Handy hinter dem Begriff 'Mama':

"Mama?"

"Amir, Gamil ist da, hallo!"

"Ach, sorry, Gamil, klar."

"Wo bist du?" Gamils Stimme war leise, aber scharf.

"Ähm, unterwegs. Sag mir, was es gibt, Gamil."

"Sohn, ich glaube, du bist in Gefahr."

“Ich, Gamil? Warum meinst du?”

“Warst du vor einer Woche auf der Warraq Insel?"

"Gamil, warum spielt das eine Rolle?”

“Sag es mir, es kommt drauf an. Ich bin auf deiner Seite, junger Mann.”

“Sag mir, was los ist, ich geb nicht mehr Informationen als nötig.”

“Also, lass mich direkt sein mit dir. Du hast einen Geheimdienstmitarbeiter erschossen. Du, Amir!”

“Al’ama! Himmel hilf. Woher weisst du das?”

“Schwatz nicht lang, ich hänge bald wieder auf. Ich meine es gut mit dir. Verschwinde, wenn dir dein Leben lieb ist.”

“Gamil, Gamil, warte... warum weiss man, dass ich das war?”

“Überwachungskamera, mein Junge. Weil der Erschossene ein Freund Hakimis war, wollte dieser die Bilder sehen, er hat dich erkannt.”

“Mist, Mist, Mist, es tut mir leid. Ich wollte ihn nicht töten. Ich wollte uns schützen, meinen Freund schützen. Er hat auf uns gefeuert.”

“Jetzt ist’s geschehen. Versteck dich, Amir, oder verlass das Land, aber ja nicht via Flughafen oder Strasse. Du wirst gesucht.”

Kurz vor der Ankunft beim El Shatby war das Telefonat zu Ende. Amir stellte das Ambulanz-Fahrzeug ab, wo es hingehörte, liess den Schlüssel stecken und gelangte per Taxi zum Sea Star Hotel. Gute zweihundert Meter vor dem Hotel stieg er aus, näherte sich zu Fuss, da zu viele Autos schon am Strassenrand parkiert waren. Aus dem einen stieg ein Mann aus, schritt drei Dutzend Meter vor ihm ins Sea Star. Angewurzelt blieb Amir stehen und stand noch bocksteif dort auf dem Gehsteig, als Esat wieder zum Auto zurückkam.

Dann sah ihn dieser auch. Und auch er stand wie angewurzelt da, starrte auf Amir, bis er etwas in den Innenraum des Hotels rief. Zwei Männer kamen heraus, gross gewachsene Athleten. Esat vor dem Auto stehend, schlug dessen Türe zu, zeigte mit ausgestrecktem Arm und Zeigefinger auf Amir. Der Strassenlärm war zu gross, so dass Amir Esats Befehl an die Männer nicht hörte, aber die beiden nahmen die Beine in die Hände und sprinteten los, als ob sie Ägypten im 100 Meter an der WM vertreten müssten.

Amir stockte der Atem. Zu allem Übel trug er einen Rucksack mit neuen Kleidern, die er aus Kairo mitgebracht hatte, im Moment unnötiger Ballast. Schweiss, und immer noch Stillstand. Er konnte sich nicht vom Asphalt lösen. Es war wie im Traum, wenn einem die schwere Decke auf den Beinen liegt.

Die Athleten kamen näher. "Bleib stehen", rief der eine und griff rennend mit der einen Hand in seine leichte Lederjacke. Endlich sprach Amir auf die Adrenalinschübe an, die ihn schon längstens zur Flucht bewegen wollten. Ein Blick zur Strasse. Blechlawine, etwa 30 km/h. Der Entscheid fiel auf einen weissen Nissan, einen Pickup. Amir beschleunigte, rannte auf das Fahrzeug zu, sprang an die Aussenwand der Ladefläche, griff nach der schwarzen Verstrebung. Ein Ruck, Schmerz in den Armen aushalten, ein leichter Schrei, ein Fuss berührte das fahrende Rad, durchgescheuerter Schuh in einer halben Sekunde.

Ein Schuss. 'Der Typ spinnt doch vollends, dass er im Verkehr schiesst, er könnte locker den Chauffeur treffen!' Amir schwang sich über die Seitenverschalung, landete auf der Ladefläche, die erst noch eine Ladung Kies transportiert hatte. Restliche Steinchen liessen ihn aufheulen. Er lugte über den Rand der Seitenwände, die beiden Athleten waren bis an zwanzig Meter herangekommen, immerhin war die Schusswaffe nicht mehr sichtbar.

“Hayawan, halt an, du Schwein!” War der Chauffeur gemeint oder Amir? Jedenfalls hielt der Chauffeur tatsächlich, Stau auf seiner Spur, quietschende Bremsen. Entsetzt blickte Amir zu den beiden Agenten, die noch wenige Schritte vom fast still stehenden Pickup entfernt waren. Zwischen ihnen noch eine einzige Fahrspur. Für eine kurze Zeit mussten sie warten, weil ein Linienbus ihnen vor der Nase durchfuhr. Kaum war der weg, überquerten sie mit wenigen Schritten die Strasse. Der eine hielt den Chauffeur an, der andere hievte sich auf die Ladefläche. Sie war leer. Kein Mensch da, niemand, kein Amir. “Yakhsaf Allah bih al’ard!”

—

Raja dachte zuerst an einen neuen Patienten, als sie ins Zimmer Nummer 21 trat. Erst beim zweiten Hinsehen erkannte sie Amir. Zitternd und bleich sass er auf dem freien Bett neben Ghada, den Rücken an der Wand. Schuhe und Socken ausgezogen, der halbe Fuss blutüberströmt, die Hose rund ums Knie aufgerissen, ebenfalls blutig und ein Blick, als hätte er seit Wochen nicht mehr geschlafen.

“Raja”, flüsterte Ghada, damit die anderen drei Patientinnen im Zimmer nichts mitbekommen, “er musste fliehen. Wir brauchen dringend deine Hilfe, man möchte ihn umbringen.” Aus irgendeinem Grund fiel es ihr im Moment schwer, Amirs Name auszusprechen.

“Er hat ein Verbrechen aufgedeckt und wird nun selbst gejagt. Raja, bitte, bitte, hilf ihm.”

“Ya Salam, du lieber Himmel. Wie soll ich dir denn helfen? Du bist Amir, nicht wahr.”

“Ahlan, Raja, ja. Ich bin dir von Herzen dankbar, wenn ich einen oder zwei Tage hier bleiben kann. Ich bezahle dafür.”

“Ich spreche mit dem Arzt, vielleicht. Aber auf keinen Fall in einem Frauenzimmer.”

Amir lachte trotz Schmerzen am ganzen Körper. Er hatte sich für fünf Minuten an einen Linienbus geklammert – von aussen, war total verspannt, hatte Krämpfe in den Waden, sich einen Fingernagel abgebrochen, sich beim Abspringen vom fahrenden Bus das Knie aufgeschlagen.

“Ist dieser Malaie noch zuständig?”

“Ja, er ist ein guter Mann.”

“Er wird mich hier bleiben lassen, in schāʾa llāh.”

“Es gibt eine Dusche auf dieser Etage, Amir. Wäre das was für dich?”

“Unbedingt, gerne. Neue Kleider habe ich in der Tasche. Danke Raja.”

Nach zwanzig Minuten humpelte Amir mit nassen Haaren zurück ins Zimmer, setzte sich zu Ghada ans Bett: “Und? Wann lassen sie dich nach Hause?”

“Ich werde noch eine Woche länger bleiben müssen, wegen einem Infekt der Wunde am Kopf.”

“Das tut mir leid.”

“Danke. Aber ich bin sogar froh. Raja schaut mir sehr gut und ich will im Moment gar nicht zurück. Ich habe Angst, wenn ich an Zuhause denke.”

“Wegen deinem Bruder?”

“Ja, ich fühlte mich in den letzten Monaten nicht mehr sicher.”

“Dann geht es dir ähnlich wie mir. Ich habe auch kein Zuhause, wo ich sicher bin.”

“Was hast du vor?”

“Ich habe genug von Ägypten, Khalas, es reicht. Ich werde nach Italien fliehen.”

“Du wirst gesucht, sie werden sie dich am Flughafen erkennen...”

“Ich werde mich anderen Flüchtenden anschliessen und per Boot gehen, übers Mittelmeer.”

“Amir, das ist gefährlich."

“Weniger gefährlich als hierbleiben.”

“Und was wird aus der Überwachung meines Bruders?”

“Die Audio-Daten werden weiterhin übertragen. Aber ich bin draussen. Ihr müsste die Sauerstoffflasche und die Elektronik selbst abbauen. Pass einfach fest auf, dass dein Bruder nichts mitbekommt vom Sender.”

“Kannst du das nicht für uns erledigen?”

“Die Geräte abbauen?”

“Ja, sonst muss ich das ganz alleine machen, wenn ich zuhause bin.”

“Ich überlege es mir. Aber es ist ein Risiko, wenn ich mich in der Stadt zeige.”

“Amir...”, Ghada schaute ihn lange an, ohne etwas zu sagen, blickte dann zum Fenster raus. Den Blick zurück in Amirs dunkle, warme Augen: “Wenn du nach Italien gehst: Würdest du mich mitnehmen?”

Anhang

Schauplätze, Orte

Al Mandara Das letzte Quartier im Osten Alexandrias. Hauptsächlich von fundamentalistischen Muslimen (Salafisten) bewohnt. Liegt südlichwestlich der Montaza-Parkanlage.

Al-Wafaa-Strasse Eine Strasse in Al Mandara (Im Buch woh nen hier Hassan und Ghada.)

Bibliotheca Alexandrina

Neubau der legendären, in der Antike restlos abgebrannten Bibliothek Alexandrias. 2002 erstellt, mit Platz für 8 Millionen Bücher. Gelegen an der Corniche.

Cave Church Eine riesige koptische Kirche in einer natürlichen Höhle am Rande Manshiets Nassers. Fasst 20'000 Menschen. Unter den Top 10 der Sehenswürdigkeiten Kairos.

Corniche Alexandria

Die 16 Kilometer lange Küstenstrasse Alexandrias dem Mittelmeer entlang vom Fort Qāitbāy im Westen bis zum Montaza Palast im Osten.

El-Asraf (Eisen-Bahn-)Station

Bahnstation an der Linien Alexandria-Abusir. Bedient zusammen mit der Station Al Mandara das gleichnamige Quartier.

El-Shiek	In der Geschichte ein von salafistischen Muslimen geführter Imbiss (und früher Schreinerei) in Gizeh, nahe Kairo.
El Warraq	Grosse Insel im Nil am nördlichen Rand Kairos. Wenig bebaut, illegale Siedlungen. Grosse Projekte liegen in den Schubladen der Regierung Al-Sisis. In der Geschichte befindet sich hier die Krokodilfarm eines Bruders des Vize-Innenministers.
Izbat Bahnasi	Dorf nördlich von Rosette. Im Roman sind Ghada und Hassan hier aufgewachsen. Hosnis Familie lebt noch hier.
Izbat El Bakahla	Kleine Fellachen-Siedlung in der Nähe von Luxor. (Im Roman der Heimatort von Amir.)
Luxor	Grösste oberägyptische Stadt an der Ostseite des Nils, 500 Kilometer Luftlinie südlich von Kairo. Alter Name: Theben. Hauptstadt des Gouvernements Al-Uqsur. Das Tal der Könige und der Hatschepsut-Tempel, wo sich 1997 das Attentat mit 62 Toten ereignete, befinden sich auf der Westseite des Nils.
Mokattam	Ein Felsplateau im Südosten der Stadt Kairo. Am Fuss des Plateaus liegt Manshiet Nasser.
Manshiet Nasser	Die 'Müllstadt' liegt am Fuss des Mokattam-Steinplateaus. Bewohnt von Kopten, die als Müllsammler von Kairo bekannt wurden. (Zabbalin)
Montaza	Sommer- und Jagdpalast sowie Park im Nordosten Alexandrias. Gebaut für die

	Dynastie Muhammed Alis. Etwa 1930 fertiggestellt.
Qāitbāy-Zitadelle	Ein Fort auf der Pharos-Halbinsel im Norden Alexandrias. Gebaut am Ort und mit Trümmern des legendären Leuchtturms. Fertiggestellt um 1479 unter dem gleichnamigen Mamluken-Sultan.
Rosette	Auch als Raschīd bekannt. Stadt 50 Kilometer östlich von Alexandria. Bekannt als Fundort des berühmten Steins von Rosette, mit dessen Hilfe Champollion die Hieroglyphen zu entziffern half.
Schallalat	Die beiden Schallalat-Gärten sind die grössten Parkanlagen im Zentrum von Alexandria.
Sea Star Hotel	Leicht südwestlich der Bibliothek gelegenes günstiges Hotel. In der Geschichte der vorübergehende Wohnort Amirs.
Smouha	Ein Upperclass Quartier im Zentrum Alexandrias. Hier befindet sich das Sicherheitsdirektorat des Gouvernements und der berühmte Sporting Club (in der Geschichte auch die Autogarage von Samu).

Jerusalem, Kiryat HaMemshala

	Auch Kiryat Ben-Gurion; der Regierungskomplex Israels. Wichtige Ministerien, die Zentralbank, der höchste Gerichtshof und auch die Knesset befinden sich da. Der Wohl Rose Park liegt als Herzstück mittendrin.

Amir Youssef

Halbwaise; bricht Polizeiausbildung ab, um auf Nilschiff Kaffee zu servieren. Sein Vater Tamer starb als Polizist beim Luxor-Attentat 1997. Amir bekämpft Depressionen zuerst mit Alkohol. Zeichnet sich aus durch rasche Auffassungsgabe und unkonventionelle Lösungen, wird daher vom Geheimdienst rekrutiert, um islamistische Terroristen zu bespitzeln.

Ghada Shamoun

Studiert an der Uni in Alexandria; lebt in einem von Salafisten kontrollierten Teil der Stadt; leidet unter der Radikalisierung ihres Bruders Hassan. Zieht sich oft in die Bibliothek zurück, verbringt Zeit mit ihrer Freundin Fatima oder alleine in den Parks der Stadt.

Hassan Shamoun

Arbeitet als Lieferant für Auto-Ersatzteile. Verzweifelt am Spagat zwischen Cool-Sein und Gottesfurcht. Entscheidet sich für einen radikalen Weg und fordert diesen auch von anderen Menschen ein, insbesondere von seiner Schwester Ghada. Engagiert sich in militant-dschihadistischer Salafistengruppe.

Nagib Ghali

IT-affiner koptischer Christ, baut virtuelle LGBT-Community auf. Wird von Polizei gestoppt, dann aber für den Muchabarat (GIS) rekrutiert. Avanciert dann zum wichtigsten Mann im TDR, einer geheimen Abteilung innerhalb des ägyptischen Geheimdienst. Überwacht Internet-Aktivitäten von islamistischen Gruppierungen.

Abbas Kamel	Leiter des General Intelligence Service (GIS), dem Muchabarat (einer von drei ägyptischen Geheimdiensten). (real)
Abdel Fatah El-Sisi	Staatspräsiddient Ägyptens seit 2014. (real)
Abdel Moneim El Shahat	Salafistischer Führer, leitet die al-Da'wa al-Salafiya, Mitglied der Al-Nour-Partei. (real)
Abu Daoud	Imam der El-Tawba Moschee in Al Mandara, Alexandria, ursprünglich aus Saudi-Arabien.
Achmad Habibi	Latifs Vater, verdient Lebensunterhalt als Mikrobus-Chauffeur.
Adam Storch	Deutscher Konvertit. Studierte in Deutschland, war bei der Bundeswehr, Lichtgestalt der Salafisten Alexandrias.
Atwa	Lichtkünstler, taucht Paläste und Pyramiden in farbige Lumen.
Bashar	Bester Freund von Amir in Kairo, Kazaz-Kumpel.
Danyal	Barkeeper in Kairo. Nagibs Liebhaber.
Dr. Layla	Chefin des TRD (Technical Research Department), einer geheimen Abteilung innerhalb des Muchabarats/GIS. (real)
Esat	Mitarbeiter im Sicherheitsdirektorat; Rechte Hand von Bürochefin Jakleen Mahdy.
Fariz	Ein junger Polizist, Sayeds bester Mann.

Faruk	Gewaltbereiter Islamist, zuerst bei der HASM, dann Leiter der Ansar Misr, missbraucht Zeugenschutzprogramm und wird Sayeds Chauffeur.
Fatima Kassis	Studentin, Freundin von Ghada, Nebenjob an einer amerikanischen Privatschule in Kairo (Shelter).
Gamil	Rechte Hand von Nagib und dessen Stellvertreter.
Giulio Regeni	Italiener, der in England Arabistik und Politikwissenschaften studierte und in Kairo 2015 mutmasslich von ägyptischen Sicherheitskräften gefoltert und umgebracht wurde, weil er zu unabhängigen und regierungskritischen Gewerkschaften forschte und publizierte. (real)
Hadir Hakimi	Chef Sicherheitsdirektorat Gouvernement Alexandria, Vorgesetzter von Sayed Youssef.
Hidaya Youssef	Mutter von Amir, Witwe mit koronarer Herzkrankheit.
Hosni Shamoun	Cousin von Hassan, Waffenschmuggler und militanter Aktivist im ägyptischen IS-Ableger Wilayat Sinai.
Jaqub	Guter Freund von Nagib. Koptischer Christ, Mitarbeit in Cave Church in Kairo.
Jakleen Mahdy	Bürochefin Sicherheitsdirektorat und enge Vertraute von Hadir Hakimi.
Jeff Duncan	Schulpräsident der Shelter-Schule.

Korab Albanischstämmiger Clubbesitzer in Alexandria

Latif Habibi Freund von Hassan, nimmt es mit der Religion weniger ernst.

Lucia Arbeitet am Empfang der amerikanischen Shelter Schule.

Mahmoud Madbouly

Generalmajor Vize-Innenminister, Kairo, Vorgesetzter von Hadir Hakimi.

Muhammad und Eslem Shamoun

Eltern von Ghada und Hassan. Nach einem Streit mit seinem Bruder ist Muhammad mit Familie vom Dorf nach Alexandria gezogen.

Muhammad Ali Pasha

1770-1849; Begründer des 'modernen' Ägyptens. Die von ihm begründete Dynastie regierte das Land bis 1953. Möglicherweise albanischer Abstammung. (real)

Muhammad ibn ʿAbd al-Wahhāb

1702- 1792, arabischer, islamischer Gelehrter, Gründer des fundamentalistischen Wahhabismus, welcher vor allem von Saudi-Arabien aus verbreitet wird. (real)

Muhammad Nāsir ad-Dīn al-Albānī

1914-1999, albanisch-stämmiger islamischer Gelehrter mit grossem Einfluss auf die salafistische Bewegung. (real)

Omer	Stellvertreter von Sayed, Vize Polizeikommandant Zentralbezirk Alexandria.
Raja	(Koptische) Krankenpflegerin, El Shatby; dann Al Miri Universitätsspital; betreut Ghada.
Riad	Amirs Gegner in der Polizeischule.
Safija Youssef	Frau von Sayed Youssef, betreut die herzkranke Hidaya.
Samu	Chef einer (koptischen) Garage im Bezirk Smouha.
Sayed Youssef	Onkel von Amir, Bruder von Tamer, zuerst Major der Ägyptischen Nationalpolizei in Kairo, dann Oberst und Polizeikommandant des Zentralbezirks von Alexandria.
Tamer Youssef	Amirs Vater, stirbt als Aangestellter der Tourismuspolizei beim Luxor-Attentat 1997.
Waled	Besitzer eines Geschäfts für Auto-Ersatzteile, Hassans Chef.
Yassir Al-Burhami	Salafistischer Prediger mit extremen Ansichten auch gegen Kopten. (real)

Jerusalem

Naftali Bennet	Premierminister Israels 2022. (real)
Ori Gordin	Chef Home Front Command, einer Abteilung der israelischen Streitkräfte IDF. (real)

Tabea Gamliel	Justizministerin Israel.
Moshe Shaked	Rechte Hand der Justizministerin Tabea Gamliel. Studierte Politikwissenschaften und Geschichte. (Später im Mossad aktiv)
Liara Golan	Kommunikationschefin des israelischen Auslandsgeheimdienstes (Mossad).
Benny Gantz	israelischer Generalleutnant und Verteidigungsminister
Dan Setton	Israelischer Filmemacher. (real)

Ausdrücke, welche im Text drin erklärt sind, fehlen hier zum Teil. Wo nicht anders erwähnt, wird die reale Bedeutung erklärt (unabhängig von diesem Buch).

Ahlan

Eine Art 'Hallo' auf Arabisch.

Aman

Israelischer Militärgeheimdienst

As-salāmu ʿalaikum wa-raḥmatullāhi

Ungefähr: 'Friede sei mit dir (auf euch) und Gottes Erbarmen.'

Citizen Lab

Das interdisziplinäre 'Labor' aus Toronto hat einige Internas aus ägyptischen Geheimdienstkreisen online gestellt, welches in das vorliegende Buch eingeflossen ist.

Dschallabija

Traditionelles, hemdartiges Gewand mit weiten Ärmeln und Rockteil, vor allem im ländlichen Ägypten getragen.

Hamdallah / Alhamdulillah

Arabische Formel für ‚Lob sei Gott, Gott sei Dank', die in dem zweiten Vers der ersten Sure al-Fātiha des Korans vorkommt und eine wichtige Rolle im Alltagsleben der Muslime spielt.

Harakat Sawāʿid Misr

Kurz: HASM. Eine islamistische militante Gruppe. Das Motto: „Mit unseren Armen schützen wir unsere Revolution". Sie meinen damit die Revolution von 2013/14, mit der Mohammed

Mursi gestützt werden sollte und die unter der Führung von al-Sisi gewaltsam beendet wurde.

In schāʾa llāh

Arabische Redewendung mit der Bedeutung ‘So Gott will’.

Kafir

Islamische Bezeichnung für Ungläubige. Das können Nicht-Muslime sein, aber auch Muslime, welche strengen Gläubigen wie den Salafisten, als vom wahren Glauben abgefallene gelten.

Ketaʿ El Amn El Watani

Auch: National Security Agency, kurz **NSA**. Einer drei Geheimdienste Ägyptens.

Khalas

a) eine Dattelart, die für Aroma und Konsistenz sehr beliebt ist.
b) Arabisch für: ‘Es reicht’, ‘Feierabend’, ‘Genug jetzt’ aber auch ‘Fertig’ oder ‘OK’.

Khawaridsch

a) eine sektiererische Bewegung im frühen Islam

b) Mit demselben Begriff bezeichnen Muslime neuerdings islamistische Terroristen, um diese zu kritisieren und sich von ihnen abzugrenzen.

Muchabarat

Auch: General Intelligence Service (GIS) ist einer von drei Nachrichtendiensten in Ägypten. Die Behörde mit Sitz in Kairo ist hauptsächlich zuständig für die Terrorismusbekämpfung und Auslandsspionage.

Salafismus, Salafisten

Der Salafismus (Salafiyya) gilt als eine ultrakonservative Strömung innerhalb des Islams, die eine geistige Rückbesinnung auf die „Altvorderen“ (arabisch: Salaf) anstrebt. Innerhalb des Salafismus werden weitere Strömungen unterschieden: Ruhige, stille Gläubige, politisch aktive Salafisten und gewaltbereite Dschihadisten.

Schūrā

Beratung, Ratgebergremium, Urteilsberatung. Sie ist ein wichtiger Grundsatz des islamischen Rechts. Gemäß der Rechtslehre ist die Beratung, die Einberufung eines Ratgebergremiums in der Rechtsprechung und politischen Entscheidungen Pflicht.

Takke

Eine Kopfbedeckung für muslimische Männer, vor allem für die Verrichtung des Gebets.

TRD

Das Technical Research Departement ist ein (nicht mehr so) geheimer Dienst innerhalb des GIS. Aufgedeckt wurde seine Existenz durch den kanadischen Research Dienst ‘Citizen Lab’.

Wilayat Sinai

So nennt sich der IS-Ableger auf der Sinai-Halbinsel. Der terroristischen Gruppe werden Tausende von Morden an ägyptischen Sicherheitsbeamten zur Last gelegt.

Yakhsaf Allah bih al’ard

Wortwörtliche Übersetzung: ‘Möge Gott die Erde unter dir verschlingen.’ Ausdruck der Wut oder des Missfallens.

Zabbalin

So werden die rund 60'000 koptischen Christen genannt, die im informellen Kairoer Viertel Manshiet Nasser leben und vor allem vom Müllsammeln leben.

Danke

Viele Menschen haben in der einen oder anderen Weise mitgeholfen, dass dieses Buch – zumindest einmal Band 1 – entstehen konnte.

Danke an meine Familie, meine Frau und meine vier sehr geliebten Kinder.

Danke Papi für das genaue und sehr hilfreiche Lektorat. Danke Mami für deine Unterstützung im Hintergrund.

Danke Tarek, für dein Lektorat und deine Ermutigung.

Danke Jyoti für wertvolle Impulse das Schreiben betreffend.

Danke Tim für deine Mitarbeit am Titelbild.

Danke Isa für das Vertrauen, ich konnte nicht alles einhalten.

Danke allen, die im Rahmen von zwei Crowdfundings einen kleineren oder grösseren Betrag gespendet oder diesen zugesagt haben: Ruedi W, Markus R, Markus Z, Elisabeth Z, Adrian W, Garip A, Anita W und in einer früheren Phase, als das Projekt noch anders lautete, auch Esther A, Bruno W, Beat F, Wolfgang A, Andreas S, Oliver W, Walter S, Noa R.

Danke an alle, die ich vergessen habe zu erwähnen und all jene, die im alltäglichen Gespräch Interesse an meinem Schreiben gezeigt haben.